GOLDMANN

Buch

Bill Palmers Auftrag hört sich nach Routine an: Finden Sie Sonja Blue. Und noch ahnt der abgehalfterte Privatdetektiv nicht, daß ihn sein Job mitten in die Territorien des Bösen führen wird. Die Spur der Gesuchten führt Palmer in die Drogen-, Skinhead- und Ludenszene, zu einem Grab, auf dem ein Dutzend schwarzer Rosen liegt, und schließlich nach New Orleans.

Sonja Blue ist schön wie die Sünde, und es gibt kaum jemanden, der sich in den Zimmern der Hölle besser auskennt als sie. Palmer erfährt ihre Geschichte: wie sie von einem Untoten zur Vampirin gemacht und zur Grenzgängerin zwischen den Schattenwelten wurde. Ihre Küsse schmecken nach Blut, ihr Ziel heißt Rache. Und als Palmer gewahr wird, daß Sonja Blue gleichermaßen engelhaft wie gnadenlos ist, befindet er sich bereits mitten in einem vierdimensionalen Alptraum.

Nancy Collins' zweiter Sonja-Blue-Roman ist einmal mehr Blastoff-Fiction der besonders drastischen Art, eine Mischung aus erotischem Horror, Gothic Fantasy und Privatdetektivroman, die in der Geschichte des Genres einzigartig dasteht. Über den vorangegangenen, mit dem Bram Stoker Award und dem British Fantasy Award ausgezeichneten Vampir-Roman *Der Todeskuß der Sonja Blue* schrieb Andreas Helweg: »Wenn diese Frau so weiterschreibt, dann wird sie für das Horrorgenre das, was Raymond Chandler für den Krimi war: die literarische Befreiung aus den Fesseln des Trivialen.«

Autorin

Nancy A. Collins, geboren 1959 in Arkansas, studierte bei dem Cyberpunk-Autor John Shirley. Für *Der Todeskuß der Sonja Blue* (Goldmann TB 8103) wurde sie mit den höchsten Preisen im Genre ausgezeichnet; ihr Rock 'n' Roll-&-Voodoo-Roman *Die Hitze des Blutes* (Goldmann TB 8109) wies sie einmal mehr als ebenso einfallsreiche wie kompromißlose Autorin aus. Nancy Collins lebt mit ihrem Lebensgefährten, dem Unterground-Filmemacher Joe Christ, in New York und textet nebenbei die Comic-Serie *Das Ding aus dem Sumpf.*

NANCY A. COLLINS

Ein Dutzend schwarzer Rosen

Roman

Aus dem Amerikanischen
von Caspar Holz

GOLDMANN VERLAG

Deutsche Erstveröffentlichung

Die Originalausgabe erschien unter dem Titel
»In the Blood« bei ROC, New York

Zur Erinnerung an meinen Großvater,
James Wesley Willoughby, Jr.

Umwelthinweis:
Alle bedruckten Materialien dieses Taschenbuches
sind chlorfrei und umweltschonend.
Das Papier enthält Recycling-Anteile.

Der Goldmann Verlag ist ein Unternehmen
der Verlagsgruppe Bertelsmann

Umschlaggestaltung: Design Team München
Umschlagfoto: Klepka, München
Satz: Uhl + Massopust, Aalen
Druck: Elsnerdruck, Berlin
Verlagsnummer: 8112
Lektorat: Sky Nonhoff
Redaktion: Janka Panskus
Herstellung: Martin Strohkendl
Made in Germany
ISBN 3-442-08112-2

1 3 5 7 9 10 8 6 4 2

Die Autorin bedankt sich bei
Paul Mavrides, Harry S. Robins, John Shirley,
Joe Lansdale und Corby Simpson für Zuspruch,
Kritik und Input, und, wie immer, bei Dan.

Palmer

Ich bin nicht mehr das,
was ich einst war

– Byron, *Junker Harold*

1. Kapitel

Wo sie nur blieb?

Zum fünfzehnten Mal in ebenso vielen Minuten sah Palmer auf seine Uhr. Sie kam zu spät. Wieder einmal. Gerne hätte er geglaubt, daß sie es nicht mit Absicht tat, in Wahrheit jedoch machte es Loli Spaß, ihn warten zu lassen.

Nein, sie ließ ihn nicht warten; sie ließ ihn an einem Fleischerhaken in der Luft baumeln.

Diese Frau wußte, daß sie ihn in der Hand hatte; sein Herz, seine Seele und seine Eier. Seit Loli hüftschwingend in seinem Büro aufgetaucht war, wußte Palmer, daß sie nichts Gutes verhieß. Seine Ahnung hatte ihn nicht daran gehindert, so hart und böse auf die Fresse zu fallen, als wäre er vom Empire State Building gesprungen.

Sie hatte ihn damit beauftragt, ihren Mann zu beschatten, einen erfolgreichen Unternehmer, um auf diese Weise einen delikaten Scheidungsgrund zu finden. – Es hatte nicht lange gedauert: Quine hatte tatsächlich heimliche Rendezvous.

Sie trafen sich zweimal die Woche in einem Motel am Stadtrand. Alles war auf spießige Vorstadtart sehr diskret und geordnet. Palmer war das Schema nur zu bekannt, schließlich hatte er einen Großteil seines Berufslebens damit verbracht, belastende Fotos untreuer Ehemänner und -frauen zu schießen, während sie sich in Motels herumtrieben, deren Laken nie recht kalt wurden. Nur begriff er nicht, wieso Quine noch auf einen Seitensprung aus war, wo er doch mit einer so scharfen Frau wie Loli verheiratet war.

Bevor er den Gedanken zu Ende denken konnte, wurde Palmer von den Scheinwerfern von Lolis leuchtendrotem

TransAm geblendet, der auf den ansonsten verlassenen Parkplatz bog. Aus den Lautsprechern dröhnte Bon Jovi. Palmer verzog das Gesicht. Loli hatte einen entsetzlichen Geschmack. Außer was ihn betraf, natürlich. Sie stellte den Motor ab, und auf dem Parkplatz herrschten wieder Dunkelheit und Stille. Die entfernt stehenden Straßenlaternen gaben gerade noch so viel Licht, daß er sehen konnte, wie sie sich hinter dem Steuerrad hervorräkelte.

Sie war ganz in Rot gekleidet, angefangen vom Haarband, das sie sich um ihren aschblonden Pferdeschwanz gewickelt hatte, bis hin zu den hautengen langen Lederstiefeln, die wiederum zu ihrem roten Minirock paßten. Ihre Lippen und Fingernägel waren so grell, als hätte sie sie mit frischem Blut lackiert.

Palmers Sorge und sein Ärger verwandelten sich sofort in pure Lust. Es war wie der Rausch einer seltsamen Droge, die rationale Überlegungen und gesunden Menschenverstand nicht nur belanglos, sondern unmöglich machte. Er fragte sich, ob sich so wohl männliche Gottesanbeter bei ihrem Paarungstanz fühlten.

»Hast du ihn?« Ihre Stimme war wie Honig und wie Whisky, den man über kristallklares Eis gießt. Sie hob ihre kornblumenblauen Augen und sah ihm in seine braunen.

Er nickte wie betäubt, seine Zunge war ein nutzloser Klumpen trockener Watte. Palmer reichte ihr den braunen Umschlag voller Fotos, auf denen Quine und seine Geliebte den Ort ihres Stelldicheins verließen, sowie Notizen mit den Terminen und Uhrzeiten ihrer Verabredungen und dem Namen, unter dem sie abgestiegen waren.

Loli überflog seine Notizen kurz. Dabei machte sich auf ihrem Gesicht ein raubtierhaftes Grinsen breit. Palmer war überrascht, welche Grausamkeit er in ihren Augen entdeckte, dann schämte er sich, weil er gerade soviel Abscheu empfunden hatte. Aber er konnte sich des Eindrucks nicht erwehren, unbeabsichtigt einen Blick auf die Frau geworfen zu haben, mit der Sam Quine verheiratet war.

»Loli, ich muß mit dir reden.«

»Ich würde gern noch ein bißchen bleiben und mich unterhalten, Bill, wirklich. Aber ich habe noch etwas vor.« Während sie dies sagte, klipste sie ihre karminrote Designerhandtasche auf, die über ihrer wohlgeformten Schulter hing.

»Loli, es hat etwas mit uns...«

»Verdammt, wo hab' ich das Ding hingesteckt? Ah, hier ist es!«

»Wann kann ich dich wiedersehen?«

Loli drehte sich zu ihm um und zog gleichzeitig einen 38er Smith & Wesson aus dem Durcheinander aus Kosmetika und halbgelesenen Liebesromanen in ihrer Handtasche. »Vermutlich in der Hölle«, antwortete sie und richtete die Waffe auf seine Brust.

Stumm vor Entsetzen starrte Palmer auf das blaue Stück Stahl, das genau auf sein Herz zielte. Er sah, daß es seine Waffe war, die eigentlich in seinem Büroschreibtisch eingeschlossen sein mußte. Er selbst stand nicht auf Waffen, aber seine Kunden erwarteten, daß er eine trug. Dieser verdammte Bogart.

»Aber Loli, ... ich liebe dich doch.«

Ihre bemalten Lippen verzogen sich zu einem Grinsen, das immer breiter wurde, bis es ihr Gesicht in zwei Hälften zu teilen schien. »Das ist süß von dir, Bill. Ich liebe dich auch.«

Dann erschoß sie ihn.

William Palmer erwachte in einer Pfütze aus Schweiß. Hatte er geschrien? Er lauschte auf die anderen Insassen der Krankenstation des Gefängnisses, hörte aber nur das übliche Geschnarche und Geturze. Er streckte seine steifen Schulter- und Beinmuskeln. In der letzten Zeit war er dazu übergegangen, wie ein Toter mit über der Brust verschränkten Armen zu schlafen. Daraus hatte der Gefängnispsychologe eine große Sache gemacht.

Palmer richtete sich auf und tupfte sich mit einem Zipfel vom Laken den Schweiß auf seiner Stirn ab. Seine Hände zitterten noch, und er hatte das dringende Verlangen nach einer Zigarette. Verdammt, im Augenblick wäre er sogar mit einem dieser beschissenen Knaststengel aus Pfeifentabak und einer Seite des Neuen Testaments zufrieden gewesen. Richtige Sargnägel wie Camel und Winston waren unter den gegebenen Umständen kaum zu bekommen, ganz zu schweigen von seiner Lieblingsmarke: Shermans Queen-Size-Zigarettillos.

Dieser Traum: dieser gottverdammte Traum.

Wie lange sollte das noch so weitergehen? Seit er vor sechs Wochen aus dem Koma erwacht war und man ihm von Lolis Heimtücke erzählt hatte, träumt er immer diesen Traum – oder Variationen zum selben Thema. Die Träume waren sehr unterschiedlich, glichen sich aber immer im wesentlichen: Sie hatten mit ihm zu tun, mit Loli und dem Revolver. Immer endeten sie damit, daß Loli auf ihn schoß. Manchmal waren die Träume unsinnig, wie Träume sind: Er und Loli fahren mitten im Wald Karussell, als Loli plötzlich den Revolver zieht und auf ihn schießt. Andere waren so realistisch, daß er sie erst als Traum erkannte, wenn er vom Knall der Waffe wieder zur Besinnung kam: Er und Loli liegen nackt im Bett und vögeln munter drauflos, und plötzlich zieht sie den Revolver unter dem Kopfkissen hervor... Palmer kniff die Augen zusammen und versuchte, das Bild zu vertreiben. Der Traum war schlimm gewesen. Schlimmer als der von heute nacht.

Keine der Schießereien im Traum war allerdings wie die echte. Vermutlich sollte er auch schon für kleine Zugeständnisse dankbar sein. Die Erinnerungen an die Geschehnisse im Motelzimmer waren so schon furchtbar genug, auch ohne sie Nacht für Nacht durchleben zu müssen. Gedankenverloren massierte er sich mit seiner Rechten die Narbe auf seiner Brust – das ›Abschiedsgeschenk‹ von Loli.

Sie hatte spät angerufen und ihm in den Ohren damit gelegen, sie brauche Schutz und seine Hilfe. Sie hätte beschlossen, Quine im Motel zur Rede zu stellen, aber die Sache wäre schiefgegangen. Sie hätten angefangen, sich zu prügeln, und jetzt wäre sie im Bad eingeschlossen – allerdings sei es ihr irgendwie gelungen, das Telefon mit hineinzuzerren. Quine wäre durchgedreht und hätte gedroht, sie umzubringen. Sie habe Angst. Palmer ahne ja nicht, wie tobsüchtig Quine werden und wie brutal er sein könnte.

Sie hatte genau die richtigen Knöpfe gedrückt. Palmer saß bereits im Auto und war auf dem Weg zum Motel, bevor der Hörer auf der Gabel lag.

Die Tür war unverschlossen, als er eintraf. Wegen Lolis Mann machte er sich keine großen Sorgen. Quine war Ende Fünfzig und schwerer als Palmer, aber nicht in bester Verfassung. Palmer hatte außerdem Erfahrung mit Prügeleien. Auf diesen Anblick von Quine war er allerdings nicht vorbereitet gewesen. Er lag, alle viere von sich gestreckt, nackt auf dem Doppelbett des Motels, und sein Gehirn war über Kopfende und Nachttisch verteilt.

Palmer hörte, wie sich hinter ihm die Badezimmertür mit einem Klicken öffnete. Er drehte sich um und sah Loli im Türrahmen stehen. Sie war vollkommen nackt und hielt einen 38er in der Hand, der vor kurzem abgefeuert worden war. *Seinen* 38er.

»Loli, was zum Teuf –«

Dann hatte sie abgedrückt.

Es hatte drei Wochen gedauert, bis er wieder lange genug bei Bewußtsein gewesen war, um zu begreifen, was man zu ihm und über ihn sagte. Manchmal wünschte er sich, wieder in jenes Zwielicht aus grauem, schmerzlosem Schlaf zurückkehren zu können und nie wieder daraus aufzutauchen. Alles wäre besser zu ertragen als die Wahrheit.

Loli war tot.

Das Ganze war wie in einem üblen Mickey-Spillane-Roman. Allerdings typisch für Loli. Immer wieder sprach die Polizei davon, wie unausgegoren ihr Plan gewesen sei. Hatte sie wirklich geglaubt, niemand würde ihre Version der Geschehnisse in Frage stellen? Wußte sie etwa nicht, daß die Gerichtsmediziner aus dem Spritzmuster, das der Kopf ihres explodierten Gatten hinterlassen hatte, die Flugbahn der tödlichen Kugel ableiten konnten? Glaubte sie wirklich, die Polizei wäre so dämlich?

Ausgeschlossen, daß sie mit der Sache durchkam. Es ergab einfach keinen Sinn, es sei denn, man kannte sie. Oder glaubte, sie zu kennen.

Daß jemand an ihrer Sicht der Dinge zweifeln konnte, war ihr noch nie in den Sinn gekommen. Wenn sie sagte, ihr Mann sei ein brutaler Lügner und Betrüger, dann war das die Wahrheit. Daß sie sich seit zwei Jahren weigerte, mit ihm ins Bett zu gehen, hatte nichts mit seiner Untreue zu tun. Er war es, der unrecht getan und jede Strafe verdient hatte.

Und wenn sie der Polizei erzählte, ihr Mann und sie hätten sich in einem bestimmten Motel getroffen, um ihre Versöhnung zu feiern, und da wäre ihr verlassener Liebhaber mitten hineingeplatzt und hätte die Hirnmasse ihres Mannes über die Tapeten gepustet, dann war das der Hergang der Dinge. Sie hatte nie damit gerechnet, ebenfalls verdächtigt zu werden.

Als die Polizei anfing, ihr Fragen zu stellen und einfließen ließ, möglicherweise hätten sie und Palmer Quine gemeinsam umgebracht, wurde ihr alles zuviel. Daß Palmer die Kugel überlebt hatte, die sie in ihn hineingeballert hatte, war ein weiteres unvorhergesehenes Ereignis, auf das sie nicht vorbereitet gewesen war. Immer wieder bestand sie darauf, sie hätte Palmer die Waffe aus der Hand reißen können und in Notwehr auf ihn geschossen. Die Polizei war jedoch der Ansicht, Palmers Wunde spreche eher für das böse Ende einer verschwiegenen Affäre.

Verwirrt und fassungslos, weil sie sich vermutlich zum ersten Mal in ihrem Leben mit einer Situation konfrontiert sah, in der ihr Sexappeal sie nicht vor den Folgen ihrer Handlungen bewahren konnte, geriet Loli in Panik. Ein großes Glas Reinigungsmittel und eine Packung Schlaftabletten verhalfen ihr zur Flucht vor der Gerechtigkeit, aber nicht, bevor sie einen giftigen Abschiedsbrief verfaßt hatte, in dem sie Palmer des Mordes an Quine beschuldigte und den sie dem Staatsanwalt zuschickte: »Es war alles seine Idee. Ich wollte nicht mitmachen.«

In Wirklichkeit meinte sie damit nur, es wäre alles seine Schuld, weil er nicht gestorben war. Wäre er gestorben, wie sie es geplant hatte, dann wäre alles zu ihren Gunsten verlaufen. Komisch, daß er mittlerweile ein Meister darin geworden war, Loli zu verstehen, jetzt, wo es zu spät war, daß ihm das noch etwas nützte.

Sobald die Ärzte ihn als verhandlungsfähig bezeichnen würden, sollte er vor den Richter gebracht werden, damit die Kaution festgesetzt werden konnte. Wenn es nach dem Bezirksstaatsanwalt ginge, handelte es sich um einen eindeutigen Fall von Verschwörung zu gemeinschaftlichem Mord. Wer auf den Abzug gedrückt hatte, spielte keine Rolle. Sein Pflichtverteidiger meinte, es bestünde nur geringe Hoffnung, daß er auf Kaution freikäme.

Palmer mußte den Hals recken, um durch das schwer gesicherte Fenster über seiner Koje einen Blick auf den Himmel werfen zu können. Draußen war es noch dunkel. Er dachte daran, wie seine Mutter während der schweren Zeiten, die ihre Familie durchgemacht hatte, beharrlich behauptet hatte, es sei »am dunkelsten kurz vor der Dämmerung«. Seine Mutter war eine gute Frau gewesen, Gott habe sie selig, aber was sie auch gesagt hatte, es war immer aus Klischees zusammengeklaubt gewesen.

Auch sein Vater war ein großer Freund abgedroschener Phrasen gewesen. Nur einmal hatte er ernsthaft versucht, seinem einzigen Sohn etwas von seiner väterlichen Weisheit zu vermitteln. Damals hatten sie sich Auge in Auge gegenübergestanden, sich angebrüllt, und er hatte zu seinem fünfzehnjährigen Sohn gesagt: *»Junge, wenn du dich jetzt nicht zusammenreißt, dann steckst du bald bis zum Hals in der Scheiße, und kein Land in Sicht.«*

Danke, Dad.

»Palmer? Hier ist jemand, der Sie sprechen möchte.«

An diesem Morgen war die Information durchgesickert, daß die Ärzte seiner Überstellung ins Gefängnis entsprochen hatten. Er sollte am nächsten Tag mit den übrigen Gefangenen zusammengelegt werden. Das war alles andere als eine erfreuliche Nachricht gewesen.

»Ist es mein Anwalt?«

»Keine Ahnung. Der Typ meint, er will mit Ihnen sprechen.« Der Sanitäter wies mit seinem Kopf auf die einzige Tür, die zur Wachstation führte. Ein Mann, den Palmer noch nie gesehen hatte, stand in der Registratur, einen teuren Aktenkoffer in der Hand. »Wollen Sie ihn sehen?« In der Krankenstation des Gefängnisses gab es keine Privatsphäre, die Insassen hatten jedoch die Möglichkeit, Besucher abzulehnen.

Palmer betrachtete den Fremden einen Augenblick lang. »Ja, schicken Sie ihn rein.«

Kurz darauf stand der Fremde mit dem Aktenkoffer am Fußende von Palmers Bett. Er war ein Mann mittleren Alters, bekleidet mit einem teuren, wenn auch unauffälligen Seidenanzug. Selbst nach dem heutigen hautkrebsbewußten Standard war seine Haut blaß zu nennen. Er sah aus, als hielte er sich viel in geschlossenen Räumen auf.

»Mr. Palmer? Mr. William Palmer?«

»Ja, das bin ich. Wer sind Sie?«

Der Mund des Fremden lächelte, nicht aber seine Augen. »Mein Name ist Renfield. Und ich bin überzeugt, Ihnen behilflich sein zu können, Mr. Palmer.«

»Tatsächlich? Sind Sie Anwalt?« Palmer bot ihm den Metallklappstuhl neben seinem Bett an. Renfield ließ sich darauf nieder. Seine Bewegungen waren eckig und affektiert. Er erinnerte Palmer an eine künstlich belebte Schaufensterpuppe.

Renfields Mund formte erneut ein geheucheltes Lächeln. »Nicht ganz. Ich vertrete einen Klienten, der ... ein gewisses ... Interesse an Ihrem Fall hat.«

»Hören Sie zu, Mann, ich habe keine Ahnung, worauf Sie hinauswollen. Sagen Sie, was Sie zu sagen haben, und bringen wir's hinter uns, okay?«

»Sie sind unschuldig, nicht wahr? Ich meine, im Sinne der Anklage. Sie haben Samuel Quine weder umgebracht, noch waren Sie an der Planung seiner Ermordung beteiligt. Ist das richtig?«

»Sie haben's erfaßt.« Palmer hätte zu gerne etwas zu rauchen gehabt. Dieser bleichgesichtige Anzugtyp machte ihn nervös.

»Möchten Sie vielleicht eine Zigarette, Mr. Palmer?« Renfield beugte sich vor, während er eine Schachtel aus seiner Brusttasche zog. Zu Palmers Überraschung hielt er eine flache, rot-weiße Schachtel Shermans Queen-Size-Zigarettillos in seiner blassen Hand.

»Nichts dagegen einzuwenden.« Gierig griff er nach einer der schlanken, filterlosen braunen Zigaretten mit Zigarillotabak.

»Bitte, nehmen Sie ruhig die ganze Packung.«

»Äh, danke.« Er starrte auf die Zigarette, dann wieder in Renfields verbindlich lächelndes Gesicht. »Woher wußten Sie, daß ich diese Marke rauche?«

»Wir wissen eine Menge über Sie, Mr. Palmer.«

Palmer sah von seiner zum Schutz um das Streichholz gewölbten Hand auf. »Wir?«

»Damit meine ich meinen Auftraggeber.«

»Und wer genau interessiert sich für mein Wohlergehen?«

»Das ist unwichtig – für's erste. Wichtig ist nur, daß er beim Staatsanwalt dafür sorgen kann – und wird, vorausgesetzt, Sie erklären sich einverstanden, für ihn zu arbeiten –, daß die Anklage gegen Sie in sämtlichen Punkten fallengelassen wird. Er kann außerdem dafür sorgen, daß Sie Ihre Lizenz als Privatdetektiv zurückerhalten.«

»Soll das ein Scherz sein? Wenn ja, dann ist er nicht gerade überwältigend komisch.«

»Ein Scherz?« Renfields Brauen zogen sich zusammen. »Ich scherze nie, Mr. Palmer.«

»Hätte ich mir denken können. Okay, lassen Sie mich trotzdem noch mal wiederholen, was ich gerade gesagt habe. Was wird hier gespielt? Wer hat Sie geschickt, und was genau bedeute ich diesem Jemand, daß er dazu bereit ist, all seine Verbindungen spielen zu lassen? Sie sind doch nicht von der Mafia, oder?«

Wieder dieses Lächeln. Palmer verspürte plötzlich den

Drang, diesen tristen kleinen Bastard beim Kragen zu packen und zu schütteln. »Ich versichere Ihnen, Mr. Palmer, mein Arbeitgeber ist auf solche armseligen Hintermänner nicht angewiesen. Alles was ich wissen möchte, ist, ob Sie im Austausch für Ihre Freiheit eine gewisse geschäftliche Beziehung eingehen würden.«

Palmer zuckte mit den Schultern. »Wenn mich Ihr Boß hier rausholen kann, wie Sie behaupten, würde ich auf meinen Händen bis nach Timbuktu laufen, wenn er darauf bestehen würde.«

»Ich glaube nicht, daß das nötig sein wird. Dann nehmen Sie das Angebot meines Arbeitgebers an?«

»Das habe ich doch gerade gesagt, oder?«

Renfield nickte und schloß die Augen. »Das wäre also erledigt.« Es klang wie ein vereinbartes Stichwort. Palmer fragte sich, ob dieser widerliche Typ ein verstecktes Mikrofon bei sich hatte. Renfield stand auf und glättete seinen Anzug. »Sie werden in Kürze von uns hören. Guten Tag, Mr. Palmer.«

Palmer legte sich aufs Bett, verschränkte die Arme hinter dem Kopf und zog nachdenklich an seiner Zigarettillo. Wer zum Teufel war dieser Horrortyp Renfield? Dieses Käsegesicht gefiel ihm nicht, aber wenn er die Wahrheit sagte... Es wäre schließlich nicht das erste Mal, daß er dem Teufel die Hand geschüttelt hatte.

Sein Blick fiel auf die Schachtel Shermans, die auf dem Tisch neben dem Bett lag. *Wir wissen eine Menge über Sie, Mr. Palmer.*

Vierundzwanzig Stunden nach seinem ersten Treffen mit Renfield stand Palmer auf der Straße vor dem Gerichtsgebäude und blinzelte in die Spätnachmittagssonne. Seit über zwei Monaten war er nicht mehr draußen gewesen. Er fühlte sich noch immer ein wenig geschwächt von der Schußwunde, die sein Herz gestreift hatte, aber alles in allem war ihm verdammt wohl zumute. Die Freiheit war ein verblüffendes Stimulans.

Verdammt. Dieser kleine Schleimer hatte gesagt, er schaffe es, und was er auch sonst sein mochte, ein Lügner jedenfalls nicht.

Palmer wog die Leinentasche in der Hand, die ihm der Quartiermeister des Gefängnisses gegeben hatte, bevor er ihn freigelassen hatte. Darin befanden sich die wenigen Gegenstände, die Palmer sein eigen nannte und die sein früherer Pflichtverteidiger aus seiner Wohnung hatte retten können, bevor sein Vermieter das Schloß ausgetauscht hatte. Nicht gerade ein vielversprechender Anfang.

Palmer warf einen Blick auf seine Uhr. Kurz vor seiner Entlassung hatte er noch eine Nachricht von Renfield erhalten, in der es hieß, er solle an der Ecke warten. Aber auf was? Jetzt wartete er schon fünfzehn Minuten...

Eine überlange Limousine, schwarz und glänzend wie ein Mistkäfer, hielt am Straßenrand. Ihr Inneres war durch Spezialfenster vor aufdringlichen Blicken verhüllt. Die hintere Tür öffnete sich, Renfield lehnte sich halb heraus und machte ihm Zeichen einzusteigen.

»Sie sehen überrascht aus, Mr. Palmer.«

»Wohl eher verwirrt. Wie haben Sie das geschafft?«

»Geschafft? Was?«

»Den Dreh mit dem Büro des Staatsanwaltes? Angeblich soll Lolis Tagebuch aufgetaucht sein.«

Renfield zuckte mit den Schultern. »Mein Arbeitgeber hat... Verbindungen, Mr. Palmer. Im übrigen, was kümmert Sie das, solange Sie aus dem Schneider sind?«

Palmer hätte gerne weiter nachgehakt, aber irgendwas an Renfields Art ließ ihn verstummen. Renfield hatte ihn vielleicht vor der Willkommensparty im Knast gerettet, aber deshalb brauchte er den Burschen noch lange nicht zu mögen. Genaugenommen fühlte sich Palmer sogar unbehaglich, so dicht neben ihm zu sitzen. Er konnte sich nicht helfen: Dieser Renfield hatte etwa Widerliches an sich, er wußte aber nicht, was es war.

»Wohin fahren wir?«

»Wir fahren zu meinem Arbeitgeber. Er ist ebenso gespannt darauf, Sie persönlich kennenzulernen, wie umgekehrt. Entspannen Sie sich, Mr. Palmer, es wird noch eine Weile dauern, bis wir unser Ziel erreicht haben.« Renfield beugte sich vor und öffnete die kleine Bar, die in die Rückenlehne des Vordersitzes eingebaut war. »Bedienen Sie sich.«

Eine Stunde später rollte die Limousine aus und kam zum Stehen. Abgesehen vom gelegentlichen Klimpern der Eiswürfel, wenn Palmer seinen Bourbon-Cola aufgefrischt hatte, war die Zeit in aller Stille verstrichen. Renfield hatte sich ausschließlich an Mineralwasser gehalten und eigentlich mehr daran genippt als getrunken.

Der Fahrer glitt hinter dem Steuer des Wagens hervor und öffnete Renfield die Tür. Palmer kletterte ihm nach. Er fühlte sich betrunkener, als er gedacht hatte.

Draußen war es dunkel – ein früher Abend auf dem Land. Zumindest sah es für Palmer aus wie auf dem Lande. Sie befanden sich am Ende einer langen Kieselsteinzufahrt und vor einem geräumigen Haus im Ranchstil mit einem sehr ordentlichen, gepflegten Rasen und kunstvoll verborgener Außenbeleuchtung. Bestimmt gab es nach hinten raus eine hübsche, große Holzveranda und ein beheiztes Schwimmbecken.

Palmer folgte Renfield die Stufen zum Eingang hinauf. Bevor sie die vordere Veranda erreicht hatten, löste sich ein Schatten aus dem Gebüsch und stellte sich ihnen in den Weg.

Der Schatten war ein verdammt großer Typ mit einer Automatikwaffe, die in seinen massigen Händen wie eine Spielzeugpistole wirkte. Er überragte Renfield und Palmer, seine Schultern waren breit genug, um den Himmel zu verdecken. Palmer schätzte ihn auf knapp zwei Meter zehn, wenn nicht sogar noch größer. Und häßlich war der Kerl! Das lange Pferdegesicht des Riesen wurde durch das völlige Fehlen jeglicher Haare, selbst Brauen und Wimpern, noch häßlicher. Der Wächter sagte etwas zu Renfield mit einer tiefen Stimme, die fast unterhalb der Hörgrenze lag.

»Alles in Ordnung, Keif. Er ist in Ordnung.«

Der Wächter ließ Palmer nicht aus den Augen, während er mit seiner freien Hand eine Gebärde machte, die entweder verabredete und geheime Zeichensprache war oder pantomimisch das Zerbrechen eines Zweiges darstellte.

Renfield schüttelte den Kopf. »Nein, das wird nicht nötig sein. Wie ich schon sagte, es ist alles arrangiert. Kümmere dich jetzt wieder um deinen Job. Wir dürfen den Doktor nicht warten lassen.«

Der Wächter nickte und kehrte auf seinen Posten zurück. Palmer spürte den Blick des Riesen auf seinem Rücken, als sie das Haus betraten.

Das Wohnzimmer mit seiner hohen Decke, den geschmackvoll arrangierten skandinavischen Möbeln und einigen modernen Gemälden an den Wänden sah aus wie aus einer Familienserie zur besten Sendezeit. Ganz offensichtlich wurde der Raum jedoch nicht benützt.

»Hier entlang.« Renfield führte Palmer durch einen schmalen Flur in den hinteren Teil des Hauses. Vor einer Tür am Ende des Ganges blieb er stehen und klopfte leise.

»Bringen Sie ihn rein, Renfield.«

Der Raum hinter der Tür war voller Bücher und roch nach altem Leder und modrigem Papier. Hinter einem antiken Rollpult saß ein gutaussehender Mann in mittleren Jahren, dessen Haar an den Schläfen bereits leicht silbrig wurde. Trotz der schwachen Beleuchtung durch die Tiffanylampe auf dem Schreibtisch trug der ältere Herr eine grüngetönte Fliegerbrille.

»Ah! Mr. Palmer! Ich freue mich, endlich Ihre Bekanntschaft zu machen!« Er erhob sich aus dem uralten Drehsessel und hielt dem Detektiv seine Hand hin. Er trug eine frische weiße Baumwollhose, ein weißes Baumwollhemd mit leicht geöffnetem Kragen, dessen Ärmel bis über die Ellenbogen aufgerollt waren, sowie altmodische Hosenträger aus Leder. Palmer mußte an Spencer Tracy in *Wer den Wind sät* denken.

Palmer zuckte unter dem kräftigen Griff des älteren Mannes zusammen. »Man hat mir gesagt, ich hätte es Ihnen zu verdanken, daß ich wieder draußen bin, Mr....«

»Doktor, Dr. Pangloss. Freut mich, daß ich Ihnen behilflich sein konnte.« Er grinste und entblößte dabei makellose Brükken, die im Vergleich zu Palmers Zähnen aussahen wie eine entmilitarisierte Zone.

»Äh, ja...«

Pangloss bot Palmer mit einer Handbewegung an, sich zu setzen, dann nickte er Renfield zu, der noch immer neben der Tür stand. »Das wär's für erste, Renfield. Sagen Sie dem Koch, daß er ein Gedeck für Mr. Palmer auflegen soll.«

Renfield zog sich mit einem Nicken zurück und ließ sie alleine.

»Sie müssen entschuldigen, wenn ich Ihnen beim Essen keine Gesellschaft leiste.« Pangloss lächelte. »Ich habe bereits gegessen. Kann ich Ihnen etwas zu trinken anbieten?« Er holte eine volle Flasche Bourbon aus einem der Pultfächer. Palmer bemerkte, daß es seine Lieblingsmarke war – sofern er sie sich denn einmal leisten konnte. »Oh, und bedienen Sie sich bei meinen Zigaretten«, fügte Pangloss hinzu und wies mit dem Kopf auf ein chinesisches Lackkästchen, das auf dem Tisch neben Palmers Sessel stand.

Die Zigarettenkiste war antik wie beinahe alles im Zimmer. Den Deckel schmückte ein in sich verschlungener chinesischer Drache. In der Kiste befanden sich Shermans Queen-Size Zigarettillos.

Palmer steckte sich eine Shermans mit einem Fabergé-Feuerzeug an und bewunderte dabei, wie das Licht der Tiffanylampe mit den diamantbesetzten Einlegearbeiten aus Platin spielte. »Hören Sie, Dr. Pangloss... ich möchte keinesfalls undankbar erscheinen, nach allem, was Sie für mich getan haben..., aber was zum Teufel wird hier eigentlich gespielt? Ich meine, wer sind Sie, und was bedeute ausgerechnet ich Ihnen, daß Sie so weit gehen und mich aus dem Knast herausholen?«

Pangloss ließ seine Zähne aufblitzen, als er dem Detektiv ein Whiskyglas reichte, aber es war nicht zu erkennen, ob das Lächeln bis zu seinen Augen drang. »Sie haben vollstes Recht, das zu erfahren, Mr. Palmer, und ich weiß Ihre direkte Art zu schätzen. Ganz bestimmt. Die Sache ist ganz einfach die: Ich bin dringend auf Ihre Hilfe angewiesen.«

»Sehr schmeichelhaft, Doc, aber in diesem Land gibt es Hunderte guter Privatdetektive. Ich gebe sogar zu, daß einige von ihnen besser sind als ich. Ich bin wohl kaum ein Sam Spade, und schon gar nicht nach all der Scheiße, die ich in der letzten Zeit habe durchmachen müssen, wie wir beide wissen.«

»Sie unterschätzen sich, Mr. Palmer. Oder darf ich Sie Bill nennen?«

»Nennen Sie mich Palmer. Wie jeder andere auch.«

»Also gut – *Palmer*. Sie haben bereits Vermißte ausfindig gemacht, habe ich recht?«

»Ja, natürlich. Ich habe ein paar aufgespürt, die von zu Hause fortgelaufen waren. Das haben die meisten Privatdetektive irgendwann einmal – das gehört einfach zum Job. Wieso?«

»Weil es jemanden gibt, den Sie für mich finden sollen. Eine junge Frau. Es ist äußerst wichtig, daß sie gefunden wird. Ich bin bereit, Ihnen jeden Preis zu zahlen, den Sie mir nennen.«

Palmer nippte an seinem Bourbon. Es war lange her, seit er sich so guten Whisky hatte leisten können. »Reden Sie weiter, Doc. Ich bin ganz Ohr.«

»Es wird nicht einfach werden, fürchte ich. Sie will nicht gefunden werden und ist meinen... Ermittlern bislang erfolgreich aus dem Weg gegangen. Sie erkennt sie auf den ersten Blick und unternimmt alles in ihrer Macht Stehende, um... ihnen auszuweichen.« Pangloss' attraktives Gesicht verfinsterte sich. »Sie ist eine wilde Frau, Palmer – verschlagen, gerissen, unabhängig bis zur Zügellosigkeit und mehr als nur ein bißchen verrückt. Außerdem ist sie sehr gefährlich. Ich sage Ihnen das gleich zu Anfang, nur damit Sie später keine kalten Füße bekommen.«

»Diese ›wilde Frau‹, die ich für Sie finden soll – in welchem Verhältnis stehen Sie zu ihr?«

»Sie ist meine Enkelin.«

Palmer bezweifelte, daß dies die Wahrheit war. Er traute Pangloss eigentlich keine Enkelin zu, die so alt war, daß sie sich bereits in der Weltgeschichte herumtreiben konnte. Aber das konnte man nie genau sagen bei der plastischen Chirurgie heutzutage. Und wenn Pangloss vielleicht auch nicht die ganze Wahrheit gesagt hatte, so fühlte Palmer doch auch, daß er nicht gelogen hatte.

»Ich zahle Ihnen eintausend Dollar am Tag, plus Spesen. Ich nehme an, das ist ausreichend?«

Palmer verschluckte sich fast an seinem Bourbon. »Äh, das wird genügen.«

»Für den Fall, daß Sie sie finden und ihr diesen Brief überbringen, erhalten Sie außerdem ein Erfolgshonorar von vierundzwanzigtausend Dollar.« Pangloss zog einen Umschlag aus einem der Fächer des Pultes. Es war teures, cremefarbenes Briefpapier, steif und schwer, und es trug ein altmodisches Wachssiegel auf dem Rücken: ein in sich verschlungener Drache.

»Kann ich Ihnen eine Frage stellen? Eine rein hypothetische Frage?«

»Bitte.«

»Was würden Sie tun, sollte ich beschließen, den Fall nicht zu übernehmen?«

»Das würde voraussetzen, daß Sie in dieser Sache eine Wahl haben, Mr. Palmer. Ich würde es vorziehen, die Illusion eines freien Willens bestehen zu lassen, was meinen Sie? Ich habe festgestellt, daß meine Angestellten sehr viel besser arbeiten, wenn ich sie in dem Glauben lasse, sie hätten einen gewissen Einfluß auf das, was sie tun beziehungsweise nicht tun können.«

Palmer starrte in Pangloss' freundlich lächelndes Gesicht. Der teure Whisky in seinem Mund hatte plötzlich einen bitteren Beigeschmack.

Pangloss legte Palmer freundschaftlich einen Arm um die Schulter und geleitete ihn zur Tür. Zum ersten Mal bemerkte Palmer, wie lang die Fingernägel dieses Mannes waren. »Ich vertraue Ihnen, Palmer. Ich bin überzeugt, Sie werden unserem Team eine sehr große Unterstützung sein. – Wo Sie nun einmal hier sind, warum fühlen Sie sich nicht einfach wie zu Hause? Ich habe das Gästezimmer extra für Ihren Besuch herrichten lassen, und ich werde veranlassen, daß Ihnen Ihr Abendessen gebracht wird. Sollten Sie noch irgend etwas brauchen, zögern Sie nicht, danach zu fragen.«

»Eins vielleicht noch...«

»Ja?« Obwohl Pangloss noch immer lächelte, war Palmer sicher, daß er ihn hinter seiner getönten Fliegerbrille aufmerksam beobachtete.

»Wie heißt diese junge Frau, nach der Sie suchen?«

»Wie gedankenlos von mir! – Ihr Name ist Sonja Blue.« Pangloss öffnete die Tür. Palmer war keineswegs überrascht, Renfield auf der anderen Seite der Schwelle stehen zu sehen.

»Renfield wird Sie auf Ihr Zimmer bringen. Oh, und Mr. Palmer?« Palmer warf einen Blick über seine Schulter. Pangloss grinste ihn an und zeigte dabei viel zu viele Zähne. »Angenehme Träume.«

2. Kapitel

»Haben Sie noch einen Wunsch, Sir?«

Palmer starrte den Pagen zwei Sekunden lang an, bevor er ihm antwortete. »Äh, nein. Danke, ich glaube nicht.« Er stopfte ihm ein paar Dollar in die weiß behandschuhte Hand. Der Page verzog das Gesicht zu einer angewiderten Grimasse, als hätte Palmer ihm gerade einen Schleimklumpen in die Hand gerotzt. Palmer hatte aber nicht vor, sich durch das verletzte Selbstwertgefühl irgendeines Collegestudenten das Vergnügen vermiesen zu lassen, ganz für sich allein eine Suite im Hilton zu bewohnen.

Palmer streifte sein Jackett von den Schultern und ließ sich auf das Sofa im Wohnzimmer fallen. Er rief den Zimmerservice an und bestellte ein New Yorker Steak, dazu ein paar Flaschen Importbier, alles auf den Namen des guten Dr. Pangloss. Er war nicht sicher, auf welchem Gebiet sein Arbeitgeber Doktor war, aber es war eindeutig damit Geld zu verdienen.

Während Palmer auf sein Essen wartete, blätterte er in den Notizen, die er sich während seiner Zeit als Pangloss' ›Hausgast‹ gemacht hatte.

1) Ist Sonja Blue tatsächlich Pangloss' Enkelin?
2) Hat S. B. etwas mit Drogen zu tun? Oder mit Prostitution?
3) Oder hat vielleicht Pangloss etwas damit zu tun?
4) Was zum Teufel tue ich hier eigentlich?

Bislang war es ihm nicht gelungen, auch nur auf eine der Fragen eine Antwort zu finden, wenn auch Punkt 4) ihm nicht mehr so dringlich schien wie zum Zeitpunkt der Niederschrift, seit er einige Flugstunden zwischen sich und seinen Arbeitgeber gebracht hatte.

Sein Blick fiel auf den steifen cremefarbenen Umschlag, der aus der Brusttasche seines Jacketts hervorschaute. Zweifelsohne würde ihm der Brief ein paar Antworten geben können, das verstieße natürlich gegen die Spielregeln.

Trotzdem, für jemanden, der verzweifelt nach seinem Enkelkind sucht, war Pangloss sehr zurückhaltend mit persönlichen Informationen über das Mädchen gewesen. Nach einigem Befragen war Palmer schließlich zum Schluß gekommen, daß man möglicherweise durch einen ihrer Freunde – wenn das denn der passende Ausdruck war – auf ihre Spur kommen könnte, einen gewissen Geoffrey Chastain, besser bekannt als ›Chaz‹. Nach dem bißchen, was Palmer sich bis jetzt hatte zusammenreimen können, war dieser Chaz ein immigrierter Brite, der eine Vorliebe für harte Drogen und für perverse sexuelle Abenteuer hegte. Der typische Kleinganove eben.

Palmer fummelte einen Bleistift aus seiner Hosentasche und ergänzte seine Aufzeichnungen.

5) Ist Chastain S. B.s Liebhaber? Kunde/Zuhälter?
6) Pangloss ist sich sicher, daß S. B. sich nicht mehr in der Gegend aufhält, glaubt aber trotzdem, hier könne man ebenso gut mit der Suche anfangen wie irgendwo anders.

Palmer betrachtete die Fotografie von Chaz, die Pangloss ihm vor der Abreise aus dem Landhaus überreicht hatte. Seltsam, daß Pangloss zwar ein Foto von dem miesen Freund seiner Enkelin besaß, aber von ihr nicht einmal einen Schnappschuß.

Das Foto sah aus wie ein Paßfoto oder als stamme es aus einer Verbrecherkartei. Der Mann, der finster in die Kamera geblickt hatte, war Ende Zwanzig und hatte sein Haar zu einem rebellischen Hahnenkamm hochfrisiert. Die Form seiner Wangenknochen und seine schrägen Augen gaben noch immer Zeugnis von einer männlichen Schönheit, aber jegliche körperliche Anziehungskraft, die Geoffrey Chastain einmal besessen hatte, war von seinen Süchten aufgezehrt worden. Seine Drogenabhängigkeit war sogar auf dem Foto noch deutlich zu erkennen. Dennoch konnte Palmer nachvollziehen, daß ein junges, leicht zu beeindruckendes Mädchen von diesem Halunken fasziniert sein konnte.

Der Zimmerservice brachte das Steak und das Bier. Auf einen Streifzug durch die Nacht bereitete er sich immer mit einer ordentlichen Portion noch blutigen Fleisches vor. Es versetzte ihn in die richtige Stimmung für die Jagd.

»Kennen Sie den Mann?«

Zum ungefähr hundertfünfundsiebzigsten Mal in jener Nacht stellte Palmer diese Frage. Seine Füße waren müde, und seine Blase schmerzte von zu vielen Bieren.

Der Typ, auf dessen Regenmantel das Anarchistensymbol gemalt war, sah erst Palmer an, dann das Paßfoto. Er trank einen Schluck von seinem Bier und schüttelte den Kopf. »Tut mir leid. Ich kann dir nicht weiterhelfen.«

Ein schmächtiger Junge, der neben dem Mann mit dem Anarchistenmantel saß, reckte neugierig den Kopf.

»Und du? Kennst du diesen Typen?«

»Er kennt ihn auch nicht«, fauchte der Kerl im Regenmantel. »Er kennt niemanden, den ich nicht auch kenne, hab' ich nicht recht?« Das galt dem Jungen. Es klang nicht wie eine Frage.

Der Junge sank in sich zusammen und grinste seinen Freund nervös an. »Natürlich, Nick. Ich kenne niemanden.«

»Verdammter Arsch.« Leise fluchend ging Palmer zur Herrentoilette. Es war nicht das erstemal an diesem Abend, daß man ihn so aggressiv hatte abblitzen lassen. Mindestens zweimal war er nahe dran gewesen, und dann war aus den fraglichen Typen plötzlich kein Wort mehr herauszubekommen.

Während er sich über dem Pissoir erleichterte, hörte er, wie die Tür zum Klo hinter ihm auf- und wieder zuging.

»He, Mister.«

Aus den Augenwinkeln konnte Palmer Nicks Freund ausmachen. »Was gibt's, Junge?«

»Ich kenne den Typen. Den auf dem Foto.«

»Tatsächlich?«

»Ja. Chaz. Er ist aus England.«

»Wieso wollte dein Freund nicht, daß du mit mir sprichst?«

»Nick? Ach, der ist einfach eifersüchtig, das ist alles.« Der Junge kicherte. »Er und Chaz haben ein paarmal die Klingen gekreuzt, sozusagen. Chaz hat sich an ein paar seiner Jungs herangemacht.«

Palmer schüttelte ab und zog den Reißverschluß zu, ehe er sich zu dem Jungen umdrehte. Der Junge konnte nicht älter als siebzehn sein. Sein hellrotes Haar war vorne kurzgeschnitten und hinten zu einem langen Rattenschwanz geflochten. Er trug ein Paar Designerjeans und ein T-Shirt.

»Wie heißt du, Kleiner?«

»Terry.«

»Hör zu, Terry. Kannst du mir sagen, wo ich diesen Chaz möglicherweise finden kann? Es wird nicht dein Schaden sein...« Er zog einen Zwanziger aus der Tasche und hielt ihn sichtbar zwischen den Fingern. Der Junge war offensichtlich interessiert, wich aber jedesmal aus, wenn Palmer ihm in die Augen sehen wollte. »Ist dieser Chaz ein Freund von dir? Hast du Angst, du könntest ihn in Schwierigkeiten bringen?«

Terry prustete. »Chaz? Ein Freund? Ich habe ihn immer für ein Arschloch gehalten! Er hat immer so getan, als wüßte er, was in meinem Kopf vorgeht. Außerdem hat ihn seit einem Jahr sowieso keiner mehr gesehen. Nicht seit der Sache mit den Blue Monkeys.«

»Den Blue Monkeys?«

»Ja. Die Gang, mit der Chaz damals rumgezogen ist. Richtige Kotzbrocken. Haben sich immer die Haare blau gefärbt. Er war mit ihnen befreundet, ... aber sie gaben sich mit ihm nur ab, weil er ständig Stoff bei sich hatte.«

»Wo kann ich diese Blue Monkeys finden?« Palmer gab Terry den gefalteten Schein.

»Gar nicht.«

»Was soll das heißen?«

»Sie sind tot.«

»Tot?«

»Na ja, nicht alle, aber es sind so viele gekillt worden, daß die Gang sich von selbst aufgelöst hat.«

»Was ist passiert?«

»Das weiß keiner so genau. Die Sache ist ziemlich schnell vertuscht worden. Aber es muß wohl ein Bandenkrieg oder so was in der Art gewesen sein, im Hinterzimmer einer Bar. Wer nicht umgebracht wurde, wurde übel zugerichtet. Ich... Augenblick mal – Jimmy!«

»Jimmy?«

»Das war der Junge, mit dem Chaz damals ging. Er war der einzige, der nichts abbekommen hat.«

»Wo kann ich diesen Jimmy finden?«

Terry grinste und hielt seine Hand hin, fast so wie ein Junge, der seinen Vater um das allwöchentliche Taschengeld bittet. »Das kostet dich mehr als einen Zwanziger, Mann.«

Palmer brummte und zog einen weiteren Schein hervor. Terrys Hände bewegten sich so schnell, daß nicht zu erkennen war, in welcher Tasche das Geld verschwand.

»Er heißt Jimmy Eichhorn. Er lebt bei seiner Mutter irgendwo drüben auf der Neunundzwanzigsten.«

»Du lernst schnell, Kleiner.«

Terry zuckte mit seinen schmalen Schultern, als er sich zum Gehen abwandte. »Nick ist ziemlich knauserig, wenn es darum geht, mir mal was Schönes zu kaufen.«

»Mrs. Eichhorn?«

Die Frau, die ihn von der anderen Seite der Türkette her musterte, runzelte die Stirn, als überlegte sie, ob sie antworten solle.

»Mrs. Eichhorn, mein Name ist Palmer...«

»Was wollen Sie? Sind Sie von der Wohlfahrt? Für einen offiziellen Besuch ist es zu spät!«

Es hatte gute zwei Stunden gedauert, bis Palmer das richtige Haus ausfindig gemacht hatte. Terry hatte sich um ein paar

Blocks vertan. Palmers Magen knurrte schon seit einer ganzen Weile, und außerdem machte ihm seine Narbe Probleme. Er hatte fünf enge, spärlich beleuchtete Treppen hinaufsteigen müssen, wo es so übel nach Pisse und Müll gestunken hatte, daß ihm fast die Kotze hochgekommen war. Er merkte, wie seine Wut mit ihm durchzugehen drohte.

»Mrs. Eichhorn, sehe ich etwa aus wie ein verdammter Sozialarbeiter?«

Mrs. Eichhorn waren rhetorische Fragen unbekannt. Er spürte, wie sie seine rasierten Schläfen und seinen dürren Ziegenbart unter die Lupe nahm und bei seinem welligen, graumelierten Haar verweilte, das streng nach hinten gekämmt war; ein Überbleibsel aus jener Zeit, als er im ›Club Lies‹ jeden Abend einen draufgemacht hatte.

»Ich möchte mit Jimmy sprechen, Mrs. Eichhorn. Ist er zu Hause?«

Mrs. Eichhorn kniff die Augen zusammen. »Ja, er ist da. Er ist immer da. Was wollen Sie von Jimmy?«

Palmer schob einen nagelneuen Zwanziger durch den Türspalt. »Es ist wichtig, Ma'am.«

Jimmys Mutter zögerte, dann schloß sie die Tür. Den Zwanziger hatte sie vorher einkassiert. Eine Sekunde später ging die Tür wieder auf, so daß Palmer einen besseren Blick auf sie und die Wohnung hinter ihr bekam.

Mrs. Eichhorn war eine Frau mit ernstem Gesichtsausdruck und mit farblosem, ausgewaschenem Haar, das einmal blond gewesen sein mußte. Ihre Haut war teigig und ihre Augen so hellblau, daß sie fast farblos wirkten. Um den Mund hatte sie tiefe Falten. Die einzige deutlich erkennbare Farbe in ihrem Gesicht stammte von einem violettroten Lippenstift, den sie sich auf den Mund geschmiert hatte. Sie trug eine oft gewaschene Kellnerinnenuniform, auf die in Rot der Name ›Alice‹ gestickt war. Die wenigen Möbelstücke im Wohnzimmer waren genauso alt und zerschlissen wie ihre Besitzerin.

»Was wollen Sie von meinem Jimmy?« Sie holte eine Filterzigarette aus ihrer Schürzentasche hervor und klemmte sie sich zwischen ihre violettroten Lippen. Palmer rümpfte angewidert die Nase. Seltsamerweise ging ihm das Rauchen anderer auf die Nerven.

»Sie beeilen sich am besten, egal um was es geht. Ich muß in ein paar Minuten zur Arbeit.«

»Mrs. Eichhorn, war Ihr Sohn Mitglied einer Jugendbande, die sich die Blue Monkeys nannte?«

Der Blick, mit dem sie ihn ansah, war so scharf, daß man damit Glas hätte zerschneiden können. »Sind Sie 'n Bulle?«

»Nein, Ma'am, ich bin Privatdetektiv. Ich weiß nicht, was damals passiert ist. Wie ich gehört habe, handelte es sich jedenfalls um einen Bandenkrieg –«

Mrs. Eichhorn blies schnaubend Zigarettenrauch aus der Nase. »Glauben Sie den Mist etwa?« Dann betrachtete sie ihn erneut aufmerksam, diesmal aber nicht so hart wie gerade eben. »Sie sind nicht von hier, oder? Hätte ich mir gleich denken können, als Sie fragten, ob Jimmy zu Hause ist. Aber das ist auch egal. Die Leute vergessen alles, verdrehen alles und erfinden was dazu, weil es angeblich besser klingt. Sie wissen, wie das so ist.«

»Es gab keinen Kampf?«

»Massaker wäre ein besseres Wort dafür. Ich bin nur froh, daß meinem Jungen das erspart geblieben ist, das ist alles. Den Rest dieser Halunken hätten Sie im Klo runterspülen können, das hätte niemanden interessiert. Aber Jimmy ... er war noch neu in der Gang. Sie hatten noch nicht genug Zeit gehabt, ihn zu versauen, zumindest nicht richtig.« Die Falten um ihre Mundwinkel vertieften sich.

»Kann ich mit ihm sprechen?«

»Versuchen Sie's.«

Sie führte ihn einen schmalen, unbeleuchteten Gang entlang und öffnete eine Tür, an der ein Poster hing. In dem kleinen Zimmer dahinter herrschte Dunkelheit. Durch das Fenster fiel nur soviel Licht, daß Palmer ein schmales Kinderbett in einer Ecke und lauter Heavy-Metal-Poster an den rissigen und abblätternden Wänden erkennen konnte.

Jimmy Eichhorn saß in einem Rollstuhl und starrte auf die Welt jenseits des Fensterbretts.

»Ich hab' das Zimmer so gelassen, wie es früher war.« Mrs. Eichhorns Stimme klang jetzt leise und sanft, so als befände sie sich in einer Kirche. »Ich glaube, es macht ihn glücklich.« Sie stand neben ihm und strich ihm gedankenverloren über den Hinterkopf. »Das Blau ist fast rausgewachsen. Wie habe ich es immer gehaßt, wenn er sich die Haare gefärbt hat! Er hatte immer so hübsches Haar, finden Sie nicht auch?«

Jimmys Haar hatte dieselbe mausgraue Unfarbe wie das seiner Mutter. Palmer murmelte etwas Unverständliches als Antwort. Er schätzte den im Rollstuhl zusammengesunkenen Jungen auf etwa sechzehn, obwohl ihn seine eingefallenen Gesichtszüge eigentlich noch jünger erscheinen ließen. Jimmy trug einen Pyjama und hatte eine Decke auf dem Schoß. Er beachtete die Erwachsenen rechts und links von ihm nicht, seine ganze Aufmerksamkeit galt der Straße unten vor dem Haus.

»Jimmy? Jimmy, sieh mich an, mein Schatz. Dieser nette Mann möchte dir eine Frage stellen.«

Jimmy löste seinen Blick von dem Laternenpfahl auf der gegenüberliegenden Straßenseite, neigte seinen Kopf zur Seite und fixierte seine Mutter. Nach einigen Sekunden breitete sich ein Grinsen auf seinen Lippen aus, dabei sabberte Speichel über sein Kinn. Dann streckte er seine Hand aus und umklammerte die Hand seiner Mutter. Mrs. Eichhorn lächelte nachsichtig und strich dem Jungen die Haare aus den Augen.

»Jimmy?«

Der Blick des Jungen glitt erst zum Fenster hinüber und schwenkte dann zu Palmer. Es war der Blick eines Kleinkindes: klare, aufgerissene Augen, in denen sich die Verunsicherung einem Fremden gegenüber spiegelte.

»Jimmy, ich brauche deine Hilfe.«

»Nur zu, mein Schatz, es ist okay.« Mrs. Eichhorn drückte Jimmys Hand.

Palmer zog das Foto von Chaz aus seiner Jacke und hielt es

so, daß der Junge es sehen konnte. »Weißt du, wo ich diesen Mann finden kann, Jimmy? Weißt du, wo Chaz ist?«

In Jimmys Gesicht bewegte sich ein Muskel. Palmer wußte nicht, ob es eine verneinende Geste gewesen war oder nur ein Muskelkrampf. Bevor er noch mal nachhaken konnte, gab der Junge schrille Laute von sich und begann überall zu zucken.

Palmer trat angewidert einen Schritt zurück, als der Junge seinen Darm leerte. Jimmys Augen rollten in ihren Höhlen; dann wurden sie glasig und fixierten einen unbekannten Punkt in der Ferne.

»Raus! Machen Sie, daß Sie rauskommen!« fuhr ihn Mrs. Eichhorn an.

»Aber –«

»Los, verschwinden Sie. Ich kann ihn nicht beruhigen, solange Sie im Zimmer sind!«

Jimmy griff sich an die Kehle, als wollte er einen unsichtbaren Angreifer abwehren. Palmer konnte dabei kurz so etwas wie Einstichwunden unter dem Kinn des Jungen erkennen.

Verlegen stand Palmer eine Weile im tristen Wohnzimmer der Eichhorns und mußte mit anhören, wie die Mutter ihren blödsinnigen Sohn tröstete. Palmer betrachtete seine Hände und stellte fest, daß sie zitterten.

»Er war so ein glückliches Baby.«

Mrs. Eichhorn lehnte sich gegen den Türrahmen und steckte die nächste Zigarette an. Auch ihre Hände zitterten.

»Früher hat er immer gelacht«, fuhr sie fort. »Sein Daddy hielt ihn deswegen für etwas ganz Besonderes. Vermutlich ist er aus diesem Grund ein paar Jahre länger geblieben, als wenn Jimmy nur geschrien hätte wie die meisten Babys. Als er '79 abgehauen ist, war Jimmy gerade fünf. Alles hat sich seitdem verändert. Ich ... ich war gerade fünfzehn, als Jimmy geboren wurde. Was wußte ich schon, wie man alleine ein Kind großzieht?« Sie betrachtete erst die Zigarette in ihrer Hand, dann blickte sie zu Palmer, als wollte sie ihm verbieten zu widersprechen. Plötzlich wurde ihm bewußt, daß diese ausgebrannte Frau sieben Jahre jünger als er sein mußte.

»Es ist nicht mein Fehler, daß er so wurde... Irgend jemand hat ihm das angetan.« Ihre Kehle schnürte sich zusammen, und sie mußte den Blick abwenden. »Er wäre nicht so, wenn er an jenem Abend nicht mit der Gang zusammengewesen wäre. Ich habe ihm gesagt, er solle nicht hingehen – und ein für allemal mit ihnen brechen. Aber er ließ nicht mit sich reden. Er sagte, es wäre wichtig für ihn, zu den Blue Monkeys zu gehören. Wichtiger als alles andere. Wissen Sie, was er tun mußte, damit sie ihn in ihrer gottverdammten ›Superbande‹ aufnahmen? Er mußte ihre... ihnen einen runterholen. Ich konnte einfach nicht begreifen, daß er nach all dem, zu was sie ihn gezwungen hatten, noch etwas mit ihnen zu tun haben wollte, aber er war auch noch stolz darauf, ein Blue Monkey zu sein.« Sie schüttelte angewidert den Kopf. »An dem Abend habe ich ihm gesagt, daß ich nicht will, daß er sich mit diesem Abschaum herumtreibt. Wenn er dorthin ginge, sollte er besser gar nicht mehr nach Hause kommen. Er hat mich wüst beschimpft! Seine eigene Mutter! Und gegangen ist er trotzdem.« Ihre Augen glänzten feucht, aber ihre Wangen blieben trocken. »Jetzt müssen wir wohl beide für unsere Sünden büßen.«

Palmer brachte es nicht fertig, ihr ins Gesicht zu sehen. »Mrs. Eichhorn... es tut mir leid, ich konnte nicht wissen, daß meine Fragen Ihren Sohn derartig... aufregen würden.«

Sie zuckte mit den Schultern. »Wie sollten Sie auch. Komisch, warum es manchmal bei ihm losgeht. Aber Sie hätten ihn nicht zu fragen brauchen, ich kann Ihnen auch verraten, wo Sie Chaz finden.«

»Sie kennen Chaz?«

»Ja, ich kannte ihn er ist tot. Er starb in der Nacht, als die Monkeys den Ärger hatten. Jimmy hatte ihn ein- oder zweimal mit angeschleppt. Ich hielt ihn für eine Art Dealer. Ich hab' Jimmy gesagt, daß ich diese Typen nicht mochte, mit denen er sich rumtrieb, also hat er Chaz nicht mehr mitgebracht. – Es hieß, Chaz hätte Ärger gehabt und wäre abgeknallt worden.«

»Sie meinen, es war eine abgekartete Sache?«

»Zumindest sah es ganz danach aus. Überrascht hätte es mich

nicht. Chaz gehörte zu den Trotteln, die immer die falschen Leute auf den Arm nehmen.«

»Mrs. Eichhorn, das ist jetzt sehr wichtig: Hat Jimmy jemals etwas davon erwähnt, daß Chaz eine Freundin hatte?«

»Nicht daß ich wüßte. Aber zu der Zeit haben Jimmy und ich nicht gerade viel miteinander gesprochen.«

»Ich möchte Sie nicht noch länger aufhalten, Mrs. Eichhorn. Vielen Dank für alles, was Sie mir erzählt haben.« Beim Hinausgehen stopfte Palmer ihr zwei Fünfzigdollarscheine in die Schürzentasche.

»Wissen Sie was?« sagte sie, als sie ihm die Tür aufhielt. »Eigentlich komisch, aber irgendwie bringe ich es nicht fertig, den zu hassen, der Jimmy auf dem Gewissen hat. In gewisser Weise habe ich, was ich wollte. Ich habe meinen Jungen zurück. Finden Sie das nicht auch komisch?«

Palmer nickte einfach und machte, daß er fortkam. Auf dem dritten Treppenabsatz blieb er stehen und warf rasch eine Schmerztablette ein. Als er auf der Straße war, schmerzte sein Brustkorb endlich nicht mehr, als hätte man ihn mit einer Hummerzange aufgebrochen. Er sah sich nicht um, um zu sehen, ob Jimmy ihn beobachtete.

In jener Nacht träumte er, er säße in einem Rollstuhl und würde einen langen, schwach beleuchteten Flur entlanggeschoben. Der Rollstuhl hätte dringend eine Ölung gebraucht, er quietschte bei jeder Bewegung. Alles schien so lebendig, so wirklich, daß Palmer glaubte, sich wieder in der Krankenstation des Gefängnisses zu befinden. Dann fiel ihm ein, daß man ihn längst entlassen hatte. Verwirrt drehte er sich um, um zu sehen, wer den Rollstuhl schob.

Loli lächelte ihn an. In ihrer gestärkten Schwesternuniform wirkte sie gleichzeitig erregend und bedrohlich. Palmer wurde sich schmerzhaft seiner Erektion bewußt, die sein Anstaltshemd aufrichtete.

»Hast du mich vermißt, Liebling?« fragte Loli. Ihre Lippen hatten die Farbe frischen Blutes.

»Ja. Sehr.« Er gab es nur ungern zu, aber er hatte sie tatsächlich vermißt, unabhängig davon, was sie ihm angetan hatte. Er kam sich dumm, ohnmächtig und degeneriert dabei vor, aber sein Schwanz war nun mal so hart, daß man damit Diamanten hätte schneiden können.

»Ich habe dich auch vermißt! Aber diesmal wird bestimmt alles besser laufen!«

Loli brachte den Rollstuhl am obersten Absatz einer Treppenflucht zum Stehen, die sich in eine andere Dimension zu erstrecken schien. Palmer wurde schwindlig. Er versuchte aufzustehen, aber seine Arme und Beine waren an den Rollstuhl gefesselt.

Er drehte den Kopf nach hinten, weil er noch einen Blick auf Loli werfen wollte. Statt dessen starrte er in die Mündung seines Revolvers. Er wußte, daß er träumte, und er wußte auch, was als nächstes geschehen würde. Er erinnerte sich an ein Gerücht – oder handelte es sich um eine umstrittene wissenschaftliche Tatsache? – Träumte man zu sterben, dann starb man während des Schlafes. Gewiß konnte selbst eine geträumte Loli auf diese Entfernung nicht danebenschießen.

Palmer stürzte sich kopfüber in das aufgeworfene, sich endlos verlängernde Treppenhaus. Wie durch ein Wunder blieb der Rollstuhl aufrecht, während er durch gotische Spitzbögen sauste und an verfallenen Fassaden vorbeischoß. Er hörte Loli ihm Obszönitäten vom obersten Treppenabsatz hinterherbrüllen und dazu das verhallende Revolverfeuer. Er hatte keine Ahnung, wohin es ging. Hauptsache weit fort von Loli mit ihren blutenden Lippen und dem bedrohlichen 38er.

Einen kurzen schwindelerregenden Augenblick lang wußte Palmer, was es hieß, frei zu sein. Dann sah er die massive Ziegelmauer, die ihm den Weg versperrte. Und vor der Mauer, wie ein Polizist den Griff der Waffe mit beiden Händen fest umschlossen, stand Loli.

»Reingefallen!«

Als er aufwachte, merkte er, daß er ins Bett gemacht hatte.

Palmer betrachtete die unzähligen Reihen aus kaltem Marmor und Granit, dann sah er wieder auf den Plan, den ihm der Friedhofswärter am Eingang überlassen hatte. Soweit er bis jetzt hatte herausfinden können, war Geoffrey Chastain, besser bekannt als ›Chaz‹, im Bereich E-7 begraben. Die meisten Grabsteine in diesem Abschnitt waren neueren Modells, einige sogar maschinell hergestellt. Die Namen und Daten auf ihnen waren noch deutlich zu erkennen, es würde noch einige Jahre dauern, bis Wind und Regen die Inschriften ebenso unleserlich gemacht hatten wie die der älteren Steine.

Es war Anfang Februar, und der Bodenfrost knirschte unter Palmers Absätzen, als er sich seinen Weg zwischen den Grabsteinen hindurch bahnte. Trotz seines Anoraks fror er, und der Alptraum, der ihn schwitzend und zitternd um vier Uhr an jenem Morgen aus dem Schlaf hatte schrecken lassen, hatte auch nicht gerade zu einer gehobenen Stimmung beigetragen. Er hatte nicht wieder einschlafen können oder wollen, und seine Kehle war so rauh gewesen wie von unzähligen Zigaretten.

Beim Weiterstapfen ging er noch einmal die wenigen Informationen durch, die er den Aufzeichnungen des Friedhofswärters hatte entnehmen können. Chastains Grabstelle war anonym und bar bezahlt worden. Wirklich interessant war nur, daß der Verstorbene zuerst auf dem Armenfriedhof beigesetzt worden war, bevor er einen Monat später exhumiert und in eine richtige Grabstelle mit Grabstein verlegt worden war. Palmer war sicher, daß Sonja Blue hinter Chaz' Adressenwechsel steckte. Aber warum? Aus Schuldgefühlen? Pflichtbewußtsein? Liebe?

Palmer stolperte buchstäblich über Chaz' Grab. Seine Füße hatten sich in den verwesten Überresten eines Blumengebindes verheddert, und er hatte sich, um nicht hinzufallen, auf den nächsten Grabstein gestützt. Als er sich endlich befreit hatte, sah er, daß er mit seinem Hintern auf Geoffrey Chastains Grabmonument hockte.

Palmer trat einen Schritt zurück und starrte auf die nichtssagende Gedenktafel: *Geoffrey Alan Chastain 1961–1989.* Weitere Aussagen gab es nicht, keinen Ausdruck der Trauer, kein religiöses Symbol auf der kalten Oberfläche, nur die Signatur eines Steinmetzes unten. Palmer verfluchte sich, seine Selbstbezichtigungen drangen als gefrorener Atem von seinen Lippen. Was hatte er überhaupt hier draußen zu finden gehofft? Die neue Adresse der verschwundenen Erbin, eingemeißelt in den Grabstein ihres toten Geliebten?

Dann sah er die Blumen. Zuerst glaubte er, sie gehörten zu demselben Gebinde, über das er anfangs gestolpert war, aber dann sah er, daß sie anders eingewickelt waren. Er bückte sich und nahm den Strauß von Chaz' Grab. Was er zuerst für längst verwelkte Blumen gehalten hatte, entpuppte sich als ein Strauß frischer, mitternachtsschwarzer Rosen. Palmer faßte den Strauß nur vorsichtig an, denn die zusammengebundenen Stiele waren voller Dornen.

Schwarze Rosen. Mit dem Namen und der Telefonnummer des Floristen auf dem Band, das die Blumen zusammenhielt. Palmer mußte grinsen, als er das Band zerriß; plötzlich zuckte er aber zusammen, weil sich ein Dorn in seinen Daumen gebohrt hatte.

Eine ganze Weile starrte er auf den Blutstropfen – er war so glänzend rot wie ein frisch polierter Rubin –, ehe er seinen Daumen zum Mund führte. Während er ihn ablutschte, blickte er hoch und sah einen hageren jungen Mann in einer für diese Jahreszeit viel zu dünnen Jacke, der ihn mit einer Zigarette zwischen den Lippen aus ein paar Metern Entfernung beobachtete. Palmer schnappte den Geruch von brennendem Tabak in der frischen Morgenbrise auf.

Als Palmer noch mal hinsah, war der Mann verschwunden, obwohl der Geruch seiner französischen Zigarette immer noch in der Luft hing. Palmer war sich sicher, das Gesicht des Fremden schon einmal gesehen zu haben. Wurde er womöglich verfolgt?

Er steckte das Band des Floristen in die Tasche, machte kehrt und lief den Weg zurück, den er gekommen war. Er wunderte sich, wohin der Mann so schnell hatte verschwinden können. Außerdem fragte er sich, wie der Fremde es aushielt, an einem grauen Februarmorgen mit nichts Wärmerem als einem Seidenjackett auf einem Friedhof herumzuhängen. Er blieb stehen, um einen Blick zurück auf Chaz' Grab zu werfen. Dann griff er in seinen Anorak und holte das Foto hervor, daß Pangloss ihm gegeben hatte.

Unmöglich. Er spürte, wie ihm der Schweiß den Rücken hinabrann. Seine Narbe spannte. Daran war bestimmt der fehlende Schlaf schuld. Und der Traum. Obwohl diese Erklärungen vollkommen vernünftig klangen, fühlte er sich durch sie trotzdem nicht besser. Er mußte irgend etwas gegen all die Träume unternehmen, bevor er völlig den Verstand verlor. Aber nicht jetzt. Das mußte warten, bis er den Fall abgeschlossen hatte.

»Ja, richtig, das ist von uns«, sagte der Blumenhändler, als er das Stück gelber, verblichener Schleife betrachtete, das ihm Palmer in die Hand gedrückt hatte.

»Ich dachte, vielleicht könnten Sie mir helfen herauszufinden, wer die Bestellung aufgegeben hat.«

»Guter Mann, wir verkaufen jede Menge Blumen...«

»Auch schwarze Rosen?«

Der Blumenhändler rückte seine Brille ein wenig tiefer auf die Nase und blinzelte Palmer über sie hinweg an. »Schwarze Rosen, haben Sie gesagt?«

Palmer nickte. Er wußte, daß er auf der richtigen Spur war. Er fühlte die altbekannte, beinahe elektrische Spannung, die er immer spürte, wenn sich die ersten Verbindungen ergaben und eine unsichtbare Maschinerie in Gang kam. »Genau ein Dutzend. Abgegeben wurden sie am Rolling-Lawns-Friedhof.«

Der Blumenhändler trat an einen Karteischrank. »Der Name des Verstorbenen?«

»Chastain.«

Der Blumenhändler murmelte etwas und zog einen braunen Hefter aus einer Schublade. »Ja, ich kann mich erinnern, die

Bestellung entgegengenommen zu haben. Normalerweise bestellen Kunden keine Rosen als Grabdekoration. Zum Muttertag, zum Valentinstag, für ein Jubiläum oder zum Geburtstag, das schon. Und noch dazu schwarze Rosen – besonders zu dieser Jahreszeit.«

»Ich nehme an, sie sind sehr teuer.«

»Das können Sie laut sagen.« Er tippte mit dem Finger gegen das Bestellformular. »Die Bestellung wurde telefonisch aufgegeben. Per Ferngespräch. Bezahlt wurde sie mit Kreditkarte.«

»Könnte ich mal sehen?«

»Ich weiß nicht... Mein Partner sähe es bestimmt nicht gerne, wenn ich einen Fremden in unsere Unterlagen sehen lasse.«

»Natürlich, verstehe. Sagen Sie, was kostet denn so eins da drüben?« Er zeigte auf ein riesiges Blumengesteck in der Form eines Hufeisens. Am Rand stand in weißen Nelken der Schriftzug *ALLES GUTE.*

»Das kommt auf etwa fünfundsiebzig bis einhundert Dollar, je nachdem, wohin Sie es geliefert haben wollen.«

»Ich nehme eins.« Er zog fünf Zwanziger aus seinem Bündel Geldscheine in der Tasche.

»Die Bestellung wurde vor einer Woche aufgegeben und wurde bezahlt von der Firma Indigo Imports in New Orleans, Sir.«

Palmer konnte sich ein Grinsen nicht verkneifen. Er spürte, wie alle Fäden zusammenliefen. Zum ersten Mal in seiner Laufbahn arbeitete er an einem richtigen Fall, einem Fall, wie ihn Sam Spade und seinesgleichen immer lösten; einem Fall, der seinen Beruf in herrliche Wolken von Zigarettenqualm, Whiskydunst und Pulverrauch hüllte. All die Jahre, die er damit verbracht hatte, vor Liebesnestern mit einer Polaroid im Anschlag herumzulungern, schienen dahinzuschmelzen, und die romantischen Vorstellungen, die ihn dazu gebracht hatten, den Beruf des Detektivs zu ergreifen, und die er längst tot geglaubt hatte, wurden mit neuem Leben erfüllt.

Als er schon auf dem Weg zur Ladentür war, rief ihm der Blumenhändler nach. »Sir? Sir! Wann und wohin möchten Sie das Gesteck geliefert bekommen?«

»Schicken Sie es an dieselbe Adresse, an die auch die Rosen gingen. Es eilt aber nicht.«

Karneval

Während des Karnevals tragen Menschen
Masken über ihren Masken

– Xavier Forneret

3. Kapitel

Als Palmer Pangloss über sein Reiseziel in Kenntnis setzte, versicherte ihm der Doktor, Renfield werde sich um die Flugtickets und seine Unterbringung kümmern. Palmer wußte, daß die Flüge nach New Orleans während der Karnevalszeit Wochen im voraus völlig ausgebucht waren, ganz zu schweigen von den Hotels, und erwähnte dies gegenüber seinem Arbeitgeber. Pangloss lachte und meinte, er solle sich deshalb keine Sorgen machen; er unterhalte ein Appartement im French Quarter abseits der Haupttouristenströme, aber immer noch nahe am Geschehen. Er wolle gleich den Hausmeister anrufen, damit er die Wohnung vor Palmers Ankunft durchlüfte.

Palmer traf am späten Sonntagabend ein. In der Stadt wimmelte es von betrunken grölenden Vergnügungssüchtigen. Er hatte nicht erwartet, daß Renfield ihm die Tür öffnen würde.

»Sie sind also da«, war alles, was der blasse Mann zur Begrüßung hervorbrachte, dann trat er zurück in den Flur, damit Palmer eintreten konnte.

»Der Doc hat nichts davon gesagt, daß er Sie hierherschickt, damit Sie mich im Auge behalten.«

Falls Renfield die Spitze bemerkt hatte, ließ er es sich jedenfalls nicht anmerken. Er zeigte auf die Treppe, die sich wie ein vielkämmriger Nautilus durch das Haus wand. »Ihr Zimmer befindet sich im zweiten Stock. Dritte Tür rechts.«

»Ich dachte, der Doc hätte hier eine *Wohnung*.«

Renfield hob die Schultern. »Wie man's nimmt. Ihm gehört das ganze Gebäude.«

Mit einem Stirnrunzeln registrierte Palmer den Packen Postwurfsendungen, der auf einer antiken Anrichte im Eingang lag.

Renfield räusperte sich und führte Palmer die Treppe hinauf. Am hallenden Echo auf dem ersten Absatz merkte Palmer, daß das Parterre offensichtlich leerstand.

Palmers Quartier erwies sich als recht geräumig. Es bestand aus einem Wohnschlafzimmer, einem großen Bad mit einer gußeisernen Wanne auf Löwenfüßen und einer Kochecke, die mit einem gutgefüllen Kühlschrank und einer Mikrowelle ausgestattet war. Außerdem war ein Farbfernseher mit Großbildschirm vorhanden, ein Videorecorder, eine Stereoanlage und eine Bar. Das Appartement verfügte auch über zwei jener schmiedeeisernen Balkone, für die die Stadt so berühmt ist.

Vom Balkon des Schlafzimmers aus hatte man einen Blick auf den Innenhof und auf das ehemalige Sklavenviertel. Jetzt war es allerdings zu dunkel, als daß Palmer etwas hätte erkennen können, denn der Innenhof war unbeleuchtet, aber er konnte einen schwachen Geruch nach verfaulendem Gemüse wahrnehmen, der vom Garten heraufzog.

Der Balkon in seinem Wohnzimmer gefiel ihm besser, da er zur Straße hinausging, die jetzt leer war, bis auf ein gelegentlich vorbeiziehendes Maultiergespann oder ein Taxi auf der Suche nach einem Fahrgast. Während Palmer, genüßlich eine Shermans rauchend, in der Abendbrise stand, konnte er die Bourbon Street hören – ein gedämpftes, undeutliches Brodeln, das in der sonstigen Stille ringsherum deutlich zu vernehmen war. Ab und an brüllte ein Betrunkener vor Lachen auf, aber das Echo verlor sich schnell wieder zwischen den alten Häusern.

Palmer überkam ein leicht beklemmendes Gefühl von Unwirklichkeit, so als träume er nur und wäre sich gleichzeitig des Träumens bewußt. Als er an diesem Morgen nach New Orleans aufgebrochen war, hatte es noch leichten Bodenfrost gegeben, und in manchen Gassen, in die kaum jemals ein Lichtstrahl fiel, konnte man noch harte Schnee- und Eiskrusten finden. Und jetzt stand er da in Hemdsärmeln, sog die duftende, subtropische Nachtluft ein und lauschte den Geräuschen des Karnevals.

Er spielte mit dem Gedanken, hinauszugehen und sich unter die Feiernden zu mischen, aber der Jetlag trieb ihn zu Bett.

Ausgestreckt auf dem wuchtigen Himmelbett schlief er ein, während das Moskitonetz im Luftzug flatterte, der durch die offenen Balkontüren hereinwehte.

Er träumte, er wachte auf. Im Traum blieb er ein paar Sekunden lang auf seinem Bett liegen und versuchte herauszufinden, wo er war und was er hier tat. Als es ihm einfiel, setzte er sich auf und rieb sich die Augen. Draußen war es noch dunkel; ein bleicher Streifen Mondlicht fiel durch die offenen Glastüren. Am Fußende des Bettes standen ein Tisch und ein Sessel. Palmers Traum-Ich war sich bewußt, daß dort im Sessel jemand saß und ihn beobachtete. Anfangs dachte er an Loli – er konnte nämlich immerhin erkennen, daß sein Besucher weiblich war –, und instinktiv fuhr er sich mit der Hand über die Narbe über seinem Herzen. Die vernarbte Haut fühlte sich kühl an.

Wer auch immer in seinen Traum gedrungen war, *sie* war es zumindest nicht.

Palmer wollte aufstehen und auf die geheimnisvolle Frau zugehen, konnte sich jedoch nicht bewegen.

Wer sind Sie?

Die Traum-Frau antwortete nicht, sondern erhob sich statt dessen. Sie blieb aber im Schatten stehen und spielte mit dem Netz, das über das Fußende hing. Wie ein Speer traf plötzlich ein Strahl des Mondlichts ihr Gesicht, Palmer konnte aber nichts weiter erkennen als nur sein eigenes verwundertes Gesicht, das sich verkleinert spiegelte.

Wer sind Sie?

Die Frau im Dunkeln lächelte und entblößte dabei Zähne, die viel zu weiß und zu spitz für einen Menschen waren. *Komisch, genau dasselbe wollte ich Sie auch gerade fragen.*

Das war sie – die, deretwegen er so weit gereist war. Palmer hatte nie ein Foto von ihr gesehen, geschweige denn ihre Stimme gehört, aber er war sicher, daß es sich bei der Frau, die jetzt am Fußende seines Bettes stand, um Sonja Blue handelte. Bevor er ihr eine weitere Frage stellen konnte, wurde ihre Aufmerksamkeit auf den Balkon gelenkt.

Hier? Nein, nicht hier. Aber ganz in der Nähe. Auf dem Weg hierher. Sie rannte auf die Balkontür zu.

Palmer öffnete den Mund, um sie zu warnen, daß sie sich im zweiten Stock befanden, brachte aber keinen Ton heraus. Sofort war es ihm peinlich, daß er ein Traumgebilde davor bewahren wollte, sich die Beine zu brechen.

Als sie die offene Tür erreichte, schien sie gleichzeitig länger und breiter zu werden, sich auszudehnen wie ein Raumschiff, das Lichtgeschwindigkeit erreicht, und schoß dann kopfüber in den frühen Morgenhimmel.

Plötzlich wurde sich Palmer bewußt, daß er fror und schwitzte und zitterte wie das Opfer eines Malariaanfalls. Seine Narbe brannte, als drücke man ihm glühendes Metall auf die Brust.

Wie ein bösartiger Teufel aus der Schachtel schnellte Loli hinter dem Fußende hervor und richtete den 38er auf seine Brust.

»Überraschung!«

Diesmal hatte er sich nicht mehr unter Kontrolle. Schreiend wachte er auf. Seine beiden Hände hielt er auf die Narbe gepreßt.

Indigo Imports war weder auf den gelben noch auf den weißen Seiten des New Orleanser Telefonbuches verzeichnet. Damit hatte Palmer auch gar nicht gerechnet, aber schließlich mußte er alles probieren. Dennoch war und blieb es eine unverrückbare Tatsache, daß sie ein Telefon haben mußte, weil das die Voraussetzung für eine Kreditkarte war. Vermutlich war es eine Geheimnummer, aber es bestand auch die Möglichkeit, daß sie sich ihre Anrufe von einem der Telefonservices übermitteln ließ. Und die standen alle im Telefonbuch.

Drei Stunden und sechsundachtzig Telefonservices später rief er bei der ›Anrufbeantworter AG‹ an und bat, die Geschäftsführerin von Indigo Imports sprechen zu dürfen.

»Tut mir leid, Sir, aber dies ist nur der Telefondienst. Möchten Sie eine Nachricht hinterlassen?«

Er hatte sie gefunden. Er mußte sich zusammenreißen, um sich seine Erregung nicht anmerken zu lassen. »Ja. Richten Sie ihr aus, William Palmer hat angerufen. Es ist sehr wichtig, daß sie sich bei mir meldet. Sie kann mich unter der Nummer 465-9212 erreichen«, sagte er, die Nummer von Pangloss' Telefon ablesend.

»Geht in Ordnung, Sir. Ich sorge dafür, daß sie die Nachricht erhält.«

Palmer legte den Hörer wieder auf die Gabel. Die Stadtbesichtigung würde warten müssen.

Der Anruf kam um sechs Uhr am selben Abend. Er war dank ein paar Gläsern teuren Bourbons, den er in der Bar entdeckt hatte, eingedöst und fiel bei dem Versuch, den Hörer vor dem zweiten Läuten abzunehmen, beinahe vom Sofa.

»Hallo?«

Am anderen Ende der Leitung herrschte Schweigen, dann war die Stimme einer Frau zu hören. »Mr. Palmer?«

»Am Apparat.«

»Was wollen Sie von mir, Mr. Palmer?«

»Ich bin Privatdetektiv, Miss Blue. Ihr Großvater, Dr. Pangloss, hat mich angeheuert, damit ich Sie finde.«

»Sie arbeiten für ihn?« In ihrer Stimme lagen sowohl Argwohn als auch Neugier.

»Wie man es nimmt. Sagen wir, ich schulde ihm einen Gefallen. Soweit ich informiert bin, brauche ich nichts weiter zu tun, als Ihnen einen Brief auszuhändigen. Deswegen wollte ich Sie um ein Treffen bitten.«

»Sie werden alleine kommen.« Das war keine Frage.

»Natürlich. Zeit und Ort bestimmen Sie; wie es Ihnen am liebsten ist.«

»Also gut. Dienstag abend um elf. Im ›Devil's Playground‹, Ecke Decatur und Governor Nicholls.«

Die unterbrochene Verbindung summte ihm im Ohr wie eine verärgerte Hornisse. Palmers Hände zitterten, sein Hemd klebte ihm am Rücken. Es war dieselbe Frau. Die aus seinem

Traum. Er hatte ihre Stimme wiedererkannt. Er kniff die Augen zusammen und massierte sich die Stirn mit der Innenfläche seiner Hand. Verdammt, was wurde hier gespielt? Lag es an den Trips, die er in den Siebzigern geschluckt hatte? Wenn ja, dann hatte er sich wirklich eine verteufelt günstige Zeit für einen Flashback ausgesucht.

Es hatte sich viel verändert, seit es aus dem Koma erwacht war. Manchmal hatte er das Gefühl, die achtunddreißig Jahre davor wie ein Schlafwandler durchs Leben gegangen und erst jetzt voll erwacht zu sein. Ein anderes Mal kam es ihm so vor, als stünde er am Rande eines vollständigen und allumfassenden nervlichen Zusammenbruchs.

Er hatte sich nie für ganz gewöhnlich oder normal gehalten, aber solche Alpträume wie jetzt hatte er vor dem ›Unfall‹ nie gehabt. Jedenfalls nicht seit seiner Kindheit. Damals hatte er ein paar fürchterliche Träume gehabt, aber seine Eltern hatten immer abgeblockt, wenn er über sie sprechen wollte, also hatte er es sein gelassen.

Sein Vater hatte sich nicht davon abbringen lassen, daß es nutzlos wäre, über Dinge zu sprechen, »die nicht wirklich sind und es nie sein werden«, daß es nur zu Verwirrung und, einer Logik folgend, die niemand außer seine Eltern zu begreifen schien, in den Wahnsinn führte. Wann immer Palmer widersprochen hatte, hatte ihm sein Vater mit Onkel Willy gedroht.

»Wenn du dir ständig über Dinge Sorgen machst, die nicht real sind, dann wirst du noch enden wie Onkel Willy! Er sorgt sich ständig über Sachen, die er im Traum sieht. Und wohin hat ihn das gebracht? In die Irrenanstalt, jawohl! Wenn du nicht mit diesem Unfug aufhörst, sitzt du am Ende mit ihm zusammen in einer Zelle!«

Mit einem bitteren Lächeln griff Palmer zum Bourbon. *Mach schon mal Platz, Onkel Willy. Sieht aus, als bekämst du Gesellschaft.*

Palmer ließ sich von der Menge durch die Bourbon Street schieben. Es war ein fürchterliches Gedrängel, und es ging dementsprechend langsam voran, aber trotz der viel zu vielen Menschen, dem Lärm und dem Gestank vom Abfall in der Gosse machte es ihm Spaß.

Man feierte Mardi Gras, und Palmer war den ganzen Tag durch die engen Straßen des French Quarter spaziert, hatte die Kostüme bewundert und verschiedene alkoholische Getränke gekostet, die überall angeboten wurden. Karnevalsbegeisterte warfen Perlenketten und anderen billigen Tand vom Balkon aus in die Menge unter ihnen. Gelegentlich entblößte eine betrunkene Touristin ihren Busen oder Hintern und löste damit unter den Fotografen in der Menge ein kurzes Blitzlichtgewitter sowie einen wahren Regen von Plastikperlen aus. Das Ganze war ordinär, dämlich und plump. Palmer fand es großartig.

An der nächsten Ecke befreite er sich aus dem Geschiebe der dichtgedrängten Körper und steuerte auf den Jackson Square zu. Er wollte dabeisein, wenn der Karnevalszug an der Saint-Louis-Basilika vorbeikam.

Eine Gruppe Maskierter amüsierte ihn. Sie waren als Frösche verkleidet und brachten eine Handvoll radikaler, gegen das bunte Treiben protestierender Fundamentalisten immer wieder aus dem Konzept, indem sie ihre eigenen, selbstverfaßten religiösen Pamphlete verteilten. Palmer war so beeindruckt, daß er ihnen für ihre Handzettel Geld anbot.

»Lassen Sie mal«, grinste ihn der junge Mann aus dem Innern des weit aufgerissenen Froschmaules aus Stoff an. »Wir wollen damit nur diesen Quacksalbern einen Denkzettel verpassen. Die meisten Leute spenden uns sowieso mehr Geld als ihnen, und das bringt sie vollends auf die Palme! Sie sind die ganzen letzten Jahre hier gewesen und allen nur auf die Nerven gefallen. Diesmal sind sie allerdings längst nicht mehr so zahlreich. Vermutlich haben sie durch den PTL-Skandal, die Sache mit dem alten Jimmy und die Affäre um Catherine Wheele letztes Jahr einen finanziellen Rückschlag erlitten. Trotzdem vielen Dank, Mister! Amüsieren Sie sich beim Mardi Gras! Und nicht vergessen: Der Frosch hat für Ihre Sünden gequakt!« Der

Froschmann lachte und hüpfte dann seiner weiterziehenden Gruppe hinterher.

»Sie haben diesem Mann doch hoffentlich kein Geld geboten, Sir?« Palmer sah auf eine Frau in einem ›Jesus-Is-The-Answer‹-T-Shirt herab. Ihre Augen waren durch ihre starke Brille derart vergrößert, daß sie vor ihrem Gesicht zu schweben schienen. »Die verrichten die Arbeit des Teufels und machen sich über die Worte und Taten des Herrn lustig! Mögen sie am Tag des Jüngsten Gerichts in der Hölle schmoren! Jesus liebt dich, auch wenn du ein Sünder bist! Bekenne dich jetzt zu deinen Sünden, knie nieder mit mir und bete für die Errettung deiner Seele, dann ist es vielleicht noch nicht zu spät...«

Palmer schüttelte stumm den Kopf; er war vom Fanatismus und dem Irrsinn der Frau zu überwältigt, um etwas sagen zu können. Erst als er sich von ihr gelöst hatte, merkte er, daß sie ihm ein Pamphlet in die Tasche gesteckt hatte. In großen, grellroten Buchstaben stand darauf die Frage: *Bist du bereit für das Ende aller Zeiten?*

Nach der grob gezeichneten Illustration unterhalb der Frage zu urteilen, war das niemand: Verängstigte ›Sünder‹ in zerrissenen Lumpen flohen vor heranschwirrenden Insekten in Dackelgröße; ausgemergelte Gestalten versuchten ihren Durst an Brunnen zu stillen, aus denen Blut hervorsprudelte; auf dem Rücken eines siebenköpfigen Monsters fläzte sich eine großbusige Hure aus dem Sündenbabel, und im Hintergrund lächelte ein 300 Meter großer Jesus jene Seelen gütig an, die zu Hunderten von einer Massenkarambolage auf der Autobahn gen Himmel stiegen.

Angewidert schmiß Palmer das ekelhafte Traktat auf den Boden und machte sich auf die Suche nach einem Bier.

In den nächsten Stunden trank Palmer so viele Mixgetränke mit Grenadine, daß seine Kehle sich runzelte. Draußen wurde es dunkel, und wie auf eine geheime Absprache hin verschwanden die Familien von der Straße, so daß nur noch der harte Kern zurückblieb, um exzessiv weiterzufeiern.

Eine hysterische, beinahe verzweifelte Ausgelassenheit

machte sich jetzt unter den Feiernden breit. Aus betrunkenen Albereien wurden offene Streitigkeiten. Palmer konnte nicht mehr unterscheiden zwischen Geschrei und Gelächter. Die Augen der Nachtschwärmer funkelten hinter ihren geliehenen Gesichtern hervor, als wären sie dazu verdammt, so viel wie möglich in die letzten verbleibenden Stunden zu stopfen, bevor sie in ihr wirkliches Leben zurückkehren mußten.

Die Gier, die Palmer in ihrem trüben, glasigen Starren erblickte, war ebenso abstoßend wie faszinierend. Es war, als wäre er von Tausenden leeren Menschen umgeben, die verzweifelt nach Erfüllung suchten. Die Vorstellung packte ihn, diese kreischenden, lachenden, leeren Menschen könnten sich auf ihn stürzen und seine Seele verschlingen, so wie Löwen das Mark aus einem zersplitterten Knochen saugen.

Um Atem ringend drückte er sich an einer Gruppe Maskierter vorbei, die sich als Kakerlaken verkleidet hatten, und stolperte in eine der rund um die Uhr geöffneten Touristenfallen, die es hier überall gab. Zitternd wie ein Säufer im Delirium tremens lehnte er sich dort gegen einen Postkartenständer. Es würde immer noch eine Stunde dauern, bis er behaupten könnte, seinen Job erledigt zu haben. Am besten ließ er ab jetzt die Finger vom Alkohol, wenn er noch halbwegs in der Verfassung bleiben wollte, sich mit der schwer greifbaren Miss Blue zu unterhalten. Oder nicht Gefahr laufen wollte, im Irrenhaus zu landen.

Er konnte sich noch genau an den Tag erinnern, als die Männer in den weißen Kitteln gekommen waren, um Onkel Willy abzuholen. Dieser hatte aus vollem Hals etwas von Würmern geschrien, die aus seiner Haut herausgekrochen kämen. Seinen Vater hatte das alles sehr mitgenommen. Im Fernsehen wurden die Familienangehörigen nie einfach so abtransportiert. Jedenfalls nicht in Sendungen wie *Leave it to Beaver* und *Father knows Best*. In den Seifenopern, die seine Mutter ständig sah, kam das allerdings gelegentlich vor.

»Alles in Ordnung, Mister?«

Er riß den Kopf hoch und starrte den Kerl an, der hinter der

Registrierkasse stand. Der Ladeninhaber hatte ungefähr die Gestalt und Ausdehnung eines kleinen Hügels und trug Khakihosen und ein ›I-Saw-The-Pope‹-T-Shirt. Er kaute auf einer kalten Zigarre herum und beäugte Palmer argwöhnisch.

»Ich hoffe, Sie kotzen hier nicht alles voll. Wenn Ihnen schlecht ist, gehen Sie gefälligst nach draußen, Herrgottnochmal! Ich hab' heute abend schon drei Leuten hinterherwischen müssen.«

»Geht schon wieder, danke. Da draußen ... waren nur ein bißchen ... viele Leute.«

»Na, was Sie nicht sagen. Ich bin so froh, wenn endlich alle nach Hause gegangen sind und ich ein bißchen schlafen kann. Ich – he, ist das ein Freund von Ihnen?« Er zeigte auf das Gedränge in der Straße hinter der Glasscheibe.

Palmer wirbelte herum. Die Haare im Nacken sträubten sich ihm. Ein wohlgenährtes Touristenehepaar stand vor einem Typen, dem ein täuschend echter Scheißhaufen auf der Krempe seiner Synthetikbaseballmütze klebte, die die Aufschrift ›Shithead‹ trug.

»Meinen Sie den da?«

»Nein, da war so ein Typ in einem weißen Anzug. Sie wissen schon, wie diese Schwulen in den Kunstgalerien. Er rauchte eine Zigarette und hat Ihnen zugewinkt, als wollte er, daß Sie hinübersehen.«

»Das muß eine Verwechslung sein. Ich kenne niemanden in der Stadt.«

Der Inhaber brummelte etwas und blätterte weiter in seinem Pornomagazin. Touristen blieben eben Touristen.

Palmer starrte hinaus auf die Straße. Er hatte nicht gelogen. Er kannte tatsächlich niemanden in New Orleans. Wieso fühlte er sich dann, als wäre gerade jemand über sein Grab geschritten?

Das ›Devil's Playground‹ befand sich einen Block vom historischen französischen Markt entfernt. Der Geruch nach Gemüseabfällen lag streng in der Nachtluft und vermischte sich mit dem

Bier- und Uringestank, der während des Karnevals allgegenwärtig war.

Die Fenster der Bar waren mit Flammen übermalt. Neben der Tür stand die Statue eines lachenden Mephistos aus Fiberglas, der in seinem hautengen roten Anzug und mit seinem säuberlich gestutzten Ziegenbärtchen prächtig anzusehen war. In der Rechten hielt der grinsende Dämon eine Forke, die Linke hatte er fest in die Hüfte gestemmt; seine flotte Unbekümmertheit erinnerte eher an Errol Flynn in der Rolle des Robin Hood als an Goethes Mephisto.

Palmer bahnte sich einen Weg in die Bar und ignorierte dabei die Blicke der jungen Männer gleich neben der Tür, die hautenge Lederanzüge und Chromketten trugen. Der Laden war gerammelt voll, aber das Stimmengewirr ging im rhythmischen Stampfen der überlauten Rockmusik unter.

Palmer suchte das dichte Gedränge nach einem Zeichen seiner Kontaktperson ab. Bei dem Versuch, sich zur Bar durchzukämpfen, streifte er eine große, stämmige Frau.

Die Frau drehte sich zu ihm um. Sie lächelte gutmütig, wenn auch betrunken. Ihr Gesicht war stark geschminkt, an Fingern und Ohren funkelten dicke Glasklunker.

»He, Hübscher. Du siehst einsam aus.« Ihre Stimme klang rauh, und ihr Atem stank nach Whisky. Mit einer beringten Hand tätschelte sie ihre Frisur.

»Ich, äh, eigentlich suche ich jemanden.«

Das Grinsen der Frau wurde noch breiter. »Tun wir das nicht alle, Schätzchen?« Sie kam näher, und Palmer erblickte die Ringe unter ihren dick geschminkten Augen. Sie legte ihm ihre große, grobknochige Hand auf den Arm. »Vielleicht kann ich dir helfen, das zu finden, was du suchst.«

»Schon möglich. Ich bin hier mit jemandem verabredet. Einer Frau.«

Der Transvestit nahm seine Hand von Palmers Arm. »Hab' schon verstanden.« Das Interesse war aus seiner Stimme verschwunden. Er widmete seine Aufmerksamkeit wieder dem Spiegel hinter der Theke und rückte seine Perücke zurecht.

»Vielleicht kennst du sie. Sie wohnt hier irgendwo in der Nähe. Ihr Name ist Sonja Blue.«

Der Transvestit wandte sich ihm mit einer derart heftigen Kopfbewegung zu, daß seine Perücke wieder verrutschte. Für einen Augenblick erblickte Palmer ein paar dünner werdende, strohfarbene Strähnen.

»Diese Blue? Du bist mit dieser Blue verabredet? *Hier?*« Er hatte jeden Versuch aufgegeben, eine Frauenstimme nachzuahmen. Der Transvestit starrte Palmer an, als hätte der einen Nuklearsprengkörper bei sich.

Plötzlich merkte Palmer, daß alle in der Bar ihn anstarrten. Die Musik stampfte und fauchte weiter wie ein wildes Tier im Käfig, aber kein Mensch sprach mehr ein Wort. Palmer spürte, wie er unter den Achseln zu schwitzen begann.

»Raus hier! Mach, daß du rauskommst! Wir haben hier schon genug Ärger, auch ohne daß du sie hier anschleppst!« Der Barkeeper, ein kräftiger Kerl, der nackt war bis auf ein ledernes Unterleibsgeschirr, einen Kopfschmuck aus einem Widderhorn und der Tätowierung eines tobenden Drachens, deutete wütend zur Tür.

»Aber –«

Ein Dutzend Händepaare packten ihn und hoben ihn der Länge nach über die Köpfe. Palmer mußte daran denken, wie er sich bei den Hardrockkonzerten früher von der Bühne gestürzt hatte. Damals war er für einen kurzen Augenblick vergänglicher Berühmtheit auf die Bühne gesprungen und hatte sich dann wieder in die brodelnde Menge auf der Tanzfläche fallen lassen.

Er unternahm keinen Versuch, sich ihnen zu widersetzen, und ließ sich grob über die Köpfe der Kneipenbesucher weiterreichen und ohne viel Aufhebens auf die Straße setzen. Dort glättete er seine zerknitterten Sachen, so gut es ging, und drehte sich wieder zum Eingang um. Die beiden jungen, in Leder und Chrom gekleideten Männer versperrten ihm aber die Tür.

»Scheiß drauf.« Palmer fühlte sich nicht in der Lage, es mit zwei Kerlen aufzunehmen, die zehn Jahre jünger waren als er.

Nicht, wenn er seine letzten ihm verbliebenen Zähne noch behalten wollte. Er steckte die Hände in die Taschen, marschierte los und bog gleich darauf um die nächste Ecke.

Einen halben Block weiter blieb er stehen und steckte sich mit zitternden Fingern eine Zigarette an.

»Palmer?«

Er drehte sich so heftig herum, daß er sich an seinem eigenen Feuerzeug verbrannte. Sie trug verwaschene, abgetragene Jeans, ein T-Shirt mit der Aufschrift ›Cramps Tour 1990‹, eine abgerissene Lederjacke, die ihr eine Nummer zu groß war, ausgelatschte Arbeitsstiefel und eine Sonnenbrille. Obwohl er ihre Augen nicht sehen konnte, spürte er, daß sie ihn musterte.

»Sonja?«

»Sie sind Pangloss' Agent?«

Er zuckte mit den Schultern. »Könnte man sagen.«

»Ist Ihnen jemand gefolgt?«

»Nein.«

Ihre Lippen verzogen sich zu einer Art Lächeln. »Sie scheinen sich Ihrer Sache ziemlich sicher zu sein.«

»Was ich mache, mache ich gut.«

»Ohne Zweifel. Sie haben etwas von einem Brief erwähnt ... von meinem Großvater.«

Palmer griff in seine Jacke und zog den Brief hervor. »Komisch, der Doc sieht gar nicht alt genug dafür aus, eine Enkelin in Ihrem Alter zu haben.«

»Er hat sich gut gehalten. Das liegt in der Familie. Ich hätte jetzt gerne den Brief, wenn es Ihnen nichts ausmacht.« Sie hielt ihm ihre blasse, schmale Hand entgegen.

Palmer überreichte ihr den versiegelten Umschlag. Dabei berührten seine Finger zufällig die ihren.

In seinem Hinterkopf knallte ein Geräusch wie von einem ausgelösten Blitzlicht, und seine Fingerspitzen kribbelten. Er sah, wie Sonja Blue den Kopf zurückwarf, als hätte sie einen elektrischen Schlag erhalten. Die Straße verschwand, und Palmer fand sich in einem unbekannten Zimmer wieder.

Er sah einen Poolbillardtisch mit zersplitterten Queues dar-

auf; überall lagen Billardkugeln herum . . . und junge Kerle mit zertrümmerten Knochen. Der Geruch nach Blut und Angst war überwältigend. – Der urtümliche, intensive Angstgeruch hatte etwas Erotisierendes. Es war das größte Aphrodisiakum, das er je kennengelernt hatte, und das meiste ging von dem völlig verängstigten Jungen aus, den er fest mit seinen Händen gepackt hielt. Die Haare des Jungen hatten die Farbe des Himmels über Maxfield-Parrish, sein Gesicht war das eines auf Abwege geratenen Chorknaben. Bilder von Vergewaltigungen, Raubüberfällen, Plünderungen blitzten kurz auf, jedesmal war derselbe milchgesichtige Übeltäter daran beteiligt . . . Ein Orgasmus erschütterte Palmers Nervensystem, als sich ein Strahl dicken, salzigen Blutes in seinen Mund ergoß.

Sonja Blue riß ihre Hand von seiner los, brüllend wie ein Berglöwe. Dann machte sie kehrt und rannte los. Noch ehe Palmer Gelegenheit hatte, sich wieder zurechtzufinden, war sie bereits in der Finsternis verschwunden.

Ihm war schwindelig, so als wäre er gerade von einem Karussell gestiegen. Er konnte das Blut des Jungen immer noch schmecken. Die Erinnerung daran ließ ihn aufstöhnen, und Galle verätzte ihm die Kehle. Er wollte nicht daran denken. Jetzt nicht, und auch sonst nie mehr. Vor allem wollte er nicht mehr daran denken, daß er in dem blauhaarigen Jungengesicht das von Jimmy Eichhorn wiedererkannt hatte.

Er hatte nur noch den Wunsch, in seine Wohnung zurückzukehren, Pangloss anzurufen und ihm mitzuteilen, daß er seinen Teil der Abmachung erfüllt hatte. Dann wollte er seine Prämie kassieren und irgendwohin fahren, wo es schön war und die Sonne schien. Er wollte sich in Mexiko zur Ruhe setzen und ausgestopfte, Mariachi spielende Frösche an Touristen verkaufen. Das erschien ihm äußerst erstrebenswert.

Er machte sich auf den Weg zurück zu Pangloss' Haus. Es war beinahe Mitternacht, und Bourbon Street war voll von Nachtschwärmern, die entschlossen waren, dem Karneval die letzten Minuten Vergnügen abzuringen. Der Lärm und die Aufregung ließen Palmer beinahe vergessen, was gerade geschehen war.

Im ersten Augenblick dachte er, der Wind hätte die Bewegung an seinem Ärmel verursacht. Dann hörte er jedoch seinen Namen.

Er blickte sich um und sah in das blasse, lächelnde Gesicht eines Mannes Ende Zwanzig, der einen teuren, salopp sitzenden Anzug trug. Der Fremde führte eine glimmende französische Zigarette an seine Lippen, während seine Augen seltsam mit dem Neongleißen einer nahen Lichtreklame für einen Sexladen verschwammen.

Irgend etwas an diesem arrogant grinsenden Gesicht kam Palmer bekannt vor – dann erkannte er ihn.

Gegen seinen Willen trat er einen Schritt zurück, seine Kopfhaut spannte, und sein Herz begann zu rasen. Der Straßenlärm schwand zu einem gedämpften Grollen, als befände sich Palmer plötzlich unter Wasser. Er betete, daß er keinen Herzanfall bekäme, auch wenn das zumindest die Dinge erklären würde, die ihm zustießen.

»Ich denke, du bist *tot*!« Das klang wie ein Vorwurf.

Geoffrey Chastain, Freunden und Feinden auch bekannt als Chaz, zuckte mit den Schultern. »Ist das ein Verbrechen? Ich hab' den ganzen verdammten Abend schon versucht, dich auf mich aufmerksam zu machen. Mann, bist du vielleicht stur!«

Palmer bemerkte, daß Chaz milchig durchsichtig war. Der Tote nahm einen weiteren Zug von seiner Phantomzigarette, was seinen Rumpf in eine wirbelnde Bewegung versetzte. Palmer fragte sich, ob er auch ein halbes Jahr nach seinem Tod noch so genüßlich an seinen Shermans ziehen würde.

»Paß auf, uns bleibt nicht mehr viel Zeit. Mardi Gras ist eine der wenigen Nächte, in denen die Geister der Toten Gestalt annehmen und sich unter die Lebenden mischen können. Und Aschermittwoch ist nun schon verdammt nah. Ich weiß, wir Toten sollen keinen Stories von uns geben, aber ich hab' mich noch nie an Regeln gehalten. Also, hör zu, was ich dir zu sagen habe, und ich kenn' mich schließlich aus. Mach, daß du aus der Stadt kommst, verpiß dich, solange du noch kannst! Scheiß auf das Geld, das Pangloss dir schuldet; setz dich einfach in den nächsten gottverdammten Bus, der die Stadt verläßt, und vergiß es einfach! Vergiß, daß du sie je gesehen hast!«

»Gesehen? Wen –«

»Wem zum Teufel glaubst du wohl, meine ich? Diese verdammte Sonja Blue! Die Bloofer Lady höchstpersönlich! Sie ist der Tod, Mann. Der Tod auf zwei Beinen – schlicht und ergreifend! Nicht, daß sie was dafür kann. So ist sie einfach. Aber das wird dir nix nützen, wenn es erst mal soweit ist. Und das dauert nicht mehr lang. Paß auf, Freundchen – ich war ein richtiges Aas, als ich so war wie du. Als ich noch lebte, mein' ich. Der Tod hat meine Sicht der Dinge in vielerlei Hinsicht verändert. Es ist nicht unbedingt toll, zurückzublicken und zu checken, was für ein Bastard ich war. Aber eigentlich isses auch gar nicht so schlimm. Genaugenommen gefällt es mir jetzt besser als damals, als ich noch aus Fleisch und Blut war. Vielleicht war es also gar nicht so schlimm, was sie mir angetan hat. Vielleicht.«

Palmers Magen verknotete sich noch mehr. »Soll das heißen, sie hat dich –«

»Umgelegt? Ja, genau das hat sie. Was bist du nur für ein schlaues Kerlchen! Sie hat mich umgenietet, allerdings. Genau wie die Jungs mit den blauen Haaren. In der Nacht hat sie gespürt, was in ihr steckt. Ich sollte ihr das nicht vorwerfen – trotzdem tue ich es. Wahrscheinlich war ich noch nich' lange genug kaputt, um ihr das zu vergessen. Aber hassen tu' ich die Braut nicht, falls du das meinst. Wie gesagt, der Tod hat meinen Blickwinkel verändert. Früher dachte ich immer, ich könnte sie nicht ausstehen, damals, als ich noch lebte. Jetzt weiß ich, daß ich sie geliebt habe, und das war das Problem. Ich und jemanden lieben! Das hat mir eine solche Angst eingejagt, daß ich angefangen habe, sie dafür zu hassen. Deswegen hab' ich sie so mies behandelt. Und aus demselben Grund hat sie mich auch so mies behandelt. Heiß, wie der Tod so manches klärt, was?«

»Wieso warnst du mich dann, wenn du selbst so hin- und hergerissen bist?« Palmers Angst hatte angesichts dieses lebensnahen, kettenrauchenden Geistes nachgelassen. Mittlerweile war er eher genervt als verschreckt.

»Sagen wir mal, du und ich, wir sind irgendwie verwandte Geister.« Chaz' Grinsen wurde noch breiter. »Diese Kugel hat mehr angerichtet, als dir nur ein Loch in die Haut zu reißen, Mann. Sie hat etwas in dir geweckt. Aus dem Nichts heraus sozusagen. Du bist, was man ein Medium nennt. Wie, glaubst du, hätte Pangloss dich sonst ausfindig gemacht? Auch wenn du während der ganzen Zeit im Krankenhaus bewußtlos warst, hat ein Teil von dir gesendet wie ein gottverdammtes Kurzwellenradio! Medien wie dich – oder mich – machen sie sich gerne zunutze. Wir geben praktische Diener ab, wußtest du das etwa nicht? Bis jetzt haben wir beide nur einen Vorgeschmack davon bekommen, wie das ist – wenn die Welt sich von innen nach außen krempelt wie ein gottverdammter Zaubersack, und du bist der einzige, der es abcheckt. Aber daran wirst du dich gewöhnen müssen, Kumpel. Spaß machen wird es dir nie, aber du wirst dich daran gewöhnen, falls du nicht vorher meschugge wirst. Wie meine Mutter. Und dein Onkel Willy.«

»Augenblick mal. Was soll das heißen?«

»Tut mir leid, Mann. Wie's aussieht, is' meine Zeit um.« Die Glocke im Turm der Basilika schlug und markierte damit den Übergang von Ausschweifung zu Buße. Mit einem Grinsen trat Chaz auf die Straße.

»Was soll das heißen? – Wer sind *sie*?«

Die Glocke schlug ein zweites Mal. Ein drittes Mal.

Der Geist lachte und schüttelte seinen substanzlosen Kopf. »Du kannst die Finger nicht davon lassen, hab' ich nich' recht? Du bist jetzt schon in sie verknallt! Du weißt es zwar selbst noch nich' mal, aber ich kann es von den Windungen deines Hirns ablesen, Mann!«

Ein vierter Glockenschlag.

Ein fünfter.

»Wieso erzählst du mir das alles? Wozu?«

»Weil du mir Blumen auf mein Grab gelegt hast, deshalb. Wir Toten sind 'n sentimentaler Haufen.«

Sechs.

Sieben.

Einen halben Block weiter tauchten berittene Polizisten auf, jeweils vier in einer Reihe. In den Händen hielten sie Megaphone. Hinter ihnen sah Palmer die riesigen Kehrmaschinen, deren Bürsten sich bereits voller Erwartung drehten, um die Gossen von dem angesammelten menschlichen und sonstigen Unrat zu befreien.

Acht.

Neun.

Chaz vibrierte mit jedem Schlag der Glocke wie eine Spiegelung auf der Oberfläche eines unruhigen Teiches. Palmer versuchte verzweifelt, gegen den Strom der Nachtschwärmer anzukämpfen, um noch eine letzte Antwort von dem grinsenden Gespenst zu erhalten.

»MARDI GRAS IST VORBEI! ALLES NACH HAUSE!« blökte die Polizei beim Vorwärtsschreiten, während sie die Menschen, die sich auf der Straße drängten, entweder auf die Gehwege oder in die Bars trieb. »MARDI GRAS IST VORBEI. ALLES NACH HAUSE!« Die Lkws der Straßenreinigung hupten zur Unterstützung der Anordnungen.

Zehn.

Elf.

Eine riesige, schwere Hand schloß sich um Palmers Schulter und hielt ihn so fest, daß er sich nicht mehr von der Stelle rühren konnte. Palmer mußte nach oben sehen, um das animalische Gesicht des Mannes zu erblicken, der in Pangloss' Garten gelauert hatte.

»Renfield sagen, du jetzt kommen.«

»MARDI GRAS IST VORBEI!«

Der zwölfte Schlag. Mitternacht. Der Beginn der Fastenzeit.

Chaz war in Bewegung wie ein auf Rauch projiziertes Hologramm. Palmer konnte beobachten, wie ein Polizist durch den Toten hindurchritt. Er erwartete, daß zumindest das Pferd auf das Gespenst reagieren würde, aber das blähte nur seine Nüstern, schüttelte seine Mähne und hinterließ einen Haufen Pferdemist auf seinem Weg.

»Renfield sagen, du jetzt kommen.«

Der Gorilla packte Palmer noch fester, so daß er vor Schmerz aufschrie. Das entlockte dem Gorilla ein Lächeln – auf dessen Anblick Palmer ganz entschieden gern verzichtet hätte.

Er wurde das seltsame Gefühl nicht los, daß er schon bald dahinterkommen würde, wer *sie* waren.

4. Kapitel

Sonja Blue schaute zu, wie die Polizisten und die Arbeiter der Stadtreinigung dem Karneval ein Ende setzten. Sie wußte, daß der harte Kern noch bis weit in die Dämmerung hinein feiern würde, aber von nun an hatte dies hinter verschlossenen Türen zu geschehen, nicht mehr auf der Straße. Die Harlekinsmaskerade war offiziell gegen das Büßergewand eingetauscht worden. Allerdings würde keiner der Touristen bis zum Abendmahl in der Stadt bleiben. Sie hob ihren Blick von der Straße und verfolgte, wie die Geister der Toten gen Himmel schwirrten wie Fledermäuse aus einer Höhle. Mit angespanntem Gesichtsausdruck zog sie dann den Umschlag aus ihrer Tasche und wendete ihn immer wieder in ihren Händen, als könne sie dadurch seinen Inhalt erraten. Pangloss. War es jetzt ein Jahrzehnt her, daß sie sich zum letzten Mal getroffen hatten? Wie bei den meisten Pretendern war auch ihr Zeitgefühl gestört. Es fiel ihr zunehmend schwerer, Monate von Jahren zu unterscheiden.

Sie fuhr mit den Fingern über das Wachssiegel. Ihre Stimmung verdüsterte sich zusehends, als sie an Pangloss' Verrat unter den Straßen von Rom dachte. Das Siegel ließ sich leicht erbrechen und fiel ihr in drei einzelnen Stücken vor die Füße.

Der Brief war auf teurem Papier geschrieben, das sich wie Seide anfühlte und wie Kölnisch Wasser roch. Die Handschrift trug barocke Züge – ohne Zweifel hatte der gute Doktor einen altmodischen Gänsekiel benutzt.

Meine Liebe,

bitte vergeben Sie mir die Art und Weise, in der Ihnen dieser Brief zugestellt wurde. Ich habe bereits bei zahlreichen Gelegenheiten über verschiedene Diener versucht, Kontakt mit Ihnen aufzunehmen, aber Sie sind schwer erreichbar.

Ich trage Ihnen die übereilte Beseitigung meiner Günstlinge übrigens nicht nach. Ich werte Ihren Hang zum Blutbad sogar eher positiv. Es ist viel zu lange her, seit wir uns das letzte Mal gesprochen haben, und ich fürchte, die Umstände unseres letzten Treffens lassen mich Ihnen möglicherweise in einem ungünstigen Licht erscheinen.

Seit damals habe ich jedenfalls Ihre Possen mit großem Interesse verfolgt. Ich muß gestehen, ich fand Ihr Verhalten in der Catherine-Wheele-Affäre sehr wirkungsvoll, wenn auch etwas taktlos. Sie haben ein natürliches Talent für Greueltaten, meine Liebe. Es bedarf zwar der Verfeinerung, aber ich bin überzeugt, es wird Ihnen gelingen, mal etwas auf dem Niveau von Baron Luxors Jonestown, Lord Mavrides' Grundschul-Gemetzel oder gar Marchessa Nuits klassischem McDonald's-Massaker abzuliefern. Aber ich schreibe Ihnen nicht nur, weil ich Sie zu Ihrem glücklichen Händchen beglückwünschen möchte. Es gibt einiges, was ich Ihnen zu erzählen habe, meine Liebe, und es betrifft jemanden, an dem Sie, wie ich weiß, sehr interessiert sind. Ich spreche von Ihrem Erschaffer und meinem früheren Schüler: Lord Morgan. Sie können mit mir über diesen Menschen Palmer Verbindung aufnehmen.

Sonja betrachtete ihre linke Hand – jene Hand, die der Privatdetektiv berührt hatte. Sie hatte nicht sofort bemerkt, daß dieser Mensch ein Medium war – offensichtlich wußte er selbst nichts von seinem Talent –, daher hatte sie sich nicht abgeschirmt. Bevor der Kontakt mit ihm wieder abgebrochen war, hatte sie einen ganzen Schwall Sinneseindrücke empfangen; das lebhafteste Bild war eine in Scharlachrot gekleidete Nymphomanin mit einem rauchenden Revolver in der Hand gewesen. Der Austausch war zwar ebenso unerwartet wie unwillkommen gewesen, aber sie hatte dem Gewirr immerhin genügend Informationen entnehmen können, um sicher zu wissen, daß Palmer tatsächlich das war, was er auch zu sein glaubte: ein freier Agent.

Sie wußte, wo Palmer sich aufhielt – sie legte generell großen Wert darauf, über alle Unterschlupfmöglichkeiten in der Stadt Bescheid zu wissen –, und fragte sich, ob es an der Zeit wäre, über ihn Kontakt zur ›Familie‹ aufzunehmen.

Renfield saß in einem antiken Sessel. Sein bleiches Bürokratengesicht zeigte beim Anblick von Palmer, der vom Gorilla geführt wurde, andeutungsweise ein Lächeln.

»Ausgezeichnet. Ich nehme an, Sie haben Ihren Teil der Abmachung erfüllt, Palmer. Sie haben den Brief doch erfolgreich zugestellt?«

»Ja, ich habe Ihren verdammten Brief abgeliefert! Was zum Teufel haben Sie eigentlich vor, Renfield?« Palmer versuchte sich loszureißen und hörte seine Jacke an den Nähten reißen.

»Was ich vorhabe?« Renfield lächelte wieder. Palmer wünschte, er würde damit aufhören. »Mr. Palmer, wenn Sie weiter versuchen, sich gewaltsam zu befreien, werde ich Keif befehlen, Ihnen den Arm auszureißen und Sie damit zu verprügeln.«

Palmer bezweifelte nicht, daß Keif dazu in der Lage war, und stellte deshalb seine Befreiungsversuche ein. Er sah sich im Zimmer um – das bis auf Renfield und den Sessel leer war – und fragte sich, ob die Fensterläden vernagelt waren. Wenn nicht, bestand vielleicht die Möglichkeit zu fliehen, vorausgesetzt, sein Wärter ließ seine Schulter los und er brach sich beim Sprung vom Balkon auf die darunterliegende Terrasse nicht sämtliche Knochen.

»Ich kann Ihnen von derartigen Heldentaten nur abraten, Mr. Palmer«, sagte Renfield süffisant lächelnd und schlug die Beine übereinander wie ein gelangweilter Personalleiter beim Vorstellungsgespräch. »Die Läden sind in der Tat vernagelt. Oh, machen Sie doch kein so erstauntes Gesicht! Selbstverständlich kann ich Ihre Gedanken lesen. Wie ein offenes Buch, wenn auch Kurzgeschichte der passendere Ausdruck wäre. Du kannst ihn jetzt loslassen, Keif.« Der Schraubstock um Palmers Schulter lockerte sich. »Ich komme jetzt alleine mit unserem Freund hier klar. Geh und bewache die Tür.«

Keif stieß ein Grunzen aus und blieb auf seinem Weg noch mal kurz stehen, um Palmer einen letzten, hungrigen Blick zuzuwerfen.

»Los, geh schon! Tu, was ich dir sage!« fuhr Renfield den Schlägertypen an, als scheuche er ein nervtötendes Kind aus der Küche. »Du bekommst schon deinen Teil, wie immer!«

Palmer drehte sich mit geballten Fäusten zu Renfield um. »Hören Sie, Sie heuchlerischer Bastard! Was zum Teufel erlauben Sie sich eigentlich? Wenn ich nicht bald ein paar Antworten kriege, werde ich –«

»Sterben werden Sie, Palmer.«

Feuer schoß Palmer durch die Adern und verwandelte sein Blut in Schlacke. Seine Eingeweide kochten im eigenen Saft, während seine Knochen sich in Staub verwandelten. Seine Augäpfel explodierten und tropften ihm wie Eigelb die Wangen hinab. Er versuchte zu schreien, aber seine Lungen waren voll ätzender Flüssigkeit.

Das Feuer verschwand so schnell, wie es ausgebrochen war. Palmer kauerte auf dem nackten Fußboden, das Kinn auf den Knien. In seinem Mund schmeckte er Blut. Hatte er sich die Zunge durchgebissen?

»Was – was haben Sie mit mir gem –?«

»Sie liegen im Sterben, Mr. Palmer. Und daran wird sich auch nichts ändern, solange ich es mir nicht anders überlege. Um ehrlich zu sein, begreife ich nicht, was der Doktor an Ihnen gefressen hat. Zugegeben, Sie verfügen über ein wenig Talent«, dabei rümpfte er die Nase, »aber all dieser andere emotionale Ballast wie Einfühlungsvermögen, Mitleid, Liebesfähigkeit usw. – es lohnt sich einfach nicht, das alles umzuprogrammieren!«

Eine ungeheure Kälte schoß durch Palmer hindurch und

durchbohrte sein Nervensystem mit Millionen von Eiszapfen. Seine Lunge füllte sich mit Eiskristallen, und der Urin in seiner Blase verwandelte sich zu Schneematsch. Wimmernd registrierte er, wie seine Zehen und Finger schwarz wurden und abfielen.

»Ich habe nicht die Absicht, Sie diese Prüfung überleben zu lassen.« Das war wieder Renfield, doch jetzt war sein Schädel von einem seltsamen Schein in der Farbe eines frischen Blutergusses umhüllt. Merkwürdig, daß Palmer das nicht schon eher aufgefallen war! »Ich habe zu lange auf diese Position hingearbeitet, als daß ich einem Emporkömmling gestatten könnte, den Doktor gegen mich aufzubringen!« Renfields bleiches Gesicht war nun gerötet. Er war berauscht von Gefühlen, die er lange im Zaum gehalten hatte, und seine Augen leuchteten wild wie die eines ausgehungerten Kojoten.

Renfield erhob sich aus seinem Sessel und sank neben Palmer auf die Knie. »Meinst du, ich hätte nicht bemerkt, wie er dich mir vorzieht? Wie er dich ansieht? Er hat mir Macht und ein ewiges Leben versprochen! Er hat mir gesagt, daß er mich liebt! Mich *braucht*! *Mich*, nicht dich!« Tränen standen in seinen Augen. »Er hat mich angelogen! Aber er wird dich nicht bekommen. Ich werde nicht zulassen, daß du meinen Platz einnimmst! Ich werde ihm sagen, daß du das Deprogrammieren nicht vertragen hast – was nicht einmal gelogen wäre – und daß ich dich dem Oger zur Entsorgung überlassen habe. Niemand wird etwas erfahren! Nicht einmal der Doktor!«

Die Fensterläden krachten splitternd ins Zimmer, und herein flog Sonja Blue, die lederumhüllten Arme zum Schutz vors Gesicht gehalten. Sie prallte auf den nackten Fußboden, rollte sich ab und lenkte damit Renfields Aufmerksamkeit kurzzeitig von seinem Opfer ab.

Palmer spürte, wie alle Taubheit aus seinen Gliedern wich, als Renfield sich dem Eindringling zuwandte. Der negative Lichtschein um seinen Kopf begann zu pulsieren und feuerte einen peitschenden Strahl in Sonjas Richtung.

Sonja machte eine Bewegung mit ihrer linken Hand, als

wollte sie ein lästiges Insekt verscheuchen. »Da mußt du dir schon was Besseres einfallen lassen!« lachte sie.

Verwirrung spiegelte sich zunächst auf Renfields Gesicht, dann bekam er es offensichtlich mit der Angst zu tun. »Keif! Komm sofort her! Keif!«

Palmer sprang auf die Beine und war überrascht, daß sein Fleisch die Qualen, die er eben hatte durchstehen müssen, unbeschadet überstanden hatte. Er hörte, wie der Gorilla sich draußen am Türschloß zu schaffen machte. Sonja packte Renfield am Revers und zog ihn so dicht zu sich heran, daß sich ihre Nasen berührten. Eine Zackenkrone rotschwarzen Lichts strahlte vom Kopf der Frau ab. Es flackerte vor Palmers Augen wie eine kaputte Neonreklame.

»Wo steckt Pangloss?«

»Glaubst du tatsächlich, das würde ich dir verraten?« höhnte Renfield.

»Da muß ich dir recht geben.« Sie ließ seine Jacke los. Renfield begann zögernd zu grinsen und strich sich den Kragen glatt.

Sie bewegte sich so schnell, daß Palmer die Bewegungen kaum registrieren konnte, packte Renfield am Kinn und zwang seinen Kopf in einem unnatürlichen Winkel nach hinten. Die Tür knallte innen gegen die Wand und geriet aus den Angeln. Keif war es leid geworden, sich mit dem Schloß aufzuhalten.

Der Gorilla quetschte sich durch die Türöffnung. Seine kleinen Schweinsaugen wanderten zwischen Sonja und Palmer hin und her, bis sein Blick auf Renfields Leiche fiel. Sonja trat vor und machte Palmer ein Zeichen, hinter ihr zu bleiben. Er sah, daß sie ein offenes Klappmesser in der Hand hielt.

»Himmelherrgott – gegen dieses Monster hast du nicht die leiseste Chance –«

Sie brachte ihn mit einer Handbewegung zum Schweigen, ohne ihre Augen nur einen einzigen Augenblick von der bulligen Gestalt in der Türöffnung zu nehmen. »Halt den Mund! Ich weiß, was ich tue.«

Keif gab ein tiefes, kehliges Grunzen von sich und trat ins

Zimmer. Dabei nahm er Witterung auf wie ein Jagdhund. Mit bebenden Nüstern warf er ihnen schnell einen argwöhnischen Blick zu, machte aber keinerlei Anstalten, sie anzugreifen. Sein ganzes Augenmerk war auf Renfields leblosen Körper gerichtet. Speichel tropfte in dicken Fäden von seiner Unterlippe. Geräuschvoll zog er den Schleim hoch wie ein Schwein am Trog und fiel über den Leichnam her. Palmer hörte das Zerreißen von Stoff, als der Riese die Kleider des Toten in Fetzen riß.

Sonja zeigte schweigend auf die Tür. Langsam bewegte sie sich in diese Richtung, weiterhin den Blick auf das sabbernde Monster gerichtet.

»Was hat er vor?« zischelte Palmer.

»Frag nicht lang. Machen wir lieber, daß wir hier rauskommen, solange er beschäftigt ist. Oger sind sowieso nicht besonders helle, aber wenn sie Hunger haben, ist ihnen erst recht der Bauch wichtiger als der Kopf. Wir können von Glück sagen, daß der hier noch nichts zu fressen gekriegt hat.«

5. Kapitel

Palmer saß mit einem Glas Bourbon in der Hand auf der Terrasse des Penthouses, während alles, was er je für wirklich gehalten hatte, in lauter kleine Stücke zerfiel.

Palmer war immer stolz auf seine Fähigkeit gewesen, sich widrigen Umständen anpassen zu können. Er war zurechtgekommen, als seine Eltern ihn mit siebzehn aus dem Haus gejagt hatten. Drei höllische Monate lang hatte er sich in einem Bautrupp in Alabama durchgeschlagen, damals, als lange Haare noch ein Verbrechen waren. Er hatte zusehen müssen, wie Freunde, die sich nicht eingestehen wollten, daß sie längst nicht mehr so jung und unverletzlich waren wie einst, an einer Überdosis oder Krankheit zugrunde gingen. Entweder entwickelte man sich weiter, oder man ging zugrunde. Das hatte ihn das Leben gelehrt.

Er nahm noch einen Schluck und betrachtete seine Retterin über den Glasrand hinweg. Sie saß auf der Terrassenbrüstung und betrachtete die umliegenden Dächer. Palmer war nicht sicher, ob er der Frau hinter der Brille mit den verspiegelten Gläsern trauen konnte, aber andererseits hatte er keine andere Wahl.

»Ist Pangloss tatsächlich Ihr Großvater?«

Sie zuckte leicht mit den Schultern, drehte sich aber nicht zu ihm um. »Es gibt Leute, die das so sagen würden. Aber wenn Sie das im biologischen Sinn meinen – nein.«

»Das habe ich auch nie geglaubt. Er hat gar nicht das Alter dafür.«

»Pangloss ist mindestens fünfzehnhundert Jahre alt, Mr. Palmer.«

»Ich war noch nie gut im Schätzen.«

»Sie machen einen ziemlich... ruhigen Eindruck, nach allem, was gerade passiert ist.«

»Nachdem ich mit Toten gesprochen habe, des weiteren entdeckt habe, daß ich über übersinnliche Kräfte verfüge, und von einem wahnsinnigen Telepathen geistig vergewaltigt worden bin, ist die Bemerkung, daß es sich bei meinem Arbeitgeber um einen Vampir handelt, eher enttäuschend.«

Sonja warf ihm einen Blick zu. »Sie haben mit den Toten gesprochen?«

»Eigentlich war es eher andersherum. Es war übrigens Ihr früherer Verehrer.«

»Chaz?«

Er nickte und suchte in ihrem Gesicht nach einer Reaktion. Wenn die Neuigkeit sie in irgendeiner Weise berührt hatte, ließ sie es sich jedoch nicht anmerken.

»Und was hatte er zu sagen?«

»Daß ich Sie wie die Pest meiden und von hier verschwinden soll.«

»Durch den Tod hat er offenbar ein bißchen Grips bekommen!«

»Er sagte, Sie hätten ihn umgebracht.«

»Tote lügen nicht. – Aber sie sagen auch nicht immer die Wahrheit. Ja, ich habe ihn getötet. Spielt das eine Rolle?«

»Für ihn schon.«

»Chaz war mein... Partner. Er war ein Medium – wie Sie. Als ich ihn traf, war er ein kleiner Gangster. Wir haben uns zusammengetan. Eine Weile lang lief es recht gut, aber dann gab es Ärger. Am Ende hat Chaz mich verraten. Durch einen Kuß. Er hat schon immer Sinn für Ironie gehabt. Wegen ihm habe ich sechs Monate in einem Irrenhaus verbracht. Ich hatte zwar von einem Menschen keine Loyalität erwartet, aber Verrat nehme ich nicht einfach so hin. Sein Tod war nicht gerecht in einem höheren Sinne, aber er war fair. Ich bin schon seit langem eine Mörderin, Mr. Palmer. Töten ist mir zur Gewohnheit geworden. Es ist nur gerecht, wenn ich Ihnen das sage.«

»Da war ein Junge...« Er spürte, wie sich ihm die Kehle beim Geschmack von Jimmy Eichhorns Blut zuschnürte, redete aber weiter. »Ein Junge mit blauen Haaren, dem Sie was angetan haben.«

»Von den Blue Monkeys? Ja, ich erinnere mich. Der Kleine lebt aber doch noch, nehme ich an?«

»Wenn man es so nennen will.«

Sie zuckte ungerührt mit den Schultern. »Er hatte bestimmte Informationen. Und ich brauchte dringend... na ja, sagen wir, ich brauchte dringend etwas und lassen es lieber dabei.«

»Er war erst fünfzehn.«

»– und hatte bereits eine Massenvergewaltigung, Fahrerflucht und Totschlag auf dem Gewissen. Verschwenden Sie nicht unnütz Ihr Mitgefühl, Mr. Palmer. Wie ich schon sagte: Was ich tue, ist nicht unbedingt gerecht, aber fair.«

Sonja Blue brachte Palmer in ein kleines Dachzimmer. Unter der Dachschräge stand ein schmales Bett.

»Es ist nicht gerade überwältigend, aber ich habe auch nur selten Gäste. Hier sind Sie auf jeden Fall sicher. Bis zum Morgengrauen sind es noch vier Stunden, ich bleibe solange draußen und bewache die Tür. Sobald die Sonne aufgegangen ist, brauchen Sie sich keine Sorgen mehr wegen Pangloss' Lieblingsmenschenfresser zu machen.«

»*Menschenfresser?*«

»Was dachten Sie denn, was dieser Brocken war, der sich über den armen, dahingeschiedenen Renfield hergemacht hat? Diese Typen sind nur groß und blöde und verfügen über ein paar ernstlich unangenehme Angewohnheiten, wie Sie vielleicht schon bemerkt haben. Aber ohne jemanden, der ihnen sagt, was zu tun ist, sind sie ziemlich hilflos. Sich selbst überlassen, verbringen sie ihre Zeit damit, kleine Kinder zu fressen, Frauen zu vergewaltigen und kleine Dörfer auszuheben. Im Mittelalter kamen sie mit diesem Mist noch durch, aber heutzutage fällt das eher auf. Daher lassen sich die meisten von ihnen von Vampiren oder Vargr-Bossen engagieren. Auf diese Weise können ihre Arbeitgeber die Menschenhüllen loswerden, ohne allzuviel Aufmerksamkeit auf sich zu ziehen. Genau das hatte Renfield mit Ihnen vor, falls Sie noch nicht selbst draufgekommen sind.«

»Aber warum hat er... das getan?«

Für einen Augenblick erweichte ein Anflug von Mitgefühl ihre Züge. »Es ist keine Schande zuzugeben, was Ihnen passiert ist. Renfield hat Sie vielleicht nicht körperlich vergewaltigt, aber das Ergebnis war dasselbe.«

»Na schön, aber –« Palmer sah zur Seite. Er wußte nicht, was er sagen sollte.

»Und warum Renfield Sie so gequält hat – er hat versucht, Sie umzudrehen.«

»Mich was?«

»Damit Sie für Pangloss oder überhaupt für irgendeinen Vampir von Nutzen sein können, müssen Sie umgedreht werden. Dazu gehört eine völlige Zerstörung des Über-Ichs sowie eine Umstrukturierung des Ichs. Die Wünsche eines Mediums dürfen nur um seinen Herrn kreisen. Es muß gewillt sein, nur für seinen Herrn zu leben – und zu sterben. Gelegentlich wird diese Abhängigkeit durch Drogen oder Sex verstärkt. Jede Neigung zum Bösen wird gefördert, wohingegen jeder Rest menschlicher Gefühle – abgesehen von denen, die dem Herrn eventuell nützen könnten – systematisch weiter zerstört wird. Insgesamt kann das eine ganze Weile dauern; das anfängliche Deprogrammieren ist jedoch erst nur eine Frage von Minuten, vorausgesetzt, es wird von einem erfahrenen Psioniker durchgeführt. Wird das Deprogrammieren zu intensiv oder zu schnell durchgeführt, kommt es zum Tod.

Renfield hatte offenbar den Befehl erhalten, Sie umzudrehen, Sie sozusagen Pangloss' Stall zuzuführen. Aber er war eifersüchtig und hat sich widersetzt. Sie hatten Glück, daß er Sie umbringen wollte, sonst wären Sie jetzt Pangloss' Sklave.«

»Glück ist der passende Ausdruck.«

Sonja Blue hockte vor der Tür und lauschte mit halbem Ohr auf Palmers Atem. Sie bezweifelte, daß der Oger genug Grips hätte, sie zu verfolgen, aber sie hatte aus eigener Erfahrung lernen müssen, den guten Doktor niemals zu unterschätzen. Sie holte Pangloss' Brief aus ihrer Jackentasche und glättete das Papier auf dem Fußboden der Mansarde.

Es gibt einiges, was ich Ihnen zu erzählen habe, meine Liebe, und es betrifft jemanden, an dem Sie, wie ich weiß, sehr interessiert sind.

Morgan.

Sie ballte ihre Hände zu Fäusten und atmete nervös und zittrig aus. Den größten Teil ihres zwanzigjährigen Unlebens hatte sie damit verbracht, den Vampir zu suchen, der ein junges Mädchen vergewaltigt und in jenes Etwas verwandelt hatte, das sich Sonja Blue nannte. Und nun lockte Pangloss, jener Vampir, der für Morgans Erschaffung verantwortlich war, sie mit Informationen über seinen Aufenthaltsort. – Es war nicht sein erster Versuch. Das letzte Mal hatte er es unter den Straßen von Rom versucht, in den Katakomben. Damals war sie zu stolz gewesen, auf Pangloss' ›geschäftlichen Vorschlag‹ einzugehen. Nur mit viel Glück hatte sie entkommen können.

Was hatte Pangloss diesmal vor? Es war nicht seine Art, freiwillig mit Informationen herauszurücken. Irgend etwas wollte oder brauchte er von ihr, soviel war sicher.

Sie können mit mir über diesen Menschen Palmer Verbindung aufnehmen.

Offensichtlich plante Pangloss, sie mit Hilfe des menschlichen Privatdetektivs zu ködern und diesen dann zu seinem Sklaven zu machen, sobald sich seine Nützlichkeit erwiesen hatte. Pangloss war gerissen genug zu wissen, daß sie nie ein verdrehtes Medium oder einen Pretender nahe an sich heranlassen würde, ohne ihn zu töten, damit er nichts über sie verraten konnte. Was sollte sie also mit Palmer tun? Ein Teil ihres Selbst, den sie als die Andere kannte, wußte genau, was er gerne mit ihr tun würde, aber sie weigerte sich, auf seinen Rat zu hören.

* * *

Palmer stöhnte im Schlaf und wälzte sich unruhig auf dem schmalen Bett. Renfields teigiges Gesicht, breit und blaß wie der Mond, füllte seine Träume. Die Augen des Toten waren so flach und schwarz wie Knöpfe, seine Lippen schmal und blau. Palmer hörte Renfields Stimme, obwohl der satellitengroße Mund bewegungslos in einem krampfartigen Lächeln verharrte.

Wie ich. Wie ich. Sie wird dafür sorgen, daß du wirst wie ich. Ein Schoßhündchen, ein Schoßhündchen!

Palmer setzte sich mit einem Ruck auf, der Schweiß lief ihm in die Augen. Sein Mund war ausgetrocknet, und sein Kopf schmerzte, als würden sich seine Gehirnhälften gerade wie Amöben teilen. Er starrte auf das kreisrunde Fenster unterhalb des Giebels. Dann stand er auf, kippte es und holte einmal tief Luft. Sie schmeckte nach dem nahen Mississippi. Irgendwo auf dem Fluß erschallte der langgezogene, klagende Ton eines Schleppkahns.

»Willjamm?«

Nein. Das war ausgeschlossen. Er lehnte mit der Stirn gegen den Fensterrahmen und versuchte, ein wenig Trost in der abblätternden Farbe zu finden, die sich gegen seine Haut drückte. Er war wach. Soviel stand fest.

»William? He, warum siehst du mich nicht an, Schätzchen? Freust du dich nicht, mich zu sehen?«

Palmer biß sich auf die Lippe, als wieder das vertraute Brennen an seiner Brust fraß. Seine Narbe pochte und pulsierte, als hätte man ihn mit einem rotglühenden Kleiderbügel gebrandmarkt. Er wollte sie auf keinen Fall ansehen. Sie war nicht real. Sie war ein Traum, er aber war wach. Er machte die Augen auf und ließ zum Beweis seinen Blick über die Welt draußen vor dem Fenster schweifen.

New Orleans stand in Flammen.

Die Stadt war ringsherum von einer Feuersbrunst eingehüllt, doch niemand schien es zu bemerken. Lichterloh brennende Kinder liefen die Straßen auf und ab, Rauch und Gelächter quollen gleichzeitig aus ihren krebsroten Mündern. Frauen in knisternden Schürzen fegten Asche von ihrer Türschwelle. Geschäftsleute in schwelenden Brooks-Brothers-Anzügen blieben hin und wieder kurz stehen, um einen flüchtigen Blick auf den Klumpen Schlacke an ihrem Handgelenk zu werfen, bevor sie mit vor sich hin kokelnden Diplomatenkoffern in ihren röstenden Händen weitereilten. Auf dem Balkon gegenüber umarmten sich zwei Liebende, unempfindlich gegenüber den Brandblasen auf ihrer nackten Haut, während das sie umgebende schmiedeeiserne Gitter schmolz und wie in der Sonne vergessene Lakritze langsam hinabtropfte.

Ein heftiger Schmerz durchzuckte Palmers Brust, und gegen seinen Willen kam ein Schrei über seine Lippen. Es hatte keinen Sinn, sie zu leugnen. Sie würde ihren Willen bekommen, ganz gleich, wie sehr er auch versuchte, gegen sie anzukommen. Mit einem lauten Stöhnen drehte sich Palmer zu Loli um.

Ein übermächtiger Ektoplasma-Gestank riß Sonja aus ihren Gedanken. Es roch nach Marui. Dann hörte sie Palmers unterdrückten Schrei, und sofort trat sie die Tür ein.

Beim Anblick der mißgestalteten Figur, die sich über den schlafenden Mann beugte und ihm seine Klauen in die Brust grub, entfuhr ihr ein Knurren. Der Marui kreischte erschrocken auf und breitete seine Flughäute aus. Sie bekam seine glitschigen Flanken zu fassen, und das hohe Kreischen des Wesens verschwand im Ultraschallbereich.

»Verdammte Scheiße!«

Palmer war aufgewacht und starrte in völliger Verwirrung auf die beiden Kämpfenden, die neben seinem Bett miteinander rangen.

»Sitzen Sie nicht einfach da und machen ein dummes Gesicht! Helfen Sie mir!«

»*Wie denn?*«

»Packen Sie es am Hals!«

Palmer warf einen Blick auf die spitzen Zähne des Marui und schüttelte den Kopf. »Den Teufel werde ich!«

»Machen Sie schon, verdammt noch mal!«

Palmer verzog das Gesicht, als sich seine Hand um den teleskopartig ausgefahrenen Hals des Marui schloß. Das Fleisch war eiskalt und gummiartig, als bestünde das wild um sich schlagende Biest nur aus Schleim. Nachdem er das um sich beißende Ende des Halses unter Kontrolle gebracht hatte, gelang es Sonja, das Biest auf den Boden zu drücken.

»Was zum Teufel ist das?«

»Dies, Mr. Palmer, ist Ihr Alpdrücken.«

Das Biest war erschöpft von der Rangelei und versuchte nicht länger zu entkommen. Es lag wie ein kaputter Kinderdrachen auf dem Boden und jammerte vor sich hin. Palmer starrte auf die in sich verdrehte, aber ansonsten beinahe menschliche Muskulatur des Marui und seine zerfetzten, fledermausähnlichen Flügel. Der Hals des Geschöpfes sah aus wie eine aufgerollte Nabelschnur. Sein kahler Altmännerkopf wurde beherrscht von viel zu großen, fuchsähnlichen Augen und spitzen Reißzähnen. Schon bei seinem bloßen Anblick spannte Palmers Narbe.

»Man nennt sie Marui«, erklärte Sonja, während sie dem Untier den Fuß auf den Hals setzte. »Oder auch Nachtmahre, ›Mahre‹ oder ›le rudge-pula‹, je nachdem, in welchem Teil der Welt Sie sich befinden. Sie ernähren sich von Schlafenden, indem sie deren Träume manipulieren und sich dann an dem Entsetzen, das aus diesen Alpträumen resultiert, gütlich tun. Nach der Größe zu urteilen, ernährt der hier sich schon eine ganze Weile lang von Ihnen. Nur während der Nahrungsaufnahme nehmen sie überhaupt körperliche Gestalt an.«

»Soll das heißen, dieses Ding hier ist ein Alptraum?«

»Nein, schlimme Träume sind wieder was anderes; Marui machen sich lediglich die negative Energie zunutze, die durch Alpträume frei wird. Aber man kann sie beim besten Willen nicht als besonders helle bezeichnen.« Sie verstärkte den Druck auf den Hals des Marui und lächelte, als er in seiner Not anfing zu wimmern. »Ich nehme an, Pangloss hat Ihnen diesen kleinen Darling in der Hoffnung auf den Hals gehetzt, Renfields

Job würde dadurch später leichter. Na, stimmt's nicht, du Räuber?« Sie trat dem Marui noch fester auf den Hals.

Das Wesen quiekte. »Willjamm, hilf miiir.«

Mit seinem Absatz zermalmte Palmer den Schädel des Marui zu klebriger Paste. Der Marui schüttelte sich und begann sich aufzulösen. Das Ektoplasma verflüchtigte sich wie Trockeneis.

* * *

»Ich vermute, diesmal haben Sie gut geschlafen.«

Palmer setzte erst seinen Becher Getreidekaffee ab, bevor er sich zu dem weiblichen Vampir in der Küchentüröffnung umdrehte. Sie trug einen grünen, mit hellen Schmetterlingen bestickten Seidenkimono, und ihr Haar war unter einem sauberen weißen Handtuch verborgen, das sie sich wie einen Turban um den Kopf gewickelt hatte. Sie hatte wie immer ihre verspiegelte Sonnenbrille auf. Palmer wäre nie auf die Idee gekommen, daß Untote ebenfalls duschten.

»Ich habe noch nie besser geschlafen.« Es stimmte. Zum ersten Mal seit Wochen war Palmers Schlaf frei von den immer wiederkehrenden Alpträumen gewesen. Als er gegen Nachmittag aufgewacht war, hatte er sich tatsächlich erfrischt, geradezu verjüngt gefühlt.

»Ich nehme an, Sie haben sich selbst beschäftigt, während ich... unpäßlich war.« Sonja öffnete den Kühlschrank und holte eine Flasche mit dunkelroter Flüssigkeit hervor. Palmer hatte sie zuvor schon durch Zufall bemerkt und ihren Inhalt erahnt. »Ich fürchte, ich habe nicht oft Besuch.« Sie erbrach den Siegelverschluß und führte die Flasche an den Mund, nahm aber dann Palmers Gesichtsausdruck wahr. »Oh – tut mir leid. Ich habe mich wohl etwas gehenlassen.« Mit einem entschuldigenden Lächeln stellte sie das Blut wieder weg.

»Es gibt nichts, wofür Sie sich entschuldigen müßten. Schließlich ist es Ihr Haus. Ich bin hier nur Gast. Ich habe kein Recht, Sie für irgendwas zu verurteilen.«

Sonja legte den Kopf schief auf die Seite und betrachtete ihn so eine Weile. »Sie sind recht anpassungsfähig... für einen Menschen.«

Palmer hüstelte in seine Hand. »Da ist etwas, was ich Ihnen sagen wollte. Hören Sie, im Augenblick bin ich ganz offensichtlich ein wenig im Hintertreffen. Die Entdeckung, daß alles, was ich zu wissen glaubte, falsch ist, ist beunruhigend genug, aber gleichzeitig feststellen zu müssen, daß mein Verfolgungswahn gar kein Wahn war...« Er breitete seine Hände aus. »Ich brauche Hilfe. Und zwar viel Hilfe.«

»Und?«

»Nun, ich würde Ihnen gerne ein Geschäft vorschlagen. Oder sagen wir besser, ein bescheidenes Angebot machen. Ich brauche Hilfe wegen dieses Amateurfunks in meinem Schädel, okay? Und Sie brauchen Hilfe gegen Pangloss, hab' ich recht? Wie wär's also, wenn wir uns zusammentäten, nur für eine Weile? Sie könnten mir beibringen, wie ich meine Gabe nutzen kann, und ich könnte... Ihnen überall helfen, wo Sie mich gebrauchen können.«

»Mr. Palmer, haben Sie überhaupt eine Vorstellung davon, worauf Sie sich da einlassen?«

»Nein. Das gebe ich gerne zu. Ich weiß nur, wenn ich keine Hilfe bekomme, drehe ich durch. Ich kann nicht leben, solange mir die Gedanken, die Ängste und der Wahnsinn anderer Leute durch den Kopf geistern.« Er spürte, wie seine Hände beim Sprechen zitterten. »Hören Sie, ich kann Ihnen nichts vormachen. Sie machen mir angst. Aber auf der anderen Seite verhält sich die Sache so, wie mein Onkel Willy immer gesagt hat: besser ein Teufel, den man kennt.«

Sie lachte, und er sah ihre Reißzähne. Obwohl er wußte, daß alles in Ordnung war, hatte er immer wieder Angst.

Verglichen zum Vortag wirkte das French Quarter wie ausgestorben. Auf der Bourbon Street hatten zwar wie üblich sämtliche Läden geöffnet, aber die Schlepper waren ausnahmsweise einmal nicht daran interessiert, die wenigen Touristen, die die müll- und neongesprenkelte Straßenzeile entlangschlenderten, in ihre Lasterhöhlen zu zerren. Die Ladenbesitzer waren noch damit beschäftigt, den liegengebliebenen Abfall aus Plastikbechern und Glasscherben mit Wasserschläuchen in die Gosse zu befördern. Die allgemeine Stimmung war ein Gemisch aus Erschöpfung und Erleichterung, als würde sich die Stadt von einem Malariaanfall erholen.

Palmer schlenderte seiner neuen Arbeitgeberin hinterher und versuchte dabei die Blicke zu ignorieren, die ihnen durch die engen Straßen folgten. Sonja Blue bewegte sich geschmeidig und zielstrebig durch das Gewirr dunkler Gassen, die Hände in den Taschen ihrer Lederjacke vergraben. Bei alldem wirkte sie geistesabwesend, aber Palmer zweifelte keinen Augenblick daran, daß sie sich der auf sie gerichteten Blicke bewußt war.

Die Nutten, die Dealer und auch alle übrigen Typen des Viertels strahlten eine solche Angst und solche Ablehnung ihnen gegenüber aus, daß Palmer eine Gänsehaut bekam. Er hatte das Gefühl, als hätte jemand eine Ameisenfarm in seiner Unterwäsche losgelassen. Schnell versuchte er mit Hilfe einiger mentaler Übungen, die Sonja ihm noch beigebracht hatte, kurz bevor sie an diesem Abend das Haus verlassen hatten, die Einflüsse von außen abzublocken. Die Meute unsichtbarer Ameisen verschwand.

»Anscheinend sind Sie in der Gegend nicht gerade beliebt.«

Sie warf ihm einen Blick über die Schulter zu. »Daran gewöhnt man sich. Die meisten Menschen lehnen Pretender instinktiv ab – Medien übrigens auch.«

Palmer mußte an seine eigene, unmittelbare Reaktion auf Renfield denken – es hatte ihm den Magen umgedreht – und fuhr zusammen.

»Den Ausdruck haben Sie schon einmal verwendet: Pretender. Was bedeutet er?«

»Haben Sie mal was von Lovecraft gelesen?«

»In der Schule. Wieso?«

»Erinnern Sie sich noch an die Geschichte von Ctulhu, von den Älteren Göttern und von den Alten? – Daß die Menschheit erst eine Entwicklung jüngeren Datums ist, soweit es die Erde betrifft; daß schreckliche außerirdische Monster die Welt beherrschten, lange bevor es die Dinosaurier gab, und daß unfaßbar gigantische Horrorgestalten auf ihren Greifarmen sitzen und nur darauf warten, daß sie die Weltherrschaft übernehmen können?«

»Ja.«

»Nun, so ungefähr verhält es sich tatsächlich.«

»Ich glaube, ich möchte gar nicht mehr darüber erfahren.«

»Zu spät. Aber ich werde es Ihnen zeigen und nicht erklären. Erzählen könnte ich Ihnen schließlich das Blaue vom Himmel herunter. Es hinge dann von Ihnen ab, ob Sie es glauben oder nicht. Aber wenn Sie etwas vor sich sehen, seinen Atem und seine Ausdünstungen riechen können, dann ist das etwas vollkommen anderes. Sie werden seine Existenz bezeugen, weil Sie es mit eigenen Augen gesehen haben.«

»Wohin gehen wir?« Palmer verspürte wieder ein Kribbeln, aber diesmal hatte es nichts mit seiner telepathischen Sensibilität zu tun.

»Glauben Sie an die Hölle?«

Palmer zwinkerte mit den Augen. Der plötzliche Themenwechsel verblüffte ihn. »Wenn Sie damit die christliche Hölle meinen, in der die Menschen von Kerlen mit Heugabeln und spitzen Ohren gefoltert werden – nein, daran glaube ich nicht.«

»Ich auch nicht. Aber ich glaube an Dämonen. Und genau da gehen wir hin. Wir wollen einen Pakt mit dem Teufel schließen.«

»Sie meinen: mit Satan?«

»Soll das ein Witz sein? Der ist viel zu kostspielig. Außerdem läßt er sich nur auf einen Handel mit Seelen ein. Nein, der Typ, zu dem ich gehe, hat zivilere Preise.«

Palmer zog es vor, nicht weiter nachzufragen.

Das ›Monastery‹ war eine kleine, dunkle Bar, die man in einem Anfall von Perversion mit geistlichem Dekor eingerichtet hatte. Ehemalige Kirchenbänke standen an den Wänden, und von oben fiel Licht durch bunte Glasfenster herein. Überall waren Heilige aus Gips zu sehen und Altarbilder in verschiedenen Stadien des Verfalls. Eine Madonna mit Kind, der man nicht ansah, ob sie durch den Ruß zu vieler Opferkerzen schwarz geworden oder ob die Farbe das Resultat eines modernen Antirassismusprogramms des Vatikans war, starrte von ihrem Platz über den Schnapsflaschen aus flachen blauen Augen auf die Kunden des ›Monastery‹ herab. Und zu dem Ganzen spielte eine verbeulte Rockola-Musikbox zerkratzte Rolling-Stones-Singles.

Mit seinen niedrigen Preisen, der lahmen Bedienung und der sehr laxen Einstellung in bezug auf Sauberkeit zielte das ›Monastery‹ offenkundig nicht auf die Horden kreditkartenbewaffneter Touristen ab, von denen das Viertel ansonsten lebte. An der Bar saß eine Prostituierte und nippte an einem Gin Fizz, während der Barkeeper damit beschäftigt war, mit einem schmierigen Lappen Gläser zu reinigen. Beide betrachteten Palmer und Sonja beim Eintreten sehr aufmerksam.

»Und wenn der Kerl, den Sie suchen, gar nicht hier ist?« flüsterte Palmer hoffnungsvoll.

»Er ist hier, darauf können Sie Gift nehmen. Er ist immer hier.«

Sie entdeckten Sonjas Verbindungsmann in der hintersten und dunkelsten Nische der Bar. Bei seinem Anblick setzte Sonja ein kühles, dünnes Lächeln auf. »Hallo, Malfeis.«

Der Dämon erwiderte ihr Lächeln und fuhr sich dabei mit seiner gespaltenen Zunge über die Lippen. »Ah, Sonja! Bitte nenn mich doch Mal! Wir müssen es ja nicht so formell halten.«

Palmer runzelte die Stirn. Was immer er erwartet hatte, es war jedenfalls bestimmt kein junger Typ in ausgeblichenen Jeans und in einem ›Surf-Or-Die‹-T-Shirt gewesen. Neben ihm stand ein neonfarbenes Skateboard gegen die Bank gelehnt.

»Na, Kleiner, bist du überhaupt schon alt genug für diesen Schuppen?«

Malfeis hob amüsiert seine geschwungene Augenbraue. »Wer ist denn dieser Renfield, Sonja?«

»Mein Name ist nicht Renfield.« Palmer mußte sich schwer

zurückhalten, um diesen rotznäsigen Skateboardpunker nicht an seinem Rattenschwanz zu packen. »Was soll das heißen?«

Sonja winkte Palmer ungeduldig zu. »Das erkläre ich später – wenn ich mit dem Geschäftlichen fertig bin. Warten Sie an der Bar auf mich.«

»Aber –«

»Ich sagte, warten Sie an der Bar.« Ihre Stimme war so hart und kalt wie Stahl und ebenso unnachgiebig. Sie wartete, bis Palmer gegangen war, und setzte sich dann zu Malfeis.

»Du hast dich ganz hübsch verändert seit letztem Mal.« Vor sechs Monaten hatte Malfeis noch den Körper eines jungen Schwarzen getragen, der über und über mit Goldkettchen behängt gewesen war.

Der Dämon zog die Schultern hoch und grinste verschlagen. »Ich gehe eben mit der Zeit. Ich bin immer schon auf die neueste Mode abgefahren. Aber was führt dich diesmal in meine Gefilde, Süße?«

»Ich denke, das weißt du bereits.«

»Ach?«

»Tu nicht so scheinheilig, Mal. Im Moment habe ich weder die Zeit noch die Geduld dafür. Ich muß wissen, was Pangloss in der Hinterhand hält.« Sie zog den Brief, den Palmer ihr überbracht hatte, aus ihrer Jacke und schob ihn über den Tisch.

Mal tippte mit einem überlangen Fingernagel auf das zusammengefaltete Blatt Papier und grunzte: »Kein Problem. Was springt dabei für mich raus?«

Sonja griff in ihre Tasche, holte ein kleines Salbendöschen aus Ton hervor und hielt es gut sichtbar für den Dämonen hoch. »Das habe ich vergangene Woche aus Katmandu bekommen. Es ist der pulverisierte Schädel eines Mannes, der sechs tibetanische Heilige ermordet und anschließend drei Missionare getötet und vergewaltigt hat. Der Stoff ist echt allererste Güte; einen reineren wirst du nirgends auftreiben.«

Mals Katzenaugen erglühten von einem seltsamen Feuer. Nervös trommelte er mit den Fingern auf die Tischplatte. »Laß mal probieren.«

Sonja schraubte vorsichtig den Deckel auf und schüttelte eine Messerspitze von dem feinen, kalkartigen gelben Pulver in Mals geöffnete Hand. Der Dämon streute sich etwas davon auf die Spitze seines Zeigefingers und steckte ihn sich dann in den Mund.

»Na, und? Wie lautet dein Urteil?«

Mal nickte anerkennend. »Donnerwetter. Von dem Stoff könnte ich was gebrauchen.«

»Abgemacht?«

»Abgemacht!«

Das Töpfchen wanderte zu Mals Tischseite hinüber. Der Dämon holte eine vergoldete Rasierklinge und eine dünne Vulkanglasscheibe hervor und machte sich damit rasch eine großzügig bemessene Spur zermahlenen Schädels zurecht. Völlig blind für seine Umgebung senkte Malfeis seinen Kopf über die Spur und zog sie mit seinen beiden Nüstern hoch. Dabei wirkte er wie ein schnüffelnder Bluthund. Als er fertig war, riß er den Kopf in die Höhe und schnaubte sich schüttelnd wie ein Hengst. Seine Augen waren unnatürlich groß, die Pupillen nur noch Schlitze, aber abgesehen davon sah er immer noch halbwegs aus wie ein Mensch.

»Wow! Das ist der wahre Stoff!« kommentierte er mit einem Grinsen und ließ einen Mund voll Haifischzähne sehen.

»Freut mich, daß dir das Zeug gefällt. – Und jetzt zu Pangloss...«

»Das haben wir sofort!« Er nahm den Brief in die Hand und legte ihn sich mit einer Ecke zwischen die Augenbrauen. Seine Augäpfel verdrehten sich in den Höhlen, so daß man das grünliche Weiße sehen konnte. Dazu ertönte ein seltsames Kontrabaßgurgeln aus seiner schmächtigen, unbehaarten Brust. Von alledem schien aber niemand in der Bar Notiz zu nehmen.

Nach ein oder zwei Sekunden kam Mal wieder zu sich. Seine Augäpfel fielen wie die Symbole eines Spielautomaten wieder in ihre ursprüngliche Stellung zurück. »Mal abgesehen davon, daß Pangloss seit kurzem versucht, Kontakt mit dir aufzunehmen, läßt sich im Augenblick nicht viel über ihn in Erfahrung bringen. – Soviel vorweg. Allerdings scheint dieser Morgan eine gewisse Unruhe ausgelöst zu haben.«

»Tatsächlich? Hast du herausfinden können, worum es dabei geht?«

»Tut mir leid, aber dazu wäre eine Erlaubnis unseres obersten Organs nötig. Ich verfüge nicht über die nötige Macht, dir diese Information zu verschaffen, zumindest nicht in allen Einzelheiten. Eins kann ich dir allerdings noch verraten: Was dieser Morgan im Augenblick tut, hat bei den Mitgliedern des ersten und des zweiten Ranges der Hierarchie große Aufmerksamkeit erregt. Ob das allerdings heißt, daß sie das billigen, was er vorhat, kann ich nicht sagen.«

»Hast du keine Beziehungen? Ich dachte, dein Onkel sei Mitglied der zweiten Stufe.«

»Onkel Oeillet? Ja, schon, aber er gehört nicht gerade zu den großen Tieren. Im Klartext: Seine Aufgabe ist es, dafür zu sorgen, daß die Leute ihr Armutsgelübde brechen. Deshalb sinkt sein Stern seit der Reformation unaufhörlich. Genaugenommen sind eigentlich die meisten aus der zweiten Stufe der Hierarchie ziemlich überflüssig, da ja ihr ursprünglicher Job war, Heilige in Versuchung zu führen, damals, im finsteren Mittelalter. Immerhin zählt eine direkte Verbindung zu einem von ihnen soviel wie ein Blutopfer. Oder wenigstens zu drei Vierteln. Ich wünschte, ich könnte mehr für dich tun, Baby, aber das sind nun mal die Regeln.«

Palmer starrte erst wütend auf den Boden seines Glases, dann hinüber zu Sonja, die sich immer noch mit diesem Punkerschnösel mit den seltsamen Augen unterhielt. Direkt über Palmer thronte die schwarze Madonna und blickte während der ganzen Zeit auf ihn herab.

»He, Mister. Suchen Sie jemand?«

Das war die Nutte vom anderen Ende der Bar, die ihm schon beim Hereinkommen aufgefallen war. Er schüttelte den Kopf, ohne von seinem Glas aufzublicken. »Nein. Trotzdem danke.«

»Ganz bestimmt nicht?«

Irgend etwas an ihrer Stimme ließ ihn aufblicken. Was er dann zu sehen bekam, brachte ihn im Handumdrehen an den Rand des Wahnsinns. Wie ein weit aufgerissenes Schlangenmaul drohte der Irrsinn ihn mit Haut und Haar zu verschlingen – mitsamt seinen Shermans und mitsamt seinem Stadtbüchereiausweis. Er bräuchte nur die Theke loszulassen und sich tief in die Eingeweide dieses Ungeheuers hineinsaugen zu lassen, wonach die Welt nie wieder etwas von ihm hören oder sehen würde.

Die Frau am anderen Ende der Bar war Loli. Und diesmal war es kein Traum, das wußte Palmer. Sie lächelte verführerisch und rückte näher an ihn heran. Sie roch nach einigen Gin Fizz und noch etwas anderem, was Palmer wiedererkannte, aber nicht benennen konnte. Ihre Finger fühlten sich auf seiner Haut kalt und trocken an, aber er konnte nicht einmal mehr zittern. Mit ihrer Berührung war jedoch sein Schwanz so hart geworden, daß es schmerzte und ihm die Tränen in die Augenwinkel traten.

»Ich habe auf einen Mann wie dich gewartet«, gurrte sie ihm ins Ohr. »Ich habe ja so lange gewartet!«

Palmer wollte losbrüllen, aber sein Mund war wie von innen versiegelt. Sein Schwanz pochte, als hätte jemand eine Klaviersaite um die Wurzel geschlungen und drückte jetzt langsam damit das Blut ab.

»Komm schon, Baby. Ich weiß einen Ort, wo wir völlig ungestört sein können.« Loli hakte sich bei Palmer ein und zog ihn von der Theke weg. Sie war mindestens um einen Kopf kleiner als er, aber sehr kräftig. Zu kräftig. »Sobald wir alleine sind, ficke ich dich um deinen Verstand!« Ihr Lachen klang, als hätte sie gerade einen Scherz auf seine Kosten gemacht.

Palmer wollte nicht mit ihr mitgehen, aber es war, als würde er von dem unsichtbaren Draht an seinem Schwanz unerbittlich mitgezogen. Jedesmal, wenn er versuchte, sich gegen den Zug zu stemmen, zog sich die Aderpresse fester um seinen Penis zusammen. Sie waren schon fast aus der Tür, als Palmer eine zweite, ebenfalls weibliche Hand spürte, die sich um seinen rechten Ellenbogen schloß.

»Er gehört mir, du widerliches Miststück!« Sonja Blue riß

Palmer zu sich herüber, aber der Sukkubus ließ seinen linken Arm nicht los. Dabei zischte die dämonische Hure wie eine Katze und schlug ihre Krallen tiefer in Palmers Oberarm. Er wollte vor Schmerz aufschreien, aber sein Mund war immer noch wie verklebt.

Im Geiste sah er sich schon in lauter Teile zerrissen, als sich der Vampir und der Sukkubus weiter um ihn stritten. Dann zog Sonja ein Klappmesser und trennte Lolis Hand sauber am Handgelenk vom Arm. Von dieser neuen Entwicklung einen Augenblick lang verwirrt, wurde Lolis Griff kurz schwächer, so daß Sonja Palmer endlich losreißen konnte. Sofort nachdem er sich dem körperlichen Zugriff des Sukkubus entzogen hatte, schrumpfte sein übergroß angeschwollener Ständer rasch zusammen. Zum ersten Mal in seinem Leben war er erleichtert, seine Erektion zu verlieren.

Staunenden Blickes verfolgte er dann, wie Loli ihre abgetrennte Hand aufhob und versuchte, sie sich wieder anzustekken. Zu seiner Überraschung hielt der Pfropf.

»Loli…?« Zum ersten Mal seit Beginn des Zwischenfalls fand er die Kraft, den Mund aufzumachen.

»Das ist nicht Loli, Palmer. Nimm meine Hand. Sieh sie mit meinen Augen.« Noch ehe Palmer auch nur die Gelegenheit hatte zu protestieren, hatte Sonja schon seine rechte Hand ergriffen und drückte sie.

Dieses Etwas, das ihn verhext hatte und gerade im Begriff gewesen war, ihn zu entführen, besaß drei Paar schlaffer Brüste und Arme so lang und behaart wie die eines Affen. Die Beine dieses weiblichen Sukkubus waren krumm, und zwischen ihren Schenkeln baumelten fünfzehn Zentimeter lange Schamlippen. Zudem wucherten winzige Hörner auf ihrer fliehenden Stirn. Die Sukkubus-Frau klappte zischelnd ihr lippenloses Maul auf wie ein Piranha. Dann trat sie einen Schritt vor und fauchte angriffslustig den weiblichen Eindringling mit den Spiegelgläsern an, der es gewagt hatte, ihr das Abendessen streitig zu machen.

»Jamara!«

Die Stimme donnerte und hallte derart, als befände sich der Sprecher auf dem Grunde eines Brunnens. Jamara zuckte zusammen und entblößte sofort die Flanke zum Zeichen ihrer Unterwerfung.

Palmer drehte sich um und sah den Jungen, der sich Malfeis nannte, aus seiner Nische gleiten. Nur war er jetzt kein Junge mehr. Der Dämon war gut einsachtzig groß, wenn auch sein stark gekrümmtes Rückgrat ihn zu einer gebeugten Haltung zwang. Bis auf seinen doppelforkigen Penis bedeckte derbes rotes Haar seinen Körper wie einen Orang-Utan. Er hatte das Gesicht eines Schweines – nicht einmal die gebogenen Eberhauer fehlten – und Pferdefüße.

Malfeis drückte Sonja und Palmer mit der Schulter zur Seite und redete etwas in einer Sprache, die größtenteils aus Quiek- und Grunzlauten bestand. Dann griff er sich Jamaras Sukkubusschwanz und verdrehte ihn wild. Jaulend versuchte sie, sich aus dem Griff des Dämons zu winden. Mal schleuderte den rebellierenden Sukkubus durch die Tür und hinaus auf die Straße. Als er sich wieder zu Sonja und Palmer umdrehte, war er wieder der Skateboardpunker.

»Tut mir leid wegen der Geschichte. Das Mädchen ist neu. Eigentlich gehört sie sogar zur Familie. Ich habe einer meiner Schwestern versprochen, sie abzurichten, aber ich fürchte, das ist zwecklos.«

6. Kapitel

Palmer rutschte unruhig auf seinem Sitz hin und her. Er litt unter dem unfreiwilligen Nikotinentzug. Der Flug würde weniger als sechs Stunden dauern, und deshalb war gemäß der FAA-Richtlinien das Rauchen untersagt. Palmer wurde bereits von der Vorstellung verfolgt, die Shermans würden aus seiner Jakkettasche nach ihm rufen, wo sie sich wie das Bild einer Geliebten an sein Herz schmiegten.

Sonja Blue saß neben ihm, wie immer die verspiegelte Brille im Gesicht, und blätterte gelassen ein Magazin der Fluggesellschaft. Seine Begleiterin war zwar ein Vampir, aber sie ging mit der Zeit: Särge waren nichts für sie – sie reiste aus Überzeugung erster Klasse.

»Noch knapp zwei Stunden bis zur Landung. Pangloss meinte, wir würden dort von seinem Wagen abgeholt. Und ich sehe keinen Grund, ihm nicht zu glauben«, sagte sie, ohne von dem Artikel über Familienfreuden im Ferienparadies Florida aufzusehen.

Palmer nickte schweigend. Für ihn kam Sonjas Entschluß, Pangloss zu treffen, einem Selbstmord nahe. Anfangs hatte er sogar geargwöhnt, sie hätte eine hinterhältige Form von Gehirnwäsche benutzt, damit er zustimmte, sie zu begleiten, wie sie es auch bei den Sicherheitsbeamten am Flughafen getan hatte, die von ihr verlangt hatten, sie solle das Klappmesser aus ihrer Tasche nehmen.

»Welches Klappmesser meinen Sie?« hatte sie gefragt und dabei das mit Ornamenten verzierte Messer in die Höhe gehalten. Ihre Stimme hatte fest geklungen, ohne jedes ängstliche Zittern.

»Wir bedauern außerordentlich, Madam. Wir haben uns wohl geirrt. Guten Flug«, hatten die Sicherheitsbeamten unisono gesagt und den Weg freigegeben. Fast hätten sie sich dabei sogar noch zu einer Ehrenbezeugung hinreißen lassen.

Palmer hätte zu gerne geglaubt, daß der Entschluß, sich auf diese Geschichte einzulassen, ihm von Kräften aufgezwungen worden wäre, auf die er keinen Einfluß nehmen konnte, aber das wäre glatter Selbstbetrug gewesen. Ob es ihm paßte oder nicht: Er war auf Sonja angewiesen.

Verstimmt von der Richtung, die seine Gedanken nahmen, sah Palmer durch das Fenster hinaus in den Nachthimmel – und wünschte sich augenblicklich, er hätte das besser unterlassen.

Auf den Tragflächen des Flugzeugs saßen Wesen.

Zuerst hielt er sie für Kinder. Allerdings hatte er keinen blassen Schimmer, was Kinder auf der Aluminiumaußenhaut einer DC-10 fünfzehntausend Meter über dem Erdboden zu suchen hatten. Dann stand eine dieser zierlichen Gestalten auf, entfaltete ihre fledermausartigen Flügel und flog auf und davon.

Nein, Kinder waren das nicht. Jedenfalls keine Menschenkinder.

Über die ganze Tragfläche verteilt krabbelten mindestens sechs dieser gräulichweißen Geschöpfe herum, deren Arme doppelt so lang waren wie ihre Körpergröße. Ihre Schädel hatten dieselbe längliche Form wie Schußpatronen, und ihre Körper waren völlig unbehaart. Von Palmers Blicken aufgescheucht, huschten sie über die vibrierenden Tragflächen der Maschine, den Leib auf die Tragfläche gepreßt. Dann überließen sie sich eines nach dem anderen dem Wind.

Eines dieser Flügelwesen geriet in eine Turbulenz und schlug dicht neben Palmers Fenster gegen den Flugzeugrumpf. Palmer machte in der Erwartung, beim Aufprall ein dumpfes Klatschen zu hören, ein angewidertes Gesicht, aber es war nichts zu hören, und niemand sonst hatte anscheinend etwas bemerkt, nicht einmal Sonja. Das Wesen löste sich vom Rumpf und lugte Palmer durch das Fenster an.

Seine Augen waren riesige, lidlose Kugeln in der Farbe ranziger Butter, und sie schwebten auf langen, feinen Rüsseln, die ihm mitten im Gesicht hingen. Eine lange, wurmartige Zunge kam peitschend aus seinem Maul hervor und leckte am verstärkten Plexiglas, das es von Palmer trennte.

Der kalte Schweiß rann Palmer von der Stirn. Er zupfte Sonja am Ärmel und zeigte auf das Fenster. »Bilde ich mir das nur ein?«

Sonja blickte von ihrer Illustrierten auf, beugte sich vor und sah angestrengt in die Dunkelheit hinaus. »Nein, machen Sie sich keine Sorgen. Die sind echt.«

»Großartig.« Mit zitternden Fingern zog er das Plastikrollo herunter. »Die haben mir gerade noch gefehlt!«

Sonja blickte ungerührt. »Das sind nur Afreeti, nichts weiter. Wegen denen brauchen Sie sich keine Sorgen zu machen. Man könnte sie zu den Elementarwesen zählen. Sie fliegen gerne auf Flugzeugen mit. Aber sie sind harmlos, es sei denn, man bekommt es mit zwei Stämmen zu tun, die sich darum streiten, wer zuerst fliegen darf. Die wenigen Menschen, die sie zu Gesicht bekommen haben – oder das Pech hatten, in einem Streitobjekt zu sitzen –, haben sie für gewöhnlich mit Gremlins verwechselt.«

Palmer hätte sich gerne eine Zigarette angezündet. Es wäre dann viel einfacher, sich einzureden, dies sei nur eine der vielfältigen und bunten Seiten des Lebens, wenn er seine überreizten Nerven mit einem Lungenzug voll Nikotin beruhigen könnte.

Sonja betrachtete ihn hinter ihren verspiegelten Gläsern. Sie beugte sich zu ihm und legte ihre Hand auf seine.

»Hören Sie, ich weiß, wie hart das ist, was Sie im Augenblick durchmachen. Aber glauben Sie mir, Sie werden sich daran gewöhnen. Ich erinnere mich noch an das erste Mal, als ich anfing, all das wahrzunehmen. Ich dachte wirklich, jetzt ist es soweit! Und ich hatte niemanden, der mich auf diesem Weg begleitet hätte, wenigstens nicht zu Beginn. Ich hatte keine Ahnung, ob das, was ich gerade sah, wirklich war oder ob ich halluzinierte. Das ist übrigens etwas, wo Sie wirklich aufpassen müssen: daß Sie nicht Dinge sehen, die gar nicht da sind. Das ist nämlich eine Art Schutzmechanismus des menschlichen Gehirns. Die meisten medial veranlagten Menschen enden als Schizophrene. Nur zwei Prozent aller aktiven Medien schaffen es, nicht in der Anstalt zu landen.«

Palmer merkte, daß er ihre Hand anstarrte, die auf seiner ruhte. Dies war das erste Mal, daß sie ihn seit ihrer ersten zufälligen Begegnung vor zwei Nächten berührte, abgesehen von dem Mal, als sie seinen verhexten Unterleib vor dem Sukkubus gerettet hatte. Er hatte erwartet, daß sie sich kalt und klamm anfühlen würde wie eine Leiche, aber dem war nicht so. Eigentlich war es sogar ganz angenehm. Aber plötzlich schoß ihm der Geschmack von Jimmy Eichhorns Blut in den Mund.

Er machte hastig seine Hand aus ihrem Griff los, richtete sich steif auf und versuchte, seine zusammengeschnürte Kehle wieder unter Kontrolle zu bekommen. »Äh, ja. Entschuldigen Sie mich einen Augenblick, ja? Ich muß kurz zum Klo.«

Auf seinem Gesicht lag ein bitteres Grinsen, als er sich zur Toilette der ersten Klasse durcharbeitete. *Verdammt, als ob meine Welt nicht schon kompliziert genug wäre! Jetzt muß mich auch noch diese Vampirin anmachen!* Er schüttelte verwundert den Kopf. *Na gut, ich könnte mir Schlimmeres vorstellen. Ich könnte zum Beispiel gerade die Strafverfolgungsbehörden auf dem Hals haben.*

Palmer drehte am Türgriff der Toilette, mußte aber feststellen, daß sie besetzt war. Mit einem Seufzer verschränkte er die Arme und betrachtete die wenigen Passagiere, die es sich leisten konnten, auf Inlandsflügen erster Klasse zu fliegen.

Sofort blieb sein Blick auf einem untersetzten Mann in einem knittrigen Geschäftsanzug hängen, der gerade seinen Aktenkoffer durchwühlte. Rauchwölkchen umhüllten das sorgenvolle Gesicht des Geschäftsmannes.

Verdammt noch mal! Ich dachte, auf diesem Flug wäre das Rauchen verboten! Warum hat ihm denn keiner von diesen verkniffenen Stewards längst den Arsch aufgerissen? Gehört der Kerl etwa zur Geschäftsleitung?

Als Palmer sich den Mann mit der rosigen Gesichtsfarbe genauer ansah, waberte der Rauch um dessen Kopf, als wollten sich schärfere Umrisse herausbilden. Palmers Herz begann schneller zu schlagen: Die Gestalt, die nun auf den Schultern des Geschäftsmannes hockte, sah aus wie ein von einem Himmelsschreiber gezeichnetes Äffchen, das einer starken Brise ausgesetzt worden war.

Rasch sah Palmer wieder weg. Er wußte nicht, was er davon halten sollte, aber in jedem Fall würde ihm eine Zigarette helfen, damit fertig zu werden. Die Tür zur Toilette ging auf, und Palmer tauchte hastig in die Abgeschiedenheit hinein. Seine Hände zitterten, als er den Riegel zuschob und sich mit dem Rücken gegen die Tür lehnte. Wenige Zentimeter von seinen Knien entfernt befand sich die kleine, unbequeme Flugzeugtoilettenschüssel aus rostfreiem Stahl, in der Tropfen aus himmelblauem Desinfektionsmittel herabperlten.

Am ebenfalls winzigen Handwaschbecken stieß er sich die Hüfte, während er in seinen Taschen nach einem Feuerzeug kramte. Er sah hoch, erblickte den Rauchdetektor und runzelte die Stirn.

Die machen ein solches Theater, daß man sich an diesen Dingern nicht zu schaffen machen soll. Das bedeutet wahrscheinlich, daß sie mit Leichtigkeit auszuschalten sind. Aber das Letzte, was ich jetzt gebrauchen könnte, wäre, wenn dieses verfluchte Ding losgeht, während ich daran herumfummele. Dann kriege ich bestenfalls eine Ladung CO_2 ins Gesicht und eine Fünfhundertdollarstrafe noch dazu.

Er betrachtete abwechselnd die Schachtel Shermans, die er aus seiner Brusttasche genommen hatte, und den Plastikring, der über seinem Kopf hing wie ein elektronisches Damoklesschwert.

Scheiß drauf.

Er steckte sich eine Zigarettillo in den Mund und versuchte an den Rauchdetektor zu fassen, indem er sich mit einem Bein auf die Toilettenschüssel stellte. Dabei fiel sein Blick auf den splittersicheren Spiegel am Waschbecken und vor allem auf sein Gesicht, das ihn daraus anstarrte.

Palmer hatte für sein Ebenbild nur ein spöttisches Schnauben übrig. Es war genauso wie damals, als er auf der Jungentoilette in der Mater-Dolorosa-Schule in Akron heimlich hatte eine Zigarette rauchen wollen. Nur war jetzt sein Haar von grauen Strähnen durchzogen, und er trug statt der Schuluniform einen maßgeschneiderten Trenchcoat, aber im wesentlichen bestand kein großer Unterschied zwischen dem vierzehnjährigen Palmer, den man wegen Rauchens hinter der Sporthalle von der Schule geworfen hatte, und dem neununddreißigjährigen, der versuchte, den Rauchdetektor außer Gefecht zu setzen – bis auf den Affen aus Rauch, der dem erwachsenen Palmer auf der Schulter hockte wie ein Papagei.

»Ahhhh!«

Palmer schrie im selben Augenblick, als er die Erscheinung bemerkte. Gleichzeitig verlor er das Gleichgewicht und blieb mit einem Fuß in der Kloschüssel stecken. Die Angst, die ihn beim Anblick des grauen Etwas auf seiner Schulter gepackt hatte, machte nun dem viel realeren Entsetzen Platz, aus Versehen durch die kleine Falltür der Toilette hinausgesogen zu werden. Unter heftigsten Flüchen kämpfte Palmer sich frei und fiel dabei mit einem dumpfen Poltern gegen die Tür.

»Sir? Sir! Ist alles in Ordnung? Sind Sie verletzt? Können Sie mich hören?« Das war eine der Stewardessen. Sie klang gleichermaßen hilfsbereit und argwöhnisch.

»Alles in Ordnung! Ich... es war nur ein kleines Mißgeschick, weiter nichts!« Wütend starrte Palmer auf die Farbe, die an seinem Hosenbein Flecken zu bilden begann. Zum Glück waren seine Hose und Schuhe so dunkel, daß man die Verfärbung nicht sofort bemerken würde. Beim Verlassen des engen Toilettenraumes vermied er es, in den Spiegel zu sehen, und lächelte das vor der Tür versammelte Flugpersonal einfältig an.

»Bitte nehmen Sie Ihren Platz wieder ein, Sir. Wir werden

in Kürze auf dem internationalen Flughafen von San Francisco landen.«

»Was, in drei Teufels Namen, ist eigentlich mit Ihnen los?«

»Huh? Was?« Palmer zuckte zusammen, als Sonja ihn anfuhr. Er war stehengeblieben, um sich sofort nach der Ankunft am Flughafen eine Zigarette anzuzünden, hatte aber plötzlich innegehalten, als er eine dürre Frau bemerkte, die einen Affen aus Rauch in der Größe eines Gorillas auf ihrem Buckel trug und gerade ihr Gepäck durch die Empfangshalle schleifte.

Die Frau allerdings schien blind zu sein für den Riesen, der breitbeinig auf ihren schmalen Schultern ritt. Zwischen ihren Lippen klemmte eine Pall-Mall-Zigarette mit Filter.

Von ›Gorillas im Nebel‹ habe ich schon gehört, aber das hier ist das erste Mal, daß ich einen Gorilla aus Nebel sehe!

Palmer verkniff sich ein schrilles Lachen. Er ließ gerade noch das Streichholz fallen, bevor er sich daran die Finger verbrannt hätte.

Mißbilligend schüttelte Sonja den Kopf. »Kommen Sie schon, verdammt noch mal! Man könnte meinen, Sie hätten noch nie einen Tabakdämon gesehen!«

Pangloss' Chauffeur erwartete sie am Ausgang mit einem säuberlich beschrifteten Pappschild, auf dem *S. Blue* zu lesen war. Er führte sie zu einer überlangen Limousine mit getönten Scheiben und einer voll ausgestatteten Bar im Fond. Sonja zögerte einen kurzen Augenblick, ehe sie in den hinteren Teil des Wagens stieg.

»Irgend etwas nicht in Ordnung, Madam?« Die Stimme des Chauffeurs war so glatt und kalt wie Glas.

»Nein, ich mußte nur an eine Fahrt in einer solchen Limousine vor langer Zeit denken.«

Im selben Augenblick, als die Tür hinter ihnen zugeschlagen wurde, steckte Palmer sich auch schon eine seiner stinkenden Zigaretten in den Mund und öffnete das Barfach. Seine Hände zitterten.

»Stimmt irgendwas nicht?«

Palmer schnaubte und stieß dabei eine Rauchwolke aus. »Was stimmt denn überhaupt noch? Dieses Schwein hat versucht, mein Gehirn in Guacamole zu verwandeln, und jetzt sitzen wir auch noch ausgerechnet in seinem gottverdammten Schlitten und lassen uns durch die Gegend kutschieren! Wir laufen geradewegs in eine Falle, verdammt noch mal! Es steht doch praktisch schon in großen Leuchtbuchstaben draußen dran!«

Sonja seufzte und sah aus dem Fenster. »Machen Sie sich wegen Pangloss keine Sorgen. Um den kümmere ich mich. Er wird Ihnen keine Scherereien machen. Er hat bekommen, was er wollte. Daß er mit Ihnen ein weiteres Pferd im Stall gehabt hätte, war allenfalls ein Bonus.«

»Sie scheinen sich da ja sehr sicher zu sein.«

»Pangloss ist gerissen. Ich bezweifle nicht, daß er ganz eigene Gründe hat, mich in diese Sache hineinzuziehen. Aber welche das sind, ist mir egal. Mich interessiert nur eins: Morgan.«

»Das ist auch so eine Sache: Wer ist denn dieser Morgan eigentlich, und wieso wollen Sie seinen Kopf am besten aufgespießt auf einer Lanze?«

Sie sah kurz zu ihm herüber. Einer ihrer Mundwinkel war leicht zu einem bitteren Lächeln angehoben.

»Schon mal vom Thorne-Konzern gehört?«

»Ja, sicher. Der alte Jacob Thorne ist einer der letzten Millionäre, die es aus eigener Kraft geschafft haben, so wie Getty und Carnegie.«

»Erinnern Sie sich noch an die Entführung von Thornes Tochter? Sie hieß Denise.«

Palmer legte die Stirn in Falten und nickte dann. »Jetzt, wo Sie es erwähnen – ist sie nicht irgendwann in den Sechzigern verschwunden?«

»Es sind nie irgendwelche Lösegeldforderungen erhoben worden, und man hat sie als vermißt geführt. Das ist lange her. Über zwanzig Jahre.« Ihre Stimme klang wehmütig.

»Aber was hat das mit Ihnen zu tun?«

»1969, während eines Urlaubs in London, traf Denise Thorne einen Mann, der sich ihr als Morgan vorstellte. Lord Morgan. Wie sich herausstellte, war der Titel sogar echt, nur war Morgan kein Mensch. Er nötigte Denise zu einer Mondscheintour in seiner chauffierten Limousine. Es war alles sehr romantisch, bis sie alleine waren: Er vergewaltigte sie und trank ihr Blut. Anschließend warf er sie aus dem fahrenden Wagen und ließ sie liegen, in dem Glauben, sie sei tot. Es war pures Glück, daß jemand sie fand und ins Krankenhaus brachte, wo sie neun Monate im Koma lag. Danach erwachte ich.«

»Sie sind Denise Thorne.« Palmer starrte sie an; seine Zigarette verqualmte ungeraucht zwischen seinen Fingern.

Sonja zuckte mit den Schultern. »Darüber läßt sich streiten. Aber irgend etwas in mir war einmal Denise Thorne. Und ist es vielleicht noch.« Damit drehte sie sich wieder zum Fenster um und sah auf die undeutlichen Umrisse des Candlestick-Parks, während der Wagen über den Highway 101 raste. »Es gibt eine Menge Dinge, die ich nicht weiß. Aber eins steht für mich fest: Ich werde Morgan zur Hölle schicken, und wenn ich ihn höchstpersönlich hinschleifen muß.«

Pangloss' Unterkunft befand sich in einem der älteren Wolkenkratzer der Innenstadt. Neben den überall aus dem Boden geschossenen Bauhausmegalithen, wie dem Transamerika-Gebäude, wirkte das Dobbs-Building winzig und fristete ein ewiges Schattendasein.

Leise glitt die Limousine in das unterirdische Parkhaus und setzte seine Insassen vor einem altmodischen Liftschacht ab, der mit verschiebbaren Metallgittern gesichert war. Der Fahrer sprach in ein mit dem Radio verbundenes Handmikrofon, und schon senkte sich der Aufzugkorb ins Blickfeld.

Sonja Blue kletterte aus dem Wagen, und Palmer folgte ihr auf dem Fuße. Die Aufzugtür öffnete sich, und die Schutzgitter klappten zur Seite. Der Liftführer, ein alter Mann in einer schlecht sitzenden Uniform, bat sie mit einer Handbewegung einzusteigen. Das Innere des Liftes roch nach altem Leder und Zigarren.

Wenige Minuten später hielt der Lift am Penthouse. Die Tür öffnete sich wieder – um den Blick freizugeben auf die massige Gestalt eines Ogers, der ihnen den Weg verstellte. Der Oger reckte sein Kinn vor und blähte seine affenähnlichen Nüstern. Palmer erkannte ihn wieder: Als er ihn das letzte Mal gesehen hatte, hatte er gerade an Renfields linkem Bein gekaut, als handelte es sich um eine Hühnerkeule.

Palmer verdrehte die Augen. »Ich habe Ihnen doch gesagt, daß das keine gute Idee war.«

Die Lippen des Oger lösten sich in einem verkrampften Grinsen von einem Gebiß, das besser in das Maul eines Haifisches gepaßt hätte.

»Keif! Platz, verdammt noch mal!«

Der Oger trat zur Seite, so daß ein Mann mit schmalen Schultern, in einem unscheinbaren Anzug und mit Schildpattbrille hervortreten konnte. Er hielt ein Klemmbrett an seine Brust.

»Ich bin Dr. Pangloss' Assistent. Zur Zeit hält er sich im Fitneßraum auf. Wenn Sie warten möchten...«

»Ich möchte ihn sprechen. Sofort.«

Der Assistent sah angestrengt auf sein Klemmbrett. »Ich fürchte, das wird nicht möglich sein.«

Sonja Blue trat vor und brachte ihr Gesicht ganz nah an seins. »Ich sagte *sofort!*«

Das blasse Gesicht des Assistenten wurde noch eine Spur käsiger. »Ja. Natürlich. Wenn ich vorausgehen und Ihnen den Weg zeigen darf.«

Der Fitneßraum war größer als die meisten Wohnungen, die Palmer bislang bewohnt hatte. Überall standen Barren und andere Turngeräte herum; in der einen Ecke hockte wie eine Spinne aus Chrom eine hochmoderne Nautilus-Kraftmaschine. Palmers und Sonjas ganze Aufmerksamkeit richtete sich jedoch auf die beiden Männer, die in vergitterten Gesichtsmasken und weißen Hemden mitten im Raum fochten.

Vor ihren Augen bohrte gerade einer der Duellanten seinem Gegner die Waffe in die Brust und durchstieß dabei geschickt das rote Herz auf dessen Hemd. Der solchermaßen verwundete Fechter torkelte zurück, wobei er seinen Säbel nicht losließ, und starrte auf das Stück kalten Stahls, das aus seinem Brustkorb ragte.

Der Sieger ließ hinter dem Visier ein trockenes Lachen erklingen, dann wandte er sich zum Gehen ab. Als er seinem Gegenüber den Rücken zugekehrt hatte, holte dieser zum Gegenschlag aus und enthauptete seinen Gegner mit einem einzigen Hieb. Der Kopf, der noch in der Gesichtsmaske steckte, sprang ein paarmal auf und ab, bevor er neben Sonjas rechtem Fuß zu liegen kam.

Pangloss entfernte seinen Gesichtsschutz und wies seinen Assistenten an, ihm den Säbel aus der Brust zu ziehen. Zum ersten Mal konnte Palmer die Augen seines früheren Arbeitgebers sehen. Sie hatten die Farbe von Granat und wurden von einer Reptilienpupille geteilt.

»Bin ich froh, daß der endlich erledigt ist! Welch ein Langweiler! Ständig faselte er großtuerisch von den Schmissen, die er sich in Heidelberg geholt hat. – Ich kann mich noch an die Zeiten erinnern, in denen Heidelberg nicht mehr als ein weißer Fleck auf der Landkarte war!« Er zuckte zusammen, weil der Säbel gerade herausgezogen wurde. Blut, in der Farbe und Konsistenz von Schmieröl, quoll einen Augenblick lang aus der Wunde. »Ah! Das ist schon viel besser – es fing schon an zu jucken.«

»Kann ich sonst noch etwas für Sie tun, Doktor?«

»Das wäre alles, Renfield. Ich werde mich selbst um meine Gäste kümmern.«

»Sehr wohl, Sir. Ich werde dafür sorgen, daß Keif sich um Herrn Grünwald kümmert.«

Palmer sah dem jungen Mann mit dem verkniffenen Gesicht nach, dann wandte er sich an Pangloss. »Sie haben ihn gerade Renfield genannt.«

»Und? Was ist dabei?« erwiderte der Vampir, während er die Schlaufen seiner Fechterbluse öffnete.

»Renfield ist tot! Ich habe mit eigenen Augen gesehen, wie er starb!«

Pangloss seufzte. »Mein lieber Mr. Palmer, die Welt ist voller Renfields! Genau wie sie voller Brieföffner oder Heftzwecken ist. Sie geben doch auch nicht jeder Heftzwecke, die Sie benutzen, einen eigenen Namen, oder? Der Agent, den unsere reizende Miss Blue erledigt hat, war einer meiner Renfields. Genau wie Sie einer der ihren sind.«

Palmer spürte, wie ihm Hitze ins Gesicht stieg. »Jetzt reicht's aber! Ihre blöden Anspielungen passen mir nicht –«

Sonja hob die Hand und sorgte für Ruhe. »Hören Sie auf, ihn zu reizen, Pangloss. Sie haben verspielt. Sie hätten voraussehen müssen, daß so etwas passieren würde, wenn Sie jemanden mit der Umdrehung beauftragen, der sich selbst nicht im Griff hat.«

»Ich ziehe die Formulierung ›reprogammieren‹ vor. Es klingt gleich soviel progressiver. Finden Sie nicht auch?«

Sonja schnaubte und verschränkte die Arme vor der Brust. »Ich bin nicht gekommen, um mit Ihnen hier Haare zu spalten. *Herr Doktor.*«

Pangloss schnalzte mißbilligend mit der Zunge. »Ihr Benehmen ist mit den Jahren nicht besser geworden, meine Liebe. Sie sind immer noch genauso ungehobelt wie früher. Ich führe das darauf zurück, daß Sie Amerikanerin sind.« Er schlüpfte aus seiner blutverschmierten Bluse, so daß seine unbehaarte Brust sichtbar wurde, die so bleich war wie Milch. Schwache Spuren Hunderter sich kreuzender Narben waren auf ihr zu erkennen. Die jüngste davon, die gerade sein Herz durchbohrt hatte, zog sich bereits zu rötlichem Narbengewebe zusammen.

Palmer drängte sich beim Anblick von Pangloss' Oberkörper der Vergleich mit einer Straßenkarte in der Braille-Blindenschrift auf. Ohne es zu bemerken, fuhr er sich mit der Hand über seine Brust und berührte seine beinahe tödliche Wunde. Einen Augenblick lang fragte er sich, ob wohl auch Sonjas Körper derart mit Narben übersät sein mochte, aber dann verdrängte er den Gedanken schnell wieder.

Pangloss schritt durch den Raum und nahm einen grünen Hausmantel aus Seide von einem Haken. »Sie halten immer noch an bestimmten menschlichen Vorstellungen fest, zum Beispiel an der lächerlichen Idee, Zeit sei von irgenwelchem Wert. Sie sind viel zu ungeduldig, meine Liebe! Wann werden Sie erkennen, daß es gerade Zeit ist, von der Sie reichlich haben? – Andererseits vergesse ich immer wieder, wie jung Sie noch sind. Sie sind in der Tat vielversprechend, meine Liebe. In vielerlei Hinsicht jedoch sind Sie ein zurückgebliebenes Kind. Kommen Sie, begeben wir uns in angenehmere Gefilde.«

Als sie den Fitneßraum verließen, warf Palmer noch schnell einen Blick über die Schulter und sah, wie Keif, der Menschenfresser, den Raum durch eine andere Tür betrat. Vor Palmers Augen hob der Oger den abgetrennten Kopf des unseligen Herrn Grünwald vom Boden. Erst schälte er die Fechtmaske herunter, dann grinste er, so daß man sein abstoßendes Gebiß sehen konnte, und schob sich den Schädel des Toten in sein Maul. Palmer wandte den Blick ab, konnte es aber trotzdem hören. Es klang, als beiße jemand in einen knackigen Apfel.

Art-Deco-Nymphen aus Marmor flankierten den Kamin. Auf dem Kaminsims stand ein aus einem einzigen Stück Obsidian geschnittener Panther. Ein munteres Feuer prasselte hinter dem verzierten Eisengitter, aber Palmer spürte keine Hitze von ihm ausgehen. Vielleicht war ihm auch nur die berüchtigte Feuchtigkeit San Franciscos in die Glieder gekrochen – doch bezweifelte er das eigentlich.

Pangloss stand am Panoramafenster, mit dem Rücken zu seinen Gästen. Draußen herrschte dichter Nebel, der die sowieso schon spärliche Aussicht um zwei Uhr morgens noch verschlechterte.

Die nebelgrauen Schwaden erinnerten Palmer an die Tabakdämonen, die er zuvor gesehen hatte. Daher konzentrierte er sich lieber auf das Kaminfeuer.

»Sie sagten, Sie wüßten, wo Morgan sich aufhält.«

Pangloss sah sie über die Schultern an. »Ganz recht.«

»Nun?«

»Ich würde das lieber mit Ihnen alleine besprechen. Sollen wir uns auf die Terrasse zurückziehen?« Bei diesen Worten deutete Pangloss auf die Glasschiebetür, die auf den Dachgarten hinausführte.

Sonja sah kurz prüfend zu Palmer hinüber, dann zeigte sie sich einverstanden und folgte dem älteren Vampir auf die neblige Terrasse. Die Meeresluft stach ihr in die Nase. Sie erinnerte sie an Blut. Sofort regte sich die Stimme der Anderen in ihrem Kopf und machte ihr Vorhaltungen, weil sie sich so lange von nichts anderem als Plasma aus der Konserve ernährt hatte. Sie versuchte, ihr keine Beachtung zu schenken. Dies war weder der Zeitpunkt noch der Ort, sich von dem Gejammere der Anderen beeinträchtigen zu lassen: Pangloss war gefährlich. Diese bittere Erfahrung hatte sie schon vor über einem Jahrzehnt machen müssen.

Pangloss hatte die Hände hinter dem Rücken verschränkt und starrte in die Nebelbank. »Sie haben sich verändert, meine Liebe. Sie sind reifer geworden. Das habe ich sofort bemerkt, als ich Sie sah. Sie sind nicht mehr so wütend wie früher.«

»Sagen wir, ich habe gelernt, mich mit dem System zu arrangieren, seit wir uns das letzte Mal gesehen haben. Ich habe gelernt, mich... auf das Wesentliche zu konzentrieren. Aber genug des Geplauders, Pangloss. Jetzt zu Morgan...«

Pangloss wandte sich ihr zu, und für einen winzigen Augenblick sah sie eine ausgewickelte Mumie mit tief in den Augenhöhlen verborgenen, rotglühenden Kohlen vor sich. Der Vampir griff mit seinen dürren Fingern in die weiten Taschen seines Hausmantels und holte eine Zigarettenspitze aus Elfenbein hervor. Als sie Pangloss' wahres Selbst zum ersten Mal gesehen hatte, hätte sie beinahe laut losgeschrien. Jetzt jedoch, fünfzehn Jahre später, kam ihr seine ausgedörrte Erscheinung fast normal vor.

»Ja, richtig... Morgan. Alles dreht sich immer wieder um Morgan, nicht wahr?« Seine Stimme hatte etwas Melancholisches. »Er war mein größter Fehler, genau wie Sie seiner. Ich war mir in meinem Falle jedoch bewußt darüber, was ich tat, als ich ihn erschuf, oder zumindest glaubte ich das damals.«

Pangloss schaute nachdenklich vor sich hin. Seine Gesichtszüge verwandelten sich wieder in die eines gutaussehenden Mannes Anfang Vierzig. »Für Wesen wie Sie und mich kann es manchmal sehr einsam werden. Ich bin überzeugt, das haben Sie mittlerweile selber herausgefunden. Jegliche Kontakte mit Menschen können naturgemäß nur von kurzer Dauer sein. Wo wir gerade davon sprechen: Ich beglückwünsche Sie dazu, Palmer zu Ihrem Renfield auserwählt zu haben. Er drückt sich wesentlich gewählter aus als dieser blöde Kerl, den Sie in London aufgegabelt hatten. Sagen Sie, glaubt er wirklich noch, Herr über seinen Willen zu sein?«

»Das geht Sie verdammt noch mal nichts an!«

Pangloss hob beschwichtigend seine Hand. »Natürlich, meine Liebe! Wie unhöflich von mir! Nun, wo war ich gleich? Ja, richtig. Als ich noch jünger war, sehnte ich mich nach Gesellschaft. Zu jener Zeit kam ich mir allerdings schon recht alt vor – ich war damals sieben- oder achthundert Jahre alt, es muß also etwa das elfte oder zwölfte Jahrhundert gewesen sein. – Ich war so alt wie Morgan heute, wenn das überhaupt von Bedeutung ist.« Er machte einen Moment Pause, ehe er fortfuhr.

»Ich hatte begonnen, mich zu langweilen, und wünschte mir einen mir ebenbürtigen Gefährten. Doch ich hatte keine große Auswahl, da ich meine Gefolgschaft gezwungenermaßen aus Leibeigenen und Bauern, und gelegentlich mal einem hochherrschaftlichen Diener, rekrutieren mußte. Die meisten von ihnen waren nicht für Aufgaben geeignet, die intellektuell über die Beschaffung der nächsten Mahlzeit hinausgingen. Dann traf ich Morgan.

Zu diesem Zeitpunkt arbeitete ich als Kastrator für die Kirche. Die Chormeister schickten mir ihre vielversprechendsten Soprane, damit ich sie zu Eunuchen machte. Ich war für meine – zumindest an den damaligen Zuständen gemessene – niedrige Sterblichkeitsrate bekannt. Diese ermöglichte mir Einblicke in die byzantinischen Eifersüchteleien und Streitereien, die immer mit der Unterdrückung der menschlichen Sexualität einhergehen. Gut zwanzig Jahre lang lebte ich so auf Kosten des Vatikans. Dann traf ich Morgan.

Er war erst zwölf, als ich ihn zum ersten Mal sah, dennoch wußte ich sofort, daß ich gefunden hatte, wonach ich gesucht hatte. Er war der fünfte Sohn eines Nobelmannes und gezwungen worden, der Kirche beizutreten, aber durch seinen ausgezeichneten Gesang war ein Chormeister auf ihn aufmerksam geworden. Statt den Jungen zu kastrieren, nahm ich ihn mit mir und gab diese Identität auf.

Nie habe ich mehr Leidenschaft seit meiner Wiederauferstehung verspürt! Morgan akzeptierte mich so, wie ich war. Er war von erstaunlicher Intelligenz und erwies sich als ausgezeichneter Schüler.

Als Onkel und Neffe durchreisten wir mehrere Jahre lang ganz Europa. Er wollte unbedingt umgewandelt werden, ich hielt meinen Segen jedoch zurück, bis er genügend gereift war, um den Wechsel heil zu überstehen. Als er dreißig Jahre alt war, erschuf ich ihn neu zu meinem Ebenbild.

Mein Glaube an seine angeborene Überdurchschnittlichkeit erwies sich als gerechtfertigt. Bereits zehn Jahre nach seiner Wiederauferstehung hatte Morgan sich über das unfertige Stadium als Wiedergänger hinausentwickelt. Was war ich auf ihn stolz! Zwei Jahrhunderte lang blieb er mein ständiger Begleiter. Ich war sein Herr und Erzeuger, dennoch nutzte ich meinen Status niemals aus. Ich gestattete ihm mehr Freiheiten als je irgendeinem anderen meiner Bastarde zuvor und auch seither. Am Ende habe ich teuer dafür bezahlen müssen.

Morgan richtete sich gegen mich. Ich hatte seine Willensstärke unterschätzt. Und seine Hinterlist. Fast hätte er mich getötet – genau wie Sie.« Pangloss öffnete seinen Mantel und zeigte auf eine lange, unregelmäßige Narbe mitten auf seiner Brust. Obwohl sie mindestens zehn Jahre alt war, wirkte sie immer noch frisch. »Ihre silberne Klinge hätte mich fast das Leben gekostet. Es schmerzt immer noch, bis heute.«

»Sollten Sie auf irgendwelche Schuldgefühle von mir spekulieren – vergessen Sie's.«

»Ich bin nicht so töricht, Mitleid von Ihnen zu erwarten, weder von Ihnen, noch von sonst jemandem Ihrer Sorte.«

»Und warum erzählen Sie mir dann das alles?«

Pangloss lächelte voller Bitterkeit. »Wenn man jemanden so sehr liebt, wie ich Morgan geliebt habe, und feststellen muß, daß die eigenen Gefühle verraten worden sind... Sehen Sie, meine Liebe: Ich hasse ihn ebensosehr wie Sie. Und ich habe wesentlich mehr Grund dazu. Deswegen bin ich sehr daran interessiert, daß Morgans Plan vereitelt wird.«

»Plan?«

Der ältere der beiden Vampire schüttelte bewundernd den Kopf. »Der Ehrgeiz dieses Narren kennt keine Grenzen: Er plant eine Revolution der Pretendergesellschaft. Ich weiß allerdings noch nicht genau, wie er das erreichen will. Es hat jedenfalls etwas mit der Aufstellung einer Armee von Vampiren zu tun, die gegen Silber immun sind.«

»Wissen Sie sonst noch etwas?«

»Er konnte sich bis jetzt recht gut abschirmen. Immerhin habe ich fünf volle Jahre gebraucht, bis ich ihn in dieser Stadt aufspüren konnte!«

»Hier? Wollen Sie damit sagen, er befindet sich hier? In San Francisco?« Sonja spürte, wie sich ihr Magen verkrampfte. Sie hatte ihn so lange gejagt, hatte die ganze Welt nach diesem Vampir abgesucht, der sie in etwas verwandelt hatte, das nicht mehr menschlich war. Jetzt hören zu müssen, daß sie sich mit ihm zusammen in derselben Stadt aufhielt, jetzt, nach zwanzig Jahren...

»Er operiert aus einer ausgezeichneten Tarnung heraus. Und das schon seit über einem Jahrzehnt. Ich weiß nicht, welchen Namen – oder welches Gesicht – er trägt, aber es ist mir gelungen, einen Menschen ausfindig zu machen, der es weiß. Sein Name ist Russell Howard, ein Immobilienmakler. Er weiß, wer – oder was – Morgan ist. Ich schlage vor, Sie beginnen bei ihm mit Ihren Ermittlungen.«

»Wieso ich? Warum erzählen Sie ausgerechnet mir das alles? Wenn Morgans Vorhaben tatsächlich darauf abzielt, den Lauf der Dinge in der Realen Welt zu stören, warum interessieren sich dann die anderen noblen Vampire nicht dafür?«

Pangloss verzog das Gesicht, als hätte er vergiftetes Blut gekostet. »Die herrschende Klasse, das heißt die Combine, ist der Überzeugung, sein Unterfangen sei Blödsinn, er müsse also verrückt geworden sein. Gelegentlich kommt das ja vor, Altersschwachsinn bei Vampiren. Aber sie kennen Morgan nicht so gut wie ich. Sie sind viel zu sehr mit ihren eigenen Blutfehden und grausamen Vorhaben beschäftigt. Ich verstehe sogar, daß Morgan ihre Engstirnigkeit anwidert, aber was er vorschlägt ... Es ist einfach zu gefährlich – sowohl für die menschliche als auch für die Reale Welt! Was wir brauchen, ist ein freier Agent, so wie Sie. Sie sind zwar ein wenig ungewöhnlich, aber niemand kann Ihren Erfolg bestreiten. Und welche Waffe wäre wirksamer gegen Morgan als eine von ihm eigenhändig geschaffene?«

»Mit Schmeicheleien kommen Sie bei mir nicht weiter, *Herr Doktor*. Ich verstehe immer noch nicht, warum Sie nicht schon längst selbst eingeschritten sind, wenn Morgans Plan so verdammt riskant für Ihr Wohlergehen ist. Es sei denn, Sie hätten Angst vor ihm.«

Das Lächeln ihres Gegenübers verlor an Überzeugungskraft.

»Ich weiß, daß Sie Angst vor Morgan haben, und genauso weiß ich auch, daß Sie Angst vor mir haben. Seit wir uns das erste Mal begegnet sind, haben Sie Angst vor mir. Wieso eigentlich, *Herr* Pangloss?« Dabei nahm Sonja ihre verspiegelte Brille ab. »Was sehen Sie denn, wenn Sie mich anschauen?«

In den weinroten Augen des Vampirs lag blanke Abscheu, dennoch nahm er sie nicht von Sonja. »Ich weiß es nicht. Und genau das ist es, was mir angst macht.«

7. Kapitel

Pangloss' Fahrer setzte sie ein paar Blocks entfernt von den berühmten Drachentoren von Chinatown an ihrem Hotel ab. Das Hotel wurde hauptsächlich von Studenten und asiatischen Geschäftsleuten bewohnt, weshalb es sowohl sauber als auch nicht sehr teuer war. Gerade als sie aus dem Fond der Limousine kletterten, kam ein Obdachloser wild gestikulierend herangeschlurft und murmelte etwas Unverständliches vor sich hin.

Der Alte, der in mehrere Lagen abgenutzter Kleidung gehüllt war und dessen Füße wie tote Fische in Zeitungspapier steckten, unterschied sich äußerlich in nichts von anderen Pennern. Er stank nach Pisse und billigem Wein und erinnerte Palmer an eine Mischung aus seinem Onkel Willy und einer Taube. Sonja dagegen reagierte erschreckt und drückte sich eilig an ihm vorbei in die Rezeption. Palmer war über ihre ungewohnte Reaktion ziemlich verblüfft. Deshalb warf er noch einen Blick auf die zerlumpte Gestalt, die gerade wieder in dem nebelverhangenen Toreingang verschwand, aus dem sie gekommen war. Die Augen des Alten funkelten golden im diffusen Licht der Straßenlaterne.

Als Palmer die Empfangstheke in der Eingangshalle erreichte, hatte Sonja sich bereits wieder gefangen. Der Nachtempfangschef, ein älterer Chinese, der sich mit der Grazie eines Tai-Chi-Meisters bewegte, schien über ihr ungewöhnliches Äußeres nicht sonderlich überrascht. Schließlich war man in San Francisco. Sonja fragte nach zwei miteinander verbundenen Einzelzimmern, die sie auch bekam. Palmer hätte zwar getrennte Stockwerke vorgezogen, sagte aber nichts.

Er hatte gerade seinen Koffer in dem winzigen Wandschrank hinter der Tür verstaut, da klopfte es leise an die Verbindungstür. Er öffnete sie einen Spaltbreit.

»Was gibt's?«

»Wir müssen etwas besprechen.«

Palmer warf einen Blick auf seine Uhr. Es war kurz vor vier Uhr morgens, und sie kam an und wollte etwas besprechen! Früher hätte er sich als einen Nachtmenschen bezeichnet, aber allmählich hielt er seine frühere Einschätzung wirklich für naiv.

»Über diesen Morgan?«

»Über ihn und über das, was Pangloss mir erzählt hat.«

Palmer stöhnte. »Na schön. Aber ich muß erst kurz unter die Dusche, okay? Ich fühle mich wie ein Haufen schmutziger Wäsche.«

»Da könnten Sie recht haben.«

»Ich weiß. Deswegen meinte meine Mutter immer, ich sollte einen Hut tragen.«

Sie lachte. Palmer gefiel ihre Art zu lachen. Das beunruhigte ihn.

Zwanzig Minuten später, als Palmer seine widerspenstigen Haare abgetrocknet hatte und in ein sauberes Paar Jeans und einen weiten Pullover geschlüpft war, klopfte er an die Tür, die die beiden Zimmer miteinander verband.

»Sonja?«

Keine Antwort.

Er versuchte es ein wenig lauter. Diesmal öffnete sich die Tür schwungvoll.

»Äh, Sonja?«

Palmer trat durch die Tür und versuchte, in der Dunkelheit etwas zu erkennen. Sonjas Zimmer schien seinem genau zu gleichen, nur war es spiegelverkehrt.

Da er sich noch nicht an die Dunkelheit gewöhnt hatte, rempelte er gegen die Spiegelkommode gegenüber dem Doppelbett. Leise fluchend sah er auf, in der Erwartung, sein verzerrtes Gesicht im Spiegel vorzufinden. Statt dessen erblickte er ein Laken – das lose über den Spiegel geworfen war. Er berührte es.

Vampire sind im Spiegel unsichtbar.

Das war eine der Regeln, die er noch aus den Filmen seiner Kindheit kannte. Jenen Filmen, die sein Vater als Schund abgetan und die Palmer mit unkritischer Begeisterung und großen Augen verschlungen und so ernst genommen hatte, als wären es religiöse Wahrheiten.

Für einen winzigen Augenblick erschien sein altes Jugendzimmer vor seinem geistigen Auge – etwa aus dem Jahr 1965. Er konnte den chemischen Gestank seines Modellflugzeugklebers riechen, den die gerade trocknenden Aurora-Modelle und Hollywoodmonster verbreiteten. Er sah die Stapel mit den *Famous-Monsters-of-Filmland*-Magazinen wieder vor sich und die zerlesenen *Dr.-Strange*-Comics, die er in der hintersten Ecke seines Kleiderschranks aufbewahrt hatte.

Die Erinnerung war so plötzlich und unvermittelt gekommen, daß Palmer sich erst wieder fangen mußte. Seine Hand fiel auf die Ablage der Kommode und berührte dabei etwas Glattes, Kaltes. Seine Finger schlossen sich um den Gegenstand, bevor er überhaupt merkte, was er da gerade tat.

Sie hatte ihre Brille liegenlassen.

Ein komisches Gefühl, dazustehen und ihre Brille in der Hand zu halten. Sie war so sehr ein Teil von ihr, daß es ihm vorkam, als wäre er über ein abgeschnittenes Ohr von ihr gestolpert, wie in einem dieser Filme.

»Drehen Sie sich nicht um.«

Ihre Stimme war direkt neben seiner Schulter. Sie hatte sich offensichtlich von hinten angeschlichen, ohne daß er etwas gemerkt hatte. Schweiß brach ihm auf Stirn und Oberlippe aus. Er fragte sich, wie ihre Augen wohl aussehen mochten. Nur mit Mühe konnte er einen Schauder unterdrücken.

Sonjas nackter Arm packte ihn überraschend von hinten und riß ihm die Brille aus der Hand. Er hörte das hektische Rascheln von Stoff, als sie ihren Bademantel überzog.

»Okay, jetzt können Sie wieder hinsehen.«

Palmer wandte sich im selben Augenblick um, als sie die Nachttischlampe anknipste. Der Vampir lehnte mit dem Rükken am Kopfende des Bettes und hatte die Beine unter sich gezogen wie eine Katze. Sie trug denselben Kimono, den er schon in New Orleans gesehen hatte. Ihr Haar, immer noch feucht von der Dusche, klebte an ihrer milchig-blassen Stirn. Sie war wunderschön, und sie schüchterte ihn ein.

»Tut mir leid, daß ich so reingeplatzt bin. Ich habe geklopft...«

»Schon gut.« Sie bot ihm den einzigen Sessel im Zimmer an.

»Sie sagten, Sie wollten mit mir reden?« Aus Verlegenheit zündete er sich eine Shermans an. Dann blies er abwechselnd Rauchringe oder hörte ihr nachdenklich zu, während sie ihm vom Gespräch mit Pangloss erzählte – daß Morgan irgendwo in der Stadt sei und daß Pangloss Kontakt hätte zu einem gewissen Immobilienmakler.

»Sie meinen also, wir können Pangloss trauen?«

»Ihm trauen? Nein. Aber ich glaube ihm.«

»Na schön. Und was soll dieser ganze Unfug über die Reale Welt und die Pretender?«

»Ich dachte, Sie hätten schon einiges mitbekommen?«

»Ja, sicher, klar – aber ich bin schließlich neu auf dem Gebiet. Ich kenne die Regeln nicht. Ich weiß ja nicht einmal, ob es welche gibt.«

Sonja atmete tief durch und blickte in die gegenüberliegende Ecke, als gäbe es dort etwas zu sehen. Sie starrte noch immer gedankenverloren in den Schatten, als sie zu sprechen begann. »Menschen glauben zu wissen, was die Wirklichkeit ist und worum es sich im Leben dreht. Sie glauben, es zu wissen, weil sie denken können, nach dem Motto: ›Ich denke, also weiß ich.‹ Ihre Einstellung läßt sich folgendermaßen beschreiben: ›Ich stehe am Ende der Nahrungskette, also ist es auch an mir zu entscheiden, was wirklich ist und was nicht.‹

Was sie nicht wahrhaben wollen, existiert schlicht und einfach nicht für sie. Höchstens vielleicht in ihren Träumen. Oder Alpträumen. Letztendlich verfolgen sie nur die Schatten an der

Höhlenwand und sind überzeugt, dies wäre die wirkliche Welt. Sie schauen nicht auf die Dinge, die die Schatten erzeugen. Oder wenn sie doch genauer hinschauen, so nehmen sie sie doch nicht wahr. Die meisten Menschen leben in ihrer Vorstellung und nicht in der Realen Welt, obwohl sie ein Teil von ihr sind.

Pretender sind sozusagen die höchsten Raubtiere. Im Grunde ist es ein Oberbegriff. Eigentlich bedeutet er nur, daß sie für Menschen gehalten werden können. Ebenso wie Vampire, Oger, Sukkuben, Inkuben und Vargr...«

»Und was?«

»Werwölfe«, erklärte sie. »Und dann gibt es noch die Seraphim, wie den alten Mann vorhin am Straßenrand.«

Palmer mußte daran denken, wie die Augen des Obdachlosen geglänzt hatten, wie frisch geprägte Goldmünzen. »Sind diese Wesen, wie immer sie heißen mögen, gefährlich?«

»Schwer zu sagen, wie sie sind. Einer hat mir mal das Leben gerettet. Aber bilden Sie sich am besten Ihre eigene Meinung über sie.«

Das Gespräch stockte. Palmer wurde sich plötzlich unangenehm bewußt, daß er mit einer gutaussehenden, halbnackten Frau in einem Hotelzimmer saß. »Hören Sie, es ist schon spät. Ich bin es wirklich nicht gewöhnt, die ganze Nacht aufzubleiben und den ganzen Tag zu schlafen.«

Er wollte gehen, aber Sonja streckte ihren Arm aus und bekam seine Hand zu fassen. »Du mußt aber nicht gehen.« Genau das hatte Palmer aber vor. Er wollte die Tür zwischen seinem und ihrem Zimmer zuschlagen und sie zusätzlich mit Möbeln verbarrikadieren. Aber irgend etwas in ihm wollte auch bleiben. Er sah zu Sonja hinab und entdeckte sein verängstigtes und gepeinigtes Gesicht in ihrer verspiegelten Brille.

Himmel, sehe ich tatsächlich aus wie ein hirnverbrannter Neurotiker? Kein Wunder, daß Loli mich für einen Vollidioten gehalten und abgeknallt hat.

»Tut mir leid, wenn ich Ihnen Angst eingejagt habe. Das wollte ich nicht. Aber es ist manchmal so schwer, sich immer im

Griff zu haben...« Dann lächelte sie. Es war das traurigste und zarteste Lächeln, das er je gesehen hatte. »Ich bin nur oft so einsam. Und manchmal möchte ich einfach wieder wissen, wie es ist...« Sie sah weg und ließ seine Hand los. Sie brauchte nicht zu Ende zu sprechen, denn Palmer hörte den Rest des Satzes in seinem Kopf. Er war nicht sicher, ob es Telepathie oder schlichtes Einfühlungsvermögen war.

Und manchmal möchte ich wieder wissen, wie es ist, ein Mensch zu sein.

»Hören Sie, Sonja, nicht, daß ich nicht –«

»Gehen Sie.« Sie sah ihn nicht an. »Gehen Sie einfach.«

Palmer gehorchte. Er wußte nicht genau, was er wirklich wollte. Zehn Minuten später lag er in seinem Bett und schlief fest. Er hörte nicht mehr, wie sie ging.

Sonja Blue verließ das Hotel in ihren ausgewaschenen Jeans und ihrer Lederjacke. Sie lief in Richtung Chinatown und erklomm mit kräftigen, entschlossenen Schritten den steilen Hügel. Bis zur Dämmerung war es noch gut eine Stunde; reichlich Zeit für die Jagd.

Sie passierte das Drachentor, das den Anfang des Viertels markierte. Die Geschöpfe mit den zerzausten Brauen erinnerten sie an den Drachen, der das Heft ihres Klappmessers zierte.

Die Grant Avenue war menschenleer, aber sie wußte, daß gegen fünf nach und nach die Händler eintreffen würden, um ihre Geschäfte für den nächsten turbulenten Tag vorzubereiten. Schon bald würden sich die schmalen Gehwege füllen und goldfarbene, gehäutete Enten in den Schaufenstern hängen. Die Läden dagegen, in denen billige Gebrauchselektronik und Nippes aus dem Fernen Osten verscherbelt wurden, würden ihre Pforten erst lange nach Sonnenaufgang öffnen, aber dann hätte Sonja ihre Jagd längst beendet.

Du hättest ihn dazu zwingen sollen. Schließlich schuldet er dir etwas. Du hast ihm das Leben gerettet.

Sie verzog das Gesicht und versuchte, die Worte der Anderen zu ignorieren. Sie wußte nur zu gut, was geschehen würde, wenn sie schwach wurde und sich ihrem Willen fügte. Sie blieb stehen und schnupperte die kühle Morgenluft. Aus der Ferne konnte sie das Surren der Cable Car hören und, schwächer noch, das Läuten von Kirchturmglocken.

In jedem Hauseingang, an dem sie vorbeikam, hatte eine unförmige, in Lumpen und Abfall gehüllte Gestalt Unterschlupf gefunden. In einem war sogar eine vierköpfige Familie untergekommen. Die kraftlosen Eltern kauerten auf der untersten Stufe, während ihre Kinder auf einem Lager aus Wellpappe schliefen. Die Frau verfolgte Sonja beim Vorübergehen mit müdem, mißtrauischem Blick.

Sie blieb stehen und nahm erneut die Witterung auf. Der Geruch war stark. Sie war nahe dran. Sehr nahe. Sie tauchte in eine schmale Gasse. Der Durchgang war vollgestellt mit überquellenden Mülleimern.

Ihr Gestank war so stark, daß er fast die Witterung überdeckte, der sie gefolgt war. Aber nur fast.

Der Vargr erhob sich aus seinem Versteck zwischen den übereinandergekippten Müllcontainern und baute sich vor dem Eindringling auf, der es gewagt hatte, ihn bei seiner Mahlzeit zu stören. Der Werwolf war fast einsachtzig groß, seine gekrümmte Wirbelsäule und seine krummen Beine ließen ihn noch mächtiger erscheinen. Die spitze Wolfsschnauze fletschte sich zu einem bedrohlichen Knurren, und dabei kamen scharfe, blutverschmierte Zähne zum Vorschein, an denen noch Fleisch- und Knorpelreste hingen. Zu seinen klauenbewehrten Füßen lagen die zerfetzten Überreste einer Pennerin.

Das rötlichbraune Fell des Monsters stellte sich auf, bis es sich längs seines gesamten Rückens sträubte. Gleichzeitig glitt der spitze Penis des Vargr zur rituellen Angriffspose aus seiner pelzigen Hülle.

Sonja Blue fauchte und bleckte ihre Reißer. Der Werwolf machte plötzlich einen verwirrten Eindruck.

»Na los! Was ist denn mit dir, du Wollknäuel? Hast du Schoßhündchen Angst, es mit jemandem deines Kalibers aufzunehmen?« Sie war sich ihrer Verwegenheit voll bewußt. Sie hatte es bislang nur zweimal mit einem Vargr zu tun gehabt, aber sie waren ebenso gefährlich wie die fortgeschrittenen Vampire, wenngleich es ihnen an psychischen Fähigkeiten mangelte. Physisch waren sie jedoch ungemein kräftig und beinahe unsterblich. Sie fragte sich, was zum Teufel sie sich eigentlich beweisen wollte.

Der Werwolf trat vor und schleuderte dabei die Zweihundertlitermülltonnen auf die Seite, als wären es Bowlingkegel. Das Biest stank wie ein nasser Hund. Sonja nahm das Klappmesser in die Hand und drückte auf den Rubin im Drachenauge. Beim Anblick des Silbermessers hielt der Vargr inne.

Sonja warf sich auf den zögernden Werwolf und riß ihn mit Wucht zu Boden. Der Vargr heulte überrascht auf. Die beiden Kämpfer wälzten sich auf dem schmierigen Boden und stießen noch mehr Mülltonnen um. Aufgescheuchte Ratten, deren Mahlzeit durch den Kampf des Werwolfs mit dem Vampir gestört worden war, huschten eilig in Deckung.

Sonja, die bereits aus einer Reihe von Wunden blutete, die ihr diese Mischung aus Monster und Mensch mit seinen Klauen zugefügt hatte, schrie auf, als der Vargr ihr seine Zähne in die Schulter schlug und sie hin und her schüttelte wie ein Köter seinen Gummiknochen. Sie begann blind auf ihren Angreifer einzustechen und wurde dafür mit einem Schmerzgeheul und dem Gestank von Galle belohnt. Taumelnd konnte sie sich von dem verwundeten Vargr lösen, aber der Biß in ihre Schulter hatte sie mehr geschwächt, als sie wahrhaben wollte.

Kurz bevor sie das Bewußtsein verlor, sah sie den Vargr noch durch die Gasse davoneilen. Jeden Augenblick würde er seine menschliche Gestalt wiedererlangen. Seine vornübergebeugte Haltung verriet ihr, daß er versuchte, seine Eingeweide am Herausquellen zu hindern.

Als sie die Augen wieder öffnete, stellte sie fest, daß sich ein unbekannter Mann über sie beugte. Sie lehnte an der Wand des Durchgangs. Weil sie noch immer ihre Brille aufhatte, konnte der Mann nicht sehen, daß sie inzwischen wach geworden war.

Er griff in ihre Jacke und zog ihre Brieftasche heraus. Der Betrag im Geldscheinfach schien ihn zu erfreuen: Er lachte leise in sich hinein. Offensichtlich hielt er sie für tot. Dann beugte er sich erneut vor, um nach weiterer Beute zu suchen.

Sie hatte eine Menge Blut verloren. Und sie brauchte Blut, um wieder gesund zu werden.

Der Mann machte ein überaus überraschtes Gesicht, als die vermeintlich Tote ihn an seinem Hemd packte und ihn zu sich herunterzog. Danach existierte nur noch blankes Entsetzen.

8. Kapitel

Russell Howard war ein selbstzufriedener Mensch. Er war erst siebenunddreißig und schon auf dem besten Weg, ein Multimillionär zu werden. Vor sieben Jahren hatte er sich als Immobilienmakler noch abgemüht und mit dritt- und viertklassigen Mietobjekten herumgeschlagen.

Jetzt besaß er einen Lamborghini mit Telefon und Faxgerät. Sein Büro beanspruchte den halben fünfzehnten Stock eines funkelnagelneuen Wolkenkratzers auf der Embarcadero. Die wohlhabendsten Leute der gesamten Bay Area zählten zu seiner Kundschaft, und sein Name und sein Gesicht zierten des öfteren die Klatschspalten des *Chronicle*. In der Tat, Russell Howard war auf dem Weg zu Höherem.

Und das alles dank seines ach so stillen Teilhabers.

Howard dachte nur ungern länger über seinen Teilhaber nach. Meist bekam er davon feuchte Hände und ein juckendes Gehirn. Manchmal hatte er sogar Alpträume wegen ihm. Aber wenn er überhaupt etwas vom Leben gelernt hatte, dann, daß Geld sämtliche Probleme lösen konnte. Wenn seine Probleme sich damit auch nicht direkt in Nichts auflösten, so konnte er sie doch zumindest auf Eis legen.

Howard saß in seinem drehbaren Freischwinger und sah zu, wie die Schatten mit dem Sonnenuntergang länger wurden. Er hatte gerade eine Spätnachmittagskonferenz mit einem Kunden abgeschlossen und überlegte, ob er seine Frau anrufen und ihr sagen sollte, er käme erst spät nach Hause. Er konnte nicht ahnen, daß gerade der Aufzug mit zwei Besuchern unterwegs in den fünfzehnten Stock war. Und selbst wenn er es gewußt hätte – wäre es ihm wohl in dem Moment egal gewesen.

Die Sekretärin sah von ihrem Computer auf und erblickte zwei Fremde, einen Mann und eine Frau, die das Vorzimmer betraten. Sie runzelte die Stirn und warf schnell einen Blick auf den Kalender auf ihrem Schreibtisch. Für diesen Tag waren offenbar keine weiteren Termine vorgesehen.

»Kann ich Ihnen behilflich sein?«

Der Mann ergriff das Wort. »Wir sind hier, um mit Mr. Howard zu sprechen.«

»Haben Sie einen Termin?« fragte sie. In ihrer Stimme klirrten Eiszapfen, als sie seine seltsame Frisur begutachtete.

»Nein. Er wird trotzdem mit uns sprechen.« Das war die Frau in der Lederjacke und mit der verspiegelten Brille.

»Ich fürchte, das ist völlig ausgeschlossen. Mr. Howard ist ein vielbeschäftigter Mann und –«

»Sie sollten nach Hause gehen, es ist Zeit.«

Die Sekretärin starrte die Frau mit der Sonnenbrille einen Herzschlag lang mit leerem Blick an, dann stand sie auf, schaltete ihr Textprogramm aus, zog eine Plastikhülle über die elektrische Schreibmaschine, holte ihre Handtasche aus dem Aktenschrank und marschierte zur Tür.

Das Zuschlagen der äußeren Bürotür lockte Russell Howard aus seinem Büro. Überrascht betrachtete er die beiden Fremden einen Augenblick lang, bevor er nach seiner Sekretärin zu suchen begann.

»Wo ist Patricia?«

»Sie mußte dringend nach Hause. Es ist plötzlich etwas dazwischengekommen. Außerdem ist es schon spät. Sie lassen sie zu lange arbeiten.«

Howard wußte nicht recht, ob er vor den beiden Fremden Angst haben oder sich von ihnen beleidigt fühlen sollte. Dem Aussehen nach paßten sie eigentlich eher in eine MTV-Show oder auf die Rückseite eines Plattencovers, jedenfalls nicht in seinen Empfangsbereich. Der Mann schien Ende Dreißig zu sein, er trug ausgeblichene Jeans, einen dunklen, ausgeleierten Pullover und einen schwarzen Regenmantel. Sein Haar war trotz der Kürze drahtig und stand von seinem Schädel ab, als hätte er einen Elektroschock bekommen. Seine Schläfen waren grau meliert, und sein Kinn wurde von einem schmalen Bärtchen geteilt, das ihm das Aussehen eines punkigen Pharaos verlieh.

Die Frau war wesentlich jünger. Sie trug eine verspiegelte Sonnenbrille, enge Jeans, Stiefel mit Stahlspitzen und eine abgewetzte Lederjacke über einem ›Dead-Kennedys‹-T-Shirt. Mit ihrem dunklen, nicht zu bändigenden Haar sah sie aus wie ein exotischer Paradiesvogel.

»Wer sind Sie? Was wollen Sie?«

Die Frau trat vor. Die Art, wie sie sich bewegte, kam ihm vertraut vor, aber er konnte sich nicht erinnern, woher. »Mein Name ist Sonja Blue, Mr. Howard. Mein Begleiter ist Mr. Palmer. Was wir wollen? – Nichts, nur eine Information. Eine Information, die Sie, Mr. Howard, wie ich Anlaß habe zu glauben, uns geben können.«

Sie deutete auf die Aktenschränke entlang der Wand. »Schauen Sie da mal rein.« Palmer nickte und begann Howards Akten zu durchwühlen, als wäre er dort angestellt.

Howards Gesicht hatte inzwischen die Farbe einer reifen Tomate angenommen. »Das können Sie nicht tun! Ich rufe die Polizei!«

Sonja Blue schnalzte vorwurfsvoll mit der Zunge. »Das wäre allerdings nicht sehr nett von Ihnen, Mr. Howard.« Sie trat noch einen Schritt näher an den Makler heran. Er sah seine eigenen entsetzten Gesichtszüge, verzerrt und verdoppelt, als Spiegelungen in ihren Gläsern. Sie dünstete Bedrohung aus wie ein teures französisches Parfüm. »Warum verraten Sie mir nicht einfach, wo Morgan sich aufhält, Mr. Howard?«

Howards Herz verkrustete mit einer Eisschicht. Jetzt wußte er, warum sie ihm so vertraut erschienen war: Es war die Art, wie sie auftrat und wie sie sprach. Ihr Verhalten war das eines Geschöpfes, das Drohungen gegenüber taub und Macht gewohnt war – genau wie sein Teilhaber.

Er brachte ein seltsames Gurgeln hervor, das klang wie der Sprechversuch eines Taubstummen. Dann versuchte er ihr seine Bürotür vor der Nase zuzuschlagen, aber sie war zu schnell für ihn. Rückwärts torkelte er in sein geräumiges Büro mit den gedämpften Farbtönen und den modischen Halogenlichtschienen. Sein Blick war dabei auf die Frau geheftet, die immer näher kam. Er konnte den Blick nicht von ihr lassen. Er mußte an Geschichten denken, die er als Kind gehört hatte: von Schlangen, die Vögel so lange hypnotisierten, bis sie ihnen in das offene Maul hineinspazierten.

Sie packte ihn mit der Präzision und Geschicklichkeit einer Kobra und zog ihn an seiner gelben Angeberkrawatte aus Seide zu sich heran. Ihr blasses Gesicht schob sich direkt vor seins. Wieder erblickte er sich in den Spiegelgläsern. Diesmal perlten Schweißperlen wie winzige Quecksilbertröpfchen aus seiner Haut. Grinsend bleckte sie ihre Fangzähne, die weiß waren wie Knochen und spitz wie Injektionsnadeln. Howard stöhnte auf.

»Wie ich sehe, hat Pangloss mir über Ihre Verbindung zu Morgan die Wahrheit erzählt. Sehr erfreulich.« Sonja Blue zerrte fester an Howards Krawatte. Plötzlich merkte er, daß seine Füße den Boden kaum noch berührten und daß er keine Luft mehr bekam.

Sonja führte den japsenden Makler um seinen Schreibtisch herum und ließ ihn ohne viel Aufhebens in seinen Freischwinger sacken. Howard schnappte nach Luft, hustete und versuchte, seinen Kopf aus der Krawattenschlinge zu ziehen. Der Krawattenknoten hatte jetzt die Größe einer kleinen Erbse und ließ sich partout nicht lösen. Der Gedanke, die Achtzigdollarkrawatte zerschneiden zu müssen, um sie abzubekommen, ließ ihn seine mißliche Lage vorerst vergessen.

Sonja Blue ging um den Schreibtisch herum zurück – eine eindrucksvolle Walnußholzarbeit in der Größe eines Billardtisches – und ließ sich in einem der Sessel nieder, die er für seine Klienten bereitstellte. Dieses offensichtliche Zugeständnis an die gewohnte Machtverteilung der Positionen löste in Howard eine instinktive Reaktion aus: Automatisch setzte er sich aufrecht, versuchte, seine ruinierte Krawatte zu richten, und setzte sein bestes Gesicht Marke verärgerter Magnat auf.

»So, und jetzt hören Sie mir mal zu, wer immer Sie sind! Das lasse ich mir nicht bieten! Wie können Sie es wagen, in mein Büro zu spazieren und mich auf diese Weise zu bedrohen!« Damit griff er nach dem Telefonapparat zu seiner Rechten. »Ich werde sofort die Wachmannschaft anrufen!«

»Wenn Sie das Telefon auch nur berühren, reiße ich Ihnen die Finger einzeln von der Hand. Ist das klar?«

Howard erbleichte und ließ den Hörer wieder auf die Gabel fallen. »Was wollen Sie?«

»Hab' ich Ihnen doch schon gesagt: Ich will Morgans Adresse und den Namen, den er im Augenblick verwendet.« Als Howard weiterhin schwieg, seufzte sie und schlug die Beine übereinander. »Mr. Howard, Sie wissen, was ich bin. Ich könnte Ihr Hirn knacken wie einen rohen Blumenkohl und mir meine Informationen auf diesem Wege beschaffen. Solche Maßnahmen sind jedoch sehr drastisch und nicht unbedingt effektiv. Außerdem würde Ihr IQ dadurch um über hundert Punkte sinken, und ich hege ernsthaft Zweifel, ob Sie das unbeschadet überstehen würden.«

»Ich kann Ihnen nichts sagen.«

»Das heißt, Sie wollen mir nichts sagen.«

Howard zog ein mit seinem Monogramm besticktes Leinentaschentuch aus seiner Brusttasche und betupfte mit zittrigen Fingern seine Stirn. »Er bringt mich um.«

»Ich auch, Mr. Howard, wenn Sie mir nicht verraten, was ich wissen will.«

»Hören Sie, ich habe nichts getan –«

»Sie verkehren mit Monstern, Mr. Howard. Vor vierhundert Jahren wären Sie in den Fängen der Inquisition gelandet, und man hätte Ihre Füße in Stiefel voll mit geschmolzenem Blei gesteckt. Ich bin sehr viel aufgeschlossener als Torquemada. Wenngleich auch nicht so geduldig. Erzählen Sie mir über Ihre Verbindung zu Morgan.«

»Sie ist nicht von Bedeutung.«

Sonja seufzte erneut. »Mr. Howard, Lord Morgan würde sich nicht mit einem armseligen Menschen wie Ihnen abgeben, wenn Sie ihm nicht auf die eine oder andere Art von Nutzen sein könnten.«

Howard rutschte unruhig hin und her. Er war alles andere als glücklich über seine Lage. »Also gut, er gibt mir Geld. Er ist, was man einen stillen Teilhaber nennt. Er gibt mir Geld, und ich kaufe und verwalte Objekte für ihn. Das ist doch nicht verboten.«

»Stimmt.«

»Außerdem suche ich Lokalitäten für ihn, an denen er sich aufhalten kann. Er reist eine Menge herum. Nirgends bleibt er länger als sechs Monate. Daran ist doch nichts verkehrt, oder?«

»Nein, nichts, gar nichts.« Ihre Stimme klang nachdenklich. Howard wollte lieber gar nicht wissen, worüber sie gerade nachdachte.

»Sonja?«

In der Tür stand Palmer und hielt einen dicken Aktendeckel in die Höhe. Howard kam es so vor, als zögen sich seine Eingeweide zusammen, Sonja nahm den Ordner entgegen und begann, in den darin enthaltenen Dokumenten zu blättern. Gelegentlich hob sie dabei den Kopf, um Howard mit ihrem ausdruckslosen, verspiegelten Blick zu betrachten. Schon beim allerersten flüchtigen Überfliegen erkannte sie, daß sich die fraglichen Objekte in den übelsten Gegenden Oaklands befanden. Howard wischte sich die Stirn mit seinem inzwischen feuchten Taschentuch.

»Gut.« Sonja klappte den Ordner zu und gab ihn Palmer zurück, dann widmete sie ihre ganze Aufmerksamkeit wieder Howard.

»Allmählich kommt etwas Sinn in die Geschichte. Das hier sind also die ›Objekte‹, die Sie für Ihren Partner gekauft haben und verwalten?«

Howard nickte kaum merklich. »Hören Sie, ich kann es Ihnen erklären –«

»Davon bin ich überzeugt. Sparen Sie sich die Mühe. Ich verstehe nur zu gut. Nicht alle Vampire sind Blutsauger. Nur die primitiveren unter ihnen ernähren sich auf diese Art. Vampire, die so alt und mächtig sind wie Lord Morgan, benötigen eine viel feinere Nahrung. Sie ernähren sich von menschlicher Verzweiflung, von Haß, Angst und Wut, von Enttäuschung, Gier, Grausamkeit und Wahnsinn... Und wo gäbe es eine geeignetere Brutstätte, als in einem fauligen Höllenloch im Slum, in dem Ratten Babys anfressen, alte Frauen wegen ihrer Sozialhilfeschecks ermordet werden, schwangere Frauen Crack rauchen und wo Frauen sowohl von Fremden als auch von den Männern, die sie zu lieben vorgeben, vergewaltigt und geschlagen werden?« Sie schnalzte mit der Zunge und strich sich mit einer übertriebenen Geste über den Bauch, als hätte sie Hunger. »Das ist feines Hammi-Hammi!«

Palmer schnaubte angewidert. »Verdammter Verräter!«

Sonja stimmte ihm mit einem Nicken zu, beugte sich zu Howard vor und fixierte ihn mit ihrem für ihr Gegenüber unsichtbaren Blick. »Wissen Sie, wie man Menschen wie Sie nennt? Unter den Pretenderrassen, meine ich, nicht unter Ihresgleichen. Nein? Sie sind ein Leithammel, Mr. Howard. Andere würden den Ausdruck Verräter benutzen. Ein Leithammel führt seine Mitmenschen in voller Absicht auf die Schlachtbank. Dafür erhält er von den Schlächtern eine Belohnung. Leithammel unterliegen gerne dem Irrglauben, sie selbst seien immun. Aber in Wirklichkeit sind sie einfach nur die letzten Schafe, die sterben müssen, wenn sich ihre Nützlichkeit erschöpft hat.«

»Er – er hält sich an einem Ort in der Nähe des Jachthafens auf. Wo gerade die Schäden des letzten Erdbebens beseitigt werden.«

Es überraschte sie nicht, daß Morgan sein Lager in der Nähe eines Ortes der Verwüstung und des Leidens aufgeschlagen hatte. Die seelischen Nachwirkungen einer Katastrophe waren für ein solches Wesen so labend wie eine frische Brise vom Meer.

»Und sein Name?«

»Wollte ich gerade sagen: Im Augenblick benutzt er den Namen Caron. Dr. John Caron.«

Palmer und Sonja wechselten einen schnellen Blick. »*Doktor?*«

»Ja, er ist Psychotherapeut.«

»Du lieber Himmel!« Damit machte Palmer kehrt und verließ den Raum. Er hatte mehr als genug von Russell Howard.

Howard entschied, dies wäre ein günstiger Zeitpunkt, etwas gegen die beiden zu unternehmen. Die Frau starrte gedankenverloren ins Nichts. Langsam griff er nach der Schublade, in der er seine Pistole aufbewahrte. Mit ein bißchen Glück konnte er sowohl sie als auch den angegrauten Punker im Sekretariat erledigen. Er wußte, daß eine Kugel ins Hirn einen Pretender ebenso töten würde wie einen Menschen.

Für die Polizei würde es zwar merkwürdig aussehen, aber er konnte immer noch behaupten, es hätte sich um zugedröhnte Cracksüchtige gehandelt, die er beim Plündern seines Büros überrascht hatte. Und sollte die Geschichte zuviel Staub aufwirbeln, mußte Morgan eben seine Beziehungen spielen lassen – oder was immer er spielen lassen konnte –, bis sich die Lage wieder beruhigt hatte. Wie damals bei dem Harvey-Milch-Fiasko.

Er spürte die metallene Kälte der verchromten Pistole, als seine Finger sich um sie schlossen. Ja, so schwer würde es schon nicht sein. Im Prinzip auch nicht anders als Tontaubenschießen.

Fauchend wie ein aus dem Käfig befreiter Leopard sprang Sonja Blue auf seinen Schreibtisch. Es ging so schnell, als wäre sie plötzlich aus dem Nichts aufgetaucht. Im einen Augenblick saß sie noch im gut einen Meter entfernten Sessel, und schon kniete sie vor ihm auf dem Schreibtisch wie ein teuflischer Wasserspeier. Sie hockte auf den Unterschenkeln; ihre Arme waren gebeugt, und ihre gespreizten Hände hatte sie auf das teure Walnußfurnier aufgesetzt. Die Art, wie sie den Kopf vorschob, erinnerte Howard an einen Bluthund, der an seiner Leine zerrt. Der Haarkamm auf ihrem Kopf hatte sich aufgestellt wie der Pelz eines angriffslustigen Wolfes. Howard machte sich in die Hose.

Sie riß ihm die Waffe aus der widerstandslosen Hand und

betrachtete sie mit mildem Ekel. Eine 22er Automatik. So gefährlich wie ein Spielzeug. Während sie sie in ihrer Hand drehte und wendete, entfuhr ihr ein bellendes, humorloses Lachen. »Sie müssen sich schon etwas Besseres einfallen lassen als das, Freundchen. 22er Munition schlucke ich wie Carters Leberpillen!« Mit einem Satz war sie runter vom Schreibtisch, in dessen sechs Lackschichten sie tiefe Kratzer hinterließ. Nachdem sie einen Augenblick nachgedacht hatte, warf sie die Pistole wieder ihrem Besitzer zu.

Howard war so überrascht, daß er sie nur reflexartig und ungeschickt auffangen konnte. Er starrte erst die Waffe, dann Sonja an. Schließlich legte er die Waffe zur Seite. Ihm war jetzt klar, daß er selbst auf so kurze Entfernung nicht die geringste Chance hatte, auf sie zu schießen und es zu überleben.

»Sie verschweigen mir etwas, Howard.«

Der Makler schüttelte heftig den Kopf. »Ich schwöre Ihnen, ich habe Ihnen alles gesagt, was ich über Morgan weiß. Was wollen Sie denn jetzt noch?«

»Die Wahrheit!«

»Die habe ich Ihnen schon gesagt!«

»Nicht die ganze. Sie haben mir gesagt, in welche Rolle Morgan geschlüpft ist und wo ich ihn finden kann. Schön und gut. Aber nicht, wo sein Schlupfwinkel ist.«

»*Sein Schlupfwinkel?*«

»Ganz genau. Löwen haben so etwas, Bankräuber ebenfalls. Jeder Königsvampir auch. Es ist der Ort, an den sie sich zurückziehen können, ohne befürchten zu müssen, dort angegriffen zu werden.«

»Hören Sie, ich habe Ihnen doch schon gesagt, daß er in der Nähe des Jachthafens lebt, nicht weit von Fillmore...«

Sonja schüttelte den Kopf. »Er zieht alle sechs Monate oder so um – das haben Sie selbst gesagt. Der Ort, den Sie mir nannten, ist eine Unterkunft, nichts weiter. Ich will wissen, wo man ihn finden kann, wenn er untertaucht.«

»Ich habe Ihnen alles verraten, was ich –«

»Nehmen Sie die Pistole in die Hand, Mr. Howard.«

Ihre Stimme hatte wieder diese beißende, seziermesserscharfe Höflichkeit angenommen. Gegen seinen Willen faßte Howard die neben ihm liegende 22er am Lauf.

»Legen Sie Ihre linke Hand auf den Schreibtisch, Mr. Howard. Spreizen Sie die Finger. Ja, genau so. Weiter.«

Howard mußte mit wachsendem Schrecken zusehen, wie seine linke Hand den Befehlen gehorchte.

»Und jetzt schlagen Sie mit dem Knauf auf Ihre linke Hand, und zwar fest.«

Howard stieß einen unterdrückten Schmerzensschrei aus, als zu seinem Entsetzen der Griff der Automatik seinen Mittelhandknochen zertrümmerte. Seine Finger zuckten, aber er konnte seine linke Hand nicht bewegen, wie sehr er es auch versuchte.

»Noch mal.«

Noch ein mächtiger, hammergleicher Schlag. Howard spürte etwas mitten in seiner Hand brechen, so wie ein grüner Zweig brechen würde. Er schmeckte Blut und stellte fest, daß er seine Unterlippe aufgebissen hatte.

»Wo ist Morgans Schlupfwinkel?«

Howard winselte.

Diesmal zertrümmerte die Pistole den Knöchel seines Zeigefingers. Howard fragte sich, ob er wenigstens in Ohnmacht fallen würde, bevor jeder einzelne Finger seiner Hand zersplittert war. Vermutlich nicht.

»Wenn Sie mir nicht verraten, was ich wissen will, Mr. Howard, dann werde ich dafür sorgen, daß Sie mit dem, was von Ihrer linken Hand übrig ist, auch Ihre rechte zertrümmern. Wenn Sie sich dann immer noch nicht kooperativ zeigen, werden wir wieder mit der linken weitermachen.«

»Ghost Trap.«

»Wie bitte?«

»Ghost Trap!«

Die Vampirin machte ein verwirrtes Gesicht.

»Das ist der Name eines Hauses irgendwo draußen in Sonoma Valley. Angeblich spukt es dort. Irgendein verrückter

Millionär hat es vor der Zeit der Depression dort gebaut.« Howards Gesicht hatte dieselbe Gelbschattierung angenommen wie seine Krawatte. Der Schweiß tropfte ihm in dicken Tropfen von der Nase. »Das ist alles, was ich darüber weiß. Das schwöre ich.« Tränen liefen dem Makler aus den Augenwinkeln. »Herrgott noch mal, reicht das denn immer noch nicht? Gehen Sie doch endlich. Gehen Sie und lassen Sie mich in Ruhe!«

»Na schön. Ich sehe eigentlich keinen Grund mehr, noch länger zu bleiben. Aber denken Sie daran, Mr. Howard – Sie können nicht dem Teufel die Hand schütteln, ohne sich den Anzug mit Schwefel zu beschmutzen.« Damit machte sie kehrt und verschwand im Empfangsraum. Eine Sekunde später hörte er, wie die Tür des vorderen Büros geschlossen wurde.

Howard sackte nach vorn und vergrub seinen Kopf in seiner unverletzten Hand. Er zitterte, war schweißgebadet und stank nach Angst und Urin. Einerseits wollte er aufspringen und den Eindringlingen mit feuerspeiender Pistole nachsetzen. Aber dann mußte er wieder an das fauchende Gesicht mit den nadelspitzen Zähnen direkt vor seinem eigenen schlaffen, wohlgenährten Gesicht denken, und sein Herz begann so schnell zu rasen, daß man die einzelnen Herzschläge fast nicht mehr auseinanderhalten konnte.

Er merkte plötzlich, daß er auf seine Rolex starrte. Seit dem Augenblick, als er die Fremden in seinem Vorzimmer bemerkt hatte, waren erst fünfzehn Minuten vergangen. Fünfzehn Minuten. Eine Viertelstunde. Das hatte gereicht, die letzten sieben Jahre seines Lebens zu zerstören! Howard nahm die Automatik in die Hand, diesmal am Griff, obwohl der von seinem eigenen Blut verschmiert war.

Morgan würde dahinterkommen. Daran bestand kein Zweifel. Obwohl Howard weder Religion noch Glauben kannte, wußte er, daß es einen Teufel gab. Selbst unter den gottesfürchtigsten Kirchenmännern war diese Gewißheit äußerst selten, das war ihm klar. Ganz gleich, wie furchteinflößend und grausam dieses Geschöpf, das sich Sonja Blue nannte, auch gewesen sein mochte, Morgan war tausendmal schlimmer.

»Meinen Sie nicht, wir sind vielleicht ein wenig zu hart mit dem Mann umgesprungen?« fragte Palmer, während sie auf den Aufzug warteten.

Sonja drehte ihren Kopf in seine Richtung. Wegen der Brille konnte Palmer jedoch nicht ausmachen, ob sie ihn ansah oder den Gang hinunterblickte.

Achselzuckend antwortete sie: »Er ist ein Leithammel. Ein Verräter an der eigenen Art.«

»Gut, aber vielleicht wußte er gar nicht so genau über Morgans wahre Existenz Bescheid.«

»Oh, das wußte er. Das wußte er nur zu gut. Genauso, wie der Präsident genauestens darüber informiert ist, was hinter den Mauern des Pentagon läuft. Er hielt es lediglich für vorteilhaft, uns das Gegenteil vorzugaukeln. Er kann sich nicht einmal wie ein Renfield damit herausreden, gegen seinen Willen zu handeln.«

Der Aufzug war leer. Als Palmer in den Lift stieg, hörte er einen gedämpften Knall aus der Richtung, in der Russell Howards Büro lag.

»Das Schlachtvieh kann so hoch hinauswollen, wie es will, an der Schlachtbank kommt es nicht vorbei.«

9. Kapitel

»Sind Sie sicher, daß das die richtige Adresse ist?«

Sonja nickte. »Es war der einzige Dr. J. Caron im Telefonbuch. Was ist? Sie haben doch nicht etwa ein schaurig-romantisches Schloß mit Wasserspeiern und einem Schloßgraben erwartet?«

»Nein, aber ein wenig anders hatte ich es mir schon vorgestellt.«

Sonja blickte vom Mietwagen aus zu dem Gebäude auf der anderen Straßenseite hinüber. Sie wollte es nicht zugeben, aber auch sie hatte es sich etwas anders vorgestellt. Die umliegenden Häuser zeugten vom Wiederaufleben der mediterranen Architektur in den zwanziger Jahren. Es waren flache Einfamilienhäuser, die sich entlang der kurvenreichen Straßen aneinanderreihten. Sie sahen jedenfalls nicht so aus, als beherbergten sie einen Lord der Untoten.

In der heraufziehenden Dämmerung liefen gesund aussehende Männer und Frauen in teuren Joggingklamotten und mit Walkman im Ohr an Leuten vorbei, die ihren Hund ausführten. Ein paar Blocks weiter wurden auf den Grundstücken, die während des 89er Erdbebens verwüstet worden waren, neuere und zweifellos noch teurere Häuser errichtet. Es fiel Sonja schwer, sich bildlich vorzustellen, wie Morgan zum Lebensmittelgeschäft an der Ecke schlenderte, um sich einen Sechserpack Claistoga-Mineralwasser oder eine Packung italienischer Nudeln zu kaufen.

»Augenblick! Da kommt jemand aus dem Haus. Ist er das?«

Sonja betrachtete den mittelalten Mann, dessen Umrisse sich jetzt auf der Terrasse vor dem Haus abzeichneten. Er trug eine anthrazitgraue Anzughose, die von altmodischen Hosenträgern gehalten wurde. Die Jacke dazu hatte er über dem Arm hängen. Sein Haar war an den Schläfen ergraut und hinten zu einem kurzen Zopf zusammengebunden. Seine Augen verbarg er hinter eine leicht getönten Fliegerbrille.

Sonja schloß die Augen und rief sich in Erinnerung, wie er vor zwanzig Jahren ausgesehen hatte. Ein weltgewandter englischer Jet-Set-Playboy an einem wilden Wochenende im ›Swinging‹ London. Sie sah, wie sich seine kräftigen Cary-Grant-ähnlichen Gesichtszüge bewegten, sah seine glühenden Augen und seine spitzen Eckzähne. Sie hatte immer noch sein Lachen im Ohr, als er sie zwang, seinen kalten Ständer in den Mund zu nehmen. Sie riß sich aus den Gedanken, bevor sie die Qual zweifacher Penetration noch einmal durchleben mußte.

Sie bebte, und ihr Atem war unregelmäßig geworden. Palmers Blick ruhte auf ihr. »Alles in Ordnung?«

»Er ist es.« Sie war überrascht, wie schwer ihr das Sprechen fiel. Sie fühlte sich seltsam fiebrig. Gut zwei Jahrzehnte hatte sie damit verbracht, nach diesem Wesen zu suchen, und jetzt konnte sie nichts weiter tun, als ihn anzustarren. Dabei war jetzt ihre Gelegenheit gekommen. Sie könnte aus dem Wagen springen und ihn abknallen, bevor er in den Ferrari stieg, der in der Auffahrt parkte. Aber sie zitterte bloß und rang um Luft, als wäre sie einem Malariaanfall erlegen. Ihre Knochen fühlten sich bleiern an.

Morgan stieg in den Sportwagen und reihte sich in den Verkehr ein. Falls er in ihre Richtung gesehen hatte, so war es jedenfalls weder Sonja noch Palmer aufgefallen. Im selben Augenblick, als er um die Ecke verschwunden war, war auch Sonjas Mattigkeit wie verflogen.

»Möchten Sie ins Krankenhaus? Sie haben ausgesehen, als stünden Sie unter Schock.«

Sie schüttelte verärgert den Kopf, aber mehr, um ihre Lähmung zu überwinden, als um abzustreiten, daß sie Hilfe brauchte. »Es geht schon wieder ... Ich hatte befürchtet, daß so etwas passieren würde.«

»Was soll das heißen?«

»Morgan hat mich erschaffen. Ein Teil von mir – das vampirische Selbst – wurde nach seinem Ebenbild geformt. Ich gehöre zu seiner Brut. Ich wollte ihn zwar sofort töten, als ich ihn sah, aber ich konnte mich nicht bewegen! Es war, als hätte jemand einen Schalter betätigt und damit mein Nervensystem lahmgelegt.«

»Sie meinen, Sie waren wie hypnotisiert?«

»Eher so, als wäre mein Selbsterhaltungstrieb aktiviert worden. Ein Teil meines Gehirns betrachtet nämlich die Tötung Morgans als Selbstmord.«

»Wollen Sie damit sagen, daß Sie gegen diesen Kerl nicht die Hand erheben können?«

»Nein!« Sie stritt es lauter und heftiger ab, als nötig gewesen wäre. Sie zuckte zusammen und bemühte sich, ihre Gefühle wieder unter Kontrolle zu bekommen. »Es ist reine Willenssache. So hat Morgan sich auch von seinem Schöpfer gelöst – Pangloss. Es gelang ihm zu beweisen, daß er willensstärker war.«

»Und Sie?«

Sie hob die Schultern. »Ich werde es herausfinden, und sei es auf die harte Tour. – Also schön, jetzt sind wir nun einmal hier und wissen, daß das Monster ausgeflogen ist. Was halten Sie von einem kleinen Besuch?«

Palmer atmete durch und holte eine lederne Brieftasche aus der Tasche seines Regenmantels. Dann klappte er sie auf, so daß man die Sammlung Dietriche darin sehen konnte.

Sonja mußte grinsen. »Ich mag Männer, die auf jede Gelegenheit vorbereitet sind.«

Palmer brauchte nur wenige Sekunden, um das Schloß an der Eingangstür aufzubekommen. Er zögerte, bevor er die Tür öffnete, und deutete auf einen Aufkleber, der an der Tür angebracht war.

Warnung! Dieses Haus wird durch Phlegaton-Haussicherungssysteme geschützt!

»Das Risiko müssen wir einfach eingehen. Aber ich wette, Morgan sieht es nicht gerne, wenn die Polizei hier auftaucht und alles durchsucht.«

»Ganz wie Sie meinen, Boß.«

Geduckt vor gebannter Erwartung, überschritt Palmer die Schwelle. Stille.

Sonja betrat das Nest des Vampirs mit äußerster Vorsicht, ihr Kopf schwenkte herum wie eine Radarantenne.

»Von Innendekoration hält er offenbar nicht viel«, flüsterte Palmer ihr zu.

Das Wohnzimmer war vollkommen unmöbliert. Nur den Fußboden bedeckte ein weißer Teppich. Zu Palmers Linken befand sich eine ebenfalls leere Frühstücksecke.

»Das ist nicht das Haus, in dem er lebt, es ist nur ein Unterschlupf. Es dient lediglich der Aufrechterhaltung seiner Identität. Was Vampire so ihre ›Zweitwohnung in der Stadt‹ nennen könnten. Die meisten Noblen haben solche Verstecke überall in der Welt, meist in den großen Städten. Jedenfalls an Orten, wo es für die Nachbarn nichts Ungewöhnliches ist, wenn der Eigentümer längere Zeit abwesend ist.«

»Herrgott, an diesem Ort läuft es mir wirklich eiskalt den Rücken hinunter.«

Mit einer Handbewegung brachte Sonja ihn zum Schweigen. Sie schnupperte aufmerksam. »Riechen Sie was?«

»Jetzt, wo Sie so fragen, ja. Es riecht, als sei hier irgendwo eine Grillparty im Gange.« Sein Magen fing an zu knurren.

Sonja lief den Flur entlang und blieb vor der verschlossenen Schlafzimmertür stehen. Der Geruch nach gebratenem Fleisch war hier stärker als zuvor. Sie drehte den Türgriff und trat ein.

Das Dämmerlicht wurde durch einen kleinen Farbfernseher erhellt, der auf einem Bierkasten stand. Vor dem flackernden Fernseher saß ein Mann in einem Sessel. Ansonsten war das Zimmer leer, aber es wurde vom Geruch nach geröstetem Schweinefleisch erfüllt.

Langsam drehte der Mann vor dem Fernseher den Besuchern den Kopf zu. Palmer sah entsetzt dessen krebsrote Haut. Er sah aus, als hätte man ihn bei lebendigem Leib gekocht. Der Mann öffnete seine geschwärzten Lippen und ließ seinen Unterkiefer hinuntersacken.

Plötzlich drängte Sonja eilig nach draußen und brachte sich auf dem Flur in Sicherheit. Palmer blickte weiter erschreckt auf den Rauch und den Dampf, der dem versengten Mann aus Nase und Ohren stieg. Wenn die Situation nicht so verdammt ernst gewesen wäre, hätte er sich wie in einem Comic gefühlt.

Eine Stichflamme schoß aus der Kehle des Mannes und traf wenige Zentimenter neben Palmers Kopf auf die Wand, ein Teil streifte sogar seine Schulter. Palmer war zu überrascht, um loszubrüllen, obwohl er sein angekohltes Haar riechen konnte.

Sonja packte ihn am Arm und zerrte ihn aus dem Zimmer. Der Pyrotiker kam auf die Beine und würgte einen weiteren Feuerball hoch. Sonja knallte die Tür vor seiner Nase zu und schlüpfte rasch aus ihrer Lederjacke, um sie Palmer über Schultern und Unterarm zu werfen und damit die Flammen zu ersticken. Zufrieden, daß das Feuer gelöscht war, zog sie Palmer hinter sich her zum Eingang.

Palmer sah sich gerade um, als der Mann ihnen durch den Flur nachgehumpelt kam. Er bewegte sich so schwerfällig, als wäre er es nicht gewohnt, Arme und Beine zu gebrauchen. Dann bemerkte Palmer, daß dem Mann das Fett herablief wie Wachs an einer heißen Kerze. Überall roch es nach gebratenem Speck.

»Wir gehen schon! Ist ja gut! Wir verschwinden!« rief Sonja dem schmelzenden Mann zu.

Der Pyrotiker gab seinen ungeschickten Versuch, ihnen zu folgen, auf, blieb stehen und starrte sie mit den glasigen Augen eines gedünsteten Fisches an. Er starrte ihnen immer noch nach, als die Tür hinter ihnen zufiel.

»Ich hab' doch gesagt, es tut mir leid, okay? Woher sollte ich wissen, daß sein Sicherheitssystem aus einem gottverdammten Pyrotiker besteht?« Sie waren wieder in ihrem Hotel, und Sonja verteilte den letzten Rest der Salbe auf Palmers Verbrennungen.

»Ich wußte, daß ich mich zu diesem Mist nicht hätte bequatschen lassen dürfen! Ich wußte es! Aber ich höre ja nie auf mich! Jetzt hätte ich mich fast von einer abgehalfterten Zirkusnummer braten lassen!« Palmer zuckte zusammen, als Sonja ihm die Mullbinde um den Oberarm legte. Sein rechtes Schulterblatt pochte im selben Rhythmus wie sein Puls.

»Kommen Sie, so schlimm ist es auch wieder nicht. Sie haben schon Schlimmeres durchgemacht.« Dabei deutete sie mit dem Kopf auf die Narbe über seinem Herzen.

»Beinahe hätten Sie uns beide umgebracht!«

»Mich nicht, höchstens Sie. Und dafür habe ich den Rüffel auch verdient. Wahrscheinlich habe ich mir selbst beweisen wollen, daß ich keine Angst habe vor dem Bastard. Ich war unvorsichtig und dumm, und Sie wurden verletzt. Das wollte ich nicht.«

»Ich genausowenig.«

Sonja verband ihn schweigend zu Ende. Palmer nahm all seine Disziplin zusammen, um die Berührung ihrer Hände zu ignorieren.

Anfangs waren seine Schmerzen und seine Angst groß genug gewesen, um seinen Ärger in Gang zu halten, aber jetzt ließ er allmählich nach. Dabei wollte er weiter wütend auf sie sein. Das war wesentlich sicherer, als sie zu mögen. Plötzlich merkte er, daß sie etwas zu ihm gesagt hatte. Sie saß im Schneidersitz auf dem Boden und sah zu ihm hoch, während er auf der Bettkante hockte.

»Wie war das? Das habe ich nicht mitbekommen.«

»Ich sagte, ich vergesse immer, daß Sie sich nicht regenerieren können. Ich muß mir immer wieder bewußt machen, wie gebrechlich die Menschen sind.«

Palmer erlaubte sich ein Lächeln. »Man hat mir im Laufe meines Lebens schon eine ganze Menge Dinge nachgesagt, nur nicht, daß ich gebrechlich wäre. Wenn Sie das Wort ›Menschen‹ in den Mund nehmen, klingt es wie ein Markenname. Zählen Sie sich überhaupt nicht mehr zu uns, wenigstens teilweise? Sie sind nicht wie Pangloss. Irgendwo steckt in Ihnen noch ein Funke Leben.«

»Wollen Sie mir etwa schmeicheln? – Nein, Sie brauchen mir nicht zu antworten!« lächelte sie und stützte ihr Kinn in die Hand. »Wissen Sie, die meisten Vampire würden es als derbe Beleidigung auffassen, wenn man sie mit Menschen vergleichen würde. Menschen sind für sie nichts weiter als Vieh, das gemolken werden kann. – Zuverlässige Lieferanten der zwei Dinge, die Vampire zum Überleben brauchen: Blut und negative Energie.«

»Und Sie? Fühlen Sie sich beleidigt?«

Wieder lächelte sie. »Nein. Weil ich kein Vampir bin.«

»Was?«

»Sicher, ich besitze alle Eigenschaften, die ein Vampir üblicherweise hat: die Reißzähne, eine Vorliebe für den ›verbotenen Saft‹, ich erwache nur nachts richtig zum Leben, verfüge über die Fähigkeit zur Hypnose und was weiß ich. Trotzdem bin ich kein echter Vampir. Ich bin nämlich nie gestorben. Ich bin ein Freak, eine besondere Spezies, die nur aus einem einzigen Exemplar besteht.«

Palmer wußte nicht, was er von diesem Bekenntnis halten sollte. Er hatte angenommen, Sonja mied das Tageslicht, weil sie sonst in Flammen aufgehen und sich in eine verkohlte Mumie verwandelt würde. Der Gedanke, daß sie tagsüber schlief, weil sie die ganze Nacht auf den Beinen war, war ihm noch nie in den Sinn gekommen.

»Sie müssen einsam sein.«

Sonja legte den Kopf auf die Seite und betrachtete ihn hinter ihren undurchschaubaren verspiegelten Gläsern. »Mögen Sie mich?«

Er wurde rot und fand es plötzlich lohnenswert, die Punkte in der Schallschutzdecke zu zählen. »Nun ja, äh ... die Sache ist die ...«

»Verstehe.« Ihr Lächeln erlosch, und Palmer hörte, wie ihm seine eigenen Worte im Kopf widerhallten. *Sie müssen einsam sein.* Nur weiter so. Du hast noch einen weiten Weg vor dir, Mr. Melkvieh.

»Eigentlich wollte ich sagen: Natürlich mag ich Sie.« Er war selbst überrascht, diese Worte aus seinem eigenen Mund zu hören. Noch überraschter war er, als er merkte, daß es die Wahrheit war. »Sie haben mir das Leben gerettet.«

»Nur weil ich Sie auch in Gefahr gebracht habe. Wäre ich nicht gewesen, wären Sie nie in diesen Schlamassel hineingeraten. Vielleicht wären nicht einmal Ihre psychischen Kräfte aktiviert worden. Sie wären –«

»Ich säße im Knast, wo man mir die Zähne ausgeschlagen und mich in den Arsch gefickt hätte, ohne die Aussicht auf Entlassung bis ins nächste Jahrtausend. Eins können Sie mir glauben, so unheimlich und gefährlich diese Sache auch aussehen mag, ich könnte viel schlimmer dran sein.« Palmer beugte sich vor, faßte sie sachte am Kinn und hob es leicht an. Er hatte keine Ahnung, warum; es schien ihm einfach in der Situation das Richtige zu sein. Genau wie es ihm nur natürlich vorkam, sie in die Arme zu nehmen. Er spürte, wie er einen Steifen bekam, und auch das schien ihm nur natürlich. Er hatte seit Monaten keinen Sex mehr gehabt. Seit Loli.

Er versuchte, den Gedanken nicht in sein Hirn zu lassen, aber er ließ sich nicht unterdrücken. Auch damals hatte alles richtig und natürlich gewirkt. Alles war ihm wie ein wunderbarer, glücklicher Zufall vorgekommen. Sein übertriebener Zynismus hatte ihn naiv gemacht. Und Loli hatte ihn zum Narren gehalten. Gleich von Anbeginn an hatte sie die Fäden in der Hand gehalten und ihn wie eine Marionette tanzen lassen, bis er nicht mehr Herr seiner selbst war. Von Anfang an war es eine Falle gewesen, in die er mit Honig und mit Fleisch gelockt worden war. Und nicht ein einziges Mal hatte er Verdacht geschöpft, bis er vor dem Schlächter an der Schlachtbank gestanden hatte. Und der Schlächter hatte ausgesehen wie Loli.

Palmer machte ein Geräusch, als würde er gewürgt, und stieß Sonja von sich. Er drückte sich mit dem Rücken gegen das Kopfende und starrte sie aus aufgerissenen, entsetzten Augen an. Sein Penis wurde schlapp wie eine kalte Spaghetti. »Sie sind das! Sie haben das bewirkt! Nicht ich mache das, sondern Sie!«

Sonjas Gesichtszüge fielen in sich zusammen, und einen Augenblick lang schien es, als wolle sie losheulen. Dann verhärteten sich ihre Züge wieder, und ihr linker Mundwinkel hob sich zu einem freudlosen Grinsen. »Du gottverdammter Idiot! Du bist so verflucht neurotisch, daß du nicht einmal weißt, was du wirklich willst. Du glaubst, ich zwinge dich, das alles zu tun? Also schön, dann werde ich es dir zeigen!«

Palmer wollte aufschreien, als ihr Wille sein Gehirn in einen unsichtbaren Schraubstock klemmte, aber er brachte nur ein Stöhnen hervor. Sein ganzer Körper war wie taub, als hätte man ihm eine massive Dosis Novocain verabreicht. Er hatte zwar keinerlei Beschwerden, aber das Fehlen jeglicher Empfindung war viel schlimmer als tatsächliche Schmerzen.

»Bist du schon starr vor Angst? Nein? Dann werde ich wohl etwas zulegen müssen.«

Palmer heulte auf, als sein Penis sich rührte. Durch die Gefühllosigkeit schien er hundert Meilen entfernt zu sein. Er spürte vage, daß sich etwas bewegte, mehr nicht. Der nächste Schritt war vertraut. Zum letzten Mal hatte er solche Schmerzen in New Orleans gehabt, als er dem ›Charme‹ des Sukkubus nur knapp entgangen war. Sein Penis fühlte sich an wie ein zum Bersten aufgeblasener Luftballon kurz vorm Platzen. Er schnappte nach Luft und wehrte sich mit aller Macht dagegen, bis ihm seine Augen aus den Höhlen traten.

»Ich könnte dich stundenlang in diesem Zustand lassen. Tage, wenn mir danach wäre. Deine Blase und deine Hoden würden natürlich lange vorher platzen. Selbst wenn es dir gelingen sollte, nicht an deinem eigenen Sperma und deiner Pisse zu krepieren – die Adern in deinem Schwanz wären ein für allemal hin. Und selbst wenn kein Wundbrand entstehen sollte und die Ärzte nicht zur Amputation gezwungen wären, wärst du trotzdem dein Leben lang impotent.« Sonja schüttelte den Kopf. »Ich begreife nicht, was sie an dir finden konnte. Sie muß eine Schwäche für abgehalfterte Jammerlappen gehabt haben. Für Armleuchter mit einer Schwäche für destruktive Beziehungen. Du weißt hoffentlich, von wem ich rede, oder? Oder muß ich dich erst wieder daran erinnern?«

Ihr Haar stand ab und bewegte sich wie ein Büschel Seegras. Palmer verfolgte entgeistert, wie Sonjas Haar vor seinen Augen wuchs, erst zur doppelten, dann zur dreifachen Länge. Dann verfärbte es sich von dunkel zu hell, bis es die Farbe von rohem Honig angenommen hatte.

Anschließend veränderte sich ihr Gesicht. Erst geriet ihr Fleisch in Bewegung, und dann hörte er ein mahlendes Geräusch, als sich ihre Knochen umwandelten. Ihre Lippen schwollen an, ihr Kinn wurde rund wie in einem Kindergesicht, und ihre Wangenknochen rasteten mit einem Knirschen ein. Loli lächelte auf ihn herab. Ihre Augen waren hinter zwei Spiegelgläsern verborgen.

»Hallo, Baby. Hast du mich vermißt?«

Palmer kreischte.

Seine Starre löste sich, seine Erektion verschwand, und er zitterte wie eine aus dem Wasser gezogene Katze. In der gegenüberliegenden Ecke stand Sonja mit dem Rücken zur Wand und starrte auf das Bett. Sie hatte wieder ihr eigenes Gesicht angenommen. Mit ihren Armen hielt sie sich den Bauch, als kämpfte sie dagegen an, sich zu erbrechen – oder um zu verhindern, daß etwas aus ihr hervorplatzte.

»Raus!« Es klang, als hätte sie große Schmerzen.

Sonjas Anblick, die Arme um ihren Leib geschlungen und den Kopf gegen die Wand hämmernd, hätte Palmer fast vergessen lassen, was gerade geschehen war. Aber nur fast.

»Mach, daß du rauskommst, bevor ich dir weh tue, verdammt noch mal!«

Es war nicht zu erkennen, ob sie ihn anflehte oder ihm drohte. Palmer floh in sein Zimmer, schlug die Tür hinter sich zu und schloß sie ab. Er war sich nicht sicher, aber er glaubte zu hören, wie sie mit jemandem – oder etwas – sprach, der oder das ihr auch antwortete. Dann hörte er, wie Möbel zerschlagen wurden.

Palmer verzog sich ins Bad. Er hatte das dringende Bedürfnis, ein heißes Bad zu nehmen. Er wollte, daß das heiße Wasser seine Haut genauso krebsrot färbte wie die des Pyrotikers.

Wenn er sich ein oder zwei Hautschichten herunterschrubben könnte, würde er sich vielleicht wieder sauberer fühlen.

Während das Wasser einlief, saß er auf dem Klo, rauchte mit zitternden Händen eine Shermans und sah zu, wie der Dampf den Spiegel blind machte. Fast wäre dadurch auch der Tabakgeist auf seiner Schulter eingenebelt worden.

Er schloß die Augen, das Plätschern des Wassers in den Ohren, und hörte wieder Chaz' Warnung.

Du bist jetzt schon in sie verknallt! Du weißt es zwar selbst noch nicht mal, aber ich kann es von den Windungen deines Hirns ablesen.

Und das Entsetzlichste war, daß es stimmte.

Ghost Trap

Ein wilder Ort! So heilig und entrückt
wie nur ein Ort, der unter dem abnehmenden
Mond heimgesucht wird.

– Coleridge, *Kubla Khan*

10. Kapitel

Als sie ihn fand, trank er gerade einen Espresso in einem dunklen, verrauchten Café gegenüber dem Hotel. Die Sonne ging unter, und sie trug ihre Brille. Er sah nur kurz von seiner Tasse auf und bot ihr schweigend den Platz neben sich an.

Er erwartete, daß sie bekunden würde, wie leid es ihr täte oder irgendwie sonst versuchen würde, sich zu erklären. Solche Szenen kannte er gut, wenn auch mit vertauschten Rollen. Er erwartete zögerndes Getue, aber statt dessen berührte sie seinen rechten Handrücken mit einem Zeigefinger.

Palmer hielt seinen Atem an, als ihre Gedanken in ihn hineinströmten. Es unterschied sich von dem brutalen Eindringen von vergangener Nacht wie eine zärtliche Liebkosung von dem Gegrapsche eines Sittenstrolchs. Es gab keine Worte, nur Empfindungen. Die Intimität war ebenso aufregend wie beängstigend. Er war versucht, sich loszulassen und in diesem telepathischen Kontakt zu verlieren. Aber ebenso groß war sein Selbstwertgefühl.

Sie erkannte seine Angst, vereinnahmt zu werden, und respektierte sie. Von sich aus löste sie den Kontakt.

Er wußte nicht, ob sie ihn ansah oder nicht, also hüstelte er verlegen und nippte an seinem Espresso, bevor er die Stille durchbrach. »Ist ja nichts passiert.«

Sie nickte und zeigte auf das Taschenbuch neben ihm auf dem Tisch. »Was ist das?«

Palmer drehte es um, so daß der Titel zu lesen war. »Ich habe herausgefunden, was Ghost Trap ist – und wo es liegt.«

Sonja nahm das Buch in die Hand und las den Titel laut vor: *»Die Spukhäuser Kaliforniens.«*

»Hab' ich zufällig in der Bahnhofsbuchhandlung gefunden. Schlag mal Seite 113 auf.«

Sonja blätterte die Seite auf und las:

Nordkalifornien übt schon seit jeher eine große Anziehungskraft auf Exzentriker, Künstler und Reiche aus. Einer der merkwürdigsten Wahlkalifornier, der alle drei Elemente in sich vereinte, war der Architekt und Multimillionär Creighton Seward (1870–1930). Seward, Erbe eines Industriellenvermögens, stand lange im Schatten von Frank Lloyd Wright. Daß er vollkommen in Vergessenheit geriet, lag nicht zuletzt daran, daß, bis auf wenige, alle seine Gebäude in den sechziger Jahren, nach seinem Tod, zerstört worden sind. Dennoch wird niemand leugnen können, daß Seward ein wahres Genie war und daß sein Leben auf wahrhaft tragische Weise endete.

Nachdem er gut ein Jahrzehnt lang solide, wenn auch etwas einfallslos Wolkenkratzer sowie Prunkresidenzen für Amerikas Oberschicht im Gebiet der Großen Seen entworfen hatte, unternahm Seward 1907 eine Studienreise nach Europa, auf die ihn seine Familie begleitete. Was wirklich auf jener winzigen Mittelmeerinsel geschah, wird man nie mehr erfahren. Sicher ist nur, daß man Seward fand, als er im Delirium am Strand umherwanderte. Er war nackt, aber auf seiner Haut klebte Blut seiner Frau.

Dem offiziellen Bericht zufolge hatte ein aufgebrachter Diener den gesamten Haushalt einschließlich der Kinder im Schlaf umgebracht. Seward überlebte nur aus einem einzigen Grund: Er war erwacht, als der Killer seine Frau in Stücke hackte, überwältigte ihn und schlug dem satanischen Schurken mit eben derselben Axt den Schädel ein, mit der dieser sich der unglückseligen Familie entledigen wollte.

Dennoch hielten sich hartnäckige Gerüchte, daß Seward selbst der Axtmörder gewesen sei, wenn auch niemand ihm ein Motiv für eine derart grauenerregende Tat nachsagen konnte. Im Anschluß an diesen schweren Schicksalsschlag verbrachte Seward drei Jahre in einem Privatsanatorium, was nicht gerade dazu beitrug, das Gerede zu beenden. 1910 nahm Seward dann seine berufliche Laufbahn wieder auf. Was immer er gesehen – oder getan – haben mochte, jene Nacht im Jahr 1907 hatten ihn für immer verändert. Das läßt sich deutlich an seinem Werk ablesen.

War Seward früher ein durchschnittlicher Architekt gewesen, so nahmen seine neuen Einwürfe jetzt das Werk von Gaudí und Salvador Dalí vorweg. In den fünf Jahren zwischen seiner Rückkehr ins öffentliche Leben und seiner darauffolgenden, selbstauferlegten Isolation nahm er zwar nur fünf Aufträge an, jeder einzelne von ihnen wurde jedoch ein Meisterwerk. Bedauerlicherweise blieb keines dieser Gebäude erhalten, was größtenteils auf den sogenannten ›Seward-Fluch‹ zurückzuführen ist.

Obwohl jedes dieser Gebäude (zwei Privatvillen in Minnesota und das alte Zorn-Publications-Hochhaus in New York) ein unglaubliches Kunstwerk war, sollte sich bald herausstellen, daß sie jedoch unbewohnbar waren. Zu den wenigen Gelegenheiten, bei denen Seward zu seinem Spätwerk Stellung nahm, bestand er darauf, mittels nichteuklidischer Geometrie und Quantenphysik eine Methode zur Schaffung von Linien und Winkeln entwickelt zu haben, die das Raum-Zeit-Kontinuum durchstießen. Ob dies stimmte oder ob es lediglich die traurige Ausgeburt eines zerrütteten Geistes war, wird man nie feststellen können. Dennoch war auffällig, daß alle, die beabsichtigten, in diesen Gebäuden zu leben oder zu arbeiten, häufig von Schwindelanfällen und einem namenlosen Schrekken ergriffen wurden, der sie zwang, diese Gebäude fluchtartig zu verlassen. (Man glaubt, diese Vorfälle hätten später den Fantasy-Schriftsteller H. P. Lovecraft zu seiner Geschichte ›Dreams in the Witch House‹ *inspiriert.) Im Jahr 1916, kurz vor der angesetzten Zerstörung des Zorn-Buildings mit seinen großartigen Wasserspeiern aus Chrom und dem optisch so verwirrenden, zeppelinähnlichen Mittelturm, verschwand Creighton Seward aus dem Blickfeld der Öffentlichkeit, um erst wieder 1930 durch seinen angeblichen Selbstmord in das öffentliche Bewußtsein zurückzukehren.*

Erst im nachhinein wurde bekannt, daß Seward sich in die Hügellandschaft des Sonoma Valley in Nordkalifornien zurückgezogen hatte, um ein persönliches Vermächtnis seiner Schuld und seines Wahns zu schaffen: den berüchtigten Landsitz Ghost Trap Manor. Dafür verwendete er ein bereits existierendes dreistöckiges Landhaus als Kernstück und ließ dann rund um die Uhr Zimmermänner einen verwirrenden Irrgarten seltsam geschnittener und raffiniert entworfener Zimmer und Gänge bauen, die zum Zeitpunkt des Todes des Architekten mehrere Morgen Land bedecken und sechs Stockwerke hoch in den Himmel ragen sollten. 1925 wurde das Haus fertiggestellt. Die Arbeiter, die mit einer großzügigen Summe zum Stillschweigen über Standort und Zweck von Creighton Sewards letztem Meisterwerk verpflichtet worden waren, zogen ab.

Ungewiß ist allerdings, ob Seward dort die letzten fünf Jahre seines Lebens in völliger Abgeschiedenheit verbrachte oder ob er das Haus mit Dienstboten teilte. Als sein Neffe und Erbe Pierce Seward das weitläufige Haus 1930 nach Spuren seines Onkels durchsuchen ließ, brauchte die Suchmannschaft drei Tage, um den Leichnam zu finden.

Der genaue Grund für Sewards Ableben ist unbekannt. Man geht jedoch davon aus, daß er verhungerte. Viele von denen, die das Haus durchsucht hatten, klagten später über Schwindel- und starke Übelkeitsanfälle.

Unter Sewards persönlichen Dingen wurden Aufzeichnungen gefunden, die Rückschlüsse auf den Zweck dieses unkonventionellen Hauses zulassen. Offenbar litt Seward unter dem Wahn, Geister seiner ermordeten Familie verfolgten ihn. Verzehrt von Schuldgefühlen und Angst, entwarf er ein Haus, das die ihm nachstellenden Geister verwirren und sie daran hindern sollte, ihn aufzuspüren. Das würde auch die vielen Treppen, die ins Nichts führen, die Türen, hinter denen sich nur eine Ziegelmauer verbirgt, und die zahlreichen, in die Decke eingelassenen Fenster erklären.

Seward lebte offenbar nur in den ursprünglichen ›normalen‹ Zimmern, die dem weitläufigen Haus als Kernstück dien-

ten. Niemand weiß mit Sicherheit zu sagen, warum der Architekt ohne Vorräte oder einem Wegweiser die ›Gästezimmer‹ betreten haben sollte. In Ermangelung einer besseren Erklärung gab der Gerichtsmediziner deshalb Selbstmord als Todesursache an.

Über fünfzig Jahre lang blieb Ghost Trap als Teil des Sewardschen Nachlasses wegen der überirdischen Elemente verriegelt und vernagelt. 1982 wurde es dann an einen Immobilienmakler und Bauherrn verkauft, der im Namen einer nicht genannten dritten Partei auftrat. Nach wie vor bleibt Ghost Trap für die Öffentlichkeit geschlossen. Ob zur Zeit jemand durch seine Flure wandelt, bleibt daher ein Geheimnis.

***

Auf der gegenüberliegenden Seite des Textes befand sich ein schematisierter Teilgrundriß des Hauses. Sonja ließ ihren Blick wahllos darüberschweifen, bevor er plötzlich an etwas hängenblieb.

»Ich werd' verrückt!«

»Ohne Zweifel. Was gibt's?«

Sie zeigte auf die Abbildung. »Siehst du das nicht? Sieh doch genau hin!«

Stirnrunzelnd betrachtete Palmer das Durcheinander aus Linien und Kurven. »Na und? Sieht aus, als hätte ein Kind mit einem Spirographen wild drauflosgekritzelt. Was ist schon dabei?«

»Du siehst es mit Menschenaugen. Sieh noch einmal hin! Streng dich ein bißchen an!«

Palmer sah erneut auf die Zeichnung, diesmal mit seiner ganzen Aufmerksamkeit. Zu seiner Bestürzung bewegten sich die Linien, als wären sie plötzlich zu dreidimensionalem Leben erwacht. »Mist!«

»Das ist Pretender-Schrift! Eine Art – was weiß ich – magische Formel oder Geheimschrift!«

»Soll das heißen, dieser Seward war ein Werwolf oder ein Vampir oder sonstwas?«

»Durchaus möglich. Aber was immer er gewesen sein mag, ich glaube nicht, daß er ein Vollblütler war. Wahrscheinlich war er sich seiner Anlagen nicht einmal bewußt. Es laufen eine Menge Halbblütler frei herum, die lange Zeit nichts von ihren wahren Kräften und ihrer Herkunft wissen, bis dann irgend etwas geschieht, was sie darauf stößt. Unter den entsprechenden Umständen können sie ebenso gefährlich werden wie echte Pretender. Catherine Wheele zum Beispiel.«

Nur mit Mühe konnte Palmer sein Erstaunen verbergen. »Ich hab' mich immer gefragt, was mit der los war! Hattest du irgend etwas mit dem Feuer zu tun?«

Sonja wirkte plötzlich angespannt. »Das ist doch Schnee von gestern.«

Palmer beharrte nicht weiter auf einer Antwort.

»Was ich eben sagen wollte: Seward hat keine Falle für unwillkommene Geister erbaut – er hat eine Art materialisierter Störfrequenz für psychische Kräfte geschaffen!«

»Wie bitte? Noch mal.«

»Das ganze Haus umgibt ein Schutzzauber! Kein Wunder, daß Morgan es als seinen Schlupfwinkel benutzt. Vermutlich ist es der einzige Ort auf der Welt, an dem er sich entspannen kann, ohne Angst haben zu müssen, irgendwie angegriffen zu werden, und sei es psychisch. Kein Wunder, daß unsere Sendenetze keine Informationen über ihn empfangen. Er ist praktisch unsichtbar!«

»Ist das gut oder schlecht für uns?«

»Schwer zu sagen. Offenbar ist es für Morgan von Vorteil. Nach den wenigen Informationen zu schließen, die wir haben, brauchen wir vermutlich einen Gegenzauber, um auch nur die Schwelle überschreiten zu können.«

»Und wo sollen wir einen dieser ›Gegenzauber‹ herbekommen? Etwa aus einer Corn-flakes-Packung?«

»Nein, ich fürchte, ganz so einfach wird es nicht sein. Vor unserer Abreise aus New Orleans habe ich noch Malfeis gefragt, ob es in der Gegend um San Francisco einen verläßlichen Alchimisten gibt...«

»Man kann also nicht einfach in den Gelben Seiten nachschlagen?«

»Sehr witzig, Palmer. Erinnere mich daran, gelegentlich darüber zu lachen. Wenn du nicht willst, brauchst du nicht mitzukommen.«

»Hab' ich das gesagt? Wohin müssen wir denn diesmal?«

»Nach Chinatown.«

Palmer schwante nichts Gutes, als Sonja in eine enge Gasse einbog. Da er keine andere Wahl hatte, mußte er ihr notgedrungen in die übelriechende Straße folgen. Hier war es stockdunkel. Die weißen Touristen auf der Grant Avenue hatten sie längst hinter sich gelassen. Als er das Geräusch von ledernen Stiefelsohlen auf Beton hörte, wußte er, daß seine niederen Instinkte recht behalten sollten.

Sie waren zu dritt. Palmer war erschrocken, wie jung sie aussahen. Der älteste der Gruppe war bestimmt kaum neunzehn. Die chinesischen Jugendlichen trugen ihre Haare kurzgeschoren und borstig. Palmer konnte die Aggressivität spüren, die sie in elektrisierenden Wellen verströmten.

Der größere der drei trat vor. Dabei fixierte er Palmer. »Hier ist Black-Dragon-Territorium. Hunde und Langnasen sind hier unerwünscht.«

Sonja berührte Palmers geballte Faust sanft mit den Fingern und ließ ihre Gedanken zu ihm überspringen. *Laß mich nur machen.* Dann stellte sie sich dem Anführer in den Weg und sprach ihn auf Kantonesisch an. »Wir suchen nach Li Lijing. Dabei wollten wir niemanden angreifen!«

Der junge Mann war aus dem Konzept gebracht. Er hatte sich eigentlich auf Palmer konzentriert. Außerdem hatte er nicht erwartet, daß diese Frau die Sprache seiner Vorfahren sprach. »Li Lijing? Den Apotheker?«

»Klar, Loo, vielleicht braucht der alte Sack eine Dosis gemahlenes Rhinozeroshorn, damit er ihn wieder hochkriegt!«

Der schmächtige Junge mit den rabenschwarzen Haarstoppeln kicherte.

»Wir wollen nichts weiter, als mit dem Kitsune sprechen.«

»Dem Kitsune? Was soll dieser japanische Mist, weißes Mädchen? Oder kennst du den Unterschied zwischen Japanisch und Chinesisch etwa nicht?« höhnte der Junge aufreizend.

»Langnasen kennen nicht einmal den Unterschied zwischen Scheißdreck und Thunfisch in Dosen!« Der dritte der Black Dragons lachte und riß ein Paar Nunchuks vom Gürtel seiner Jeans. »Es gibt nur eine Möglichkeit, ihnen den Unterschied beizubringen: Man muß ihn ihnen einprügeln!«

Palmer hatte keine Ahnung, worum das Gespräch sich drehte, aber ihm gefiel nicht, wie das Trio lachte oder wie der Typ mit der Akne seine Nunchucks an der langen Kette baumeln ließ.

»Loo! Hong! Kenny! Begrüßt man so Kunden, die nach meinem Laden suchen? Kein Wunder, daß meine Geschäfte so schlecht gehen!«

Die Jungs fuhren auf, als sie die Stimme des Alten hörten. Jetzt sahen sie eher aus wie Kinder, die man bei irgendeinem Unfug erwischt hatte, und nicht wie eine gefährliche Schlägerbande. Oben an einer Treppe, die in einen Laden im Untergeschoß führte, stand ein uralter Chinese und stützte sich auf einen mit Schnitzereien verzierten Stock.

»Ihr könnt woanders Gangster spielen! Ich lasse nicht zu, daß ihr meine zahlende Kundschaft vertreibt! Habe ich mich klar genug ausgedrückt?« Der Alte stieß Loo mit der Spitze seines Stockes in die Rippen. Dem Jungen war das sichtlich peinlich vor den anderen, aber er wagte nicht, gegen die Behandlung zu protestieren.

»Ja, Onkel.«

»Geh jetzt, bevor ich mir überlege, ob ich dich überhaupt für deine Arbeit bei mir bezahlen soll!« Mit säuerlicher Miene verfolgte der Alte, wie sich die Jugendlichen in den Lederjakken trollten. »Die heutige Jugend! Kein Respekt! Sie müssen

Loo vergeben, meine Freunde. Er ist ein guter Junge, aber er hat den Kopf zu voll mit diesem westlichen Mist. – Nehmen Sie es ihm bitte nicht übel.«

»Kein Problem. Ich nehme an, ich spreche mit dem ehrenwerten Li Lijing?«

Der Alte nickte und lächelte undurchsichtig. »Und Sie sind also die, die man als Miss Blue kennt. Malfeis hat mir bereits Bescheid gegeben, daß ich mit Ihrem Besuch rechnen soll. Deswegen habe ich auch gelauscht. Loo ist ein dummer Junge, trotzdem mag ich ihn. Es täte mir leid, einem so jungen Mann ein Grab schaufeln zu müssen. Ah! Wie unhöflich von mir, Sie mit meinem Geschwätz auf der Schwelle stehen zu lassen! Bitte, kommen Sie herein und fühlen Sie sich wie zu Hause.«

Der Kellerladen des Apothekers war dunkel und eng. Nur ein paar Zentimeter über ihren Köpfen befand sich die Decke. Verschiedene Kräuter und Gewürze hingen von ihr herab und füllten den Raum mit einem exotischen Duft. Palmer entdeckte ein ausgestopftes Krokodil, das an einem Deckenbalken befestigt war, sowie eine befremdliche Sammlung menschenähnlicher Schädel in einem Küchenregal. Einer von ihnen hatte die Augenhöhle eines Zyklopen, und aus seiner Stirn wuchs ein gewaltiges Horn.

»Gestatten Sie, daß ich noch eine Lampe anzünde«, sagte Li Lijing, während er sich an einer antiken Sturmlampe zu schaffen machte. »Sie und ich werden sie zwar gewiß nicht brauchen, aber vielleicht nützt sie ja Ihrem jungen Begleiter?« Li Lijing drehte sich mit einem scharfen Grinsen auf seiner schwarzen, pelzigen Schnauze zu Palmer um. »Nicht wahr?«

Gegen seinen Willen stieß Palmer einen erschreckten Schrei aus und wich vor dem menschlichen Fuchs zurück.

»Sie sind ein Werwolf!«

Li Lijing machte ein gequältes Gesicht und schüttelte angewidert seine spitzen Ohren. »Ach, Unsinn! Ich bin ein Kitsune, kein Vargr. Oder würden Sie einen Panda mit einem Grizzlybären vergleichen?«

»Vergeben Sie meinem Begleiter, Li Lijing. Er ist neu in der

Realen Welt und hat noch keinen Kitsune gesehen, ganz zu schweigen von einem Vargr. Er hat es nicht böse gemeint.«

Mit einem verächtlichen Schnauben humpelte der Kitsune durch den Laden. Der Stock, den er nie aus der Hand legte, half ihm, sich auf seinen krummen Beinen zu halten. »Mittlerweile habe ich mich an die Dummheit der Menschen gewöhnt. Trotzdem bin ich in diesem Punkt immer noch etwas empfindlich. Auf der anderen Seite kann ich sie aber im Grunde meines Herzens nicht gänzlich ablehnen. Schließlich lebe ich schon lange unter den Menschen, und ein paar von ihnen habe ich sogar geheiratet.« Er bellte los. Palmer merkte, daß das wohl seine Art zu lachen war. »Ich werde Ihnen ein Geheimnis verraten! Loo ist gar nicht mein Neffe, sondern eigentlich mein Urenkel. Natürlich weiß er nichts davon. Seines Wissens bin ich nur ein guter Freund der Familie, der seinem Vater dabei geholfen hat, aus der Heimat zu fliehen. Aus Respekt nennt er mich Onkel, aber sein eigen Fleisch und Blut erkennt er nicht. Ich verwöhne den Jungen, weil er mich an seinen Großvater – meinen Sohn – erinnert, den ich während der Invasion der Mandschurei verloren habe. Ah, ich werde langsam alt und närrisch, wie Sie bestimmt an meinen Gefühlsausbrüchen merken, nicht wahr?«

Li Lijing ließ sich hinter einem niedrigen Teakholztisch nieder. »Nun, was kann ich für Sie tun, meine Liebe?«

»Ich brauche einen Gegenzauber.«

»Verstehe.« Der Kitsune schob eine Rolle Reispapier und Kalligraphiepinsel zur Seite und nahm einen Abakus zur Hand. »Und welche Art Zauber soll damit unwirksam gemacht werden? Ein Schutzzauber? Eine Verteufelung? Ein Zauberbann? Die Preise sind nämlich recht unterschiedlich, müssen Sie wissen...«

Sonja forderte Palmer mit einer Geste auf, dem Alchimisten das Buch zu reichen. »Sagen Sie es mir. Ich bin sicher, niemand kann die Beschwörungsformel so entziffern wie Sie, Ehrenwerter Herr.«

Zum Zeichen, daß er das Kompliment zu würdigen wußte,

wackelte Li Lijing mit seinen spitzen Ohren. »Sie erweisen mir eine große Ehre. Was nun diesen besonderen Zauber anbelangt...« Versunken hockte er einige Augenblicke über der Zeichnung und kratzte sich nachdenklich an seiner Schnauze. »Es handelt sich offensichtlich um einen Schutzzauber von ungeheurer Kraft. Sie haben gut daran getan, mich zu Rate zu ziehen. Jeder, der versuchen sollte, diese Energielinien zu durchbrechen, würde seinen Verstand aufs Spiel setzen, wenn nicht sogar sein Leben!«

»Können Sie uns weiterhelfen?«

»Und ob ich das kann! Habe ich je etwas anderes behauptet? Die Herstellung des Gegenzaubers wird allerdings nicht ohne größeren Aufwand... und auch Gefahren abgehen.«

»Ich bin bereit, Ihnen jeden Preis zu zahlen.«

Der Kitsune lächelte so wohlwollend, als hätte man ihm gerade den Schlüssel zum Hühnerstall überreicht. »Endlich hat Malfeis einmal nicht gelogen. Sie haben wirklich Klasse!« Er ließ wieder sein bellendes Lachen hören, dann machte er sich an seine Schätzungen, während die Perlen des Abakus ratterten wie Hagelkörner auf einem Wellblechdach. »Lassen Sie sehen, ich denke, ich kann den entsprechenden Gegenzauber in einer Woche fertig haben –«

»Vierundzwanzig Stunden.«

Li Lijing blickte sie über seine lange schwarze Nase hinweg an. »Das kostet aber extra.«

Sonja zuckte mit den Schultern.

Jetzt flogen die Abakusperlen. »Also gut. Ich werde Loo ins Hotel schicken, sobald ich ihn fertig habe. Ich möchte Ihnen aber raten, daß *Sie* ihn anwenden und ihn nicht Ihrem Begleiter überlassen. Offen gesagt hat ein Zauber dieser Größenordnung nichts in den Händen von Menschen verloren – verstehen Sie mich nicht falsch! So, und nun zu den Kosten...«

Sonja holte einen dünnen Umschlag aus ihrer Jacke und warf ihn auf den Tisch. Li Lijing beeilte sich, das Päckchen zu öffnen und seinen Inhalt auf die Schreibunterlage zu schütten. Palmer starrte auf eine Handvoll menschlicher Zähne.

»Ich nehme an, das wird Sie zufriedenstellen. – Es sind die Zähne von Hitler. Ich habe die nötigen Echtheitszertifikate, die das bestätigen.«

»Das ist nicht nötig! Die Kraft, die von ihnen ausgeht, spricht für sich. Ja, das ist allerdings äußerst zufriedenstellend. Es ist mir immer ein Vergnügen, mit einem Kunden von solch ausgesuchter Feinfühligkeit wie Ihnen Geschäfte zu machen, Miss Blue!«

11. Kapitel

»Sonja? Bist du wach?«

Palmer warf einen Blick in den Rückspiegel, während sie sich auf dem Rücksitz des Mietwagens aufrichtete. Im strahlenden Sonnenlicht wirkte sie blaß und kränklich. Sie verzog das Gesicht und machte Schmatzgeräusche, so als wollte sie einen üblen Nachgeschmack von ihrem Gaumen vertreiben.

»Iiih! Es ist ja hellichter Tag!«

»Hattest du nicht gesagt, du wärst nicht allergisch gegen Sonnenlicht?«

»Bin ich auch nicht. Aber ich bin ein Nachtwesen. Der Tag ist für mich ... einfach unnatürlich. Glaub mir, wenn ich allergisch reagieren würde, hättest du das längst gemerkt. Vampire, die der direkten Sonneneinstrahlung ausgesetzt sind, entwickeln eine schnell wuchernde Art Hautkrebs, der sich fast so schlimm wie Lepra äußert: Die Nase und die Ohren fallen plötzlich ab wie Blätter. Nicht der rechte Anblick für Leute mit schwachem Herzen – oder Magen.«

»Hört sich auch übel an.«

»Was wolltest du eigentlich von mir? Oder hast du meinen Schönheitsschlaf nur unterbrochen, um zu sehen, ob ich mich wie Christopher Lee in *Blut für Dracula* auflöse?«

Palmer wurde rot und richtete seine Aufmerksamkeit wieder auf die Straße. »Nein, nur – na ja, ich wollte den Zauber sehen, den Li Lijing dir gegeben hat.«

Sonja seufzte. »Du hast doch gehört, was er davon hält, wenn Menschen ihn in die Finger bekommen.«

»Herrje, ich bin ja nicht scharf darauf, das blöde Zeug zu benutzen. Ich will es einfach nur sehen! Was dagegen?«

»Na, ich weiß eigentlich nicht, was das schaden sollte. Vielleicht tut es dir sogar gut zu sehen, mit welch hochexplosivem Material du es hier zu tun hast.«

»Ist es so gefährlich?«

»Das wirst du noch erfahren. Warum hältst du nicht einfach auf dem nächsten Rastplatz?«

Ein paar Minuten später steuerte Palmer den Wagen auf einen Rastplatz neben der Straße. Er schaltete den Motor ab und drehte sich nach hinten um.

»Also los, dann laß diesen Hokuspokus mal sehen.«

Sonja zog ein in blaues Geschenkpapier gewickeltes Päckchen unter dem Sitz hervor und reichte es dem Detektiv. »Nicht vergessen: Du bist es, der es sehen wollte.«

Palmer rümpfte die Nase, als er den strengen Geruch wahrnahm. Das Geschenkpapier knisterte unter seinen Händen. Gespannt wickelte er den Talisman aus.

Als er erkannte, was es war, schleuderte er es instinktiv von sich, als wäre es eine giftige Spinne. Ein bitterer Schwall Magensaft verätzte ihm die Kehle. Trotzdem konnte er den Blick nicht von der runzeligen, abgetrennten Hand lassen, die wie ein kleines perverses Bukett zum Anstecken in dem blauen Geschenkpapier lag.

»Ist das widerlich!«

»Es ist eine Hand des Ruhms. Lijing hat mir versichert, daß sie besonders machtvoll ist.«

»Aber sie hat sechs Finger!«

»Ja, genau darin liegt das Geheimnis ihrer Kraft. Sie gehörte ursprünglich einmal einem der Priesterkönige der Mayas. Eine bestimmte königliche Familie war so der Inzucht verfallen, daß sie alle sechs Finger und Zehen hatten. Sie waren unter dem Namen Chan Balam bekannt – Herren des Jaguars. Es galt als Zeichen ihrer Göttlichkeit.«

Palmer schluckte den brennenden Knoten in seiner Kehle herunter und beobachtete draußen einen älteren Mann in brauner Hose und einer beigefarbenen Windjacke, der seinen winzigen Schnauzer zu einem Grasstreifen führte, an dem stand: ›Spazierweg für unsere Lieblinge‹. Er verspürte plötzlich große Lust, aus dem Auto zu springen und zum nächsten parkenden Wagen zu sprinten. Leider war ihm vollkommen klar, daß ihm seine motorisierten Mitbürger eher vor Schreck ein zweites Loch in die Brust schießen würden, als ihn postwendend zurück in ein normales Leben zu kutschieren, nach dem er sich zurücksehnte, also blieb er still sitzen.

»Es ist wirklich zum Heulen mit dir! Willst du das Ding etwa da liegen lassen, wo es jeder sehen kann? Warum klebst du es nicht gleich hinter die Windschutzscheibe?«

Der Gedanke, die Hand des Ruhmes anzufassen, war über jede Vorstellung hinaus ekelhaft, aber sie hatte recht. Sollte irgend jemand sehen, was da auf dem Vordersitz lag, säße ihnen jeder Streifenpolizist nördlich von Los Angeles im Nacken. Mit ekelverzerrtem Gesicht hob Palmer die abgetrennte Hand auf.

Er spürte die Wärme um ihn herum. Das Gekreisch der Makaws und die Schreie der Brüllaffen hallten von dem üppigen Blätterdach vor seiner Tür wider. Unter der Türöffnung saß ein nacktes braunes Kind und spielte mit seinem kleinen Spinnenäffchen an einer Leine. Die Stirn des Kindes war seltsam fliehend geformt. Erst folgerte Palmer daraus, der Junge sei vielleicht zurückgeblieben, aber dann blickte der Junge zu ihm auf und lächelte. Die Augen des Jungen waren dunkel, aber in ihnen funkelte eine natürliche Intelligenz.

Verwirrt suchte Palmer den Raum ab, in dem er sich befand. Er entdeckte detaillierte Kohlezeichnungen überall ringsherum an den weißgekalkten Steinwänden. Auf ihnen waren Opferungen dargestellt, die die hohen Würdenträger der Mayas den Göttern darbrachten. Über Palmers Kopf hingen von bunt gestrichenen Holzbalken handgewebte Netze voll präkolumbianischer Töpfereien herunter.

Das nackte Kind amüsierte sich über den Schabernack des kleinen Äffchens. Dabei führte es eine sechsfingrige Hand an den Mund.

Als letztes blickte Palmer an seinem eigenen nackten Körper hinab und stellte fest, daß er im Schneidersitz auf einer Stein-

bank saß, die die Form eines Jaguars hatte. Sein Atem wurde schwerer, aber das lag nicht an der drückenden Schwüle. Palmer erhob sich und ging zur Tür.

Er war wackelig auf den Beinen und mußte sich mit einer Hand an der Wand abstützen. Mit der anderen Hand fuhr er währenddessen übers Gesicht und ertastete einen Rochendorn, der in seiner Unterlippe steckte, und rituelle Narben auf seinen Wangen. Sein Blick fiel auf die bloßliegenden Geschlechtsteile seines ihm fremden Körpers. Er wußte, daß der Anblick des zweiten Rochendornes, der seinen Penis durchbohrte, ihn eigentlich hätte schockieren müssen, aber er fühlte sich seltsam entrückt von den Verstümmelungen seines Körpers.

Das Kind lächelte Palmer von seinem Platz aus auf der Türschwelle an. Das kleine Spinnenäffchen hockte auf der Schulter des Jungen und schnatterte munter vor sich hin, während es den Kopf seines Herrn nach Ungeziefer absuchte. Plötzlich wußte William Palmer, der nie verheiratet und eingeschworener Gegner kleiner Kinder gewesen war, was es hieß, Ehemann und Vater zu sein.

Irgendwo im Dschungel heulte ein Jaguar.

»Palmer! Palmer, ist alles in Ordnung? Antworte doch, verdammt noch mal!« Sonja saß neben ihm auf dem Vordersitz des Mietwagens und schüttelte ihn an den Schultern. Sie schien sich ernsthaft zu sorgen. Palmer wußte nicht, ob er sich geehrt oder beunruhigt fühlen sollte. »Verdammt, Palmer, so sag doch was! Sonst muß ich reinkommen und dich da rausholen!«

»Sonja!«

»Du bist wieder da. Gut. Ich schleiche mich nämlich nicht gerne in die Träume anderer. Was war denn los?«

»Ich weiß nicht. Erst saß ich hier mit dir im Wagen, und im nächsten Augenblick war ich irgendwo in einem mittelamerikanischen Dschungel. Was ist denn das für ein widerlicher Geschmack in meinem Mund?«

»Blut.« Sonja zog ein Leinentaschentuch aus ihrer Hose und reichte es dem konfusen Detektiv. »Du hattest eine Art Anfall. Dabei lief dir Blut aus deiner Nase. Wahrscheinlich hast du dich außerdem in die Wange gebissen, wenn nicht sogar auf die Zunge. So, und was war jetzt mit Mittelamerika?«

Palmer schüttelte immer noch fassungslos den Kopf, während sie ihm die Mundwinkel abtupfte. »Es war seltsam. Es war nicht wie in einem Traum. Eher so, als sei ich wirklich dort. Oder erinnerte mich daran, dort gewesen zu sein. Ich saß in einem Steinhaus und hörte die Vögel und Affen draußen, genau wie in den Tarzanfilmen. Dann war da ein kleiner Junge ...« Palmer zog die Augenbrauen zusammen, während er angestrengt versuchte, sich seine Vision ins Gedächtnis zurückzurufen, aber sie entglitt ihm bereits.

»Palmer, glaubst du eigentlich an Wiedergeburt?«

»Ich habe nie viel darüber nachgedacht, um ehrlich zu sein. Genauso, wie ich nie viel über Vampire und Werwölfe nachgedacht habe.« Sein Lächeln wurde schwächer, und Sonja sah Furcht in seinen Augen. »Es stimmt also?«

»Bis zu einem gewissen Grad. Es existiert so etwas wie Wiedergeburt. Aber nicht jeder Mensch wird wiedergeboren. Ich weiß nicht, wie es genau funktioniert. – Niemand weiß das, außer den Seraphim, und die sprechen nicht. Es gibt jedoch eine ganze Reihe von Menschen, die schon einmal geboren worden sind. Die Pretender nennen sie die Alten Seelen. Die meisten wissen nicht, wer oder was sie vorher waren, und das ist auch gut so. Hin und wieder bekommen sie jedoch einen kurzen Einblick in ihre früheren Inkarnationen. Die verschiedensten Ereignisse können eine vergrabene Erinnerung auslösen. Oder es kann, wie in deinem Fall, zu einem zufälligen Kontakt mit den körperlichen Überresten des früheren Selbst kommen.«

Palmer beugte sich vor und stützte seinen Kopf auf das Lenkrad. »Himmel –«

»Du hast gesprochen, während du ... weggetaucht warst. Hast du das eigentlich gemerkt?«

»Nein. Was habe ich gesagt?«

»Nur das Wort ›Tohil‹. Hast du eine Ahnung, was das bedeuten könnte?«

Er schloß die Augen. Der Lärm der Makaws, die sich von

ihren Ästen aus gegenseitig etwas zuriefen, schallte ihm in den Ohren.

»Ja, doch, tatsächlich. Das war der Name meines Sohnes.«

* * *

»Das also ist Ghost Trap. Der Mann, der es gebaut hat, muß wirklich verrückt gewesen sein!«

Palmer saß auf einem Hügel, von dem aus man den berüchtigten Landsitz überschauen konnte, und blinzelte durch einen Feldstecher in das darunterliegende Tal. Er hätte allerdings Creighton Sewards fiebrige Kopfgeburt auch ohne Fernglas mühelos erkennen können: Das weitläufige Gebäude füllte die kleine Senke bis zum Rand.

Sonja zeigte auf das Zentrum der großartigen Konstruktion aus Türmen, Zinnen und Stützpfeilern. »Man kann das ursprüngliche Haus in der Mitte immer noch erkennen. Es sieht aus wie eine Spinne, die mitten in ihrem Netz lauert. Kannst du etwas innen erkennen?«

Palmer schüttelte den Kopf und setzte das Fernglas ab. »Verrammelt und verriegelt. Alle Läden sind geschlossen. Drüben auf der einen Seite habe ich einen alten Stall entdeckt. Dort steht Morgans Sportwagen. Unser Mann ist hier. Daran besteht kein Zweifel.«

»Ich hätte nie etwas anderes vermutet. Ich kann ihn fühlen.«

Palmer massierte sich die Nase und schüttelte den Kopf. »Ich begreife nicht, wie jemand in diesem monströsen Gebilde tatsächlich leben kann!«

Sonja betrachtete Ghost Trap mit finsterem Blick. Morgan konnte sich überall in seinem labyrinthähnlichen Inneren befinden. Dann schaute sie in den nachmittäglichen Himmel. Drei Stunden waren sie schmale, asphaltierte Straßen entlanggelaufen, die sich wie schwarze Schlangen um die Hügel des Sonoma Valley wanden, bis sie zu der gottverlassenen Gegend gekommen waren, die Ghost Trap vom Rest der Welt abschnitt. Es würde immer noch mehrere Stunden dauern, bis es dunkel werden und Morgan aus seinem täglichen Koma erwachen würde. An einem Ort wie Ghost Trap, in dessen tiefstes Inneres kaum jemals ein Sonnenstrahl drang, konnte Morgan jedoch auch jetzt auf den Beinen sein.

Sie erwähnte es Palmer gegenüber nur ungern, aber sie brauchte dringend eine Auffrischung ihrer Kräfte. Das machte ihr angst. Für gewöhnlich funktionierte sie tagsüber einwandfrei, im Augenblick fühlte sie sich jedoch, als hätte sie eine Woche lang durchgesoffen. Die Versuchung, in den Kofferraum des Wagens zu kriechen und ein kleines Nickerchen zu halten, war übermächtig.

»Stopf dir doch eine Socke davor«, murmelte sie der anderen zu, die sich zum siebenhundertundfünfzigsten Mal darüber beklagte, daß ihr das Sonnenlicht nicht bekam.

»Was?« Palmer hatte das Fernglas abgesetzt.

»Du warst nicht gemeint.«

»Ach so. Du mußt es ja wissen.«

»Ich gehe nach unten.«

»Wann?«

»Jetzt.«

Palmer saugte an seiner Unterlippe. »Meinst du denn, es ist sicher?«

Sie lachte kurz auf, aber ohne jeden Humor. »Sicher ist es dort nie! Trotzdem habe ich tagsüber vermutlich bessere Chancen. Hoffentlich erwartet er uns nicht schon. Und wenn Li Lijings Talisman seinen Zweck erfüllt« – dabei wog sie die Hand des Ruhmes in ihrer Hand, bevor sie sie in ihre Jacke stopfte –, »wird er erst merken, daß ich seine Verteidigung durchbrochen habe, wenn es zu spät ist. Was ist mit dir? Bist du bewaffnet?«

Palmer zerrte einen geladenen 38er Special aus seinem Hosenbund und hielt ihn hoch. »Meinst du, das Ding hier wird reichen?«

»Mein Lieber, wenn du damit irgend jemandem eine Kugel verpaßt, hat derjenige keine Chance, egal ob Mensch oder sonstwas.«

Er nickte und erwiderte ihr Lächeln. Sonja reckte demonstrativ ihren Daumen in die Höhe und zog los.

Palmer beobachtete, wie sie in den Bäumen verschwand und sich den schroffen Abhang hinunterarbeitete. Als er sie nicht mehr sehen konnte, richtete er wieder sein Fernglas auf Ghost Trap.

Rasch suchte er die Fensterläden und Türmchen nach irgendwelchen Anzeichen auf Bewegungen ab. Rasch deswegen, weil er mittlerweile merkte, daß seine Augen anfingen zu tränen und er Kopfschmerzen bekam, wenn er zu lange bei irgendeinem architekonischen Detail verweilte.

Das flüchtige Auftauchen eines bleichen, mondförmigen Gesichtes, das aus einem Fenster im fünften Stock blickte, erregte seine Aufmerksamkeit. Vor sich hinfluchend, bemühte er sich, das Fernglas schärfer zu stellen, während sein Herz bereits einen Viervierteltakt zu schlagen begann.

Als er endlich wieder hinsehen konnte, war das Gesicht verschwunden und der Fensterladen wieder verschlossen. War er überhaupt jemals offen gewesen? Vielleicht war es nur eine durch allzulanges Starren auf das unheimliche Haus hervorgerufene Sinnestäuschung gewesen? Aber wenn nicht – wessen Gesicht hatte er dann am Fenster gesehen? Bestimmt nicht das von Morgan. Er überlegte, ob er Sonja hinterhereilen und ihr davon erzählen sollte.

Noch während er dazu aufstand, sah er, wie eine Silhouette aus der Baumgrenze östlich der verwilderten Gärten hervortrat und durch die wuchernden Rosensträucher huschte. Voller Respekt beobachtete er, wie sie mit übernatürlichem Geschick den leeren Goldfischteichen und den zerfallenden Statuen auswich und sich zum ehemaligen Kohlenkeller durchschlug.

Er mußte grinsen, als er sah, wie sie das schwere Vorhängeschloß von der Kellertür riß, und konnte nicht umhin zu flüstern: »Recht so, mein Mädchen.«

Dann war sie verschwunden. Ghost Trap hatte sie verschluckt. Welche Gefahren auch immer im Innern dieses riesigen Hauses auf sie lauern mochten, sie würde allein mit ihnen fertig werden müssen. Und vielleicht – wenn er ein bißchen Glück hatte – würde sie nie wieder aus ihm zum Vorschein kommen.

12. Kapitel

Sonja atmete tief durch und blieb stehen, um sich zu orientieren. Seit sie die Schwelle des Hauses überschritten hatte, hatte eine heftige Übelkeit sie gepackt. Der leere Kohlenkeller kippte unter ihren Füßen weg, als wäre der Boden aus indischem Gummi. Irgend etwas in ihrer Jacke bewegte sich.

Sie fischte in der Jackentasche nach der Hand des Ruhms. Die sechsfingrige Hand war jetzt zu einer Faust geballt. Sonja konnte nur hoffen, daß dies ein gutes Zeichen war, und stopfte die Hand wieder in ihre Tasche zurück. Vorsichtig machte sie einen Schritt auf die Treppe zu, die in das übrige Haus führte, dann noch einen. Die Übelkeit war verschwunden, nur das Gefühl der Orientierungslosigkeit ließ sich nicht abschütteln.

Das Erdgeschoß lag im Dunkeln. Die nackten Holzdielen waren pelzig vor Staub. Sie ging durch eine Flucht miteinander verbundener Zimmer, die augenscheinlich nie möbliert gewesen waren. Einige waren sogar niemals verputzt und gestrichen worden, und die Holzlatten verliehen ihnen ein asketisches, beinahe klösterliches Aussehen.

Sonja war vom wahnsinnigen Genie des Schöpfers von Ghost Trap tief beeindruckt. Selbst auf ihre mutierten Sinne wirkte das Gebäude beunruhigend. Immer wieder wurde ihr Blick auf Linien gelenkt, die außerhalb des normalen Gesichtsfeldes sowohl zu entstehen als auch sich zu schneiden schienen. Sie bezweifelte, daß ein darauf unvorbereiteter Mensch mehr als eine Stunde ununterbrochen dieser eigenartigen architektonischen Gestaltung ausgesetzt bleiben konnte, ohne entweder das Bewußtsein zu verlieren oder blöde zu werden. Die merkwürdig verwinkelten Durchgänge und schiefen Räume riefen in ihr Assoziationen an die expressionistische Filmkulisse aus *Das Kabinett des Dr. Caligari* wach.

Der zweite Stock unterschied sich kaum vom ersten, ebensowenig der dritte. Das Haus war tatsächlich so riesig und irrgartenähnlich, wie sie befürchtet hatte. Sie spürte, daß Morgan sich irgendwo in diesem gewaltigen Durcheinander aus schiefen Wänden und im Zickzack verlaufenden Treppen verborgen hielt. Ob der Vampirlord sich aber auf dem Dachboden, im Keller oder im Zimmer gleich nebenan versteckte, konnte sie nicht sagen. Sie konnte lediglich darauf hoffen, daß Morgan gleichermaßen hilflos war, ihren genauen Standort herauszufinden. Vorausgesetzt, er hatte ihr Eindringen überhaupt bemerkt.

Nach der Dicke der Staubschicht auf den Dielenbrettern zu urteilen, hatte dieser Teil von Ghost Trap seit jenen Tagen vor sechzig Jahren, als man Creighton Sewards Leiche gefunden hatte, keine Besucher mehr gesehen – weder Menschen noch Pretender.

Als sie ein grün tapeziertes Wohnzimmer mit einem auf dem Kopf stehenden Kamin aus italienischem Marmor verließ, sah sie aus den Augenwinkeln kurz etwas Helles aufblitzen. Sie drehte sich sofort danach um – und hatte plötzlich ein kleines Mädchen von nicht mehr als fünf oder sechs Jahren vor sich.

Sonja erkannte, daß das Kind tot war, denn sie konnte durch es hindurchsehen. Das Geisterkind trug altmodische Kleider und hielt eine Porzellanpuppe in seinen Armen. Sowohl das Mädchen als auch die Puppe hatten goldenes Haar, das ihnen in Löckchen bis auf die Schultern fiel. Das Gesicht der Porzellanpuppe wurde durch einen haarfeinen Riß entstellt, der von den Brauen bis zur Nase reichte.

»Hallo, Kleines.«

Das Kind lächelte und hob seine vom Babyspeck noch pummelige Hand zum Gruß.

»Kleines, weißt du, wie ich in die Mitte des Hauses komme?«

Der Geist schüttelte verneinend den Kopf. Sonja wäre es zwar lieber gewesen, die Kleine hätte laut gesprochen, aber ihr war bekannt, daß die Toten mit der Zeit die Fähigkeit verloren, sich in der Sprache der Lebenden auszudrücken. Die Gebärdensprache hingegen führte zumindest zu keinerlei Mißverständnissen.

»Gibt es hier jemanden, der es weiß?«

Das kleine Mädchen lächelte wieder; diesmal nickte es. Dann wandte es sich um und machte Sonja Zeichen, ihm zu folgen. Sonja vermied es, dabei auf die Hirnmasse zu sehen, die dem Kind aus dem zerschmetterten Hinterkopf quoll.

Das Gespenstermädchen tänzelte leichtfüßig wie eine verspielte Motte von Zimmer zu Zimmer und betrat schließlich einen langen, schmalen, mit dunklem Walnußholz getäfelten Raum, dessen Wände bronzene Satyrgesichter zierten. Bei näherer Betrachtung konnte Sonja altmodische Gasdüsen erkennen, die aus den grotesk und lüster grinsenden Mäulern ragten. Plötzlich kam ein eisiger Luftzug auf, als hätte jemand die Tür eines riesigen Kühlraumes geöffnet, und aus den dreizehn Gasdüsen schossen Stichflammen, die den Raum mit dem Geruch von Blut, Parfüm und Butangas füllten.

Die kindliche Erscheinung lief hinüber zu seiner Mutter, die plötzlich aufgetaucht war. Sie war bekleidet mit einer hochgeschlossenen Bluse, und ihr Haar – das dieselbe goldene Färbung aufwies wie das ihrer Tochter – war zu einem lockeren Knoten auf ihrem Kopf zusammengebunden. Obwohl ihre linke Gesichtshälfte zertrümmert war und das linke Auge sogar an seinem Stiel auf die zerfleischte Wange herabhing, sah man sofort, daß sie einst eine betörend schöne Frau gewesen sein mußte.

Das Geisterkind zupfte an ihrem Ärmel und zeigte auf Sonja. Die Lippen der Frau bewegten sich, aber Sonja konnte nur ein unterdrücktes, langsames Gurgeln vernehmen.

»Mrs. Seward ...«

Die tote Frau fuhr auf. Sie war überrascht, daß man sie erkannt hatte. Die unbeschädigte Seite ihres Gesichtes wurde nachdenklich.

»Mrs. Seward, ich brauche Ihre Hilfe, um in das Zentrum zu gelangen ...« Sonja trat mit ausgestrecktem Arm auf sie zu.

Mrs. Seward blickte von Sonja auf ihre Tochter. Als sie den Mund öffnete, wurden zugleich die Flammen aus den Gasdüsen heftiger. Die Geisterfrau, die jetzt eher eingeschüchtert wirkte, bedeutete ihrem Kind, sie alleine zu lassen. Das kleine Mädchen gehorchte. Es rollte sich zu einem Ball aus Hexenfeuer zusammen und hüpfte aus dem Zimmer.

Aus der Ferne war jetzt ein pfeifendes Geräusch zu hören, als ob Luft von einer Axt geteilt würde, gefolgt von einem dumpfen Poltern. Was immer dieses Geräusch verursachte, es kam auf das Zimmer zu, in dem sich Sonja und die verstorbene Mrs. Seward aufhielten.

Der Geist forderte Sonja auf, ihr zu folgen, und ging zu einem der in die Wand eingelassenen Walnußpaneele. Trotz ihres bodenlangen Glockenrockes blieb dabei die dicke Staubschicht unberührt. Mrs. Seward deutete auf eine kleine Mulde, wo Putz und Täfelung aufeinanderstießen, und ging durch die Wand. Sonja brauchte ein paar Sekunden, bis sie den verborgenen Mechanismus gefunden hatte, mit dem sich die Geheimtür öffnen ließ. Das Donnern war inzwischen deutlich näher gekommen, als sie die Vertäfelung hinter sich schloß.

Mrs. Seward hatte dort auf sie gewartet. Sie glühte in der Dunkelheit des Geheimganges wie ein Nachtlicht. Sonja lief ihrer Geisterführerin hinterher und gelangte so zu einer engen Wendeltreppe, die die verschiedenen Stockwerke von Ghost Trap miteinander verband. Mrs. Seward machte ihr deutlich, nach unten zu gehen.

»Wie viele Stockwerke? Eins? Zwei?«

Die Tote hielt zwei durchsichtige Finger in die Luft und machte eine Bewegung, als öffnete sie eine Tür. Sonja nickte zum Zeichen, daß sie verstanden hatte, und begann, die Treppe hinabzusteigen. Nach ein paar Stufen blieb sie stehen und sah sich noch einmal zu der Geisterfrau um.

»Sie sind hier eingesperrt, habe ich recht? Sie und die Kinder.«

Der Geist nickte heftig und verlor dabei fast sein herabhängendes Auge.

»Wie kann man Sie befreien?«

Hastig schrieb der Geist Buchstaben in die Luft. Das Ektoplasma blieb ein paar Sekunden im Raum hängen, bevor es auszufransen begann und seine Gestalt verlor wie die Botschaft eines schlampig arbeitenden Himmelsschreibers: *Diztroe Tarappe.*

Die Toten waren für ihre schlechte Rechtschreibung bekannt.

Bevor Sonja nachfragen konnte, war Mrs. Seward schon verschwunden. Sonja zuckte mit den Schultern und stieg tiefer in die Eingeweide von Ghost Trap hinab.

Auf der zweiten Etage entdeckte sie am Fuß der Treppe eine schmale Eichentür. Sie konnte nur erkennen, daß die Tür sich nach innen öffnete, hatte aber keine Ahnung, wohin sie führte oder was sich hinter ihr verbergen mochte.

Sonja holte tief Luft und hoffte, daß die Tür nicht in einen Raum voll hungriger Menschenfresser führen würde. Dann umfaßte sie die Klinke und riß schnell die Tür auf.

Keine Raubtiere stürzten sich auf Sonja, sondern eine Frau saß in einem Polstersessel und las einen dicken Liebesroman in Taschenbuchformat. Ihre Füße ruhten in Pantoffeln auf einem Hocker. Das ganze Zimmer wirkte auf eine altmodische, viktorianische Art sehr gemütlich. Irgendwo in der Nähe durchmaß eine Großvateruhr tickend den Nachmittag. Im Kamin prasselte munter ein kleines, freundliches Feuer. Die Frau hatte den Eindringling noch nicht bemerkt, der in ihrem Wohnzimmer stand.

Vorsichtig trat Sonja weiter in das Zimmer hinein, so daß sich die Geheimtür leise hinter ihr schließen ließ. Sie fragte sich gerade, ob die kleine Negerfrau ein weiteres Gespenst war, wenngleich auch weniger durchsichtig als die anderen, als die Frau von ihrem Buch aufsah und sie anlächelte. Ihre Augen hatten die Farbe von rotem Bordeaux oder Blut. Sonja schloß ihre Hand um das Klappmesser in ihrer Tasche.

»Hallo«, sagte die Frau und legte ihren Roman auf die Seite.

»Es tut mir leid, ich habe Sie nicht hereinkommen hören. Sind Sie eine von Vaters Bediensteten?«

Sonja stellte ihr Sehvermögen um und tastete die Frau nach ihrem wahren Erscheinungsbild und ihrer tatsächlichen Kraft ab. Zu ihrer Überraschung erwies sich die Schwarze nicht als runzlige Alte oder als faulige Leiche. Sie blieb genau das, was sie schien: eine junge Afro-Amerikanerin Ende Zwanzig. Sonja zögerte, ob sie auf das Rubinauge ihres Klappmessers drücken sollte.

Warum zögerst du? Sie ist doch auch nur eine von diesen Vampiren, von diesen widerwärtigen Blutsaugern. Willst du jetzt etwa Zicken machen?

»Stimmt irgend etwas nicht?«

Sonja schüttelte den Kopf. Sie preßte ihren Handrücken fest auf ihre Lippe. Unmöglich. Das konnte einfach nicht sein. Aber sie sah die Aura klar und deutlich vor sich, die um den Kopf der Frau mit den sauber geflochtenen Haaren knisterte wie ein Feuerkranz. Nur ein einziges Mal hatte sie bis jetzt eine solche Aura gesehen: bei ihr selbst, bei ihrem eigenen Spiegelbild.

Er plant eine Revolution der Pretendergesellschaft... Es hat jedenfalls etwas mit der Aufstellung einer Armee von Vampiren zu tun, die gegen Silber immun sind.

Mit einem Ächzen kam die Frau auf die Beine, und erst jetzt sah Sonja, wie dick ihr Bauch war.

Es war schrecklicher, als selbst Pangloss es sich ausgemalt hatte. Weit, weit schrecklicher.

13. Kapitel

»Ist Ihnen nicht gut? Soll ich Dr. Howell rufen?« Die Schwangere griff nach einem schnurlosen Telefon, das auf dem Tisch, neben einigen Ampullen, stand.

Bevor sie jedoch Gelegenheit hatte, den Hörer zu berühren, hatte Sonja bereits ihre dunklen, fülligen Zöpfe in der Hand und riß den Kopf der Frau nach hinten, so daß ihre milchkaffeefarbene Kehle freilag. Die Spitze des Klappmessers zeigte auf die Schlagader der schwangeren Frau.

»Wer bist du?« Sonjas Worte zischten, als würde ihr heißer Dampf entweichen.

»Ich bin Anise.« Sie sprach langsam und deutlich, als hätte sie es mit einem verhaltensgestörten Kind zu tun. Sie versuchte, sich ihre Angst nicht anmerken zu lassen, aber Sonja bemerkte, daß sie mit ihren Händen schützend ihren dicken Leib umfaßte. »Was machen Sie da? Sie tun mir weh...«

»Wo ist Morgan?«

»Unser Vater?«

Sonja wickelte sich die Zöpfe noch fester um die Hand und zwang Anise dadurch auf die Zehenspitzen. »*Mein* Vater ist er nicht, du Miststück! Antworte mir, verdammt noch mal, oder ich organisiere mir eben selbst, was ich wissen will! Wer lebt sonst noch in diesem verfluchten Spukhaus?«

Anises Augen bewegten sich, als verfolgte sie eine Bewegung hinter Sonjas Schulter.

Der Gedanke, daß sie möglicherweise zu zweit sein könnten, kam Sonja erst in dem Augenblick, als sich der Feuerhaken auf ihren Schädel senkte.

Natürlich sind sie zu zweit, du blöde Kuh! Die Andere

kreischte entzückt auf, als Schmerz und Wut entflammten und sich gegenseitig hochschaukelten. *Das liegt doch auf der Hand! Und das Baby macht drei. Vampire, die zusammen zeugen, bluten auch zusammen.*

Die Andere wollte freikommen. Um jeden Preis. Die Andere wollte dieser aufgeblähten Kuh den Kopf abreißen. Die Andere wollte dem Miststück die Augen mit dem Feuerhaken ausstechen. Sie wollte das kleine, ungeborene Scheißerchen aus dem Leib seiner Mutter reißen und den Kopf zwischen ihren Fängen zermalmen wie ein Terrier, der eine Ratte schüttelt.

Nein. Ich laß dich nicht raus. Noch nicht. Heb es dir auf. Heb es dir auf für Morgan.

Während Sonja sich noch abmühte, die Andere im Zaum zu halten, krachte ein weiterer Schlag auf ihre Schulter, und sie ging zu Boden. Sie spürte ihre Rippen brechen, ihr Mund füllte sich mit Blut.

»Fell, hör auf! Hör auf, sage ich!«

Anise rangelte mit ihrem Freund um den Feuerhaken. Der Mann war groß und dünn, sein Gesicht blaß und fein geschnitten. Er hatte schulterlange lockige Haare in der Farbe frischen Pinienholzes, seine rötlichen Augen waren geweitet wie bei einem Panther, der Beute wittert. Sonja kannte diesen wilden, grausamen Ausdruck nur zu gut.

»Ich hab' dir doch gesagt, daß sie uns hassen! Sie sind alle verrückt vor Eifersucht, weil Unser Vater uns mehr liebt als sie!«

»Unsinn, Fell! Sie ist kein Renfield. Schau sie dir doch genau an!«

Widerwillig wandte sich Fell von Anise ab und betrachtete Sonja. Der Feuerhaken in seiner Hand zitterte.

Sonja bemühte sich um ein Grinsen und spie einen Mundvoll Blut. »Die kleine Lady hat recht, mußt du wissen – ich bin kein Renfield.« Sie war auf den Beinen und an ihm dran, ehe Fell reagieren konnte. Sie schleuderte ihm die Waffe aus der Hand und fing sie geschickt auf.

Anise kreischte schrill auf, als Sonja Fell den Griff des Feuerhakens in den Unterleib rammte und ihn damit zu Boden schickte. Dort hielt sie ihn fest, indem sie ihm ihren Stiefel fest auf die Kehle setzte. Dann drehte sie den Haken um und setzte dessen Spitze genau zwischen seine Augen.

»Wenn sich einer von euch beiden rührt, ramme ich ihm das Ding durchs Hirn!«

»Anise! Los, hol Hilfe!« zischte Fell, ohne sich dabei zu bewegen.

»Ich lasse dich nicht alleine!«

»Tu, was ich dir sage, Anise!«

Tränen liefen Anise über die Wangen, als sie verneinend den Kopf schüttelte.

»Du kannst ja weinen!« Sonja nahm den Haken von Fells Stirn, drückte ihm aber weiterhin den Stiefel fest auf den Adamsapfel. Ehrfurcht und Neid lagen in ihrer Stimme.

»Natürlich kann ich weinen!« Anise wischte sich die Tränen mit der Hand ab. »Das kann doch jeder.«

»Nein. Nicht jeder. Hast du jemals Morgan weinen sehen?«

Anise starrte Sonja an, als hätte sie Chinesisch mit ihr gesprochen. »Was soll das heißen?«

»Egal. Wichtig ist mir nur Morgan. Ich will wissen, wo sich der Bastard versteckt.«

»Unser Vater?«

»Hör auf, ihn so zu nennen!«

Fell und Anise starrten sie völlig entgeistert an, so als hätte sie ihnen befohlen, den Himmel nicht blau oder das Gras nicht grün zu nennen.

Fluchend ging Sonja einen Schritt von Fell weg und bedeutete ihm, sich zu seiner Freundin zu gesellen. »Steh auf!«

Fell sah erst zu Anise hinüber, dann zu seiner Angreiferin, als erwarte er irgendeinen Trick.

»Ich sagte, *steh auf*!« fuhr Sonja ihn an und trat ihm in den Leib. Diesmal tat er, was sie von ihm verlangt hatte, und eilte zu Anise. Er legte schützend seine Arme um seine Frau und funkelte Sonja mit unverhohlenem Haß an.

»Na, wenn das keine hübsche Familienzusammenführung

ist, was?« lachte sie in sich hinein und verbog den Feuerhaken ohne Mühe zu einer Brezel. »Ich nehme an, Big Daddy hat euch nie erzählt, daß ihr eine große Schwester habt. Ist auch nicht weiter verwunderlich. Vermutlich weiß er nicht einmal, daß es mich gibt.«

»Könnte meine Frau sich setzen?« fragte Fell in scharfem Ton.

Sonja nickte. Dann sah sie zu, wie Fell seiner schwangeren Frau in den Sessel half. Ihr fiel auf, daß die Auren der beiden beinahe identisch waren, wenn auch Anise die robustere zu haben schien. Ruhig überlegte Sonja, ob das vielleicht etwas mit dem mutierten Lebewesen in ihrem Bauch zu tun haben könnte.

Während sie die Auren weiter begutachtete, stellte sie fest, daß die Energiehüllen, die die beiden umgaben, ihrer eigenen ähnelten, aber insgesamt deutlich schwächer waren. Schon vor langer Zeit hatte sie erfahren, daß man das jeweilige Alter von Pretendern nach deren Aura bestimmen konnte. Anise und Fell waren, an Pretendermaßstäben gemessen, also offensichtlich noch recht jung.

Das erklärte vieles. Wenn sie ihre eigene Entwicklung zum Maßstab nahm, dann waren die beiden vermutlich immer noch ›stumm‹, d. h. noch unfähig zu telepathischer Kommunikation.

»Eins muß man dem Bastard lassen – er arbeitet wirklich nur im großen Format.«

»Ich nehme an, Sie sprechen von Unserem Vater.«

Sonja verzog das Gesicht. »Wann wirst du Tussi endlich mit diesem Mist von ›Unserem Vater‹ aufhören? Du gehst mir damit so auf die Nerven, daß ich vergessen könnte, nett zu sein, und dir deine vermaledeite Zunge herausreiße!«

»Nett? Meine Frau brutal zu mißhandeln und auf mich loszugehen, nennen Sie nett?«

»Na schön, meine gesellschaftlichen Formen lassen ein wenig zu wünschen übrig.«

Anise faßte ihren Mann an der Hand, wobei sie Sonja nicht

aus den Augen ließ. Trotz ihres rötlichen Schimmers konnte man beide, Anise und Fell, noch für menschlich halten. »Sie scheinen eine Menge über Unseren Vater zu wissen, oder vielmehr Morgan, wie Sie ihn nennen. Ein Geschöpf wie Sie ist mir noch nie untergekommen – ich kenne nur Fell und mich. Nicht einmal Unser Vater, der uns nur selten mit Seiner Anwesenheit beglückt, ist so wie wir. Sie behaupten, Sie seien unsere Schwester. Wie ist das möglich?«

»Du sprichst von Morgan, als sei er eine Art Gott.«

»Er ist Unser Schöpfer. Er ist Unser Vater.« Anise lächelte ihren Mann von unten herauf an, der ihr zur Bestätigung die Hand drückte. Bei diesem Anblick verspürte Sonja plötzlich einen spitzen, neidvollen Stich in ihrem Herzen.

»Aus Seinem Wesen wurden wir gezeugt, und in Seinem Bild sind wir erschaffen worden. Nur wenige Augenblicke trennten uns bei unserer Geburt, und seitdem haben wir kein anderes Leben, keine andere Liebe erfahren.«

Sonja wurde still und betrachtete Anise nachdenklich. 1970 war sie selbst aus einem neunmonatigen Koma erwacht und hatte feststellen müssen, daß ihr Langzeitgedächtnis gelöscht war. Verzweifelt hatte sie nach einer Identität – irgendeiner Identität – gesucht, mit der sie die Leere in ihrem Innern hätte ausfüllen können. Kurz darauf war sie in die Hände eines brutalen Zuhälters namens Joe Lent gefallen, der wußte, wie man auf der Straße überlebte. Lent hatte sich mehr als bereit gefunden, sie nach seinen Vorstellungen zu formen und die Grenzen ihrer Welt abzustecken.

In den Monaten zwischen ihrem ersten Erwachen und der brutalen Schlägerei, die das Auftauchen der Anderen ausgelöst und die in der blutigen Ermordung ihres einstigen Wohltäters geendet hatte, hatte Sonja Lent größtenteils in demselben Licht gesehen, in dem auch Anise und Fell Morgan sahen. Und warum auch nicht? Lent hatte ihrem Dasein Sinn und Form gegeben. Sie hatte ihn gebraucht, wie Wasser einen leeren Krug braucht. Aber dieser unschuldige Zustand hatte mit Lents Ermordung und der Wiederherstellung ihres Erinnerungsvermögens geendet. Seitdem war ihr Leben die Hölle auf Erden gewesen.

Sonja kniete vor Anise und blickte ihr ins Gesicht. Fell reagierte nervös, aber Anise zuckte weder zusammen, noch schreckte sie zurück, als Sonja ihr Kinn berührte.

»Tut mir leid«, flüsterte sie Anise zu, »aber es ist an der Zeit, daß deine Kindheit endet.«

Sonjas Lider flatterten, als sie sich in Anises Gedanken entlud. Die schwangere Frau sprang hoch, als hätte sie einen elektrischen Schlag erhalten, ihre Augen rollten nach oben. Ihr Kiefer schnappte zu, ein vorstehender Eckzahn schlitzte dabei ihre Oberlippe auf.

Die größte Schwierigkeit beim Ankicken der Erinnerung eines anderen bestand in der Möglichkeit, dadurch einen defensiven Schock auszulösen. Wenn Sonja nicht vorsichtig genug vorging, würde sich Anise möglicherweise in einen katatonischen Stupor flüchten, statt sich mit ihrer Erinnerung auseinanderzusetzen.

»Anise! – Was haben Sie mit ihr gemacht?«

Sonja spürte Fells Hand, aber sie war zu beschäftigt, als daß sie ihn hätte abschütteln können. Jetzt brauchte sie Anise nur noch einen kleinen Anstoß zu geben...

Du bist nicht länger Sonja. Du bist jetzt Anise. Aber du bist nicht wirklich Anise, du heißt Lakisha Washington. Du bist in der Vierzehnten Straße in East Oakland aufgewachsen, in einem Stadtteil, der so gemein, schmutzig, brutal und ohne jede Hoffnung ist, daß die Polizei ihn mittlerweile inoffiziell als vogelfreie Zone betrachtet. Deine Mutter ist eine Drogensüchtige, die sich für einen Schuß verkauft. Dein Vater ist ein namenloser Weißer, der zufällig über die richtige Menge Geld und Lust verfügte. Deine Mutter läßt dich, schreiend aus Angst vor den Ratten, allein in deinem Bettchen liegen, während sie loszieht, um ihren Dealer zu treffen. Sechs Stunden später schlagen Nachbarn die Tür ein und retten dich.

Anschließend lebst du bei deiner Großmutter. Deine Mutter verschwindet nach und nach aus deinem Leben, so daß dir ihr

Tod, als Folge einer Überdosis, an deinem siebten Geburtstag so bedeutungslos erscheint wie der Tod einer entfernten Bekannten deiner Großmutter.

Allen Widrigkeiten zum Trotz behauptest du dich in einer Umgebung, die auf Unschuld feindselig reagiert. In der Schule kommst du gut zurecht, du gibst dir Mühe, dich immer weiter zu verbessern, dich zu beweisen. Es gelingt dir, den zahlreichen Fallstricken, über die viele deiner Freunde und Klassenkameraden stolpern, aus dem Weg zu gehen: Drogen, frühe Schwangerschaft, Alkoholismus, Ausstieg aus der Gesellschaft. Du willst mehr vom Leben als einen Knochenschinderjob zum Mindestlohn im Kentucky Fried Chicken an der Ecke.

Dein entschiedener Wille zum Erfolg löst unter denen, die in der Falle sitzen, Respekt, aber auch Verachtung aus. Du erhältst den Ruf, ein ›nettes‹ Mädchen zu sein, eines, das herumkommt, aber zu klug und selbstbeherrscht ist, um sich mit dem anderen Geschlecht einzulassen. Bei deinem Examen darfst du die Abschlußrede halten und bekommst sogar ein Stipendium für eine Universität in einem anderen Bundesstaat. Zum ersten Mal in deinem jungen Leben gelingt es dir, dich aus der knochenschinderischen, seelentötenden Armut zu befreien, in die du hineingeboren wurdest, an der du aber nie zerbrochen bist.

Während deines ersten Jahres auf dem College stirbt deine Großmutter in einem Armenkrankenhaus. Trotz deines Schmerzes empfindest du Erleichterung, denn es bedeutet auch, daß du nie mehr in die Vierzehnte Straße zurückkehren mußt. Auf dem College arbeitest du genauso hart wie in der Schule und schaffst ein Wirtschaftsdiplom. Zu deiner großen Freude bekommst du eine Stelle in einer angesehenen Finanzfirma mit Sitz in San Francisco. Du kehrst nach Kalifornien zurück, aber diesmal auf die richtige Seite der Bucht. Du hast eine nette Wohnung im Twin-Peaks-Distrikt, von der aus man die ganze Stadt überblicken kann. Von deinem Balkon aus kannst du den Ort deiner Geburt erkennen, aber du blickst nur höchst selten einmal in diese Richtung.

Du bist glücklich. Alles, was du erreichen wolltest, was du dir und anderen beweisen wolltest, ist schneller Wirklichkeit geworden, als du es in deinen kühnsten Träumen für möglich gehalten hättest. Man respektiert dich in deiner Arbeit, du verdienst mehr als die meisten Amerikaner in deinem Alter, egal ob schwarz oder weiß, Mann oder Frau, und es sieht alles danach aus, als könnte es nur weiter aufwärtsgehen.

Niemand weiß, daß du die uneheliche Tochter einer Hure bist, die armselig zwischen Mülltonnen mit der Nadel im Arm gestorben ist.

Dann fangen diese Träume an. Alpträume. Von Wesen aus der Dunkelheit mit rotglimmenden Augen und rasiermesserscharfen Zähnen, die dich beobachten, während du hilflos in deinem Bett liegst. Die Träume werden so schlimm, daß sie deine Arbeit beeinflussen. Also tust du, was jeder andere Yuppie mit Achtung vor sich selbst auch täte: Du besorgst dir einen Psychologen.

Dr. John Caron steht überall in höchstem Ansehen. Viele seiner Klienten gehören zur politischen und finanziellen Elite San Franciscos. Er sieht gut aus, ist sympathisch und verständnisvoll. Genau die Sorte Psychologe, dem gegenüber eine junge Frau ohne Furcht ihre Seele öffnen kann. Dr. Caron erklärt dir, es sei nichts Falsches daran, dem Unglück und Elend deiner Vergangenheit den Rücken zu kehren; du bräuchtest dich nicht schuldig zu fühlen, nur weil du jetzt ein Teil des Systems seist, das deine Freunde in der Gegend, in der du aufgewachsen bist, ausbeutet. Du seist niemandem etwas schuldig, höchstens dir selbst.

In der Folge lassen deine Träume nach. Aber deine Abhängigkeit von Dr. Caron wächst. Dein Wille scheint sich aufzulösen, sobald du in seiner Nähe bist. Aber das bereitet dir weder Angst noch Sorgen, statt dessen glaubst du, inneren Frieden gefunden zu haben.

Eines Tages lädt dich Dr. Caron zu einem zurückgezogenen Wochenende in sein ›Haus auf dem Lande‹ ein. Du bist eine von zehn Patienten, fünf Frauen und fünf Männer, die sich in Dr. Carons seltsamem, weitläufigem Landhaus einfinden. Je-

der von euch führt ein Single-Dasein, jeder von euch ist ein Waisenkind oder hat sich von seinen Eltern entfremdet. Niemand wird euch also vermissen. Aber das kombiniert ihr erst, als die Dinge bereits ihren Lauf nehmen.

Dr. Caron stellt euch eine medikamentöse Therapie vor, die von ihm und einem stillen, mondgesichtigen Mann namens Dr. Howell entwickelt wurde. Jedem Teilnehmer wird eine andere Dosis verabreicht, das heißt, intravenös gespritzt. Dr. Caron murmelt etwas davon, er müsse ›einen würdigen Träger finden‹. Dann bricht die Hölle los.

Drei Opfer sterben innerhalb von Minuten nach der Injektion an krampfartigen Zuckungen. Zwei erblinden, indem sie sich eigenhändig mit dem Daumen die Augen verletzen. Ein Patient schreit wie ein verwundetes Tier und fällt die beiden Blinden an und reißt sie mit seinen bloßen Zähnen. Du tust nichts dergleichen, du schläfst ein. Es ist ein langer Schlaf voller Träume von einer sterilen Umgebung, von Injektionsnadeln und intravenösen Nährlösungen am Tropf.

Als du erwachst, bist du nicht länger Lakisha Washington. Du bist Anise, denn dein Vater sagt dir, dies sei dein Name. Alles erscheint dir nur natürlich. Und weil dein Vater weiß, daß du alleine bist und dich nach Gesellschaft sehnst, stellt er dir einen Gefährten zur Seite: Fell. Er ist schön, und du liebst ihn, so wie dein Vater es befiehlt. Alles verläuft in geregelten Bahnen.

»Verdammt noch mal, nimm endlich deine dreckigen Pfoten von ihr!« Fell rammte Sonja seine Faust ins Gesicht und stieß sie von Anise weg. Ihre Brille schlitterte quer durchs ganze Zimmer. Sonja blieb benommen am Boden liegen, das Blut sickerte ihr aus der gebrochenen Nase.

Anise saß zitternd da und starrte auf ihre Hände, als sähe sie sie zum ersten Mal. Sie vermied es, Fell in die Augen zu sehen.

»Was hast du mit ihr gemacht?« Fell trat Sonja mit voller Wucht in die Seite. Sie nahm den Tritt kommentarlos hin, sie hatte ihn verdient. »Antworte mir gefälligst! Was hast du mit ihr gemacht?« Er holte mit seinem Bein zu einem weiteren Tritt aus.

»Laß sie in Ruhe, Fell.«

»Meine Brille –«

Anise nickte. »Hilf ihr die Brille zu finden, Fell.«

»Anise, was ist denn plötzlich in dich gefahren?«

»Tu, was ich dir sage, Fell.« Ihre Stimme war so beißend, daß er zusammenfuhr. Er tat, was sie von ihm verlangt hatte, und holte Sonjas verspiegelte Sonnenbrille.

Sonja kauerte zusammengesunken auf dem Boden, ihre Oberlippe war blutverschmiert. Als Fell sich ihr näherte, hob sie den Kopf und funkelte ihn an. Fells Magen zog sich beim Anblick ihrer entzündeten Augen mit den übergroßen Pupillen zusammen.

»Gewöhn dich schon mal dran, Kleiner«, fauchte sie und riß ihm die Brille aus der Hand. Fell fragte sich, was sie damit wohl meinte.

»Ich weiß nicht, ob ich dir dankbar sein kann für das, was du getan hast, aber ich erinnere mich jetzt wieder an alles.« Anise sah unverwandt auf Sonja, während ihre Hände auf der Schwellung ihres Leibes ruhten. »Ich werde mich an alles erinnern.«

»Selbsterkenntnis ist das Allerschwerste. Ich weiß, wie dir zumute sein muß... was dir jetzt durch den Kopf geht.«

Anise nickte langsam. »Es war übrigens nicht nur einseitig, ich konnte auch ein paar von deinen Gedanken empfangen.«

»Wovon sprichst du, Anise?«

Die Schwangere beugte sich vor. Sie ignorierte ihren Gefährten, als existierte er nicht. »Was will er von uns?«

Sonja deutete auf den Leib der anderen Frau.

»Das Baby?«

»Du trägst mehr mit dir herum als einfach nur ein Baby, Schätzchen. Das ist seine Eintrittskarte zur Gottheit.«

Anise runzelte die Stirn. »Ich verstehe nicht...«

»Jedesmal, wenn ein Vampir einen Menschen anfällt, infiziert er ihn mit einer Art Virus. Der Virus ruft einschneidende Veränderungen in der biochemischen und körperlichen Struktur des Menschen hervor. Er wandelt die Hälfte der Chromosomen seines menschlichen Wirtes um, bis sie denen des Vampirs gleichen. Es ist im Prinzip nicht unähnlich der menschlichen Fortpflanzung, nur daß kein Fötus, sondern eine erwachsene Leiche entsteht. Weil ein Teil des neuen Vampirs mit seinem Erzeuger identisch ist, kommt es zu einer gewissen Art von bedingungsloser Treue. Der Gehorsam dem Erzeuger gegenüber liegt ihm gewissermaßen im Blut.«

Anise ließ sich in den Sessel zurückfallen. »Dann ist es aussichtslos, ihn bekämpfen zu wollen!«

»Nein, ist es nicht! Morgan kann dich nur beherrschen, solange du nicht gegen ihn aufbegehrst! Wie, glaubst du wohl, ist Morgan entstanden? Er wurde einst auch so erschaffen, wie ich es gerade geschildert habe. Er besaß jedoch die Willensstärke, sich von seinem Erzeuger zu lösen und seine Persönlichkeit gegenüber der seines Schöpfers zu behaupten. Das kannst du auch, Anise. Um deines Kindes willen, du mußt!« Sonja war nicht hundertprozentig sicher, daß stimmte, was sie da erzählte. Aber sie war nicht bereit, eine Art biochemischer Vorhersehung zu akzeptieren, sei sie natürlich oder übernatürlich.

»Alles dreht sich um mein Baby. Was ist mit ihm?«

»Vampire wie Morgan können keine lebenden Kinder zeugen. Sie können sich nicht untereinander paaren, weil sie – ja, weil sie aus totem Fleisch bestehen. Außerdem ist ihr Hirn bis zum äußersten verdreht. Nur ein paar von ihnen erleben nämlich die Wiederauferstehung ohne irgendeinen Hirnschaden. Ein neuer Vampir braucht sehr lange, bis er so viel Macht entwickelt wie Morgan; Jahrzehnte, vielleicht sogar Jahrhunderte. Stell dir vor, was es Morgan bedeuten müßte, einen *lebendigen* Vampir zu schaffen, einen, der imstande wäre, sich selbständig zu reproduzieren, aber das mit *seiner* Chromosomenstruktur.

In derselben Zeit, in der sich sonst nur ein einziger Königsvampir entwickelt, hätte er eine ganze Armee gehorsamer Schergen geschaffen, von denen jeder einzelne immun gegen Silber wäre und in der Lage, sich tagsüber zu bewegen. Und kein einziger von ihnen besäße lästige Erinnerungen an eine frühere menschliche Existenz! Kein Wunder, daß die Renfields dich hassen! Du stellst eine existentielle Bedrohung für sie dar! Morgan ist auf dem Weg, sich zum gottgleichen Herrscher aufzuschwingen, Anise! – Und du verschaffst ihm seinen ersten Hohepriester.«

»Anise, das ist völliger Blödsinn, und das weißt du auch! Unser Vater würde nie etwas Derartiges –«

»Halt den Mund, Fell. Halt endlich den Mund!« fauchte Anise ihn an und bleckte ihre Reißzähne. Dann wandte sie sich wieder Sonja zu. »Und was soll ich deiner Meinung nach tun?«

Sonja war selbst überrascht, als sie sich sagen hörte: »Komm mit mir.«

»Weg von hier? Du willst, daß ich hier weggehe?«

»Nicht weggehen. Fliehen!«

»Wohin denn?«

»Die ganze Welt liegt dir draußen zu Füßen, Anise! Ich könnte einen sicheren Ort finden, an dem du dein Kind zur Welt bringen könntest. Wenn nicht hier, dann in Mittel- oder Südamerika!«

»Aber Morgan...«

»Den überlaß nur mir, okay? Also, wie lautet deine Entscheidung? Stehst du auf meiner Seite?«

»Ich – ja. Ich halte zu dir.« Ächzend stemmte sie sich aus dem Sessel.

»*Anise!* Liebling, was ist in dich gefahren? Noch nie hast du dich mir gegenüber so benommen! Was hat diese Verrückte mit dir angestellt?«

»Sie hat mir die Augen geöffnet, Fell! Ich laufe nicht mehr wie eine Schlafwandlerin herum! Endlich tue ich etwas, was meinem eigenen Willen entspricht!«

»Das werden wir ja sehen!« Er packte sie am Arm. »Ich verbiete es dir ganz einfach!«

Anise riß sich aus der Umklammerung ihres Mannes los. »Hau ab, du Arschloch!«

Fell sah so jämmerlich aus, als wäre er von einer Axt getroffen worden. Er lebte noch, aber es hatte sich mit einem

Schlage alles für ihn verändert. Sonja erwartete einen Moment lang sogar, ihn zusammenklappen zu sehen.

»Los jetzt, wenn wir fliehen wollen, dann besser sofort.« Sonja wies auf den geheimen Durchgang, durch den sie hereingekommen war.

»Nein, es gibt noch einen anderen Geheimweg. Einen, der direkt nach draußen führt. Eigentlich dürfte ich gar nichts davon wissen.«

»Gut. Wenn wir jetzt aufbrechen, bleiben uns noch ein oder zwei Stunden Tageslicht.« Sonja warf Fell einen kurzen, scharfen Blick zu. »Was ist mit dir? Kommst du mit uns?«

Fell öffnete den Mund, als wollte er etwas sagen, schüttelte aber dann den Kopf.

»Eigentlich müßte ich dich töten, das ist dir hoffentlich bewußt?«

Er hob sein Kinn und richtete sich auf. »Und warum tust du es dann nicht?«

Sie blieb ihm die Antwort schuldig. Sie dachte noch immer über seine Frage nach, als Anise sie aus dem Wohnzimmer und hinaus auf den Flur führte.

Das Kernstück von Ghost Trap bestand im Gegensatz zu seinen äußeren Schutzzonen aus einem großen, gemütlichen viktorianischen Landhaus. das mit Antiquitäten vollgestellt war. Soweit Sonja es beurteilen konnte, befanden sie sich jetzt im Parterre. Hier sah es kaum nach dem Allerheiligsten eines Vampirlords aus.

Anise deutete auf eine kleine, schmale Tür, die seitlich in eine Treppe eingelassen war. »Dort geht es zu einem unterirdischen Tunnel, der das Wohnhaus mit den ehemaligen Ställen verbindet. Hierdurch gehen Morgan und die Renfields ein und aus.«

»Was hast du außerhalb deines Zimmers zu schaffen?«

Anise stockte der Atem, und Sonja verschwand lautlos im Dunkeln. Eine Frau mit dem ernsten Gesichtsausdruck und der charakteristischen Blässe eines Renfields stand am unteren Ende der Treppe und funkelte Anise an.

»Ich habe mich gelangweilt. Ich wollte mir nur ein wenig die Beine vertreten!«

Der weibliche Renfield trat vor. »Du weißt, daß du nicht unbeaufsichtigt im Haus herumlaufen darfst! Oder hat dir Dr. Howell das etwa gestattet?« Bei den letzten Worten hatte ihre Stimme eine Schärfe angenommen, als wolle sie nichts lieber, als den guten Doktor der Scharlatanerie zu überführen.

»Es hat mir keiner gesagt, was ich tun soll! Ich habe selber beschlossen, ein wenig herumzulaufen!«

Der Renfield kniff die Augen zusammen, als hätte Anise plötzlich Suaheli gesprochen. »Niemand entscheidet hier selbst. Mit wem hast du gesprochen?«

»Mit niemandem. Ich habe mit mir selbst gesprochen.«

»Du bist eine miese kleine Lügnerin.« Die Lippen der Frau gaben den Blick auf ein nikotingelbes Gebiß frei.

Anise verpaßte der Frau einen Schlag mit der flachen Hand. Der Hieb schickte sie auf die Bretter. Die Frau stützte sich am Boden auf einen Arm. Ihre rechte Gesichtshälfte begann bereits zu schwellen. Aus haßerfüllten Augen blickte sie Anise an und spuckte Blut und Zähne aus. »Es ist mir völlig egal, ob du seine preisgekrönte ›Zuchtstute‹ bist! Dafür werde ich dir dein Gehirn verbrennen!«

»Das wollen wir doch mal sehen!«

Die Renfieldfrau riß den Kopf in die Richtung, aus der Sonjas Stimme gekommen war, und fing so den Stiefel mit den Stahlkappen mit dem Kinn ab. Mit gebrochenem Genick sackte sie rücklings auf den abgetretenen Orientteppich.

Anise starrte die Tote an. »Du hast sie umgebracht!«

»Es ging nicht anders! Ich konnte nicht riskieren, daß sie Alarm schlägt.«

Anise starrte auf ihre Hand, die noch mit dem Blut der Renfieldfrau verschmiert war, dann auf Sonja.

»Komm. Wir vergeuden hier nur unsere Zeit!« Sonja schulterte die Leiche und öffnete die Tür, die in den Tunnel führte.

»Du nimmst sie mit?« Anise machte ein angeekeltes Gesicht.

»Irgendwo muß ich die Leiche doch unterbringen, oder? Wir

können sie doch nicht hier herumliegen lassen, bis die Haushälterin notgedrungenerweise irgendwann über sie stolpert.«

Anise folgte Sonja in die Kammer unter der Treppe. Sie zwängten die Leiche in eine Ecke, dann stiegen sie eine kurze Holztreppe hinab und gelangten zu einem dunklen, geziegelten Tunnel. Es roch nach feuchter Erde, Spinnen und Rattenpisse. Keine der beiden Frauen störte sich an der Dunkelheit im Tunnel, sie eilten immerfort weiter. Am Ende des Tunnels befanden sich Eisensprossen, die nach oben zu einer Falltür führten. Durch die Ritzen sickerte Sonnenlicht herein, das die Schimmelpilzsporen beleuchtete, die gemächlich in der Luft tanzten.

»Also los, rauf mit dir, junge Mutter.«

Anise faßte die unterste Sprosse mit der Hand, blickte hinauf in den schwachen Schein der Sonne, dann wieder zurück zu Sonja. »Und was wird aus Fell?«

»Er hat seine Chance gehabt.«

»Er begreift es noch nicht, Sonja! Es ging alles so schnell. Er hat keine Ahnung, was hier wirklich vor sich geht. Er hat Angst vor dir. Wenn ich mit ihm reden könnte ... Vielleicht würde er mir zuhören.«

»Anise ...«

»Ich hab' dich um all das hier nicht gebeten!« In ihrer Stimme lagen Ärger und auch Angst. Sie hörte sich an wie ein kleines Kind, das versucht, mit seinem Kummer und dem Gefühl, betrogen worden zu sein, fertig zu werden. »Und dabei wollte ich nur meine Alpträume loswerden! Und diese rotäugigen Monster aus der Finsternis! Jetzt wache ich auf aus diesem Traum und muß feststellen, daß ich mich immer noch in einem Alptraum befinde. Alles geht drunter und drüber und ist vollkommen aus den Fugen geraten! Ich bin schwanger, und dabei ... dabei stehe ich gar nicht auf Männer, Sonja!«

»Ich weiß.« Ihre Stimme klang weich und tröstend.

»Aber trotzdem ist Fell der Vater meines Kindes. Ich bin ihm etwas schuldig.«

»Anise, wenn du noch einmal zurückgehst, sind deine ohnehin schon schlechten Chancen gleich Null. Wie willst du da wieder rauskommen? Zu Fuß kommst du nicht weit.«

»Ach was, in East Oakland wächst niemand auf, ohne zu lernen, wie man ein Auto knackt.«

Sonja überlegte, ob sie die schwangere Frau k. o. schlagen und zurück zum Auto schleppen sollte, aber dann verwarf sie den Gedanken. »Also gut. Geh zurück und hole ihn. Wir treffen uns heute abend wieder. Hier ganz in der Nähe liegt ein Ort namens El Pajero. Ich werde mich dort im einzigen Motel einquartieren. Halte nach einem gemieteten Ford Escort Ausschau. Aber eins kann ich dir versprechen, Anise: Wenn du Morgan ein weiteres Mal in die Hände fällst, bleibt mir nichts anderes übrig, als sowohl dich als auch dein Baby zu töten. Ist dir das klar?«

Anise nickte. »Die Sklavenbefreiung wurde bereits vor über hundertfünfundzwanzig Jahren verkündet. Ich habe nicht die Absicht, eines meiner Kinder als Sklaven in die Welt zu setzen.«

»Ich mache mich jetzt besser auf den Weg.« Sonja zögerte kurz, dann schlang sie ihre Arme um Anise und drückte sie in einer kurzen Umarmung an sich.

Anise erwiderte ihre Umarmung und flüsterte: »Beeil dich, Schwester.«

Sie schaute Sonja hinterher, wie diese der Sonne entgegenkletterte, dann machte sie kehrt und ging zurück in die Finsternis. Ihr war zum Heulen zumute, aber zu ihrer Enttäuschung blieben ihre Augen trocken.

Das Pink Motel

Keine Frau darf sich als frei bezeichnen,
solange sie nicht frei über ihren Körper bestimmen kann.
Keine Frau darf sich als frei bezeichnen, solange sie sich
nicht bewußt für oder gegen eine Mutterschaft
entscheiden kann.

– Margaret Sanger

14. Kapitel

Palmer hatte längst die zweite Schachtel Shermans angebrochen, als Sonja wieder aus dem Dickicht auftauchte. Er war überrascht, wie froh er war, sie wiederzusehen.

Er erhob sich von seinem Lauschposten im Schatten. Die Linsen seines Fernglases waren mit Kappen bedeckt, denn bereits kurz nachdem Sonja das Gebäude betreten hatte, hatte Palmer es aufgegeben, Ghost Trap zu beobachten. Der Nachhall, den das Haus in seinem Hinterkopf auslöste, gefiel ihm nicht.

Mit einem Grinsen hieß er seine Partnerin willkommen. »Wurde auch langsam Zeit, daß du kommst! Ich habe mir allmählich Sorgen gemacht. Es dauert nur noch ein oder zwei Stunden, dann wird es dunkel. Hat alles geklappt, hast du den Bastard abgeknallt?«

»Steig ins Auto.«

»Aber du hast ihn doch umgebracht, oder? Ich meine, wir müssen doch nicht etwa befürchten, daß uns irgend so ein wildgewordener Kobold am Rockzipfel hängt, oder?«

»Wir reden später darüber, Palmer.«

Sein Lächeln schwand. »Du hast es nicht getan.«

»Ich habe gesagt, wir reden später darüber!«

Palmer zerdrückte seine qualmende Kippe mit einer scharfen Drehung seines Absatzes. »Hätte ich mir denken können«, murmelte er, während er sich hinter das Lenkrad klemmte. »Hätte ich mir verdammt noch mal denken können.«

Das Pink Motel war die einzige Möglichkeit, in El Pajero unterzukommen, einem winzigen Nest von dreitausend Seelen. Schlechtgelaunt betrachtete Palmer die Neonreklame vor der Einfahrt zum Parkplatz: Eine kitschige Märchenfee schwebte über grellen Neonbuchstaben, die den Namen des Motels ergaben. Das glühende Ende des Zauberstabes der Neonfee war gleichzeitig das Tüpfelchen auf das ›i‹ in ›pink‹.

Er sah auf, als Sonja von der Rezeption zurückkam und auf den Sitz neben ihm rutschte. Sie hielt ein pinkfarbenes Stück Plastik in die Höhe, an dem ein Schlüssel baumelte.

»Zimmer zwanzig. Ich hab' ihm erzählt, wir seien in den Flitterwochen und wollten die anderen Gäste nicht stören.«

»Damit habe ich keine Probleme«, lautete Palmers trockener Kommentar, während er seinen Blick über die leere Kiesfläche des Parkplatzes schweifen ließ. Dann fuhr er den Wagen an das Ende des für zwanzig Autos gedachten Parkplatzes. Das Äußere des langen, L-förmigen Gebäudes bestand aus altem, rosafarbenem Putz von der Farbe eines gut durchgekauten Kaugummis. Das Zimmer war innen nicht besser. Die Wände waren hellbraun, und der Teppich sah so aus und fühlte sich auch so an wie schmutzige Zuckerwatte.

»Wie im Bauch einer riesigen Schlange«, stöhnte Palmer, während er die abgenutzte Chenilledecke auf dem Doppelbett begutachtete.

Sonja brummte etwas und starrte auf das Bild, das über dem Bett hing. Es handelte sich um eine ramschige Flohmarktreproduktion, auf der ein rundköpfiges Waisenkind mit großen Augen zu sehen war, dessen winziger Mund zu einem einfältigen Flunsch verzogen war. Mit einem verächtlichen Schnauben riß Sonja das unästhetische Kunstwerk von der Wand und feuerte es in eine Ecke. Sie ließ sich schwer auf das Bett fallen. Die Federn im Unterbett quietschten protestierend auf.

Palmer war überrascht, wie müde sie aussah. In der einen Woche, während der sich ihrer beider Leben miteinander verwoben hatte, war Palmer zu der Überzeugung gelangt, sie sei übernatürlich energiegeladen. Ohne Zweifel war sie die leidenschaftlichste Frau, die er je kennengelernt hatte. Der Anblick, wie sie dort ausgestreckt auf dem Bett lag, erweckte in ihm ein diffuses Lustgefühl.

»Manchmal fühle ich mich so alt.« Sonja fuhr sich mit einer Hand an die Schläfen und massierte sie langsam. »So schrecklich, schrecklich alt. Dabei bin ich nicht einmal vierzig.« Sie lachte trocken. »Ich möchte wissen, wie die wirklich Alten sich fühlen, Vampire wie Pangloss. Sie müssen entsetzlich müde sein. Ich habe gehört, wenn sie es leid sind, weiterzumachen, legen sie sich einfach schlafen. Ein Winterschlaf, der Jahre, Jahrzehnte dauert. Schlaf – das Stiefkind des Todes.« Ihre Stimme kam wie von weit her. Palmer fragte sich, ob ihr überhaupt bewußt war, daß sie laut sprach.

Er setzte sich neben ihr aufs Bett und starrte auf den abgetretenen Teppich zu seinen Füßen. »Sonja, was ist in dem Haus passiert?«

»Ich habe herausgefunden, daß außer mir noch andere da waren.«

»Was?«

Mit leiser, matter Stimme erzählte sie ihm von Anise und Fell und von Morgans Plänen, eine Rasse Vampire aus Designer-Genen zu züchten.

»Und du hast sie dort gelassen? Lebendig?«

»Das verstehst du nicht, Palmer...«

»Da hast du verdammt recht: Das verstehe ich wirklich nicht! Warum hast du sie nicht umgebracht?«

»Ich konnte nicht.«

»Du wolltest nicht, das ist es doch.«

»Nein. Ich konnte nicht.« Sonja zog ihre Sonnenbrille ab und zeigte ihm zum ersten Mal ihre Augen. »Ich begreife es selbst nicht ganz. Früher dachte ich, ich könnte wieder zu dem werden, was ich war, indem ich das töte, was aus mir geworden ist. Es hat nicht funktioniert. Vielleicht ist es an der Zeit, daß ich etwas aufbaue, anstatt nur zu zerstören. Ich bin einsam, Palmer. So entsetzlich einsam.«

Palmer zwang sich, ihr in die Augen zu sehen. Stumm richtete sie sich auf und nahm eine steife Haltung wie in Abwehr an. Ihre Pupillen waren so geweitet, daß sie selbst die schwächste Lichtquelle aufnahmen. Es waren die Augen einer Hybride, eines Zwitterwesens – weder ganz Mensch noch ganz Vampir. Anfangs hatte ihr rotgerändertes und unmenschliches Aussehen ihn abgestoßen, aber jetzt entdeckte er eine perverse Art von Schönheit in ihnen. Selbst ohne in ihr Innerstes hineinblikken zu können, wußte er, wieviel Sonja von sich durch das schlichte Ablegen der Brille offenbart hatte.

Er küßte sie, ohne wirklich zu wissen, warum, trotzdem war er sich diesmal sicher, daß der Impuls dazu tatsächlich von ihm kam. Seine Hände glitten unter ihre Bluse, seine Finger strichen über ihre vernarbten Wunden. Sie warf sich zurück und stöhnte vor Lust. So, wie sie ihren geschmeidigen, festen Körper streckte, erinnerte sie ihn an die Panther im Zoo – mit der schönen, aber auch gefährlichen Eleganz dieser Raubtiere.

Ihre Haut war blaß und von zahllosen Narben gezeichnet. Er schloß die Augen und strich mit seinen Händen über ihren nackten Körper. Er hatte angenommen, es als abstoßend zu empfinden, statt dessen stellte er fest, daß ihn die Muster sogar faszinierten. Es war, als läse er Blindenschrift: Jede Narbe war eine Geschichte, für immer in ihr Fleisch gebrannt.

Sie half ihm aus seinen Kleidern, dabei strich sie mit den Fingern über die Narbe an seinem Herz. Ganz hinten in seinem Hirn beschlich Palmer wieder ein leises Gefühl böser Vorahnung, als Lolis Verrat kurz an die Oberfläche kam und wieder verschwand.

Sonja umschloß ihn wie mit samtener Faust. Sie schlang Arme und Beine um ihn, hielt ihn fest. Er wußte, aus ihrer Umarmung würde er sich nicht befreien können, aber er verspürte auch gar nicht das Verlangen danach. Hätte sie ihm dies mit Gewalt aufzwingen wollen, hätte sie dies schon vor langer Zeit tun können.

Ihre Gedanken berührten seine und lockten sie aus ihrer irdischen Hülle. Ihr Lachen hallte als telepathisch übertragenes Vogelgezwitscher in seinem Kopf wider, als sie ihn drängte, sich mit Haut und Haar der Leidenschaft hinzugeben.

Während er sich häutete, brandete der Dschungel hinter seinen Lidern. Er sah eine wunderschöne Frau mit feinen rituellen Tätowierungen auf Stirn und Wangen, die ihn anlächelte. Der Duft von brennendem Kopal stieg ihm in die Nase. Dann hatte er sich von seinem Körper befreit, und ihrer beiden Seelen wanden sich umeinander wie sich paarende Schlangen.

Er konnte sie nicht sehen, dennoch wußte er, daß Sonja da war, sowohl in ihm, als auch überall um ihn herum. Es war ein herrliches Gefühl, das alle Grenzen menschlicher Beschreibungsmöglichkeiten sprengte. Es übertraf bei weitem alle Empfindungen, die er je durch Sex oder Drogen oder irgendeine andere Form fleischlichen Vergnügens erlangt hatte. Er erfuhr einen Orgasmus in seiner reinsten Form, losgelöst von allen biologischen Zwängen – die Belohnung, die der Islam seinen wahren Gläubigen verheißt: den tausendjährigen Höhepunkt. Oder wenigstens zehn Minuten davon.

Plötzlich war er wieder in seinem Körper, der Sonja wie ein läufiger Bulle besprang. Sonja wand sich unter ihm und stieß ihm ihren Unterleib mit an Schmerz grenzender Heftigkeit entgegen. Ein Stechen an seinen Schultern, dann rann etwas Warmes über seine nackte Haut. Der Anblick und Geruch seines Blutes an ihren Fingernägeln entfachte seine Lust nur noch mehr. Sonja bog ihren Rücken nach hinten, ihre Muskeln waren so angespannt wie Saiten, dann jaulte sie wie eine Katze. Ihre Lippen verzogen sich zu einem verzückten Grinsen, bei dem sie ihre Reißzähne entblößte. Palmer stöhnte, während sie ihn mit ihren Kontraktionen leersaugte.

Er lag auf ihr, Schweiß und Blut trockneten auf seinem Rükken, während er ihr das Haar aus dem Gesicht strich. Niemand sprach. Das war auch nicht nötig. Er betrachtete die Neigung ihrer Wangenknochen im schwindenden Tageslicht das durch die rosafarbenen Vorhänge gefiltert wurde. Als er langsam in den Schlaf hinüberglitt, fiel ihm auf, daß er das erste Mal nach Sex keine Zigarette gebraucht hatte.

Das Zimmer lag in tiefer Dunkelheit. Irgend jemand pochte gegen die Tür. Sonja befreite sich so behend und graziös wie ein Tier aus der Umarmung ihres Geliebten. Es ging alles so schnell, daß Palmer nicht einmal mitbekam, wie sie ihre Brille wieder aufsetzte.

Palmer zog sich schnell seine Hose über und ging ohne Hemd und Schuhe an die Tür. Aus den Augenwinkeln nahm er Sonja war, die an der Wand entlangschlich wie ein Tiger kurz vor dem Sprung. Der Anblick des Muskelspiels unter ihrer mondbleichen Haut löste einen kurzen Lustschauder bei ihm aus.

Er öffnete die Tür, so weit es die Sicherheitskette zuließ, und erblickte eine zierliche Schwarze, die zitternd im Dunkeln stand. Jetzt, nach Sonnenuntergang, wurde die Luft bereits frisch.

»Was wollen Sie?«

Die Frau warf ihre Zöpfe zurück und sah ihm direkt ins Gesicht. Ihre Pupillen waren unmenschlich groß – die Augen einer Hybride. »Ich muß Sonja sprechen.«

»Schon gut, Palmer, laß sie rein.« Sonja stand direkt neben ihm. Sie hatte sich so leise bewegt, daß er ihren Standort erst bemerkte, als sie sprach.

Palmer öffnete die Tür, und Anise huschte herein. Sie trug dasselbe weite Baumwollkleid, das sie schon am Nachmittag getragen hatte, nur war es jetzt auf der Vorderseite mit dunklen Flecken übersät.

Sonja gab Palmer zu verstehen, er solle am Fenster Posten beziehen, dann zog sie sich ein T-Shirt über. »Wo steckt Fell?«

Anise schüttelte ihren Kopf, daß die Zöpfe flogen. »Alles ging schief. Vollkommen! Schlimmer, als ich es für möglich gehalten hätte. Ich kann froh sein, daß ich überhaupt fliehen konnte!« Sie fing an, auf und ab zu laufen; so, wie sie dabei breitbeinig watschelte und beim Sprechen die Hände rang, erinnerte sie Sonja an einen aufgeregten Pinguin.

»Was ist passiert?«

»Ich bin zurückgegangen und wollte mit ihm sprechen, genau wie ich es gesagt hatte. Aber es war vollkommen unmöglich! Es war, als wären seine Ohren völlig verstopft! Ich habe ihm gesagt, daß ich ihn nicht liebe, daß es mir unmöglich sei, noch länger etwas für ihn zu empfinden, daß ich nicht mehr gewillt wäre, Morgans ›Zuchtstute‹ zu spielen! Er versuchte, mich am Gehen zu hindern. Schließlich habe ich ihn mit einem Feuereisen niedergeschlagen. Es gab eine Menge Blut. Dann habe ich ihn gefesselt und in einen der Schränke gesperrt. Während ich noch damit beschäftigt war, wurde ich von einem von Morgans Renfields überrascht. Ich...« – ihr Gesicht verriet Ekel –, »ich habe ihn mit bloßen Händen umgebracht!«

»Wie fühlst du dich deswegen?«

Anise hörte mit ihrem Herumgerenne auf und holte tief Luft. »Es war irgendwie leicht – viel zu leicht!«

»Und?«

»Es war ein gutes Gefühl.« Sie schauderte. »Lieber Himmel, was ist aus mir geworden? Was hat dieser Bastard aus mir gemacht?«

Sonja gab keine Antwort. Statt dessen sah sie Anise ins Gesicht und fragte sich, was sie wohl sagen könnte, um ihr die Furcht zu nehmen. Gleichzeitig war sie auch neugierig, wie lange es wohl noch dauern würde, bis sich Anises ›Andere‹ bemerkbar machen würde. Oder war sie bereits aktiv und wartete nur auf mehr Mord und Totschlag?

Es war so lange her, daß Sonja sich als ein richtiger Mensch gefühlt hatte. Manchmal schien ihr ihr Leben als Denise Thorne kaum mehr als ein angenehmer, wenn auch lebhafter Traum. Sie konnte sich vorstellen, wie Anise zumute sein mußte, aufzuwachen und festzustellen, daß sie nicht nur verheiratet war mit einem Mann, den sie gar nicht liebte, und gegen ihren Willen schwanger, sondern darüber hinaus nichts Menschliches mehr in sich hatte und zudem noch von der Stärke ihrer Schwester gedemütigt worden war.

»Meinst du, du hältst es drei Stunden im Auto bis nach San Francisco aus?«

»Habe ich eine andere Wahl? Hier können wir auf keinen Fall bleiben. Morgan hat bestimmt längst seine Suchhunde auf mich gehetzt. Ich bin soweit, wenn du – oh.«

»Was soll daß heißen: ›oh‹?«

Anise verzog das Gesicht zu einer Grimasse. »Ich glaube, ich war wohl etwas voreilig.«

Palmer wandte sich vom Fenster ab. Er machte ein Gesicht, als hätte er gerade in eine Zitrone gebissen. »Meint sie damit dasselbe, was ich meine?«

Anise stöhnte auf, als ihre Fruchtblase platzte.

»Ich fürchte, ja«, sagte Sonja mit einem Seufzen.

15. Kapitel

Bei der ersten Wehe krümmte Palmer sich zusammen.

Er war gerade mit einem Arm voller Handtücher aus dem Bad gekommen, als sie mit voller Wucht auf ihn prallte und sich wie eine Woge an ihm brach. Durch die Phantomschmerzen in seinem Unterleib geriet er ins Stolpern; beinahe hätte er dabei seine Last fallen gelassen.

»Schirm dich ab! Sie sendet!« zischte Sonja, als sie ihm die Handtücher aus seinen tauben Fingern riß.

»Das sagst du jetzt erst!« Palmer stöhnte auf, als er sich anstrengte, die Schmerzen so lange zurückzuhalten, bis er in der Zwischenzeit eine mentale Barriere errichtet hatte.

Anise unterdrückte einen Schrei, krallte ihre Finger in die Matratze und zerriß die Laken wie modrige Seide. Palmer spürte, wie ihre Schmerzen gegen sein Schutzschild preßten wie eine schwere Hand, die sich nicht abweisen läßt. Erstaunlicherweise hielt seine Barrikade jedoch.

»Das ist nicht gut. Überhaupt nicht gut.« Sonja wischte sich eine verirrte Locke aus dem Gesicht und schmierte sich dabei einen Streifen von Anises Blut auf die Stirn. »Sie sendet wie ein gottverdammter Kommunikationssatellit! Ausgerechnet in diesem Augenblick müssen natürlich ihre übersinnlichen Kräfte einsetzen! Morgans Renfields werden dadurch schon bald unsere Position ausfindig gemacht haben, wenn sie das nicht schon längst getan haben.«

»Haben wir denn irgendeine Möglichkeit, sie ins Auto zu verfrachten und nach San Francisco zu bringen?«

Sonja seufzte und zeigte barsch mit dem Daumen über die Schulter auf Anise. »Was glaubst denn du?«

Anise lag auf dem Rücken und klammerte sich mit ihren blutleeren Händen an die metallenen Bettsprossen. Die Nachttischlampe, deren Licht durch ein Handtuch gedämpft war, lieferte die einzige Beleuchtung im Zimmer.

Die Art, wie Anise dalag, schwitzend und stöhnend, das Kleid hochgeschoben und die Beine weit gespreizt, hatte etwas Urzeitliches. Es fehlte nur noch ein Schamane, der, eine Medizinrassel schüttelnd, um das Bett herumtanzte, um das Bild zu vervollkommnen.

»Wie lange noch, bis das Baby kommt?«

»Ich weiß nicht. Ein paar Minuten. Oder Stunden. Schon bei einer normalen Schwangerschaft ist es schwer abzuschätzen, von so einer wie dieser ganz zu schweigen.«

»Na großartig.«

»Hast du den Revolver bei dir?«

Palmer deutete mit einem Nicken auf den 38er, der im Halfter über der Stuhllehne hing.

»Leg ihn besser wieder an.«

»Sonja? Sonja, wo bist du?«

»Ich bin hier, Liebes. Ich gehe nicht weg.« Sonja trat wieder ans Bett und wischte Anise mit einem feuchten Waschlappen den Schweiß von der Stirn. »Wie geht's dir, Kleines?« Sie nahm Anises Hand und drückte sie.

»Es tut weh, Sonja. Sehr.«

»Das steht schon in der Bibel. Das ist nur natürlich, Anise.«

»Nein, das ist es nicht – nicht alles, jedenfalls.« Ihr Gesicht war schmerzverzerrt, als eine neue Wehe ihren Körper peinigte. »Es ist, als führte man eine zerbrochene Flasche ein. Ich –« Sie schrie kurz auf und drückte ihren Kopf mit zusammengepreßten Augen in die Kissen. »Heilige Mutter im Himmel, was habe ich nur getan, um so bestraft zu werden? Was nur?« Es war, als preßte eine unsichtbare Faust ihren Magen aus.

Gerade als sie schon dachte, es würde nie aufhören, erschien der Kopf des Babys zwischen ihren Schenkeln. Sonja eilte herbei, um dem Kleinen zu helfen, sich zu befreien, dann stockte sie. Der Kopf des Babys war aufgedunsen, seine Augen so flach und schwarz wie die eines Insekts. Seine platte Nase hatte statt Löchern Schlitze, und sein rüsselähnlicher Knorpelmund war mit winzigen Neunaugenzähnen besetzt.

Mit seinen winzigen, kräftigen Schultern wand es sich hin und her, bis es endlich einen Arm freibekommen hatte. Fünf winzige, klauenbesetzte Finger krallten sich in die blutbefleckten Laken und verschafften ihm so die Hebelkraft, den Rest seines Körpers aus dem Gebärkanal zu zerren. Das neugeborene Vampirkind lag erschöpft und von den Geburtsflüssigkeiten glänzend wie eine riesige Made auf dem dreckigen Laken.

Palmer starrte auf das auf dem Bett liegende Etwas und wischte sich mit dem Handrücken über den Mund. Sonja machte Anstalten, die Nabelschnur mit ihrem Klappmesser zu durchtrennen, aber das Geschöpf hob seinen viel zu großen Kopf, der auf einem überraschend stabilen Hals saß, und betrachtete sie argwöhnisch aus seinen flachen, schwarzen Augen.

»Ruhig ... ganz ruhig ...«, murmelte sie leise, so als hätte sie es mit einem scheuen, möglicherweise gefährlichen Tier zu tun.

»Sonja? Sonja! Ist etwas mit dem Baby nicht in Ordnung? Warum schreit es nicht, Sonja?«

Sonja überwand ihren Widerwillen, dieses Etwas anzufassen, und durchschnitt endlich die Nabelschnur. Sie band rasch das Ende ab. Dabei fiel ihr auf, daß das Neugeborene zwischen den Beinen vollkommen glatt war, ihm fehlte sogar der Anus.

»Sonja? Warum antwortest du mir nicht?« Anise setzte sich mit viel Mühe auf. Sonja stellte sich zwischen Mutter und Kind.

»Du siehst es dir besser nicht an, Anise! Bitte, glaub' mir!«

»Was stimmt denn nicht? Ist es tot?«

»Nein, es ist nicht tot. Es ist – na ja, es ist kein Baby.«

»Was soll das heißen, es ist kein Baby?«

»Anise –«

»Du, ich will mein Kind sehen!«

Unhörbar seufzend drehte Sonja sich um und wollte die Kreatur in die Arme nehmen, um sie seiner Mutter zu überreichen. Aber es war nicht mehr da.

»Scheiße, Palmer! Ich dachte, du wolltest es im Auge behalten!«

»Davon hast du mir nichts gesagt. Verdammt, das Biest ist doch gerade erst auf die Welt gekommen! Woher soll ich denn wissen, daß es sofort anfängt, herumzuspazieren?«

»Wohin ist der kleine Bastard verschwunden?« Sonja wandte sich vom Bett ab und untersuchte die dunklen Ecken des Zimmers.

Aus den Augenwinkeln nahm Palmer eine huschende Bewegung wahr. Einen Augenblick lang spielte er mit dem Gedanken, seine Waffe zu ziehen, verwarf die Idee aber rasch wieder.

Es ist doch nur ein Baby! Zugegeben ein wirklich abstoßend häßliches, mutiertes Vampirbaby. Aber es einfach abzuknallen wäre trotzdem keine Heldentat. Es ist schließlich nur ein Baby.

Etwas Winziges schoß wie ein Pfeil unter der Spiegelkommode hervor und verbiß sich in Palmers rechte Wade. Er kreischte auf, als die Neunaugenzähne zum Fleisch unter seinem Hosenbein vordrangen.

Fluchend und auf dem freien Bein hüpfend, um sein Gleichgewicht zu halten, versuchte Palmer, das Höllenbaby abzuschütteln. Mit dem zweiten Tritt schleuderte er das Biest durch das halbe Zimmer. Das Neugeborene landete auf dem Rücken und quiekte wie ein Frischling, den man von den Zitzen seiner Mutter gerissen hatte.

Palmer riskierte einen Blick auf seine Wade. Sein Hosenbein hing in Fetzen herab, und aus Dutzenden winziger Bißspuren in seiner Haut lief Blut. Er sah aus, als wäre er mit einem mit Nadeln bestückten Tischtennisschläger attakiert worden, aber ansonsten schien er unverletzt.

Wie eine auf dem Rücken liegende Schildkröte, die verzweifelt wieder auf die Beine zu kommen versuchte, fuchtelte das Höllenbaby wild mit seinen pummeligen Ärmchen und Beinchen in der Luft herum.

»Jetzt reicht's!« sagte Sonja entschieden und hob das plärrende Kind vom schmutzigen Fußboden hoch. Besorgt betrachtete sie Palmers Bein. »Du solltest dich darum kümmern, bevor es sich entzündet.«

»Und was wird mit ihm?« erwiderte er scharf und zeigte mit dem Finger auf das Baby.

»Keine Sorge. Darum kümmere ich mich.« Sie hielt den winzigen, zappelnden Mutanten von sich fern, als handelte es sich nicht um ein Baby, sondern um eine lebendige Klapperschlange. Ihre Finger krallten sich in die Löcher, wo seine Ohren hätten sein sollen. Dann übergab sie ihn seiner Mutter.

»Ich kann mich um es kümmern, wenn du willst«, sagte sie mit einer seltsam flachen und emotionslosen Stimme. – Genausogut hätte sie anbieten können, den Müll hinauszutragen.

»Nein. Es ist mein Kind. Ich bin dafür verantwortlich.«

Anise streckte die Arme aus, um das zappelnde Kind in Empfang zu nehmen. Sie mußte gegen den Ekel ankämpfen, den sie gegen ihr eigen Fleisch und Blut empfand, aber das war schwer. Der Mutant hörte sofort auf, wild um sich zu schlagen, als Anise ihn berührte, und betrachtete seine Mutter aus unergründlichen Augen. Der Knorpel, der seinen Mund darstellte, machte Saugbewegungen: Er hatte Hunger.

»Es kann nichts dafür«, sagte sie traurig. »So wurde es nun einmal geboren.« Sie mußte lachen, aber es klang hohl. »Wißt ihr, ich hatte früher sogar schon mal mit dem Gedanken gespielt, ein Kind zu bekommen. Nicht sofort – aber irgendwann, sobald ich es mir hätte leisten können. Vielleicht hätte ich dazu der Samenbank in unserem Viertel einen Besuch abgestattet.« Es gelang ihr nur ein bitterer Abklatsch eines Lächelns. »Nie hätte ich gedacht, am Ende mit ... mit ...« Sie schluckte und holte tief Luft. »Wie gesagt: Ich bin dafür verantwortlich.«

Sie brach dem Kleinen das Genick, als sei es ein junger, dürrer Zweig. Er hatte nicht einmal Zeit loszuschreien. Anise starrte den kleinen, leblosen Körper an und strich ihm mit zitternder Hand über die gewölbte Stirn. »Armes, kleines Ding. Niemand hat es nach seinen Wünschen gefragt.« Plötzlich verzerrte sich ihr Gesicht, und der Leichnam des Mutantenbabys glitt ihr aus den Armen und landete mit einem dumpfen Knall auf dem Boden.

»Anise, was ist los?«

»Die Wehen, sie haben wieder eingesetzt. Ich – Herrgott, nicht wieder von vorne. Noch einmal halte ich das nicht durch!« Anise packte Sonjas Schulter, während sie preßte, und grub ihr die Fingernägel tief in die Haut. »Ah! Lieber Gott, mach, daß es aufhört!« In unregelmäßigen Zügen sog sie Luft durch die Zähne ein. »Was immer das erste beim Herauskommen angestellt hat, es hat mir alles aufgerissen, Sonja. Ich weiß nicht, ob ich noch einmal –« Eine dritte Wehe verwandelte ihre Worte in einen unterdrückten Schrei.

»Keine Angst, Anise. Es wird alles gut werden. Ich passe auf, daß dir nichts passiert, hörst du?« Sonja löste sich aus Anises Griff und nahm wieder ihren Platz am Fußende des Bettes ein.

Anises zweites Kind kam in einer Embryonalhülle zur Welt. Sonja teilte die dicke Membran, die das Kind einhüllte, und war erleichtert, als sie darunter ein anscheinend normales menschliches Baby erblickte. Sie zwickte es leicht in die winzige Hüfte und wurde mit einem gesunden, empörten Schrei belohnt. Rasch durchtrennte sie die Nabelschnur und wickelte das Neugeborene in ein sauberes Handtuch. Lächelnd hielt sie es der Mutter hin.

Anise drehte ihren Kopf weg und verbarg ihr Gesicht im Kopfkissen. »Ich will es nicht sehen.«

»Es ist alles in Ordnung. Du kannst es dir ruhig ansehen.«

Anise zögerte eine Sekunde, bevor sie vorsichtig den Kopf hob. Sonja war erschrocken, wie abgespannt und krank sie aussah. Vorsichtig beäugte Anise das in die improvisierte Windel gewickelte Kind. Es war noch rot wie ein Stück rohes Fleisch. Trotzdem erkannte sie, daß das Kind die gleiche Hautfarbe hatte wie sie. Es quäkte wie eine läufige siamesische Katze und hatte das Gesicht eines winzigen Preisboxers.

»Sie ist wunderschön!«

»Ja, nicht wahr?« flüsterte Sonja und legte das winzige Bündel in die Arme seiner Mutter.

Während Anise noch mit dem Baby beschäftigt war, hob Sonja seinen toten Zwillingsbruder vom Boden auf und wikkelte ihn in eines der benutzten, blutverkrusteten Tücher. Man würde ihn später verbrennen müssen. Sie konnten ihn schließlich schlecht liegenlassen, damit das Hauspersonal ihn am nächsten Tag beim Saubermachen fand.

Gedankenverloren betrachtete sie ihre blutverschmierten Hände, dann leckte sie sich begierig die Finger ab. Sie wußte, daß sie nah an ihre Grenzen kam. Sie brauchte Nahrung, und ihre Umgebung hatte ihr diesbezüglich nicht viel zu bieten. – Und das ganze Zimmer stank geradezu nach Blut.

Palmer humpelte aus dem Badezimmer. Er hatte sein rechtes Hosenbein unterhalb des Knies aufgerissen und seine Wade mit Streifen umwickelt, die er sich aus seinem Unterhemd gerissen hatte.

»Wie geht's deinem Bein?«

»War schon mal besser.«

Sonja merkte, daß sie wie gebannt auf die rote Flüssigkeit starrte, die durch die behelfsmäßige Bandage sickerte, und sah schnell wieder weg.

Woran denke ich bloß? Das ist der Mann, den ich vielleicht wirklich lieben könnte – und ich habe gerade versucht, mir vorzustellen, wie wohl sein Blut schmeckt! Ich hatte mir tatsächlich ausgemalt, wie ich die Arterie in seinem Bein aufschlitze und sein Blut trinke. Krank! Krank! Krank! Kannst du mir denn kein bißchen Glück gönnen?

Die Andere lachte, doch niemand sonst hörte es.

»Sonja?« Anise sah sie mit einem irritierten Gesichtsausdruck an.

»Oh, tut mir leid. Ich war wohl in Gedanken.«

»Ich habe gefragt, wie dir ›Lethe‹ gefällt?«

»›Lethe‹?«

»Ich denke, so werde ich sie nennen. Mir gefällt der Klang. Der Name ist von Baudelaire. Wenigstens einen Namen möchte ich ihr noch geben, bevor ich sterbe.«

»Anise, hör zu. Ich weiß, daß du schwere innere Verletzungen erlitten hast, aber daran wirst du nicht sterben. Das weiß ich, weil ich in der Vergangenheit verdammt viel Schlimmeres durchgemacht habe. Du wirst dich regenerieren, aber dafür brauchst du Blut. Wenn du nicht bald etwas zu dir nimmst, wird dein Körper sich selbst von innen verzehren. Ist dir klar, was das bedeutet?«

»Das bedeutet, daß ich jemanden töten muß, wenn ich überleben will.«

»Genau.«

»Das kann ich nicht, Sonja! Es ist mir egal, was dieser Bastard mir angetan hat – ich weigere mich, ein Monster zu sein.«

»Hör zu, du brauchst bei der Sache gar nichts zu tun. – Ich werde für dich auf die Jagd gehen. Es gibt eine Masse von Leuten, die niemand vermißt: Säufer, Tramper, Penner...«

»Mein Gott, Sonja! Du redest genauso wie er!«

»Ich lasse nicht zu, daß du stirbst!« Sonja war selbst überrascht, daß sie schrie. »Das lasse ich einfach nicht zu!«

Lethe wurde von dem Gebrüll aufgeschreckt und fing an zu weinen. Anise sah Sonja nicht an, als sie sprach. Sie schien ihre Worte an das neben ihr liegende Neugeborene zu richten, während sie ihrer Tochter zärtlich ein paar Strähnen aus der Stirn strich.

»Ich kann es nicht, Sonja. Ich kann den nächsten Schritt nicht gehen. Dazu fehlt mir dein... dein Mut. Ich war mutig genug, mich von Morgan loszusagen, aber nicht, um ein Leben zu führen, das auf der Tötung anderer beruht. – Nicht, daß ich dich deswegen verdamme! Aber ich kann unmöglich mit dem Vorwurf leben, für den Tod anderer Menschen verantwortlich zu sein, ganz gleich, wie wertlos diese Menschen auch sein mögen.«

»Das sagst du jetzt! Genau dasselbe habe ich auch empfunden, vor vielen Jahren. Aber später, wenn du dich erst einmal daran gewöhnt hast, siehst du die Dinge anders.«

»Ich weiß. Eben davor habe ich Angst! Bitte, Sonja, versuche nicht, mir das auszureden. Ich weiß, was ich tue.«

»Und was wird aus Lethe? Was soll aus ihr werden?«

Anise lächelte traurig und gab ihrer Tochter einen Kuß auf die Stirn. »Ich hoffe, sie wird mir verzeihen, daß sie ohne mich aufwachsen wird. Aber was sie im Augenblick mehr braucht als alles andere, ist Schutz. Ich habe mir selbst versprochen, daß kein Kind von mir als Sklave geboren wird, und ich habe die Absicht, diesen Vorsatz wahr werden zu lassen! Deswegen vertraue ich sie deinem Schutz an, Sonja. Dir und dem armen Mr. Palmer dort drüben.«

»Anise, ich bin die letzte auf dieser Erde, der du vertrauen solltest. Ich bin eine Mörderin – und schlimmer noch –, eine hundertfache. Jeden Tag muß ich dagegen ankämpfen, daß der Dämon in mir nicht die Oberhand gewinnt, und oft komme ich nicht gegen ihn an. Ebensogut könntest du eine Kinderschänderin als Babysitter anstellen!«

»Du urteilst zu hart über dich, Schwester. Hier, nimm das Kind. Geh jetzt. Morgan wird bald hier sein. Ich spüre schon, wie er nach mir ruft.«

Sonja hielt den Kopf schief, so als lauschte sie einer fernen Musik. Ja, jetzt spürte sie es auch. Sie könnte es mit ihm aufnehmen, dessen war sie sicher. Aber ebenso sicher war auch, daß Morgan mindestens zwei Renfields bei sich haben würde. Und was würde dann aus Palmer? In einem Feuergefecht wüßte er sich zu helfen, aber wie stand es um seine Fähigkeiten, sich gegen einen vielschichtigen, raffinierten psychischen Angriff zur Wehr zu setzen? Und was sollte aus Anises Baby werden, wenn einer von ihnen beiden Morgans Kräften zum Opfer fallen würde? Sie konnte unmöglich beide zur gleichen Zeit beschützen.

Sonja beugte sich hinunter und küßte Anise auf die Wange. »Leb wohl, Anise.«

»Mein Name ist Lakisha. Anise war nur ein Traum. Und nicht einmal mein eigener.«

»Gib mir jetzt besser das Baby.«

Anise zögerte lange und betrachtete ihre Tochter, als wolle sie sich jede Einzelheit ihres Gesichtes einprägen. Plötzlich schloß sie die Augen und streckte das Kind hastig von sich weg.

»Hier! Nimm sie! Nimm sie, bevor ich es mir doch noch anders überlege!«

»Hast du noch irgendeinen Wunsch, bevor wir gehen?«

»Laß mir den Revolver hier.«

Palmer warf Sonja einen scharfen Blick zu.

»Gib ihn ihr.«

Lakisha lächelte müde, als sie den 38er entgegennahm. Es war nicht gerade ein guter Tausch, ihre Tochter gegen einen Revolver, aber es ging nicht anders.

In der Tür blieb Sonja noch einmal stehen und drückte Lethe an ihre abgewetzte Lederjacke.

»Paß gut auf mein Kind auf, Sonja.«

»Als wäre es mein eigenes.«

16. Kapitel

»Der Wagen steht davor, Milord. Sie muß sich also im Motelzimmer befinden«, bemerkte der Chauffeur.

»Wie immer: eine brillante Schlußfolgerung, Renfield«, seufzte Morgan auf dem Rücksitz seines Rolls-Royce.

Er spähte über den Rand seiner getönten Fliegerbrille hinweg auf den Ferrari, der vor dem Zimmer Nr. 20 des Pink Motels parkte. Der Wagen gehörte ihm, auch wenn der Fahrzeugschein im Handschuhfach einen gewissen Dr. Caron als rechtmäßigen Besitzer auswies. Aber da Morgan gleichzeitig auch der gute Doktor war, gehörte alles, was John Caron gehörte, auch ihm, seine Patienten eingeschlossen.

Morgan sah flüchtig zu dem Menschen hinüber, der neben ihm saß. Der Renfield war ein Chinese, dessen Vorfahren sechs Generationen lang dem kaiserlichen Hof als Seher gedient hatten. Sie hatten gezielt Inzucht betrieben und auf diese Weise einige der feinsten psionischen Talente hervorgebracht, denen Morgan auf seinen Reisen begegnet war. Ebenso eindrucksvoll war auch der Umstand, daß die Familie trotzdem in dem Ruf stand, relativ gesund und stabil zu sein, was unter den machtvolleren wilden Talenten selten war. Morgan würdigte den besonderen Status seines Dieners dadurch, daß er ihm im Gegensatz zu dem Sammelnamen Renfield einen richtigen Namen gegeben hatte.

»Wretched Fly, erkunde die Lage.«

Das Medium nickte und legte den Kopf auf die Seite wie ein Rotkehlchen, das auf Würmer lauscht.

»Sie ist da. Allein.«

Morgan machte ein mißtrauisches Gesicht. »Bist du dir da

sicher? Nicht, daß ich an deinen Fähigkeiten zweifele, mein Freund – ich möchte einfach nicht überrascht werden, das ist alles. Darin scheint es unsere Miss Blue nämlich zu wahrer Meisterschaft gebracht zu haben.«

»Sie ist allein. Und hat Schmerzen.«

Morgan wägte die Information voller Bedacht ab. Möglicherweise hatte Anises Möchtegernretterin sie schließlich doch allein gelassen, allerdings hätte Morgan gerne gewußt, weshalb seine Feindin dann sein Zuchtsubjekt am Leben gelassen hatte.

Fell hatte ihn davon unterrichtet, daß Anise plötzlich von einem ›freien Willen‹ und dem ›Recht auf freie Wahl‹ gefaselt hatte, ehe sie ihm mit der Ascheschaufel eins übergezogen hatte. Das Tempo und die Heftigkeit von Anises Umwandlung machten Morgan Sorgen. Er hatte sie wegen ihres starken psychischen Bedürfnisses, sich der herrschenden Klassenstruktur unterzuordnen, als Zuchtsubjekt ausgewählt. Seine Programmierung hätte einwandfrei funktionieren müssen. Daß dieses Miststück seine Verteidigung durchdringen und in so kurzer Zeit so viele seiner Bemühungen hatte zunichte machen können, beunruhigte ihn. Daß seine Feindin zudem behauptete, einer seiner Abkömmlinge zu sein, beunruhigte Morgan noch mehr.

Über die Jahre hinweg waren in der Combine Gerüchte über ein seltsames Geschöpf kursiert, das Jagd auf verschiedene Wiedergänger, Vampire und ihre dazugehörigen Renfields machte. Ein Raubtier, das sich seine Beute unter Raubtieren suchte. Die Geschichten, die man sich unter den Zuchtmeistern erzählte, bescheinigten der Einzelgängerin unter den Pretendern eine ungeheure Kraft, dazu die Fähigkeit, auch tagsüber aktiv bleiben zu können, und eine bis dahin unbekannte Unempfindlichkeit Silber gegenüber.

Einige sahen in dieser Widersacherin ein Produkt menschlicher Technologie, geschaffen, um die Pretenderrasse zu vernichten. Morgan hielt diese Geschichten für das Resultat einer Gruppe phantasiebegabter, seniler Alter, die durch ihre jahrhundertelang währenden Intrigen und Gegenintrigen an Verfolgungswahn litten. Für ihr Vorhaben, ein der Einzelgängerin ebenbürtiges Wesen zu deren Abschreckung zu erschaffen, hatte Morgan deshalb nur Spott übrig gehabt.

Immerhin war er dadurch auf die Idee gekommen, seine eigene Rasse hybrider Vampire zu züchten. Sobald er seine Sonderzüchtung des *homo desmodus* unter Kontrolle haben würde, würden Baron Luxor und Marquesa Nuit vor ihm auf den Knien rutschen und ihm Treue bis in alle Ewigkeiten schwören. Oder jedenfalls für so lange, wie Morgan ihr Fortleben für angebracht hielt.

Jetzt jedoch drohten seine Träume vom Ruhm in sich zusammenzufallen. Sie wurden bedroht von einem Geschöpf, das seiner Vorstellung nach aus dem Bereich des Mythos stammte. Morgan wußte Spott zu schätzen, aber nicht, wenn er auf seine Kosten ging.

»Gib den anderen das Signal«, befahl er, während er die Manschetten seines seidenen Anzuges zurechtzupfte.

Wretched Fly nickte und übermittelte den Insassen des zweiten Wagens stumm die Befehle seines Herrn.

Sofort öffneten sich die Türen des begleitenden Mercedes, und zwei Gestalten kletterten heraus. Einer von ihnen war ein Renfield. Der andere war einst ein besonders verhaßter Versicherungsvertreter gewesen, der versucht hatte, Dr. Caron, oder wen er dafür hielt, eine Police aufzuschwatzen. Jetzt beherbergte sein Körper einen Pyrotiker. Der Renfield machte immer einen großen Bogen um ihn, er hatte Respekt vor der großen Hitze, die er abstrahlte.

Morgan stieg ebenfalls aus seinem Rolls, dicht gefolgt von Wretched Fly. Auf dem Weg quer über den Parkplatz zu Nummer 20 knirschte der Kies unter seinen handgefertigten italienischen Schuhen. Er fand die Tür unverschlossen vor, aber es hätte auch keinen großen Unterschied gemacht, wenn sie verschlossen gewesen wäre.

Anise lag zusammengekauert auf dem mit Blut und Fruchtwasser besudelten Laken. Ihre Haut war grau, und ihre Augen lagen eingesunken in den Höhlen. Sie drückte ein blutverschmiertes Bündel an ihre Brust. Als sie Morgan, flankiert von seinen vertrautesten – und mächtigsten – Renfields im Türrahmen erblickte, zuckte sie zusammen.

»Du enttäuschst mich, mein Kind.«

Sie schloß die Augen und versuchte, mit aller Macht gegen die konditionierten Reflexe anzugehen, die seine körperliche Gegenwart in ihr auslöste. Einfach nur die visuellen Eindrücke auszuschließen, reichte nicht. Er war überall: in ihren Gedanken, in ihrer Nase, in ihren Geschmacksnerven. Er war überall und alles. Man konnte ihm nicht ausweichen.

»Ich bin nicht dein Kind!« Sie bemühte sich, mit fester Stimme zu sprechen, aber ihre Worte klangen eher trotzig als wütend.

Auf Morgans Gesicht erschien ein dünnes, grausames Lächeln. »Wenn ich nicht dein Vater bin, wer ist es dann? Gott? Satan? Irgendein weißes Arschloch aus Watsonville, der scharf war auf eine billige Nummer? Ist das deine Art, mir deine Dankbarkeit zu zeigen? Indem du wegläufst und meine Diener umbringst? Bedankt sich so eine Tochter für all die Dinge, die ihr Vater für sie getan hat?«

»Ihr angetan hat, meinen Sie wohl!« Ihre Unterlippe bebte, aber der Haß in ihren Augen blieb unvermindert stark.

»Komm, mein Kind! Ich möchte nicht, daß etwas zwischen uns steht! Du bist durcheinander, verwirrt... Du weißt nicht, was du glauben sollst, hab' ich recht? Deine Freundin hat dich verlassen, nicht wahr? Sie hat dich hilflos und alleine zurückgelassen. Sie hat von Freiheit und freiem Willen geredet, nicht wahr? Das sind nette, wohlklingende Worte, stimmt's? Aber es sind eben nur Worte, einfältige Phrasen, die irrgläubige Menschen benutzen, um sich einzureden, sie könnten selbst über ihr Schicksal bestimmen. Sie sind bedeutungslos!« Er breitete seine Arme aus. »Komm mit zu mir nach Hause, Anise, dann wird dir alles vergeben werden.«

Anise spürte, wie ihr Widerstand zu bröckeln begann. Sie haßte Morgan noch immer, aber ein Teil von ihr wollte sich ihm in seine starken, schützenden Arme werfen. Eigenständig zu denken und Entscheidungen zu treffen war kraftraubend und hatte sogar etwas Beängstigendes. Alles wäre soviel einfacher, wenn sie der Wahnidee des freien Willens abschwören würde und Morgan wieder die Kontrolle übernehmen ließe. Es wäre so einfach, nur ›ja‹ zu sagen, sich aufzugeben, so zu werden wie er ...

Nein! Das ist doch genau das, was er bezweckt! Darauf setzt er doch! Bleib wütend! Bleib wütend! Laß ihn nicht gewinnen! Bleib stark! Wenn nicht um deinetwillen, dann für Lethe!

»Sie können mich nicht mehr täuschen, Morgan. Ich sehe jetzt Ihr wahres Gesicht. Ich werde nicht mit Ihnen zurückkehren.«

In der Zwischenzeit war der Pyrotiker hinüber in die Ecke des Zimmers geschlendert, in der ein alter Zenith-Schwarzweißfernseher auf einem Gestell stand. Die Augen des Pyrotikers ähnelten zwar hartgekochten Eiern, aber das schien seine Sehnerven nicht zu beeinträchtigen. Er drückte auf den Einschaltknopf des Fernsehers und trat zurück. Der Titelsong von *The Beverly Hillbillies* dröhnte in voller Lautstärke aus den Lautsprechern.

»Heute hört ihr die Geschichte von einem Mann namens Jed, einem armen Kerl aus den Bergen, der kaum seine Familie ernähren konnte ...«

Mit puterrotem Kopf wirbelte Morgan herum. »Stell sofort diesen Mist ab! Renfield: Hol diesen gottverfluchten Pyrotiker von dieser Idiotenkiste weg!«

Das mißfiel dem Pyrotiker offensichtlich, denn er machte ein Geräusch, als entwiche Dampf aus einem Heizkörper. Brummelnd machte sich inzwischen der Renfield daran, den Fernseher abzustellen. Auf einmal ertönte ein lautes Peng! – und eine Seite des Renfieldkopfes fehlte.

Morgan wirbelte zu Anise herum. Der Schuß klang ihm noch in den Ohren. Die Mündung des 38er zielte genau zwischen seine Augen.

»Leg den Revolver weg, Anise.«

»Mein Name ist Lakisha!«

Morgan tat, als hätte er nichts gehört. »Ich sagte, leg den Revolver weg, *Anise*!«

Sie feuerte den Revolver ein zweites Mal ab, aber ihre Hand zitterte zu stark. Die Kugel traf Morgan in die Schulter statt in den Kopf.

»Nicht schlecht, Anise, aber leider gibt es dafür nicht den Hauptgewinn!«

»Ich hab' gesagt, mein Name ist Lakisha, Arschloch!« zischte sie, dann schob sie sich die Waffe in den Mund und drückte ab. Ihr Kopf platzte auf, und das Rohmaterial ihrer Erinnerung spritzte an die Wand. Morgan starrte lange auf die Schweinerei, die an der Wand hinablief, ganz so, als könnte er darin die Zukunft lesen.

Wretched Fly entfernte das blutverschmierte Bündel vom Bett und hielt es seinem Herrn zur Begutachtung hin. Beim Anblick des häßlich geschürzten Mundes und der skelettartigen Nase des Mutantenbabys verzerrte sich Morgans Gesicht und er riß Wretched Fly den mißgebildeten Kadaver aus der Hand. Er schüttelte ihn wie eine Lumpenpuppe.

»Das ist Howells Werk! Er hat mir versprochen, das Kind könne als Mensch durchgehen! Der Bastard hat mich angelogen! Aber das wird mir dieser Junkie teuer bezahlen!« Damit schleuderte er das tote Baby zu seiner Mutter hinüber und kehrte der Szene angewidert den Rücken zu. »Alles abfakkeln!«

Der Pyrotiker trat vor. Sein Mund klaffte auf, und ein Stoß flüssigen Feuers schoß heraus und verschlang das Bett mitsamt den leblosen Wesen darin. Der Geruch der verbrennenden Matratze und des schmorenden Fleisches füllte den Raum.

Morgan trat aus Nummer 20 und blickte finster in den Nachthimmel, ohne ihn wahrzunehmen. Er hatte den Geschmack von Asche im Mund. Es gab nur eine Möglichkeit, diese bittere Niederlage hinunterzuspülen – mit dem Blut seiner Feindin.

»He, du! Laß deine Hände da, wo ich sie sehen kann!«

Ein älterer Mann mit einem doppelläufigen Schrotgewehr kam aus dem Büro des Motels über den Parkplatz gerannt. Sein

Bademantel wehte auf, und man konnte die verblichene Pyjamahose und das fleckige T-Shirt darunter sehen.

»Was zum Teufel geht hier vor? Ich habe Schüsse gehört! Wo sind die Smiths?«

»Smiths?« Morgan hob amüsiert eine Braue.

»Sie wissen schon, wen ich meine – das junge Paar aus Nummer 20. Sie antworten mir besser, Mann, sonst könnte es passieren, daß ich ein Loch in Sie ballere! Mit mir macht man keine dummen Scherze!«

»Tatsächlich?«

Wretched Fly und der Pyrotiker kamen aus dem Motelzimmer und stellten sich neben Morgan. Der Motelmanager runzelte die Stirn und trat automatisch einen Schritt zurück. Als er die Flammen sah, die sich in den Fensterscheiben spiegelten, riß er die Augen auf.

»Ihr verdammten Wahnsinnigen habt mir mein Motel in Brand gesteckt!«

Morgan begann die Auseinandersetzung zu langweilen und kehrte dem Mann den Rücken zu. »Macht ihn fertig«, gähnte er und gab seinen Dienern ein lässiges Zeichen mit der Hand.

»Was glaubst du wohl, wo du hingehen wirst, du Arschloch?« Die Stimme des Managers zitterte vor Wut. Er kam einen Schritt näher und schulterte das Schrotgewehr. »Du bleibst schön hier, bis die Polizei kommt.«

Der Pyrotiker rülpste, und ein Feuerball von der Größe eines ausgewachsenen Kohlkopfes prallte gegen die Brust des Mannes. Dieser ließ sein Gewehr fallen und schlug auf die Flammen ein, die sich in seine Kleider und seine Haut fraßen, wodurch seine Hände und Oberarme ebenfalls in Brand gerieten. Kreischend wie ein aufgebrachter Spatz warf sich der Alte zu Boden und wälzte sich im Sand und im Kies, bis sich das Feuer auch auf seine Pyjamahose und sein Haar ausgebreitet hatte.

Während seiner letzten bewußten Momente versuchte er sich dorthin zurückzuschleppen, woher er gekommen war. Seine Ohren waren angefüllt vom Geräusch seines verbrennenden Fleisches, das knisterte und brutzelte wie Speck in der

Pfanne. Er schaffte noch fast zwei Meter, bevor er völlig verbrannt war. Der Pyrotiker ging neben den kokelnden Überresten in die Hocke und inhalierte die blauweißen Flammen durch Mund und Nase. Die ungeheure Hitze hatte den Schädel des Alten auf die Größe einer Orange schrumpfen lassen. Wrechted Fly machte dem Pyrotiker ungeduldig Zeichen, er solle endlich in den Mercedes steigen.

Morgan ließ sich auf dem Fahrersitz des Ferraris nieder. Für Anises lächerlichen Versuch, den Wagen kurzzuschließen, hatte er nur ein spöttisches Lächeln übrig. Sekunden später raste er bereits über die Autobahn, den Rolls-Royce und den Mercedes im Schlepptau. Die Nacht war noch jung, und er hatte noch viel vor.

Die Schattenbox

Gestalt ohne Form, Schatten ohne Farbe
gelähmte Kraft, Gestik ohne Bewegung

– T. S. Eliot, *Die Hohlen Männer*

17. Kapitel

»Was zum Teufel sollen wir mit einem Baby, Menschenskind! Ich weiß nicht einmal, was sie essen, noch sonst irgend etwas!«

Lethe kuschelte sich in ein improvisiertes Kinderbettchen aus sauberen Handtüchern und einer offenen Kommodenschublade und strampelte mit Armen und Beinen, als stimmte sie Palmers Bemerkung voll und ganz zu.

»Na schön, dann wirst du es eben lernen! Ich war gerade in der 24-Stunden-Drogerie um die Ecke und hab' dieses Zeug hier eingekauft«, erklärte Sonja und warf ihm eine Packung Wegwerfwindeln zu wie einen Medizinball.

»Du bist verrückt, wenn du glaubst, daß ich mich wirklich um sie kümmere!«

»Du kannst die Kleine doch nicht in eine Plastikhülle stecken und sie nur einmal die Woche mit einem Schlauch abspritzen! Ich habe genug Kindernahrung für ein paar Tage gekauft, dazu ein paar Fläschchen und einen Schnuller. Die Kindernahrung kannst du auf der Kochplatte hier warm machen...«

»Laut den Hotelvorschriften ist das Kochen auf den Zimmern verboten.«

»Der alte Herr am Empfang hat ja nicht mal mit der Wimper gezuckt, als wir von unserer ›Weinprobentour‹ mit einem neugeborenen Baby zurückkamen. Wie kommst du also auf die Idee, die Geschäftsleitung könnte eine mickrige Kochplatte bemerken? Hör zu, wir haben Anise versprochen, uns um sie zu kümmern...«

Palmer hob abwehrend seine Hände und schüttelte den Kopf. »*Du* hast das versprochen, nicht ich. Ich kämpfe für dich gegen verdammt häßliche Monster, Baby, ich lasse mich sogar auf Einbruch und Mord ein – aber Windeln werde ich nicht wechseln!«

»Palmer!«

»Daß ich mit dir ins Bett gestiegen bin, heißt noch lange nicht, daß ich eine Familie gründen will. Und schon gar nicht so! Woher willst du außerdem wissen, daß sie sich nicht auch in so etwas verwandelt wie das erste?«

»Sie ist doch nur ein Baby!«

»Wenn sie nur ein Baby ist, was ist dann mit ihren Augen?«

Lethe gurgelte und strampelte noch heftiger mit Armen und Beinen. Sonja zupfte die improvisierten Laken ihres Schützlings zurecht. Sie hatte noch wenig Erfahrung mit Kindern, erst recht nicht mit so jungen, trotzdem war sie sicher, daß Lethe für ein nicht einmal einen Tag altes Baby ungewöhnlich aktiv war. Aber sie würde sich hüten, das Palmer auf die Nase zu binden! Er war jetzt schon mehr als genug in Panik. Lethe lugte mit goldenen, pupillenlosen Augen aus ihren Windeln hervor und lächelte Sonja aus ihrem zahnlosen Mund an.

»Also schön, mit ihren Augen stimmt etwas nicht. Ist das vielleicht ein gottverdammtes Verbrechen?«

»Nein, aber du mußt gerade reden: Dich wollte ihr Monsterbruder ja auch nicht zu Corned beef verarbeiten!«

»Ich bitte dich schließlich nicht darum, sie großzuziehen, du sollst lediglich den Babysitter spielen, verdammt noch mal. Wenn wir innerhalb der nächsten zwölf Stunden im Jet nach Yucatan sitzen wollen, muß ich noch ein paar meiner ... Verbindungen aufsuchen. Und das kann ich mit Sicherheit nicht, wenn ich so einen kleinen Balg mit mir rumschleppen muß!«

»Also gut, ich geb' auf. – Aber nur dieses eine Mal!«

»Großartig! Ich versuche, mich zu beeilen. Alles, was du für ihr Fläschchen brauchst, müßte hier in den Tüten sein. Lies einfach, was auf den Dosen steht – die Erläuterungen sind nahezu idiotensicher.«

Palmer schnitt ihr hinter ihrem Rücken eine Grimasse, dann schaute er mißbilligend auf Lethe.

»Klar, jetzt tust du ganz brav! – Aber sobald du irgendeinen

Mist baust, schmeiße ich dich aus dem verfluchten Fenster. Hast du das kapiert, kleiner Freßsack?«

Lethe gurrte etwas, dann gähnte sie, so daß man ihren rosigen, weichen Gaumen sehen konnte.

»Ja, ja. Vergiß es aber nicht.«

Der Münzfernsprecher befand sich an der Ecke Guerrero und Einundzwanzigster gegenüber einer Fernsehreparaturwerkstatt, in deren Auslage sich unvollständig zusammengebaute und auseinandergenommene Philco- und Zenith-Fernseher befanden. Die Vorderseite des Telefons in Schwarz und Chrom war von Graffitis bedeckt, der Geldspeicher war aufgebrochen worden, und jemand hatte einen gelben Klebestreifen mit der Aufschrift ›Defekt‹ über den Geldschlitz geklebt.

Sonja suchte die Kreuzung ab: Auf der anderen Straßenseite schlenderten zwei junge Männer in Bomberjacken und engen Lederhosen Arm in Arm vorbei. Sie führten ihren Spitz aus. Ein nervös wirkender Mann mit buschigen Augenbrauen verschwand in einer Espresso-Bar. Irgendwo heulte eine Polizeisirene, deren Echo von den Hügeln widerhallte.

Zufrieden, daß die Luft offenbar rein war, ging sie ruhigen Schritts aus ihrem Versteck in einem Hauseingang zum Telefon und nahm den toten Hörer ab. Das Plastik fühlte sich kalt und hart in ihrer Hand an. Sonja drückte die Hörmuschel an ihr Ohr und tippte beiläufig eine Nummer ein. Es herrschte tiefe Stille am anderen Ende, dann konnte sie hören, wie der Hörer einen halben Kontinent entfernt von der Gabel genommen wurde.

»Ja?« Eine schläfrige, fast monotone Stimme.

»Ich möchte Malfeis sprechen.«

Ein Schlürfgeräusch am anderen Ende der Leitung. »Ja. Sicher. Wer ist denn dran?«

»Blue. Sonja Blue.«

»Sonja! Altes Mädchen! Tut mir leid wegen der Nummer gerade eben! – Na, was kann ich denn für dich tun, Schätzchen?«

»Bist du es schon wieder leid, als Skateboardpunker rumzulaufen, Mal?«

»Tja, was soll ich dazu sagen? Ich mag Abwechslung genauso gerne wie jeder andere, aber ein Klassiker bleibt eben ein Klassiker!«

»Mal, ich brauche Hilfe...«

»Hilfe?«

»Mal, ich stecke gewaltig in der Patsche! Und das ist noch untertrieben! Jetzt kann mir nur noch die Magie helfen!«

»Was ist mit Li Lijing?«

»Er ist nur ein Alchimist, Mal. Ich rede von richtigem Mojo.«

»Äh, hör zu, Süße, ich wünschte, ich könnte dir da raushelfen, aber –«

»Aber was?«

»Ich habe keine Ahnung, was du da draußen angestellt hast, Süße, aber Morgans Aktien fallen, wie ein Klumpen Blei in den Marinaras-Graben fällt! Und eine Menge hoher Tiere vom ersten Rang sind darüber nicht gerade begeistert, wenn du verstehst, was ich damit sagen will. Ich habe mich wegen dieser Geschichte mit der gesamten Familie angelegt, Sonja. Eigentlich darf ich dir nicht mal mehr verraten, wie spät es ist, ganz zu schweigen, wo du etwas herbekommst.«

»Mal! Verdammt noch mal, du weißt, daß ich es wert bin! Ich kann dir Ed Geins Gehirn besorgen, püriert. Wie wär's mit Mengeles Unterkiefer? Dem echten, nicht dem nachgemachten, den sie in Südamerika ausgegraben haben. Komm schon, hey! Ich erzähle dir keinen Mist – ich muß einen Volltreffer landen!«

»Also gut. Ich werde dir helfen, weil du in der Vergangenheit immer eine so gute Kundin gewesen bist. Aber nur dieses eine Mal, kapiert? Ich will nicht, daß sich rumspricht, ich ließe mich von irgend jemandem breitschlagen.«

»Danke, Mal. Dafür stehe ich tief in deiner Schuld!«

»Mehr, als du glaubst. Also gut, jetzt hör zu. Südlich der Market Street gibt es eine Bar, die Shadow Box. Dort gehst du hin und wartest auf meinen Verbindungsmann. Er müßte in einer Stunde dort sein.«

»Wie sieht er aus?«

»Keine Sorge: Du wirst ihn erkennen, sobald du ihn siehst.«

Es war nach Mitternacht. In der Shadow Box kam die Stimmung allmählich in Schwung.

Ein Diskjockey sorgte in seiner neonerleuchteten Schallkapsel für eine donnernde, synthischwere Mischung aus Euro-Pop, Retro-Disco und Acidhouse. Durch die Jupiterlampen an der Decke warfen die Tänzer längliche Schatten an die grellweißen Wände. Sonja fielen die stilisierten Bewegungen der Tanzenden auf, die immer wieder in dieselben hochmodischen Posen verfielen. Außerdem schienen sie ihre Aufmerksamkeit mehr ihren eigenen Schattenbildern als ihren Tanzpartnern zu widmen. In Augenblicken wie diesem schämte sie sich dafür, jemals ein Mensch gewesen zu sein.

Eine schnatternde Schar von Frauen in höheren Positionen mit gestylten Frisuren und entsprechender Bemalung rempelte Sonja auf ihrem eiligen Weg zur Tanzfläche an. Sonja spielte kurz mit dem Gedanken, eine von ihnen außer Gefecht zu setzen, verwarf den Gedanken aber wieder. Sie durfte nicht riskieren, die Aufmerksamkeit auf sich zu ziehen.

Bars und Nachtclubs brachten immer die schlechteste Seite in ihr heraus. Sie nahm an, daß es etwas mit den flüchtigen Gefühlen zu tun hatte, die in diesen Etablissements erzeugt wurden und die die Andere zum Toschlag animierten. Auch jetzt spürte sie die stille Allgegenwart der Anderen direkt unter der Oberfläche ihres Bewußtseins – wie ein Hai, der in seinem Revier patrouilliert. Sie dachte, daß Mal ebensogut einen weniger bevölkerten Treffpunkt hätte auswählen können, aber als Bittsteller hatte man in solchen Angelegenheiten kein Mitspracherecht.

Die Musik wurde schneller und lauter, die Schatten an den Wänden zuckten. Sonja sah auf ihre Uhr. Mal hatte gesagt, ihr Kontaktmann würde in einer Stunde hier sein.

Dann spürte sie es: eine prickelnde, adrenalingeladene Welle aus Wut und Erregung, eiskalt und stark wie Wodka direkt aus dem Kühlfach. Ihre Nackenhaare sträubten sich.

Das Gefühl war jedoch nicht ihr eigenes. Es wurde – unbeabsichtigt – ausgesendet, von irgend jemandem in der Bar.

Von jemandem, der die Schnauze gestrichen voll hatte!

Sonja drehte sich um und suchte den Raum ab. Innerhalb der letzten Minuten hatte sich die Anzahl der Leute verdoppelt, die sich in der Bar drängten. Die jungen Männer und Frauen bildeten ringsum mit ihren Körpern eine fast undurchdringliche Mauer. Sie tanzten, tranken und schrien sich über die Musik hinweg an.

Sonja wechselte das Spektrum und hielt Ausschau nach verräterischen Pretender-Aureolen. Außer dem vergleichsweise schwachen Flackern des menschlichen, durch Drogen und Hormone verstärkten Bewußtseins fand sie aber nichts.

Zum zweiten Mal wurde sie von einem stechenden Haßgefühl ergriffen, und sie schnappte nach Luft, als wäre sie in den Fängen eines heftigen Orgasmus. Die Andere stöhnte wollüstig auf, und Sonja zerbiß sich die Unterlippe, in der Hoffnung, der Schmerz und das Blut würden sie lange genug ablenken, bis sie sich wieder unter Kontrolle hatte.

Gefühle so finster und mächtig wie Haß verschafften Vampiren ebensoviel Nahrung wie ein siebengängiges Gelage und versetzten sie in ein Hochgefühl, zu dem Crack im Vergleich wie eine Schmerztablette für Kleinkinder wirkte. Ihr Haar knisterte elektrisch aufgeladen, während sie die Ladung verdaute.

Sie mußte hier raus, scheiß auf Mals Mojodealer. Sie mußte schleunigst von diesem Ort voller leergesichtiger Verdauungsmaschinen verschwinden! Seit sie den Taschendieb in Chinatown überwältigt hatte, hatte sie kein Blut mehr getrunken. Das machte sie schwach und empfänglich für die innere Stimme der Anderen. Sie mußte verschwinden, bevor etwas wirklich Entsetzliches passieren würde.

Sonja schob sich von der Bar weg und begann sich mühselig zum Ausgang durchzukämpfen. Auf dem Weg dorthin stieß sie gegen einen Mann, dessen eine Schädelhälfte kahlgeschoren war und der einen Diamanten im linken Nasenflügel trug. Dabei verschüttete sie sein Bier. Es erwischte seine Lederhose.

»He, Miststück! Paß gefälligst auf!« Der Mann mit der durchstochenen Nase packte sie am Ellenbogen. Sie erstarrte und knurrte wütend. Das Geräusch aus ihrem Brustkorb klang wie das Knurren einer großen Katze. Er ließ sie los.

Das war knapp.

Sie atmete einmal tief durch, dann schob sie sich weiter durch die dichtgedrängte Menge. Sie war nicht einmal drei Meter weiter gekommen, als eine zweite Hand sie an der Schulter packte. Der Haß, der sie durchströmte, war so stark, als hätte ihr jemand einen hundertprozentig reinen Schuß China White verpaßt. Sie leistete keinen Widerstand, als der Angreifer sie zu sich herumriß. Sie lächelte ihn betont cool an. »Der Bastard hat mich reingelegt, was? Das nächste Mal verschneide ich seinen Stoff mit Märtyrerknochen! Ich würde ihn zur Hölle verdammen, wenn das nicht völlig überflüssig wäre.«

Fell bleckte seine Reißer in ritueller Herausforderung. »Ich hab' keine Ahnung, was du da faselst, du Hure, und es interessiert mich auch nicht im geringsten! Du hast Anise und mein Baby umgebracht. Die Rechnung werde ich jetzt begleichen!«

»Hast du nichts anderes auf Lager als diese verdammten abgedroschenen Phrasen, Fell?«

Er reagierte sogar für ihre Verhältnisse schnell und rammte ihr die Faust gegen das Kinn. Sonjas Kopf schnellte zurück, ihr Mund füllte sich mit Blut. Die Menge ringsum stand zu dicht gedrängt, als daß sie mehr als zwei, drei Schritte hätte zurücktorkeln können.

Sonja spie ein paar zersplitterte Zähne aus und wischte sich mit dem Handrücken über das Kinn. »Gut! In Ordnung! Das hatte ich verdient, und ich habe es weggesteckt. Aber Anise habe ich nicht umgebracht, Fell! Das mußt du mir glauben, egal, was dir der alte Bastard erzählt hat –«

Fell holte zum zweiten Schlag aus, aber diesmal war sie darauf vorbereitet. Sie fing seine Faust auf und hielt sie fest. Fell zerrte mit wildem Gesichtsausdruck an ihr, um sich zu befreien.

»Ich versuche, nett zu sein, aber du machst es mir wirklich nicht leicht! Ich will dir nicht weh tun, Kleiner –«

Unter wüsten Beschimpfungen holte Fell mit der anderen Faust aus, aber auch darauf war sie gefaßt. Fell versuchte wieder, sich loszureißen, aber sie hielt ihn nur um so fester.

»Laß mich los, du Mörderin!«

»Warum sollte ich?«

Fells brodelnder Haß ergoß sich in sie wie in eine offene Flasche. Die Ladung kam so geballt, daß ihr Kopfhaar abstand wie der Kamm eines Kakadus. Sie lachte, und bläulichweiße Funken stoben ihr von der Zungenspitze. Ihre Stimme klang, als hätte sie zermahlenes Glas geschluckt. Es war die Stimme der Anderen.

»Du kapierst aber auch rein gar nichts, was?! Du hast nicht einmal die leiseste Ahnung! Wie Morgan auf die Idee verfallen konnte, mit einem Schoßhündchen wie dir eine Superrasse zu züchten, ist mir ein Rätsel! Mach nur weiter so, Lover Boy! Laß deinem Haß freien Lauf! Haß mich, so sehr du kannst! Es macht mich nur stärker!«

Sie hörte schlagartig auf zu grinsen, als sie seine Hände losließ, ihn am Hemdkragen packte und so nah zu sich heranzog, daß sich ihre Nasen fast berührten. Der Haß, der von ihm ausgegangen war, verwandelte sich in Furcht. Köstlich!

»Wenn du mit mir spielen willst, wird es ein bißchen rauh, Arschloch. Hast du das kapiert?«

Ein Grüppchen Sekretärinnen, die an diesem Abend die Stadt hatten unsicher machen wollen, kreischte auf, als Fell mit einem Krachen auf ihrem Tisch landete und überall Splitter und Bier durch die Gegend flogen. Fell schoß das Blut aus der Nase. Er schüttelte den Kopf, um seine Benommenheit loszuwerden.

Sonja griff Fell an den langen, blonden Haaren und riß ihn auf die Beine. Er versuchte, von ihr wegzukommen, aber das ließ sie nicht zu.

»Ich werde aus dir einen Mann machen, und wenn es dich das Leben kostet!« fauchte sie. Sie zeigte auf die Tänzer auf der Tanzfläche, die vom ohrenbetäubenden Rhythmus und vom Anblick ihrer eigenen Schatten wie in Trance schienen. »Siehst du die da? Du bist keinen Deut besser als sie. Du kämpfst gegen deinen eigenen Schatten, nicht gegen deinen wahren Feind!«

»Du lügst!« Fell riß sich los. Sie blieb mit einem Büschel Haare in der Hand zurück. »Du kannst nichts als lügen und alles kaputtmachen! Du hast Anise gegen mich aufgebracht! Du hast alles zerstört, was mir wichtig war!« Mit einem Karatetritt gegen ihren Unterleib schleuderte er sie rücklings gegen die Bar.

Sie schnappte sich einen verchromten Barhocker und warf damit nach ihm. Die Leute, die den beiden Kämpfern am nächsten waren, wichen zurück, aber die, die in der Nähe der Tür standen, ließen sie nicht entkommen.

Verwünschungen stammelnd, schnappte Fell sich einen Menschen und schleuderte ihn auf seine Widersacherin. Sonja tauchte weg, und der Mann krachte kreischend in den Spiegel hinter der Bar.

Der Barkeeper schrie etwas und duckte sich hinter die Theke. Sonja hechtete im selben Augenblick über die Theke, als er mit einem Schrotgewehr wieder zum Vorschein kam. Sie hatte ihm die Waffe aus der Hand gerissen, bevor er Gelegenheit hatte, den Lauf einrasten zu lassen.

»Ich schlage vor, du bewegst deinen Arsch nach Hause«, knurrte sie ihn an, während sie die Schrotflinte mit einer knappen Handbewegung einrasten ließ. Der Barkeeper machte kehrt und floh in den Lagerraum.

Sonja richtete die Waffe auf Fell, der gerade über die Theke geklettert kam. Er erstarrte beim Anblick der Doppelnull, die auf seine Brust gerichtet war.

»Selbst ein ausgewachsener Vampir hätte Schwierigkeiten, einen Feuerstoß aus dieser Entfernung zu überleben, ganz zu schweigen von so einem Schlappschwanz wie dir! Was meinst du, Süßer: Willst du das Risiko eingehen?«

Fell kletterte vorsichtig wieder zurück, ohne das Schrotgewehr aus den Augen zu lassen.

»Ja, das dachte ich mir.« Mit einem Satz war Sonja auf der Theke. »Bevor wir uns ums Wesentliche kümmern, muß ich noch die übrigen Hindernisse beseitigen!«

Jetzt sah sie sie. Sie standen gleich neben dem Eingang. Zwei Renfields, ein Schwarzer und ein Asiate. Die beiden waren dafür verantwortlich gewesen, daß das Gedränge an der Bar so dicht und Fell deswegen ihrem suchenden Blick vorhin entgangen war. Fells Fähigkeiten waren für ein derartiges parapsychisches Kunststück noch nicht im entferntesten ausgereift. Außerdem hatten die beiden Renfields einen Schleier erzeugt, der die Menschenmassen in der Nähe der Tür blind für die Schlägerei machte. Sie errichteten eine tödliche Falle. Die Frage war nur: für wen?

Mit der ersten Ladung erwischte sie den schwarzen Renfield und verspritzte sein Hirn über ein paar Yuppies, die sich einen netten Abend in den Slums hatten machen wollen. Die zweite Ladung verfehlte den Asiaten, sie traf statt dessen einen Investmentbanker aus Pacific Heights, der neben ihm stand. Der Renfield kreischte los und hielt sich die Hände vor die Augen, als die Splitter des zerborstenen Schädels des Mannes umherflogen.

Der Schleier verflüchtigte sich. Plötzlich fingen Leute an zu brüllen und zu schreien, sie stießen Tische um und rannten sich in dem panikartigen Gemenge auf dem Weg zum Ausgang gegenseitig über den Haufen. Ihre Panik versetzte Sonja in einen Rauschzustand, so als hätte sie Lachgas inhaliert. Ihr blieb nur ein kurzer Augenblick, um die Massenhysterie zu genießen, dann hatte sie Fell wieder am Hals.

Sein Gesicht war von bestialischem Haß erfüllt. Er war zwar noch nicht ausgebildet genug, als daß er die Gefühle ringsum anzapfen und sich zunutze hätte machen können, aber er war auf jeden Fall heiß auf eine Keilerei. Er fiel über sie her wie ein junger Löwe, der seine erste Beute schlägt, und riß sie zu Boden. Seine kräftigen jungen Hände schlossen sich um ihren Kehlkopf.

Er wollte zudrücken, bis ihr die Lügen und alles Böse wie Eiter aus den Ohren spritzen würden. Er wollte ihr den Kopf abreißen und in den Hals scheißen. Er wollte ihr die Arme ausreißen und sie damit krankenhausreif schlagen. Er wollte es ihr heimzahlen.

Sonja fauchte und stemmte ihr Knie gegen Fells Unterleib. Er schnappte nach Luft, ließ ihre Kehle los und torkelte zur Seite, seine Hände an den Unterleib gepreßt. Sonja rappelte sich auf, griff die Haut in seinem Nacken und hielt ihn hoch wie ein junges Kätzchen. Dann rammte sie seinen Kopf gegen die Wand, nachdem sie ihn zuvor in den Würgegriff genommen hatte.

Anschließend schätzte sie kurz seine Verletzungen ab. Er sah übel aus. Seine Augen waren fast unter auberginenfarbigem Fleisch verschwunden, sein Nase war gebrochen, und seine aufgequollene, herabhängende Unterlippe verlieh ihm eine gewisse Ähnlichkeit mit einem Maultier. Ohne Zweifel funktionierte seine Regenerierung langsamer als ihre.

»Warte – warte nur, bis Unser Vater kommt!« preßte er zwischen seinen blutenden Lippen hervor.

»Du dämlicher Hund! Du blöde, hirnlose Marionette! Du begreifst gar nichts, stimmt's? Er hat uns beide reingelegt. Du hast nicht die leiseste Chance gegen mich, und das weiß er! Er hat dich zum Sterben hierhergeschickt, Fell! Du solltest mich ablenken, bis die beiden sich etwas Passendes für mich ausgedacht hätten.«

»Du lügst!«

»Hör zu, du Wichser, ich hab' weder die Zeit noch die Geduld dafür, dir das haarklein zu erläutern. Eigentlich sollte ich dich umbringen, aber da du Lethes Vater bist –«

»Lethe?« Fell blinzelte verwirrt.

Sie griff in ihre Tasche und holte ihr Klappmesser heraus. »Wie heißt du?«

Fell sah sie an, als hätte sie ihn gefragt, wer in Grants Grab liegt. »Fell.«

»Irrtum.« Sie ließ die Klinge vorschnellen und trennte feinsäuberlich sein linkes Ohr ab. Fell schrie auf und versuchte zu fliehen, aber es war hoffnungslos; ihr Griff war nicht zu durchbrechen. »Also schön, noch einmal von vorne. Wie lautet dein Name?«

»Fell, verdammt noch mal! Das weißt du doch! Was ist denn mit dir –« Sein Protest verwandelte sich in einen weiteren Schrei, als die Klinge sein linkes Nasenloch aufschlitzte.

»Nein, nein! Du hörst mir einfach nicht zu! Ich habe gefragt, wie dein Name lautet!«

»Was soll ich deiner Meinung nach sagen? Er lautet Fell, schon immer.«

»Ich frage dich nur noch ein einziges Mal, Kleiner, dann mache ich Ernst, kapiert?« seufzte sie, während sie seine rechte Braue abtrennte. »Wie lautet dein Name?«

»Ich hab' dir doch gesagt, er –« Er hatte plötzlich seine Augen aufgerissen, und sein Unterkiefer sackte herab, als wäre ihm gerade etwas Wichtiges eingefallen. »Oh. O mein Gott. Ich heiße Tim. Mein Name ist Tim.«

Sonja seufzte erleichtert und ließ ihn zu Boden rutschen, wo er sein verstümmeltes Gesicht hinter seinen blutverschmierten Händen verbarg. Seine Schultern zuckten, als er versuchte zu weinen. Sonja hörte Sirenen näher kommen.

»Komm schon, Kleiner.« Ihre Stimme wurde weicher, als sie ihm den Kopf tätschelte. »Komm, hier können wir nicht bleiben. Die Bullen werden bald hier sein.«

Fell schreckte vor ihrer Berührung zurück und sah sie verängstigt an. »Du wirst mich nicht umbringen?«

»Nein. Hör zu, es tut mir leid, daß ich dir so weh tun mußte, aber nur so konnte ich es aus dir rausbringen. Und jetzt komm endlich! Es gibt jemanden, den du unbedingt kennenlernen solltest.«

»Wen?«

»Deine Tochter.«

18. Kapitel

Palmer saß aufrecht im Bett und hielt Lethe in seinem Arm, während er ihr die Flasche gab. Er wunderte sich, was für einen Appetit ein so winziges Wesen entwickeln konnte. Er sah nicht auf, als er hörte, wie die Hotelzimmertür geöffnet wurde.

»Bist du das, Sonja?«

»Ja, ich bin's.«

»Du hattest recht, Sonja: Sie ist überhaupt nicht wie der andere! Sie hat so winzige Finger! Und jeder hat einen solch perfekten kleinen Fingernagel...«

»Äh, Palmer, wir haben Besuch.«

Palmer starrte den jungen Mann an, der neben Sonja stand. Eine Hälfte seines Gesichts sah aus, als wäre jemand mit einem Fleischklopfer darübergegangen. Seine Nase war blutverkrustet, ebenso seine rechte Braue. Der Mann trat unsicher von einem Bein auf das andere, wie ein Schuljunge, der dem Direktor vorgeführt wird.

»Palmer, das ist Fell, Lethes Vater.«

»Ist... ist sie das?« Fells Stimme war kaum mehr als ein Flüstern.

Sonja nickte. »Ja.«

Zögernd trat Fell einen Schritt vor. »Kann ich sie mal halten?«

»Ich wüßte nicht, was dagegen spräche«, erwiderte sie. »Schließlich ist sie deine Tochter.«

Fell näherte sich dem Baby, während Palmer ihn mißtrauisch beobachtete, Lethe fester in seine Arme schloß und sie fest an seine Brust drückte.

»Schon gut, Palmer. Fell ist wieder er selbst.«

Widerstrebend entließ Palmer Lethe in die Arme ihres Vaters. Als Fell das Gesicht seiner Tochter erblickte, formten seine aufgeplatzten Lippen ein entzücktes Lächeln.

»Sie ist wunderschön! Und sie sieht Anise so ähnlich!« Fells Stimme drohte zu versagen. Er setzte sich auf das Fußende des Bettes, während das Baby in seinen Armen zufrieden vor sich hinplapperte. »Das geht mir alles viel zu schnell. Ich muß viel zuviel nachdenken. Es gibt viel zu viel, an das ich mich erinnern muß.«

Sonja kniete sich neben Fell und legte ihm die Hand auf die Schulter. »Fang ganz von vorne an. Wer bist zu wirklich?«

»Mein Name ist – oder war? – Timothy Sorell. Ich studierte im zweiten Jahr in Berkeley, Hauptfach Englisch. Ursprünglich stamme ich aus Indiana. Meine Eltern kamen zusammen mit meiner älteren Schwester bei einem Autounfall ums Leben, als ich zehn war. Ich wurde von meinen Verwandten herumgereicht. Es waren gute Leute, aber sie wußten nicht, was sie mit mir anfangen sollten, also haben sie mich mehr oder weniger mir selbst überlassen. Ich hatte schon als Kind morbide Gedanken. Der Tod hat mich gleichzeitig fasziniert und abgestoßen. Ich fing an, mich ernsthaft mit Vampiren und Ghulen, also den Untoten, zu beschäftigen. Als ich dann aufs College ging, lief ich immer in schwarzen Klamotten herum und gab fast mein ganzes Geld für okkultistische Literatur aus.

Die ersten Monate in Berkeley liefen noch ganz gut. Ich lernte sogar Leute kennen, die mich ausnahmsweise nicht für vollkommen verrückt hielten. Doch dann im zweiten Jahr fingen diese ... diese Träume an.«

»Was für Träume?«

»Entsetzliche Träume, voller Blut und herumwandelnder Untoter. Als ich jünger war, hatte ich bereits des öfteren geträumt, ich wäre ein Vampir, aber diese Träume waren anders. In den früheren Träumen stellte ich mir vor, ich sei Christopher Lee oder Frank Langella und verführte junge Frauen im heiratsfähigen Alter. Aber diese neuen Träume ... waren ganz anders. Manchmal sah ich mich selbst im Traum: Ich sah aus wie ein verfaulender Leichnam. Meine Opfer waren keine wunderschönen Frauen, sondern alte Pennerinnen und verlotterte Huren. Sie kreischten und versuchten fortzulaufen, statt sich mir hinzugeben. Je mehr sie zu fliehen versuchten, desto mehr tat ich ihnen weh. Es war überhaupt nicht wie in den Filmen! Am meisten angst machte mir jedoch die Lust, die ich empfand, wenn ich sie schreiend sterben sah. Ich hatte mich immer für einen Exzentriker gehalten, aber jetzt sorgte ich mich zum ersten Mal ernsthaft um meinen Verstand. Also beschloß ich, mir professionelle Hilfe zu suchen. – Dr. Caron hatte einen sehr guten Ruf.« Fell mußte lachen. Es klang trocken und spröde. »Er schien zu verstehen, was ich durchmachte.

Schon bald verwandelten sich die Alpträume in meine alten erotischen Träume. Er sagte mir, ich solle mich wegen der ... nun ja, Unzufriedenheit über meine Stellung im Leben nicht schämen. Nach ein paar Sitzungen lud er mich zu einer speziellen Therapiesitzung in seinem Landhaus im Sonoma Valley ein. Ich denke, den Rest kennst du.«

Sonja nickte. »Er wählte Leute aus, die nicht schnell vermißt werden würden und die gleichzeitig gewisse Neigungen vermuten ließen, die er zu seinem Vorteil nutzen konnte. Von den zehn, die er ausgewählt hatte, waren Anise und du die einzigen, die überlebt haben, oder?«

Fell nickte und blickte dabei auf seine Tochter herab, die unschuldig mit einem seiner blutverschmierten Finger spielte. »Es war furchtbar – ich höre immer noch die Schreie, selbst jetzt noch. Unerklärlicherweise war es jedoch nicht nur schlimm.

Ich erinnere mich daran, wie wunderschön Anise damals ausgesehen hat ... damals, als wir noch menschlich waren. Ich wußte, daß ich bei solch einer Frau nie eine Chance haben würde. Ich war sogar etwas überrascht, daß sie überhaupt zur Gruppe gehörte. Sie schien so in sich zu ruhen. Zum ersten Mal in meinem Leben – und nach meinem Leben – war ich glücklich.

Jetzt weiß ich, daß Anise sich nie wirklich etwas aus mir

gemacht hat, daß sie, ohne es zu wissen, nur Morgans Befehl ausführte. Mich brauchte Morgan jedoch nicht zu zwingen, sie zu lieben! Deswegen ist ihr Verlust für mich auch so schmerzlich. Ich war wirklich verliebt, es war keine aufoktroyierte, unechte Liebe.

Als Morgan mir sagte, du hättest sie und das Baby umgebracht, bin ich durchgedreht. Ich wollte mich rächen, um Morgan zu beweisen, daß ich es wert war, sein Sohn zu sein.« Sein Lachen klang bitter. »Und was mache ich jetzt?«

»Du kommst mit uns nach Yucatan. Dort kannst du dein Kind in Frieden großziehen.«

»Aber wie denn? Seht mich doch an! Ich bin kein Mensch!«

»Ich auch nicht. Auch dein Kind nicht. Fell, du mußt das nicht allein durchstehen, ich weiß, was du empfindest. Ich kann dir beibringen, deine Kräfte zu beherrschen! Das ist ein Luxus, der mir nie vergönnt war. Ich habe alles auf der Straße lernen müssen, auf die harte Tour. Es gibt immer noch eine ganze Menge, was ich nicht verstehe, aber vielleicht können wir uns das dann gemeinsam erarbeiten. Eins kann ich dir aber mit Gewißheit sagen: Das nächste Stadium deiner Entwicklung wird gefährlich, und wenn du nicht aufpaßt, kann es dich deine Seele kosten.«

»Soll das heißen, daß ich immer noch eine habe?«

»Du bist kein wirklich Untoter, Fell. Du bist nie gestorben, ebenso wenig wie ich. Normalerweise braucht ein Vampir Jahre, um denselben Verstand und dasselbe Erinnerungsvermögen wiederzuerlangen, wie er sie vor seiner Wiederauferstehung hatte. Einige schaffen es nie. Der einzige Unterschied zwischen uns beiden besteht darin, daß ich ein Fehltritt war, während du bewußt gezeugt worden bist. Ich weiß nicht genau, wie, aber Morgan ist es gelungen, deine Gegenstruktur in die eines Vampirs umzuwandeln, ohne dich zu töten. Im Augenblick bist du noch mehr Mensch als Vampir – aus diesem Grund konntest du auch Anise schwängern –, aber schon bald wird die Vampirseite deines Selbst hervorbrechen. Und glaube mir, du wirst einigen Beistand brauchen, um zu lernen, diese unter

Kontrolle zu halten. Es gibt keinen Weg zurück, Fell. ›Friß, Vogel, oder stirb‹, so lauten die einzigen beiden Alternativen.«

»Und Morgan? Er wird uns doch nicht so einfach gehen lassen?«

»Dessen bin ich mir durchaus bewußt. Ich habe Anise versprochen, ihr Baby vor Morgan zu schützen. Und es gibt nur eine Möglichkeit, das zu tun, und die ist: ihn umzubringen.«

Fells Synapsen waren noch immer ein Stück weit von der alten Programmierung beeinflußt, so daß ihm diese Worte blasphemisch vorkamen. »Glaubst du wirklich, daß du das schaffst?«

»Es führt kein Weg daran vorbei, Fell! Solange Morgan lebt, werden wir in ständiger Angst leben. Wir werden keinen einzigen friedlichen Augenblick haben, ohne uns fragen zu müssen, wann er wohl seinen nächsten Schritt unternimmt. Wir werden nirgends sicher sein, und, was entscheidender ist, dasselbe gilt auch für Lethe. Es muß einfach getan werden.«

»Wann?«

»Wie wär's gleich mit heute abend?«

Palmer sprang auf und wedelte erschrocken mit seinen Händen. »Jetzt aber mal langsam! Was passiert, wenn du anstelle von Morgan getötet wirst? Was dann?«

»Wenn ich bis zum Morgengrauen nicht zurück bin, bringst du Fell und Lethe zum Flugplatz. Am Schalter der Taca International liegen Tickets nach Merida für euch bereit. Sobald ihr in Yucatan angekommen seid, steigt ihr im Smoking-Gods-Hotel ab. Der dortige Geschäftsführer hält einen Umschlag für dich bereit, der dir die Hauptanteile an Indigo Imports – mit allem, was dazugehört – überschreibt. Mehr konnte ich in so kurzer Zeit nicht erreichen.«

Palmer runzelte die Stirn. »Du hast das alles schon von langer Hand eingefädelt, stimmt's?«

Sie zuckte mit den Schultern. »Ich hab' dir doch gesagt, daß ich mich um alles kümmern werde, oder? Du wolltest dich doch sowieso aus dem Detektivgeschäft zurückziehen. Jetzt kannst du ausspannen und Mariachibands aus ausgestopften Fröschen und Totenkultbilder an schicke Boutiquen in Manhattan verkaufen, genau, wie du es dir immer vorgestellt hast.«

»Ich komme mit dir.«

Sonja warf Fell, der seine neugeborene Tochter noch immer in den Armen hielt, einen skeptischen Blick zu. »Bist du dir ganz sicher?«

»Der Bastard hat mich mißbraucht! Er hat meine Schwächen ausgenutzt! Wenn *ich* nicht verdiene, ihn umzubringen, wer dann?«

Sonja nickte. »Wir nehmen den Wagen. Ich wette, er rechnet nicht damit, daß wir so schnell etwas gegen ihn unternehmen. Vermutlich geht er sogar davon aus, ich hätte dich inzwischen umgebracht.«

»Und was ist mit mir?« fragte Palmer.

»Du mußt auf Lethe aufpassen und dafür sorgen, daß unser Gepäck bereitsteht. Wenn du bis Anbruch der Dämmerung nichts von uns gehört hast, nimmst du ein Taxi zum Flughafen und tust, was ich dir gesagt habe.«

»Aber –«

Sonja nahm Palmers Hände und drückte sie sanft. Er spürte ihre Stimme in seinem Innern, die ihm etwas in sein Gehirn flüsterte.

Ich muß es tun, Palmer. Du kannst mich nicht aufhalten, das wissen wir beide. Bitte versuche, mich zu verstehen.

Palmer gab sich alle Mühe, ihr auf dieselbe Art zu antworten, und war überrascht, das Echo seiner eigenen körperlosen Stimme im Innern seines Kopfes zu hören.

Ich verstehe es ja. Wenigstens teilweise. Ich brauche dich. Komm zurück.

Du wirst wunderbar zurechtkommen, egal ob ich nun bei dir bin oder nicht.

Das habe ich nicht gemeint.

Oh.

Sie mußte lächeln. Sie kam sich vor, als wäre sie sechzehn und wieder ein Mensch. Palmer wandte sich von ihr ab, um

Lethe aus den Armen ihres Vaters zu nehmen. Der arme Kerl machte ein Gesicht, als würde er gelyncht.

»Keine Sorge. Ich werde gut auf dein Baby aufpassen.« Palmer lächelte und gab sich alle Mühe, Fell zu trösten. »Ich hatte auch schon mal ein Kind vor vielen Jahren!«

***

Palmer gefiel die Entwicklung der Dinge überhaupt nicht, aber es gab nicht viel, was er dagegen hätte tun können. Bei der Bekämpfung eines mächtigen, sechshundert Jahre alten Vampirlords waren fünfundzwanzig Jahre Erfahrung auf der Straße keine große Hilfe.

Dennoch ärgerte es ihn irgendwie, daß er dazu abkommandiert worden war, sich um das Baby zu kümmern und die Koffer zu packen. Dabei hatte er durchaus nichts dagegen, sich um Lethe zu kümmern. Er war sogar überrascht, wie schnell das goldäugige Kind sein gestörtes Verhältnis Kindern gegenüber verändert hatte.

Er legte Lethe in ihre provisorische Wiege zurück und warf einen offenen Koffer aufs Bett. Er beneidete Sonja und Fell nicht um ihre Aufgabe, aber auf der anderen Seite wäre er auch gerne bei ihnen gewesen. Schließlich war er von Anfang an dabei, daher war es nur natürlich, daß er auch das Ende miterleben wollte – wie auch immer es ausgehen mochte.

In einem Punkt hatte Sonja allerdings recht. Lethe war ihrer aller größte Sorge. Da sie sich nicht selbst beschützen konnte, lag es hiermit an ihm, dafür zu sorgen, daß sie Morgan nicht in die Hände fiel. Schon der Gedanke allein, dieser Bastard könnte das Kind zu einer seiner Drohnen machen, brachte Palmer so sehr in Rage, daß ihm schwindelig wurde.

Ein Klopfen an der Zimmertür riß ihn aus seinen Gedanken. Palmer blieb an der Verbindungstür zwischen seinem und Sonjas Zimmer stehen. Das Zimmermädchen konnte es nicht sein, nicht um ein Uhr in der Nacht. Dann ein zweites Klopfen, diesmal so kräftig, daß der Türrahmen erzitterte.

Palmer zog seine zweite Waffe, eine Luger, aus ihrem Halfter auf dem Bett. Er prüfte den Verschluß, trat in das andere Zimmer und schloß die Tür hinter sich.

»Wer ist da?« bellte er.

Die Türangeln wölbten sich nach innen, als der Türknauf erfolglos erst scharf nach rechts, dann nach links gedreht wurde. Dann hörte man Metall auf Holz reiben, und die Tür flog mit kaputtem Schloß nach innen. Sie hing in den Angeln wie der gebrochene Flügel eines Vogels.

Der Oger mußte sich unter dem Türbalken ducken, als er das Zimmer betrat. In seinem Trenchcoat über einem schwarzen Rollkragenpulli sah Keif aus wie ein junger, äußerst mobiler Footballverteidiger kurz vor dem Anpfiff. Er sonderte den ranzigen Geruch aggressiver Affenbullen ab, der Palmer die Hoden schrumpfen ließ.

»Pangloss sagen, du jetzt kommen.«

»Er hat mir versprochen, mich in Ruhe zu lassen! Ich – ich bin jetzt Sonjas Renfield!«

Der Oger lachte tonlos in sich hinein und zeigte dabei ein ganzes Maul voller gelber, zackiger Zähne. »Sie weg. Will mit Morgan spielen. Sie nicht zurückkommen. Pangloss sagt, er jetzt Anspruch.«

Palmer richtete die Luger auf den Menschenfresser. »Zurück, Kong! Das interessiert mich nicht, und wenn der Papst höchstpersönlich eine Audienz mit mir wollte. Mit dir gehe ich nirgendwohin.«

Keif knurrte und kam näher. Palmer schoß. Die Kugel prallte gegen die dicke Stirn des Ogers und schlitterte dann über seine Glatze wie ein Stück Butter in einer Pfanne. Bis auf eine feine, rote Linie, die seinen Schädel unterteilte, zeigte Keif keinerlei Spuren, die darauf hinwiesen, daß man ihm gerade auf kürzester Distanz in den Kopf geschossen hatte.

»Das hat weh getan«, sagte der Oger und versetzte Palmer mit dem Handrücken einen Stoß.

Palmer war es, als hätte ihn das schwere Ende eines bleibeschwerten Louisville-Schlägers getroffen. Er segelte über das

Doppelbett und landete auf dem kleinen Nachttisch, der unter seinem Gewicht zusammenbrach.

Palmer versuchte, sich aufzusetzen. Sein Blick war von dem Schlag noch völlig verschwommen. Als er erkennen konnte, daß der Oger mit seinem furchterregenden Haifischgrinsen immer näher kam, zuckte er nervös zusammen. Zu seiner völligen Überraschung machte der Riese aber mittendrin halt.

Keif legte den Kopf auf die Seite und schnüffelte mit seinen breiten, gorillaähnlichen Nüstern. Dann begann er idiotisch zu strahlen, und ein dicker Speicheltropfen löste sich von seinem Unterkiefer. Das Verhalten des Ogers kam Palmer grauenhaft bekannt vor.

»Baby. Keif riechen Baby.« Eine graue, gespaltene Zunge schnellte aus seinem weitgeöffneten Maul hervor, und er leckte sich seine aufgeplatzten Lippen. Seine Pupillen verengten sich, als er Palmer ansah. »Du haben Baby hier?«

»Nein! Ich meine, natürlich nicht. Was sollte ich mit einem Baby? Wahrscheinlich riechst du die Jones am Ende des Ganges. Die haben eine Menge Babys – mindestens drei oder vier! Nette, dicke, fette, saftige Babys. Hier gibt es allerdings keine Babys. Nein, Sir!«

Der Oger schien nicht überzeugt. »Babygeruch stark!« Er schnupperte noch einmal und versuchte wie ein Bluthund, die Witterung aufzunehmen. »Wirklich stark!«

Lethe begann zu schreien. Der Oger grinste triumphierend. »Keif recht! Du haben Baby!«

»Laß sie in Ruhe, verdammt noch mal!«

Aber es war zu spät: Keif stürzte bereits auf die Verbindungstür zu, dem dünnen Gewimmer der Kleinen nach. Palmer sprang auf die Beine, wankte dem Oger hinterher und versuchte, die Schmerzen in seinem Kopf nicht zu beachten. Die Verbindungstür stand jetzt sperrangelweit offen; sie war aus den Angeln gerissen worden.

Palmer mußte nach Luft ringen, als er völlig entsetzt sah, wie der Oger das Baby mit dem Kopf nach unten an den Knöcheln hielt, als wäre es ein lebendiges Hühnchen.

»Ich hab' gesagt, laß sie in Ruhe! Ich komme ganz friedlich mit, wenn du sie in Ruhe läßt!«

Der Menschenfresser schien ihn nicht wahrzunehmen. »Nam nam! Babys essen guuut!« Keif warf seinen Kopf nach hinten, klappte den Kiefer auf, hob das verängstigte Kind mit ausgestrecktem Arm in die Höhe und senkte es in sein klaffendes Maul.

Plötzlich riecht Palmer den Geruch brennenden Kopals, und er ist wieder im Dschungel. Er läuft den schmalen Pfad entlang, der vom Dorf seines Stammes zu der natürlichen Quelle führt, die das Dorf mit Wasser zum Trinken und Kochen versorgt. Sein junger Sohn, Tohil, ist ihm um einige Längen voraus. Tohil lacht und wirft mit Stöcken und Steinen nach den Affen und Vögeln in den nahen Bäumen. Er dreht sich um und winkt Palmer mit seiner kleinen, sechsfingrigen Hand zu. Palmer beneidet den Jungen um seine Verspieltheit und seine Energie. Er hat keinen Zweifel, daß Tohil als Erwachsener ein ausgezeichneter Ballspieler werden wird. Bevor er den Gedanken zu Ende denken kann, teilt sich das Grün, und ein Jaguar springt aus seinem Versteck. Er schnappt sich den verblüfften Jungen. Palmer muß mit ansehen, wie sich die scharfen Reißzähne des Jaguars in die Schultern seines Sohnes graben und wie das Blut aus der Haut seines Sohnes spritzt. Palmer schleudert seinen Speer auf die große Katze, aber der wird von einem Ast abgelenkt. Tohil schreit nach seinem Vater, während er vom Pfad in den Dschungel gezerrt wird. Palmer rennt zu der Stelle, an der der Jaguar eben seinen einzigen Sohn angefallen hat, aber dort findet er nur noch Blutflecken, hell wie Rubine, als Spritzer auf den breiten Blättern. Die Männer aus dem Dorf suchen den Rest des Tages nach Tohil, doch der Junge wird nie wieder gesehen.

»NEIN!«

Trauer und Wut übermannten Palmer. Er bekam den ohnmächtigen Zorn unter Kontrolle und leitete ihn nach außen. Plötzlich war es ihm, als hätte er einen dritten Arm entdeckt, der ihm bis dahin verborgen geliebben war. Palmer quetschte den Schädel des Ogers zusammen, als der Lethe gerade kopfüber in sein Maul mit den rasiermesserscharfen Zähnen fallen lassen wollte.

Der Oger grunzte, als hätte er einen Magendurchbruch. Er schwankte wie betrunken hin und her. Schwarzes Blut quoll ihm aus Nüstern und Ohren. Keif ließ das winselnde Baby los und deutete mit zittrigem Finger auf Palmer. Dann machte er einen unsicheren Schritt auf den Detektiv zu.

»Du...«

Aus seinen Augenwinkeln sickerte eine rosafarbene Flüssigkeit. Schaum aus Blut und Speichel troff aus den Winkeln seines großen Maules. Palmer wich vor dem näherkommenden Kinderfresser einen Schritt zurück.

»Hat... das...?«

Herrgott noch mal, was brauchte es denn noch, um einen von diesen Mistkerlen umzubringen? Einen atomaren Volltreffer?

Keif sackte auf dem Boden zusammen, sein Hirn hatte sich in eine gallertartige Masse verwandelt, die ihm aus Augen und Ohren lief.

Lethe weinte immer noch. Palmer stieg über den am Boden liegenden Riesen und sah nach dem Kind. Zum Glück hatte Keif über dem Bett gestanden, als er das Kind fallen gelassen hatte. Als Palmer das Kind in die Arme nahm, verwandelte sich Lethes Geschrei sofort in ein leises Schluchzen.

»Schon gut, meine Kleine, schon gut. Das böse Ungeheuer ist wieder weg.«

Oder doch nicht? Falls Pangloss noch immer scharf auf ihn war, würde er mit Sicherheit andere Schnüffler losschicken, wenn Keif nicht irgendwann mit der Beute auftauchte. Hier konnte er nicht bleiben, soviel war sicher. Denn selbst wenn die Hoteldirektion bei der Kochplatte im Zimmer ein Auge zugedrückt hatte, bezweifelte Palmer doch stark, daß sie ebenso bereitwillig Pistolenschüsse, Babygeschrei und ein zweifelsfrei totes Scheusal übersehen würde.

Palmer nahm seine Luger wieder an sich, wickelte Lethe

ein, so warm er konnte, und zog seinen Mantel an. Wie es aussah, konnte er nichts weiter tun, als ein Taxi zum Flughafen zu nehmen und dort, ohne Gepäck, der Dinge zu harren, die da kamen.

Mit Lethe unter seinem Regenmantel kam sich Palmer wie eine Känguruhmutter vor. Er konnte sich gut vorstellen, was einige seiner alten Kumpel hierzu sagen würden. Er lief den Flur entlang und hatte gerade die Treppe erreicht, als der Aufzug am anderen Ende des Ganges sich öffnete. Er wollte gar nicht sehen, wer – oder was – da ausstieg.

Vier Stockwerke tiefer schlenderte Palmer so unbekümmert wie möglich durch die Rezeption. In Wirklichkeit japste er nach Luft wie eine gestrandete Forelle. Der runzlige Asiate hinter dem Tresen sah nur kurz von seiner kantonesischen Zeitung auf und setzte dann achselzuckend seine Lektüre fort.

Draußen vor der Tür wurde Palmer unvermittelt nachträglich von der Panik ergriffen, die der Anblick des Ogers bei ihm ausgelöst und die er aber während der Auseinandersetzung mühevoll unterdrückt hatte. Er eilte durch die dunklen Straßen, ohne genau zu wissen, was er eigentlich tat oder wohin er lief. Die Pläne, die er noch im Hotel geschmiedet hatte, waren weit entfernt und schienen jemand anders zu gehören.

Er war völlig außer sich, und so merkte er erst, als er um eine Ecke gebogen war und sich in einer Sackgasse wiederfand, daß er sich verlaufen hatte.

Lange starrte Palmer auf die abblätternden Plakate und die hingekritzelten Graffitis, ohne sie wahrzunehmen. Sein Herz schlug viel zu schnell, und sein Atem rasselte. Er hätte ums Verrecken gerne geraucht, aber er hatte seine Zigaretten im Hotel liegenlassen.

Lethe schmiegte sich an ihn. Sie fühlte sich warm an auf seinem Bauch. Das Gefühl, sie so dicht bei sich zu haben, gab ihm Mut und half ihm dabei, die Angst in seinem Inneren zu überwinden. Hinter ihm schlitterte eine Flasche über den Asphalt und zerbrach klirrend.

Sie waren zu mehreren und blockierten den Eingang der

Sackgasse, aneinandergedrückt wie eine Gruppe vagabundierender Penner. Palmers Anspannung ließ merklich nach, als er sah, daß es wirklich Obdachlose waren und nicht Pangloss' Killer. Lethe stieß gegen ihn und gab eine Art Miauen von sich. Einer der Penner kam schlurfend näher. Er trug dreckige, alte Klamotten und an den Füßen Wickel aus Zeitungspapier. Zu Palmers Überraschung antwortete er auf Lethes Ruf mit dem gleichen, nur etwas tieferen Laut. Die anderen stellten sich hinter ihm auf. Sie waren sichtlich erregt und tuschelten miteinander.

Palmer trat vorsichtig einen Schritt vor. »Äh, hören Sie, ich weiß, es klingt verrückt, aber kann mir vielleicht jemand verraten, wo ich bin?«

Eine Alte, deren Haar die Farbe und Konsistenz eines alten Mops hatte, näherte sich ihm von der Seite. Sie trug mehrere Pulloverschichten über einem abgewetzten, bedruckten Kittel. Sie lächelte. Dabei konnte man sowohl ihren zahnlosen Gaumen als auch ihre goldenen, pupillenlosen Augen sehen, die in der Dunkelheit glühten.

»Scheiße!« Palmer machte einen Satz zurück. Seine Haut kribbelte, als hätte er gerade einen schwachen elektrischen Schlag erhalten. Er hatte sie zwar noch nie bewußt gesehen, aber er wußte trotzdem, daß dies, wie Sonja sie nannte, ›Seraphim‹ waren.

Der Seraph mit den in Zeitungspapier eingewickelten Füßen machte eine beruhigende Geste und ergriff das Wort. Von seinen aufgeplatztzten, schmutzigen Lippen ertönte eine Klangmischung aus kristallenem Glockenspiel, Vogelgezwitscher und dem Rauschen der Brandung. Die Schönheit der Seraphimsprache ließ Palmer Tränen in die Augen treten. Obwohl er kein einziges Wort verstand, begriff er alles.

Mit einem bejahenden Nicken öffnete Palmer seinen Mantel und zeigte Lethe den versammelten Seraphim. Sie wurden aufgeregt und drängten dichter herbei, damit sie die dunkle Babyhaut mit ihren schwieligen, schmutzigen Händen berühren konnten. Lethe schien nichts dagegen zu haben und antwortete auf ihre seltsam sphärische Sprache mit ihrer eigenen Babyversion.

Die Pulloverfrau machte ein Geräusch wie ein Delphin und begann sich wie ein etwas heruntergekommener Derwisch um sich selbst zu drehen. Kurz darauf fielen die anderen in ihren Tanz ein. Palmer beobachtete mit dumpfer Faszination, wie blauweiße Funken von ihren ausgestreckten Armen und ihrem wirbelnden Haar stoben. Innerhalb weniger Sekunden hatten sich die zerlumpten Penner in gleißendes Licht verwandelt, das um ihn herumkreiselte wie leuchtende Luftwirbel.

Palmer war von der Schönheit dessen, was er hier sah, dermaßen in Atem gehalten, daß er sich überraschen ließ, als eines dieser Lichtwesen herantanzte und ihm Lethe aus den Händen riß.

»He! Was soll das? Gebt mir mein Baby zurück!«

Lethe kicherte und klatschte in die Hände, als sie auf einem Kissen aus Licht hoch in die Luft gehoben wurde. Die anderen Seraphim taten es ihr nach. Sie verwandelten sich von elektrisch-blauen Wirbeln in regenbogenfarbene Wolken.

Einer der Seraphim wickelte sich um Palmers Oberkörper und flüsterte ihm etwas in seiner fremdartigen Sprache zu: Er brauche sich nicht um die Kleine zu sorgen. Man würde sie ihm zurückgeben, sobald es wieder sicher wäre.

Palmer versuchte, diese brillierende Intelligenz mit seinem eigenen Verstand zu begreifen, aber es war, als wollte er Quecksilber mit bloßen Händen einfangen. Eher amüsiert als beleidigt über einen solch ungeschickten Versuch, ausgefragt zu werden, entwand sich der Seraph wie ein Aal Palmers Zugriff.

Lethe tanzte in der Nachtluft und lächelte auf Palmer herab, als wäre sie ein heiliges Kind, das von Engeln in den Himmel entführt wurde. Wenige Augenblicke später war sie schon außer Sichtweite geschwebt wie ein Heißluftballon in einer starken atmosphärischen Luftströmung.

Palmer wußte, daß er von den Seraphim nichts zu befürchten hatte. Lethe war bei ihnen momentan besser aufgehoben als bei ihm. Jetzt war er ungebunden und konnte Sonja folgen, vorausgesetzt, er fand ein Transportmittel.

Als er die Sackgasse verließ, hob er einen losen Ziegelstein auf und wog ihn probeweise in der Hand. Es war lange her, daß er ein Auto ohne sein Werkzeug geknackt hatte. Mindestens so lange wie die US-Tour der Sex Pistols.

Der Käfig des Tigers

Du, die du abrupt wie ein Messer
fielst ein in mein Herz; du, die du
eine Horde Dämonen in mein Leben hast geführt,
wild tanzend durch die Pforten meiner
losgelösten Sinne, um dir in meinem Geist
ein Heim zu suchen

– Baudelaire, *Der Vampir*

19. Kapitel

Fell saß wie erstarrt neben Sonja, die fuhr. In seinen ausgewaschenen Jeans und seinem weiten Baumwollhemd hätte er fast als Junge vom College durchgehen können, zumindest, wenn man die blauen Flecken und das getrocknete Blut auf seinem Gesicht übersah.

»Tut mir leid, daß ich dir das alles angetan habe, Junge.«

Fell schreckte blinzelnd auf. »Was? Ach so. Mach dir deswegen keine Sorgen. Ich weiß ja, wozu es gut war.« Wie zufällig berührte er mit seiner Hand die Stelle, an der sein Ohr gewesen war. »Außerdem wächst doch alles nach, oder?«

»Nach einer Weile. Deine Regenerationskräfte sind in diesem Stadium noch nicht so weit fortgeschritten, daß du dich über Nacht erholen wirst.«

»Wie lange wird es dauern?«

»Ein paar Tage, würde ich sagen. Vielleicht eine Woche.«

Fell stöhnte, während er sein verzerrtes Spiegelbild in der Windschutzscheibe betrachtete. »Was ist mit meinen Augen? Wann werden sie so aussehen wie deine?«

Sonja hob kurz die Schultern, um vorzugeben, dies wäre ein belangloses Thema. »Schwer zu sagen. Bei meinen hat es mehrere Jahre gedauert. Aber vielleicht läuft es bei jedem unterschiedlich. Wer weiß, vielleicht verwandeln sich deine nie?« Sie mußte sich räuspern. »Äh, ich müßte noch ein paar Dinge über Morgan und das Haus in Erfahrung bringen, wenn es dir nichts ausmacht, darüber zu sprechen.«

»Nein, schieß los.«

»Anise erwähnte jemanden mit dem Namen Dr. Howell. Wer ist das? Auch ein Vampir?«

Fell betrachtete seine Hände, die sich bei der Erwähnung des Namens zu Fäusten geballt hatten. »Nein. Er ist kein Vampir. Er ist ein Mensch.«

»Ein Renfield?«

»Ehrlich gesagt, habe ich bis jetzt nicht viel darüber nachgedacht. Nein, ein Renfield ist er nicht. Ich vermute, er ist ein ganz normaler Mensch – soweit man Doc Howell überhaupt normal nennen kann.« Fell schnaubte. »Er ist ein verrückter Wissenschaftler, der von Morgan hofiert wird, obwohl die beiden sich im Grunde nicht besonders gut verstehen. Howell sagt ganz offen, daß er die Renfields verabscheut.«

»Interessant. Wenn dem so ist, wie schafft es Morgan dann, ihn an sich zu binden?«

Fell grinste böse, hielt den linken Arm in die Höhe und tat, als setze er mit seiner Rechten eine Injektionsnadel in die Armbeuge. »Der Doc ist ein Junkie. Morgan besorgt ihm so viel Heroin, Morphium und Opium, wie er nur haben will. Und mehr.«

»Und der Kerl ist Wissenschaftler?«

»Das behauptet er jedenfalls. Er ist irgend so ein Topgenetiker. Gelegentlich dröhnte er sich voll und gab lautstark damit an, daß eigentlich er und nicht Morgan unser aller Vater sei! Ich habe das immer für verrücktes Geschwätz gehalten. Vieles davon wissen wir nur über die Renfields, wenn sie sich denn ab und zu mal überhaupt dazu herabließen, mit uns zu sprechen.«

»Wie viele Bedienstete hat Morgan in Ghost Trap?«

Fell dachte nach. »Weiß ich nicht genau. Ich habe sie nie alle zusammen gesehen. Sie gingen uns so oft wie möglich aus dem Weg. Möglicherweise sind es sechs. Und dann noch Wretched Fly.«

»Wretched Fly?«

»Ja, Morgans Ober-Renfield. Er war mit in der Disco.«

»Der Asiate?«

»Genau der.«

»Gut. Heute nachmittag habe ich einen auf Ghost Trap ausgeschaltet, dann einen in der Bar, und Anise sagte, sie hätte einen bei ihrer Flucht getötet. Damit verringert sich seine Unterstützung um die Hälfte«, überlegte Sonja, während sie die Toten an den Fingern ihrer rechten Hand abzählte. »Hat er irgendwelche Gorillas?«

»Was?«

»Mietschläger. Verschiedene Pretenderarten schlagen sich durch, indem sie sich bei Vampiren verdingen, die so mächtig sind und so gute Verbindungen haben wie Morgan. Ich weiß zum Beispiel, daß ein Pyrotiker auf seiner Gehaltsliste steht. Hast du irgendwelche Oger gesehen? Oder Vargr? Tanzende Häute?«

»Was is'n das schon wieder?«

»Mann, er hat sich wirklich alle Mühe gegeben, euch für dumm zu verkaufen.«

Fell errötete. »Die meiste Zeit unseres ... unseres Lebens waren Anise und ich auf ein paar Zimmer im Parterre beschränkt. In den ersten Monaten wurden wir sogar in einer gänzlich sterilen Umgebung gehalten, und nur Morgan und Doc Howell durften zu uns. Die meiste Zeit verbrachten wir aber auf unseren Zimmern – außer wir wurden ins Labor des Docs im zweiten Stock gebracht oder von dort abgeholt.

Nach draußen durften wir immer nur einmal täglich – tagsüber, und dann wurden wir von den Renfields strengstens bewacht. Doc Howell war auch dabei und machte sich Notizen. Vermutlich wollte er wissen, ob wir uns in verkohlte Leichen verwandeln würden, sobald wir dem Sonnenlicht ausgesetzt waren.«

»Wart ihr nicht wenigstens ein bißchen neugierig, was wirklich gespielt wurde?«

Fells Gesicht färbte sich röter und röter. »Nein, eigentlich nicht. Wenigstens ich nicht. Ich weiß, es hört sich schrecklich an, aber so war es nun einmal. Anise war etwas neugieriger als ich, aber das fing auch erst an, als sie schwanger war. Bis gestern nachmittag wäre ich nie auf den Gedanken gekommen, daß das Leben, das ich führte, in irgendeiner Weise ... ungewöhnlich war. – Schließlich hatte ich doch überhaupt keine Vergleichsmöglichkeiten, oder?« Fell schüttelte verwundert über seine eigene Naivität den Kopf.

»Richtig schlecht wird mir allerdings erst, wenn ich daran denke, daß es mir insgeheim sogar gefiel, daß Morgan mein Leben für mich organisierte. Und, was noch schlimmer ist: Mir gefiel, was aus mir geworden war! Damals, als ich noch Tim Sorell, der Schlappschwanz, gewesen war, war ich nie gut in Sport gewesen. Bei den Mädchen hatte ich auch nie Glück. Ich war ein Versager, wie er im Buche steht. Auch wenn ich mich nicht bewußt an all diese Dinge erinnern konnte, waren sie doch irgendwo tief in meinem Innersten verborgen.

Im zweiten Stock gibt es einen bestens ausgestatteten Trainingsraum, den wir mitbenutzen durften. Auf dem Rücken liegend, schaffe ich fast vierhundert Kilo! Ich! Der dracula-dürre Grufti Sorell!« Er spannte seinen Bizeps an und parodierte die Muskelmänner der ›Das-könnten-Sie-sein‹-Anzeigen auf den letzten Seiten der Schundromane.

Einen flüchtigen Augenblick lang wurde er wieder zu dem, der er früher einmal gewesen war: ein wacher, einfühlsamer Neunzehnjähriger auf der Schwelle zum Erwachsenwerden. Dann verschwand sein Lächeln, und er starrte wieder auf seine Hände.

»Morgan sprach immer vom ›Schlachtvieh‹ und wie leicht es zu manipulieren sei. Manchmal brachte er Menschen aus der Außenwelt mit... Keine Ahnung, wer sie waren; Leute auf der Durchreise vermutlich. Und dann ließ er mich...« Er schloß die Augen und versuchte, die Bilder aus seiner Erinnerung zu verbannen. »Dann spielte ich mit ihnen.« Seine Stimme bebte, die Worte brannten ihm auf der Zunge. »Manchmal kam es zum Sex. Mann, Frau, das spielte keine Rolle. Und dann, nach...«

»Fell, du brauchst mir das nicht alles zu erzählen.«

»Aber ich muß! Irgend jemandem muß ich es einmal erzählen!« Seine Stimme klang schrill und hysterisch, als wäre er ein verängstigtes junges Mädchen. »Mein Gott, Sonja, wenn ich es dir nicht erzählen kann, wem dann?«

Sie preßte ihre Lippen zu einem dünnen Strich zusammen und nickte. »Sprich weiter.«

Fell atmete zitternd durch. »Wenn der Sex vorbei war, habe ich sie in Arme, Beine und in den Unterleib gebissen ... so, als würde ich sie küssen. Nur schrien und bluteten sie, anstatt vor Vergnügen zu stöhnen. Und ich tat es nicht einmal aus Hunger! Morgan versorgte uns ausreichend mit Blutkonserven. – Ich tat es, weil ... weil es Spaß machte! Es war besser als Sex oder Drogen oder sonst irgendwas. Ich hatte das Gefühl zu leben! Es war wie in meinen Alpträumen, nur hatte ich keine Angst mehr vor dem, was ich tat.« Während er redete, faltete er fortwährend nervös die Hände in seinem Schoß.

»Morgan blieb im Zimmer und beobachtete mich dabei. Ich bete zu Gott, daß er mich kontrollierte und zu diesen entsetzlichen Dingen zwang. Denn wenn nicht, dann heißt das, daß *ich* sie getan habe!«

»Das ist alles längst Vergangenheit. Du hast dein Bewußtsein wiedererlangt, und damit auch die Herrschaft über dich selbst. Was immer du unter Morgans Einfluß getan haben magst, ist vorbei und erledigt. Es liegt jetzt ganz bei dir, das zu erkennen und zu akzeptieren, Tim.«

»Nenn mich nicht so. Ich bin nicht mehr Tim, jedenfalls nicht dort, wo es wirklich zählt. Ich erinnere mich zwar noch zum Teil daran, wie es war, Tim Sorrell zu sein – so kann ich mich zum Beispiel noch gut daran erinnern, wie all die größeren und beliebteren Jungs sich über ihn lustig gemacht und ihn beschimpft haben. Ich erinnere mich, wie sehr er sie gehaßt hat. Ich erinnere mich an seine Eltern, und wie er über sie dachte – aber es ist nicht dasselbe, als wäre ich Tim. Andererseits bin ich auch nicht, was Morgan aus mir machen wollte. Ich kriege das große Kotzen, wenn ich an die Dinge denke, die ich getan habe, bevor ich mein Selbstwertgefühl wiedererlangt habe. Vermutlich bin ich in erster Linie Fell, niemand und nichts sonst. Genau wie du in erster Linie Sonja Blue bist und nicht Denise Thorne.«

»Woher –?«

»Die Hirnspionage funktioniert in beide Richtungen. Als du

mich in der Disco in die Mangel genommen hast, konnte ich laufend – ich weiß auch nicht – kurze Gedankenblitze empfangen ... Über dich und Morgan. Was er getan hat, um dich ... zu dem zu machen, was du jetzt bist.«

Ein Muskel zuckte in Sonjas Wange. Sie packte das Steuerrad fester an. »Verstehe. Aber du hast recht: Eigentlich halte ich mich selbst nicht mehr für Denise Thorne. Sie ist eher so etwas wie eine frühere Bekannte.«

»Magst du sie?«

Sie dachte einen Augenblick über die Frage nach, bevor sie antwortete. »Ja, ich denke schon.«

»Ich mag Tim auch. Nur ist es jetzt leider zu spät, als daß er noch etwas davon hätte.«

»Was soll das heißen: Du kannst ihn nicht finden?« blaffte Morgan und schleuderte eine antike Spieldose aus Elfenbein auf den in Deckung gehenden Renfield.

Der Renfield war erst im letzten Augenblick weggetaucht und winselte jetzt, als die Spieldose gleich neben seinem Kopf an der Teakholztäfelung zerbrach.

»Einfach nur, daß der Doktor nicht in seinem Labor ist, Milord, und auch nicht auf seinem Zimmer.«

»Willst du mir etwa damit weismachen, es sei ihm gelungen zu fliehen?«

»Nein. Nicht ganz. Er ist ... er ist noch irgendwo im Haus.«

»Wie präzise! Wenn er also noch im Haus ist, wieso hast du ihn dann nicht zu mir schaffen können?«

»Er hält sich nicht im Kernstück auf, Milord. Er befindet sich irgendwo im äußeren Haus. Im Ghost Trap, in der Geisterfalle.« Der Renfield hatte seine Meldung beendet und zog nun seinen Kopf zwischen die Schultern wie eine Schildkröte.

»Verdammter Kerl! Möge seine Junkieseele in tausend drogenfreien Höllen schmoren!« kreischte Morgan und stieß zornig mit seinen Armen Bücher und seltene Antiquitäten vom Regal, das neben ihm stand. »Er ist an allem schuld! Er hat meine Pläne voller Absicht durchkreuzt!« Der Vampir wirbelte zum zitternden Renfield herum und deutete mit dem Finger auf das blaßgesichtige Medium. »Du! Ich will, daß das äußere Haus durchsucht wird, ist das klar! Nimm die anderen mit!«

»Aber – aber, Milord...!«

»Mach schon!«

Der Renfield floh aus der Bibliothek und ließ Morgan mit seiner schäumenden Wut alleine.

Er hätte Howell nie trauen dürfen! Niemals! Der Wissenschaftler war schon lange instabil geworden, bevor die Drogen ein Thema wurden. Andererseits war es gerade Howells Launenhaftigkeit gewesen, durch die Morgan anfangs Zugang zu ihm gefunden hatte. Wie übel es ihm auch aufstieß, der Fehler lag alleine bei ihm. Er hatte sich von dem geschickten Umgang des Wissenschaftlers mit den technischen Möglichkeiten beeindrucken lassen und ihm mehr Freiheiten eingeräumt, als klug gewesen war. Und jetzt mußte Morgan den Preis dafür bezahlen, daß er seinen Haus-und-Hof-Biogenetiker nicht fester an die Kandare genommen hatte.

Sollte jemals an die Öffentlichkeit dringen, daß er durch bloße Menschenhand erniedrigt worden war, würde er zum Gespött der gesamten Combine werden. Schlimmer noch: Seine Schwäche könnte bekannt werden, und das würde all seine Bündnisse gefährden und konnte überdies wieder eine neue Runde im alten Sippschaftskampf einläuten. Möglicherweise müßte er sogar seinen Lord-Titel abgeben! Diesen zähnefletschenden Schakalen wie Pangloss und Verite würde das natürlich ein unsagbar großes Vergnügen bereiten, ihn am Boden zu sehen.

Und das alles hatte er der Hexerei der Menschen, der Technik und der Wissenschaft, zu verdanken. Nie hätte er sich so ausschließlich auf etwas verlassen dürfen, was aus Menschenhand stammte! Diese Dinge hatten für Pretender immer etwas Verwirrendes und Beängstigendes, Morgan machte da keine Ausnahme. Dennoch bargen diese Dinge eine viel zu große Macht, als daß man ihre Nutzung den Menschen allein überlassen durfte.

Howell in seiner postnuklearen Hexenküche mochte vielleicht ein nekrophiler Romantiker von beispielloser Macht sein, aber das würde ihm auch nichts mehr nützen, wenn er erst mal auf dem elektrischen Stuhl saß. Genüßlich malte sich Morgan aus, was er dem guten Howell alles antun würde. Ihm das kostbare weiße Pulver zu entziehen, war nur die erste von vielen Grausamkeiten, die diesem undankbaren Schwein bevorstanden. Vielleicht würden ihn einige geschickt angebrachte medizinische Sonden lehren, seinen Herrn mehr zu schätzen. Natürlich könnte man den guten Doktor auch zwingen, selbst seine eigene Häutung und Vivisektion zu überwachen. Morgans Entwicklung war längst so weit fortgeschritten, daß er sich nicht mehr länger die Hände mit dem Blut seiner Opfer schmutzig machte.

Aber zuerst mußte dieser hinterhältige Bastard erst einmal gefunden werden. Morgan schlug mit der geballten Faust so hart auf seinen Schreibtisch, daß in dem importierten italienischen Marmor ein Riß entstand. Brainard Howell mochte verschlagen sein, aufgeblasen und undankbar, aber eins war er gewiß nicht: dumm.

Der Bastard wußte genau, daß die Schicht rings um den Kern von Ghost Trap gefährlich war, insbesondere für Pretender und Menschen mit medialen Fähigkeiten. In der Vergangenheit war dies für Morgan sehr günstig gewesen, Howells Flucht jedoch hatte dies zu seinem Nachteil verkehrt.

Es wanderten Wesen durch Ghost Trap, die keine Außenstehenden mochten, und Morgan war alles andere als begierig darauf, ihnen zu begegnen.

»Milord?«

Morgan sah auf und funkelte Wretched Fly böse an. Der Renfield stand in der Tür zur Bibliothek. Die rechte Seite seines Kopfes war mit sterilem Mull verbunden.

»Sind sie tot?«

»Milord – es hat Schwierigkeiten gegeben.«

»Erklär dich genauer.«

»Diese Frau namens Blue hat uns entdeckt. Mein Begleiter

wurde auf der Stelle getötet. Und ich wurde für einige Augenblicke ... außer Gefecht gesetzt.« Er berührte die Bandage, die sein rechtes Auge verhüllte.

»Was ist mit Fell?«

»Ich weiß nicht, Milord. Dieses Miststück hatte die Oberhand über ihn, als ich beide das letzte Mal sah. Milord, sie hat ihn angezapft!«

Morgans Gesicht verdüsterte sich. »Bist du sicher?«

»Absolut, Milord! Die Struktur der Aura war deutlich zu erkennen. Sie hat die von ihm erzeugte negative Energie aufgenommen und umgewandelt.«

Morgan wurde still. Das hatte er nicht erwartet. Vielleicht war es am Ende sogar besser, daß seine Pläne gescheitert waren. Seine Vorstellungen waren um eine Rasse von Vampiren gekreist, die sich ausschließlich von Blut ernährten. – Sich von Gefühlen ernähren zu können, war ausschießlich den fortgeschritteneren Spezies vorbehalten. Während der Tests, die Morgan angeordnet hatte, hatte es bei Fell keinerlei Hinweise darauf gegeben, daß er seine völlig verängstigte Beute wegen etwas anderem als dem Plasma anfiel und aussaugte.

»Bist du sicher, daß dieses Miststück keine echte Vampirin ist?« fauchte er.

»Absolut, Milord. Die Struktur ihrer Aura war identisch mit seiner, nur war sie viel, viel stärker.«

Morgan fluchte leise vor sich hin. Die Dinge entwickelten sich anders, als er gehofft hatte.

»Milord –«

»Was gibt's, Wretched Fly?«

Der Renfield räusperte sich. »Milord, ich habe versagt. Und da dies so ist, biete ich Ihnen mein Leben an. Sie mögen es vernichten, wenn Sie es für richtig halten.«

Morgan mußte ein Schmunzeln unterdrücken. »Das kann ich jederzeit tun, Wretched Fly, wann immer es mir beliebt. Dennoch weiß ich dein Angebot zu würdigen. Nein, du bist zu wertvoll für mich, mein Freund. Dein Auge – hast du es verloren?«

»Ja, Milord.«

»Das soll dann Strafe genug für dein Versagen sein.«

»Ganz wie Sie wünschen, Milord.«

Morgan sah zu, wie sein verstümmelter Oberleutnant den Raum verließ. Seit Jahrhunderten hatte Morgan nicht mehr die Unzulänglichkeiten sterblichen Fleisches am eigenen Leibe gespürt. Allein der Gedanke, selbst einmal den Grenzen von Knochen und Muskeln, der Furcht vor Krankheit und Pestilenz ausgesetzt gewesen zu sein, ließ seine Haut spannen.

***

»Himmelherrgott, früher ist mir nie aufgefallen, wie groß dieses Haus ist! Ich meine, natürlich wußte ich, daß es groß ist, aber sein wahres Ausmaß habe ich bis jetzt nie auch nur erahnt...«, flüsterte Fell ehrfurchtsvoll, während er den Kopf in den Nacken legte, um einen der neunundneunzig Blitzableiter zu begutachten, die die Zinnen und Türme von Ghost Trap zierten.

»Hör zu, sobald wir drin sind, möchte ich, daß du nicht von meiner Seite weichst, ist das klar? Das Innere dieses Hauses ist so angelegt, daß es die Toten verwirrt und in die Falle lockt. Außerdem kann es einen ganz schön die Nervensynapsen durcheinanderbringen, vorausgesetzt, man ist etwas komplizierter angelegt als ein Wurm. Wenn normale Menschen schon Schwierigkeiten haben, damit klarzukommen, kannst du dir sicher vorstellen, was es für Pretender bedeutet! Ich habe immer noch den Schutzzauber, den ich bei meinem ersten Besuch im Haus benutzt habe, aber ich kann dir nicht garantieren, daß er sich auch auf dich überträgt. Habe ich mich klar genug ausgedrückt?«

Fell schluckte hörbar und nickte. Zu ihrer eigenen Überraschung drückte sie den Jungen kurz an sich. Verdammt, der Kerl hatte Mumm. Fell wurde rot.

»Äh, Sonja...«

»Später, Kleiner. Wir reden später darüber.« Damit drehte sie sich um und schlug eines der Parterrefenster ein. Sie griff durch das Loch hindurch und öffnete den Riegel.

»Kein Wunder, daß Morgan uns hier nicht hat frei herumlaufen lassen.« Seit sie das ausgedehnte Innere von Ghost Trap betreten hatten, hatte Fell nur noch in einem leisen, ehrfürchtigen Flüsterton gesprochen, als befänden sie sich in einer Kirche. »Hier kann man sich wirklich verlaufen und nie wieder den Weg nach draußen finden.«

»Das ist nicht das einzig Besorgniserregende. Es gibt Wesen, die durch diese Hallen wandeln. Die meisten würden sie als Gespenster bezeichnen, Geister der Toten.«

»Aber Geister können einen doch nicht verletzen, oder?«

»Normalerweise nicht. Aber Ghost Trap kann man wohl kaum als normal bezeichnen. – Halte bitte die Augen offen nach allem, was so aussieht wie ein kleines Mädchen oder eine Frau in altmodischen Kleidern.«

»Sind sie auch Gespenster?«

»Nein, nur dämliche Fremdenführer. – Natürlich sind es Gespenster! Was hast du denn erwartet? Ich glaube, ich finde sogar allein den Weg in das Kaminzimmer...«

»Wohin?«

»Schon gut. Mach einfach den Mund zu und die Augen auf, okay? Ich –« Sie blieb stehen und sah aus den Augenwinkeln kurz zu Fell hinüber. »Hast du das gehört?«

»Was denn? Ich habe kein –« Er hielt inne, sein Unterkiefer klappte herunter. Das Geräusch war schwach, trotzdem konnte er gerade eben hören, daß jemand weinte. »Ist – ist das ein Gespenst?«

»Hört sich nicht so an. Die Toten sind in der Regel stumm.« Sie bedeutete ihm, ihr leise zu folgen, dann schlich sie vorsichtig durch die dunklen und staubigen leeren Räume.

Sie entdeckten die Quelle des Winselns in einem Zimmer, dessen Tapete im Licht einer am Boden liegenden Taschenlampe schwach glitzerte. Fell berührte die Wand neben sich und fühlte Goldstaub und gemahlene Kristalle unter seinen Fingerspitzen. Es fühlte sich so an wie Schmirgelpapier. Sonja hob die Taschenlampe auf und richtete ihren dünnen Strahl auf ihren Besitzer.

Ein Mann mittleren Alters saß in einem zerknitterten, dunklen Anzug zusammengesunken in einer Ecke des Zimmers und preßte sein Gesicht fest gegen die Wand. Sein Anzug und sein Haar waren voller Staub und Spinnweben. Eine seiner Gesichtshälften war blutig, dort, wo er sie an der Wand gerieben hatte. Offenbar hatte er vor kurzem uriniert, der beißende Ammoniakgeruch haftete ihm noch an. Er zuckte und winselte wie ein getretenes Hündchen.

»Ich erkenne ihn wieder«, flüsterte Fell. »Es ist einer von Morgans Renfields. Aber was tut er hier?«

»Aus welchem Grund er auch immer hier aufgetaucht ist, ich bezweifle, daß er uns gesucht hat«, murmelte Sonja. Sie machte einen Schritt auf den in der Ecke kauernden Mann zu. Er hörte auf zu zittern und ließ seine Zähne sehen. In seinen Mundwinkeln bildete sich Schaum.

»Renfields sind grundsätzlich nicht sonderlich belastbar, deswegen überrascht es mich nicht, daß der Typ an einem solchen Ort völlig die Kontrolle über sich verloren hat«, sagte Sonja leise, während sie sich ihm weiter näherte. »Dennoch könnte er uns von Nutzen sein –«

Der Renfield kreischte und stürzte sich auf sie. Seine Finger verkrallten sich in ihrer Brille. Fluchend schmetterte Sonja dem Angreifer den Griff der Taschenlampe auf den Schädel. Der Renfield brach auf dem Boden zusammen, seine Schädeldecke war eingeschlagen. Sonja warf die zersplitterte Taschenlampe nach hinten über ihre Schulter, bückte sich und packte den toten Renfield am Kragen seines Anzugs.

»Einem geschenkten Gaul schaut man nicht ins Maul«, knurrte sie, bevor sie ihm ihre Reißzähne in den noch warmen Hals schlug. Nach etwa einer Minute zog sie sie wieder raus und reichte Fell den leblosen Körper. »Hier, trink.«

Mit aufgerissenen Augen trat Fell einen Schritt zurück. »Nein. Das kann ich nicht.«

»Du bist doch keine Jungfrau mehr! Das hast du selbst gesagt! Los, trink! Du wirst es brauchen!«

»Ich...« Fell wollte weiter protestieren, aber er hatte den

Geruch des Blutes in ihrem Atem bereits gerochen. Ihm lief das Wasser im Mund zusammen. Rasch machte er sich über den Toten her. Das Blut war bereits unter Körpertemperatur, aber es reichte. Er ließ den leblosen Körper zu Boden gleiten.

»Fühlst du dich besser?«

»Ja. Ich weiß, es klingt furchtbar, aber ich fühle mich tatsächlich wie neugeboren.«

»Gut gemacht!« grinste sie und versetzte ihm einen Klaps auf die Schulter. »Jetzt brauchen wir nur noch –«

Ein durchdringender Schrei sprang wie ein Gummiball von einem Zimmer zum nächsten, bis er mittendrin abbrach. Sonja und Fell verständigten sich schnell mit einem Blick und liefen dann kurzerhand in die Richtung, aus der der Lärm gekommen war.

In dem Salon, den Sonja das Kaminzimmer getauft hatte, entdeckten sie einen zweiten Renfield. Gas zischte noch immer aus den Düsen. Der Renfield lag ausgestreckt mitten im Zimmer. Sein Schädel war zerschmettert wie ein von einer Leiter geplumpster, überreifer Kürbis.

Fell sah sich nervös um, während Sonja versuchte, den geheimen Durchgang hinter der Täfelung zu finden, den ihr die verstorbene Mrs. Seward gezeigt hatte. »Das kleine Mädchen und die Frau, von der du gesprochen hast, sind das, äh, gute oder böse Geister?«

»Sie sind – teils, teils. Wie die meisten Toten. Aber wenn du meinst, ob sie Freund oder Feind sind – ich glaube, sie sind eher harmlos. Nein, hiermit haben sie nichts zu tun.«

»Wer hat dann –?«

»Ich hab's gefunden!« Sonja trat einen Schritt zurück, so daß sich die geheime Drehtür öffnen konnte. »Los, komm!«

Fell warf einen letzten Blick auf die verstümmelten Überreste, dann folgte er Sonja in den geheimen Gang.

Der Leihwagen parkte an der Südseite des Hauses; die Motorhaube war noch warm.

Sie sind also tatsächlich hier. Jetzt brauche ich sie nur noch zu finden, dachte Palmer, während er mißmutig das riesige Gebäude betrachtete.

Sein eigenes Transportmittel, ein BMW, den er sich in San Francisco ›ausgeliehen‹ hatte, war für den Rückweg nicht mehr zu gebrauchen. Dampf quoll unter der Haube hervor, während unten aus dem Fahrgestell eine zähe, schwarze Flüssigkeit tropfte. Wahrscheinlich hatte er sich eine Meile zuvor die Ölwanne aufgerissen. Ganz offensichtlich war der Wagen jedenfalls nicht dafür konstruiert worden, mit hoher Geschwindigkeit über die Schotterstraßen von Sonoma County zu rasen.

Palmer entdeckte ein offenes Fenster im Parterre. Bevor er über das Fensterbrett einstieg und sich auf die Suche nach seiner Partnerin machte, vergewisserte er sich noch, daß seine Luger sicher im Halfter steckte.

Schon nach drei Schritten im Innern von Ghost Trap erkannte er, welch großen Fehler er begangen hatte. Das Äußere des Hauses war schon verwirrend genug, aber nichts im Vergleich zu seinem Inneren.

Er mußte daran denken, wie er als Kind seinen Eltern damit in den Ohren gelegen hatte, auf der großen Kirmes das ›Haus des Horrors‹ besuchen zu dürfen. Er hatte ihnen versichert, auch ganz bestimmt keine Alpträume davon zu bekommen – er sei viel zu alt, um Angst zu haben. Schließlich sei er schon ein großer Junge und kein kleines Kind mehr. Endlich waren sie schwach geworden und hatten ihn fahren lassen. Seine eben noch selbstbewußt und lauthals verkündete Reife war aber im selben Moment verschwunden, als sich die Schwingtüren aus Holz hinter ihm schlossen und dadurch jeglicher Kontakt zu jener Welt abgeschnitten wurde, in der es so etwas gab wie Eltern, Tageslicht und den gesunden Menschenverstand.

Umgeben von Trockeneisnebeln, Infrarotlicht und Schreien und Kettenrasseln vom Band, hatte er beim Anblick einer als Frankenstein verkleideten Schaufensterpuppe laut losgebrüllt. Er hatte derartigen Schiß gehabt, daß er sich in die Hosen gemacht hatte und schließlich von einem der Angestellten, einem pickligen Teenager, der als Buckliger verkleidet war, nach draußen gebracht werden mußte. Sein Vater hatte ihn als Waschlappen bezeichnet, und sie hatten den Rummelplatz wegen dieses ›Zwischenfalls‹ vorzeitig verlassen.

Jetzt, dreißig Jahre danach, schien das gleiche lähmende Entsetzen, das ihn damals im ›Haus des Horrors‹ gepackt hatte, wieder seine Krallen nach ihm auszustrecken. Seine Kopfhaut juckte, und seine Blase schmerzte, als wäre sie mit feinen Glassplittern gefüllt.

Er stapfte durch die seltsam konstruierten Räume, ohne ihren Eigenartigkeiten Beachtung zu schenken, wie z.B. den ein Meter über dem Boden angebrachten Türschwellen, den auf eine nackte Wand hinausgehenden Fenstern oder den als Treppen dienenden Kaminen.

Von Zimmer zu Zimmer fiel es ihm schwerer, einen klaren Kopf zu behalten. Wieso war er überhaupt hier? Warum hatte er diesen grauenhaften Ort betreten? Er wußte, daß er einen guten Grund dafür gehabt haben mußte. Oder wenigstens überhaupt einen Grund. Oder? Wenn er sich nur erinnern könnte, was das für einer gewesen war...

Palmer verlor plötzlich das Gleichgewicht, als sich der Boden vor ihm senkte. Die Wände bogen sich nach innen, als wären sie aus Gummi. Würgend vor Übelkeit, stützte er sich an einem stark geneigten Türrahmen ab; die Säure verätzte ihm die Kehle. Sein Vater hätte ihn jetzt bestimmt angebrüllt. Er hätte vor der Fahrt mit dem Karussell nicht so viele Maiskuchen essen sollen. Jetzt würden sie nach Hause gehen müssen. Im Grunde vielleicht gar keine so schlechte Idee. Er war sowieso schon viel zu lange hier. Wenn ihm nur einfiele, wo er sein Auto abgestellt hatte...

Palmer sackte auf Hände und Knie, während ein trockenes Würgen durch seinen Körper ging. Sein Kopf pochte wie wild, im gleichen Rhythmus wie Jazztrommeln.

Ich werde hier drinnen sterben. Ich werde in diesem Höllenloch herumirren, bis ich verrecke. Genau wie Seward. Sonja...

Er hob den Kopf und sah einen kleinen Jungen vor sich. Der Kleine schien nicht viel älter als drei Jahre zu sein. Er trug einen Matrosenanzug. Mit seinem linken Arm hielt er einen Teddybären fest an seine Brust gedrückt, der rechte Arm fehlte ihm. Aus seiner verstümmelten Schulter ragte nur ein von blutleerem Fleisch umgebener Knochenstumpf. Obwohl das Gesicht des Jungen noch vom Babyspeck rundlich war, wirkten seine Augen erstaunlich ernst. Palmer registrierte halb bewußt, daß der Junge durchsichtig war.

»Kleiner...«

Das Kind reagierte nicht auf ihn, lief aber immerhin nicht weg.

»Kleiner... ich brauche... Hilfe...«

Ein junges Mädchen mit einer Porzellanpuppe im Arm gesellte sich zu dem Jungen. Die beiden betrachteten Palmer neugierig. Das Mädchen beugte sich zu ihrem Bruder und flüsterte ihm etwas zu, was Palmer nicht verstand. Dann packten sie gemeinsam Palmer an den Schultern und halfen ihm wieder auf die Beine. Palmer keuchte. Ein eisiger Schauer war ihm durch seinen gesamten Körper gefahren, als ihre winzigen Finger ihn berührt hatten.

Die Kinder standen jetzt dicht vor ihm und machten Zeichen, er solle ihnen folgen. Geschwächt schleppte Palmer sich hinter ihnen her. Er hatte keine Ahnung, ob diese beiden Wesen ihm Freund oder Feind waren, aber alles war besser, als sich fortwährend im Kreise zu drehen oder sich im eigenen Dreck zu wälzen.

Die Kinder erstarrten plötzlich wie Pfaue, die die Witterung eines nahenden Jägers aufgenommen haben. Erst löste sich der Junge auf, dann seine Schwester. Sie verwandelten sich in faustgroße Lichtpunkte. Die Veränderung ging so schnell vonstatten, daß es für Palmer so aussah, als hätten sich die Kinder wie Jalousien aufgerollt.

Palmer preßte die Hände auf seine Augen. Jetzt war er noch orientierungsloser als zuvor. Was war aus seinen winzigen Geisterführern geworden? Oder hatte er sich das alles nur eingebildet? Und wenn nicht, was mochte sie dann vertrieben haben?

Der Schrei ging durch ihn hindurch wie eine Kugel. Palmer lauschte, aber plötzlich endete der Schrei abrupt. Das Echo war so verzerrt, daß sich unmöglich feststellen ließ, ob die Stimme einem Mann oder einer Frau gehört hatte.

»Sonja!«

Palmer wankte in die Richtung, aus der der Schrei gekommen war. Sein Gehirn arbeitete auf Hochtouren. Ihm kam es so vor, als dehnte es sich aus und drückte gegen seine Schädeldecke. Sonja. Er mußte Sonja unbedingt finden. Deswegen hatte er das ›Haus des Horrors‹ betreten. Jetzt wußte er es wieder. Wenn er Sonja gefunden hatte, würde sie dafür sorgen, daß das Pochen in seinem Kopf nachließ.

Palmer starrte das Wesen mit der Axt mehrere Sekunden lang an, bevor ihm klar wurde, daß er die Quelle des Schreis gefunden hatte.

Das Wesen sah aus wie ein überdimensional großer Mann. In der Hand hielt es eine gewaltige, brutal aussehende Axt, mit der es gerade die Überreste eines Mannes in einem dunklen Anzug in Stücke hackte. Der Schlächter mit der Axt gab merkwürdige Zwitscherlaute von sich, während er munter auf sein Opfer eindrosch. Der Kopf des Opfers war bereits von der Schädeldecke bis zum oberen Gaumenknochen gespalten.

Das Wesen hielt mitten in einem Schwung inne und drehte sich um – weil es den Störenfried bemerkt hatte. Palmer verlor die Kontrolle über seine Blase, genau wie damals 1961 in der Geisterbahn. Nur wußte er, daß diesmal nicht die geringste Chance bestand, von einem verständigen Teenager im Monsterkostüm hinaus in die Sicherheit geleitet zu werden.

Der Axtmörder hatte zwei Köpfe. Der linke war der größere der beiden; er besaß eine fledermausähnliche Schnauze, ein Maul voller spitzer Zähne und pupillenlose Augen von der Farbe frischen Blutes. Der rechte Kopf war der eines Mannes Mitte Dreißig, aus dessen Augen eine Trauer sprach, die jedes Palmer bekannte Maß sprengte. Plötzlich erkannte er in ihm das Gesicht von Creighton Seward, dem Erbauer von Ghost Trap.

Das zweiköpfige Monster trat vor und schwang die Axt, die an Stelle einer Hand an seinem linken Handgelenk festgewachsen war. Palmer wollte kehrtmachen und vor diesem Scheusal fliehen, aber er blieb wie erstarrt auf der Stelle stehen, unfähig zu jeder Bewegung.

Sewards Lippen bewegten sich, aber Palmer vermochte nicht zu sagen, ob im Gebet oder in einer Auseinandersetzung mit seinem abartigen Zwillingsbruder. Als Antwort begann der Kopf des Axtmörders hämisch zu grinsen und gab wieder dieses hohe Zwitschern von sich. Plötzlich drehte sich Sewards Kopf zu seinem Nachbarn herum, biß ihn in die Wange und riß einen Fetzen Fleisch heraus. Der Kopf des Schlächters stieß daraufhin einen hochfrequenten Schrei aus, der Palmers Nase zum Bluten brachte; dann rächte er den Angriff, indem er das seinem Maul zugewandte Ohr abriß. Eingeschüchtert unterließ Sewards Kopf jeden weiteren Störversuch.

Der Kopf des Schlächters grinste Palmer an. Schon hob sich die Axt, bis sie fast die Decke berührte. Palmer war nicht sicher, ob er eine Gestalt aus Fleisch und Blut vor sich hatte oder ob sie aus Ektoplasma bestand – die Axt aber war auf jeden Fall massiv genug, um ihren Zweck zu erfüllen. Palmer starrte auf das ihn attackierende Monster wie ein Rind, das gebannt das Fleischermesser erwartet.

Gerade als die Axt auf ihn niedergehen wollte, erschien zwischen Palmer und dem doppelköpfigen Monster ein Licht. Der Killer stutzte, ein Hauch von Verunsicherung flog über sein Gesicht. Sewards Kopf dagegen schien durch das Licht Kraft zu tanken. Er bohrte die Finger seiner rechten Hand in die Augen des Axtungeheuers. Das Biest kreischte noch schriller als zuvor, und Palmer spürte, wie ihm Blut aus den Ohren zu sickern begann.

Das doppelköpfige Monster war verschwunden. An seiner Stelle stand nun eine Frau in schwarzen Kleidern, die besser in ein Stück von Ibsen gepaßt hätte. Sie kehrte Palmer den Rükken zu.

»Gott sei Dank! Lady? Lady, ich brauche Ihre Hilfe...«

Die Frau drehte sich zu Palmer um; ihr linkes Auge hing lose in seiner Höhle.

Palmer lief schreiend davon. Er mußte selbst einen Weg aus dem ›Haus des Horrors‹ finden. Er war schon zu lange auf dem Rummelplatz – Zeit, nach Hause zu gehen. Er schoß aus dem Totenzimmer und hastete einen Gang entlang, von dem Türen verschiedenster Größe und Form abgingen, während ihm das Echo seiner eigenen Hilferufe in den Ohren hallte.

Plötzlich öffnete sich eine der Türen, und ein Golfschläger durchschnitt die Luft mit einem widerlich schneidenden Geräusch.

Das letzte, was Palmer sah, bevor ihn die Finsternis umgab, war das Wort *Dunlop*.

20. Kapitel

»Endlich wieder zu Haus«, summte Sonja, als sie vom Geheimgang aus die Flucht von Zimmern betrat, die Fell einmal als sein Zuhause bezeichnet hatte.

»Ich wußte gar nicht, daß dieser Gang existiert. Ich glaube, Morgan und die Renfields wissen auch nichts davon«, begeisterte sich Fell.

»Ich vermute, er stammt noch aus der Zeit, als die Zimmerleute an dem Haus arbeiteten. Es ist eigentlich auch nicht verwunderlich, daß ein Gebäude wie dieses Geheimgänge hat. Das ganze Haus ist wahrscheinlich voll davon.«

Fell nahm ein Taschenbuch vom Tisch neben Anises altem Lehnsessel. Er blätterte es flüchtig durch, dann legte er es wieder an seinen alten Platz.

»Es fällt mir schwer zu glauben, daß sie für immer fort ist. Ich kann sie noch immer riechen...«

»Hör auf damit, Fell.«

»Aufhören? Womit?«

»Dich selbst zu quälen.«

Er schien sie nicht zu hören. Seine Unterarme auf den Kaminsims stützend, betrachtete er das Zimmer im großen Spiegel über dem Kamin, als könnte er in dessen Tiefe einen Einblick in die Vergangenheit erhalten.

»Weißt du, was das letzte war, was sie zu mir gesagt hat?« fragte er und deutete dabei mit einem Nicken auf das Zimmer im Spiegel. »Sie meinte, dies sei ein Käfig. Ein Gefängnis. Sie hatte natürlich recht. Jetzt sehe ich die Gitterstäbe auch. Aber für eine kurze Weile war dies der glücklichste Ort auf Erden. Ich...« Er schüttelte den Kopf und wich dem Blick seiner

Begleiterin aus. »Verdammt, Sonja! Warum mußtest du bloß in unser Leben eindringen? Warum hast du uns zur Erkenntnis gezwungen?«

»Ich wünschte, ich könnte sagen, ich habe es getan, weil Wahrheit Freiheit bedeutet und ein Leben in Unwissenheit gleichbedeutend ist mit einem Leben in Sklaverei. Aber das wäre gelogen. Ich habe es getan, weil ich Morgans Pläne durchkreuzen wollte. Ich wollte ihm da weh tun, wo es ihn am meisten treffen würde. Außerdem wollte ich dich für mich haben.«

Fell machte ein erstauntes Gesicht. »Mich?«

»Und Anise. Und das Baby. Ich – ich war sehr lange alleine, Fell. Ich war wie ausgehungert nach Gesellschaft von meinesgleichen. Manchmal bringt einen die Einsamkeit dazu, sehr egoistisch zu handeln. Bitte vergib mir.«

»Was soll ich dir denn vergeben? Denn selbst wenn deine Motive auch nicht selbstlos sind: Es stimmt einfach, was du über die Unwissenheit und die Sklaverei gesagt hast.«

»Ich dränge wirklich nur ungern, Fell, aber wir können es uns nicht leisten, noch mehr Zeit damit zu verschwenden, über unsere Gefühle zu reden. Ich weiß, wie schmerzlich es für dich ist, hierher zurückzukehren, aber wir müssen Morgan so bald wie möglich erledigen. Er ist hier, irgendwo im Haus. Ich spüre ihn.«

»Ich spüre ihn auch.« Fell verzog seinen Mund zu einer Grimasse. »Ich werde diesen Hundesohn fertigmachen, und zwar endgültig.«

Sonja legte ihm fest die Hand auf die Schulter. »Junge, es ist gut, daß du Morgan haßt. Aber sei vorsichtig mit deiner Wut: Laß sie nicht außer Kontrolle geraten. Vampire ernähren sich von starken Gefühlen wie Haß oder Wut. Weißt du noch, was in der Bar passiert ist? Du mußt dich vor Morgan abschirmen. Das kann ich dir nicht abnehmen. Sein Wille steht gegen deinen. Du wirst stark sein müssen, Fell. Genauso stark wie Morgan, wenn nicht noch stärker.«

»Ich weiß. Ich bin vielleicht unerfahren, aber nicht blöde.«

Sie war hier. Er spürte ihre Gegenwart im Haus, als wäre er eine Spinne, die die Fäden ihres Netzes überwacht. Wie hatte er nichtsahnend schlafen können, als sie zum erstenmal durch diese Räume gegangen war? Wie konnte er einer derart tödlichen Gefahr gegenüber so unempfänglich gewesen sein?

Anfangs hatte er sich geweigert zu glauben, sie sei einer seiner Fehltritte. Mittlerweile wußte er jedoch, daß es so war. Auf perverse Art war er sogar stolz auf sie. Selbst aus einiger Entfernung war ihr Kräftepotential nicht zu leugnen. Sie war ein Wesen von fataler Schönheit, furchterregend und bewundernswert wie ein gezücktes Samuraischwert. Es schmeichelte ihm, bei der Erschaffung eines so mächtigen und tödlichen Geschöpfes eine Rolle gespielt zu haben. Zu schade, daß sie vernichtet werden mußte.

Dieses Zuchtsubjekt Fell war bei ihr; seine Präsenz ging in ihrer Gegenwart fast unter. Interessant: Das psychische Echo des Jungen schien irgendwie stärker geworden zu sein, durch eine Willenskraft, wie sie auch die gefährliche Einzelgängerin besaß. Aber es war nur ein Hauch, mehr nicht. Sehr interessant. Wenn Zuchtsubjekte und ihre Nachkommen ein ähnliches Potential aufwiesen wie die Einzelgängerin, wäre Howells Sabotage am Ende sogar unabsichtlich in Morgans Sinne. Was hätte es für einen Sinn, eine neue Rasse von Vampiren zu züchten, wenn sie sich am Ende gegen ihn und seine Feinde richten würden?

Morgan erhob sich aus dem mit Schnitzereien verzierten Rosenholzsessel in seinem Arbeitszimmer und öffnete die antike Garderobe mit dem geschwärzten Spiegel. Sollte es zu einem förmlichen Zusammentreffen kommen, wollte er wenigstens passend für diese Gelegenheit gekleidet sein.

»Wer sind Sie? Sie sind doch keiner von Morgans speichelleckenden Kriechern. Antworten Sie mir! So hart habe ich mit dem Golfschläger doch gar nicht zugeschlagen!«

Palmer öffnete sein rechtes Auge. Dann versuchte er, das linke zu öffnen, aber das war zugeschwollen. Er lag mit der linken Wange auf den Dielenbrettern. Stöhnend bemühte er sich, sich aufzusetzen.

»W – wo…?«

»Es tut nichts zur Sache, wo Sie sind! *Wer* sind Sie?« Ein bleicher Mann in einem schmuddeligen Laborantenkittel und einem Stethoskop, das sich wie eine Boa Constrictor um seinen Hals wickelte, schob sein ernstes Gesicht in Palmers Blickfeld. Der Fremde hatte schütteres Haar und eine vorspringende Stirn, als wäre sein Vorderhirn etwas zu groß für seinen Schädel. Seine Augen, übernatürlich groß hinter den flaschenglasdicken Gläsern, betrachteten Palmer mit sachlichem, wissenschaftlichem Interesse. Der Fremde kam Palmer irgendwie bekannt vor, Palmer wußte nur nicht, woher.

»Ich bin keiner von Morgans Renfields, falls Sie das denken sollten.«

Der mondgesichtige Fremde brummelte angewidert etwas in sich hinein, schob dann blitzschnell eine Hand in Palmers Trenchcoat, zog dessen Brieftasche heraus und überflog die darin befindlichen Papiere. Als er Palmers Lizenz als Privatdetektiv sah, hob er leicht seine Brauen.

»He, was soll das?« Palmer wollte nach seiner Pistole greifen, mußte aber feststellen, daß sein Halfter leer war.

»Suchen Sie das?« Der Fremde holte Palmers Luger aus einer der viel zu großen Taschen seines Kittels. »Ich bin vielleicht kein Privatdetektiv, Mr. William Calumet Palmer, aber ich weiß trotzdem, wie man einen möglichen Feind entwaffnet.« Mit einem verächtlichen Schnauben warf er die Brieftasche Palmer in den Schoß.

»Lassen Sie doch bitte ›Calumet‹ weg, wer immer Sie sein mögen«, seufzte Palmer und betastete seinen blutenden Kopf. Dann blickte er den hämisch grinsenden Mann an, der sich gegen einen Metalltisch lehnte, auf dem sich ein Durcheinander aus Reagenzgläsern und Bunsenbrennern befand. »Ich habe Ihnen gesagt, wer ich bin, aber wer zum Teufel sind Sie, und wieso haben Sie mir den Golfschläger über den Schädel gezogen?«

»Ich bin Dr. Howell, vormals in den Diensten Seiner Satanischen Herrlichkeit, Lord Morgan.« Er verbeugte sich leicht und knallte die Hacken zusammen wie ein preußischer Junker. »Verzeihen Sie mir, daß ich mich auf diese Weise vorstellen mußte, aber ich konnte ja nicht wissen, daß Sie nicht zu Morgans Lakaien gehören.«

Plötzlich dämmerte es Palmer, wo er Dr. Howells Gesicht schon einmal gesehen hatte: »Ich habe Sie vor ein paar Tagen gesehen, wie Sie aus dem Fenster geschaut haben, als ich das Haus beobachtete!«

»Interessant. Und durchaus nicht ausgeschlossen. Aber warum sind Sie hier, Mr. Palmer? Das ist wohl kaum der richtige Ort für Touristen.«

»Ich versuche, jemanden zu finden.«

»Tatsächlich. Und wer könnte das sein?«

»Eine Frau. Eine Freundin von mir.«

Howells Grinsen wurde breiter, seine Augen verengten sich zu Schlitzen. »Dieselbe Frau, die zuvor schon einmal in dieses Haus eingedrungen ist? Machen Sie kein so überraschtes Gesicht – in Ghost Trap geschieht nicht viel, ohne daß ich davon erfahre. So, Sie sind also doch ein Renfield!«

»Hören Sie auf, mich so zu nennen!« fuhr Palmer ihn an. »Im Gegensatz zu einigen anderen bin ich noch Herr meiner selbst!« Er stand stöhnend auf. Howell beobachtete ihn dabei argwöhnisch, bedrohte ihn aber nicht mit der Waffe. »Werden Sie mir jetzt also helfen, oder – *ach du lieber Himmel!*«

Dort, wo sich Howell mit dem Ellbogen aufstützte, stand ein Dreißigliter-Glasbehälter, gefüllt mit einer klaren Flüssigkeit, in der ein Monsterbaby schwamm, wie Anise es vor einigen Stunden erst geboren und dann umgebracht hatte. Seine Nabelschnur war an einem matschigen Dottersack befestigt. Beim Anblick dieses kleinen Bastards fing Palmers Bein wieder an zu schmerzen.

»Ah! Sie haben meinen kleinen Freund gesehen, ja? Wie

gefällt er Ihnen, hmmm?« Howell beugte sich vor und betrachtete das Monster im Glas mit einem fast zärtlich anmutenden Blick. »Er ist der Prototyp eines identischen Parasiten, den ich in Anises unheiligen Schoß habe einsetzen können.« Er zog eine Spritze aus seiner Tasche und klopfte damit gegen die Wand des Behälters. Zu Palmers Überraschung öffnete der Fötus seine Augen – es war der kalte, gierige Blick eines Insekts.

Beim Anblick von Howells Gesicht, das durch das Glas und das darin enthaltene synthetische Fruchtwasser verzerrt wurde, schürzte der Fötus die Lippen und fuhr seinen häßlichen, röhrenförmigen Mund aus. Howell lachte zufrieden in sich hinein. »Wie süß! Es glaubt, es sei Fütterungszeit!«

»Dieses – dieses Etwas, das Anise zur Welt gebracht hat, dafür sind Sie verantwortlich?«

Howell warf Palmer einen scharfen Blick zu. »Sie haben es schon gesehen?«

»Wir hatten bereits das Vergnügen.« Palmer verzog das Gesicht und rieb sich seine verletzte Wade.

»Es ist vielleicht häßlich, aber es war immerhin mein Versuch, den Verrat an meiner Rasse wiedergutzumachen. Ich habe dieses Geschöpf auf gentechnologischem Weg aus Samen und Ovum der Zuchttiere künstlich geschaffen, um die Chancen der Abstoßung sehr gering zu halten, und dann habe ich es Anise während einer Schwangerschaftsvorsorgeuntersuchung eingepflanzt. Ich habe die Operation unter den Augen von Morgan durchgeführt!« Howells Gesicht wurde zu einer traurigen Grimasse. »Morgan mag sich recht gut auf dem Gebiet der übernatürlichen Welt auskennen, aber im Bereich von Wissenschaft und Technologie weiß er nicht viel mehr als ein kartoffelfressender Bauer, der Angst vor der Magie der Schamanen hat.

Der Parasit sollte den auf natürlichem Wege entstandenen Fötus verschlingen und seinen Platz einnehmen. Bei der letzten Vorsorgeuntersuchung stellte ich jedoch immer noch zwei Herztöne fest. Nötigenfalls wollte ich mich deshalb bei der Geburt persönlich um den kleinen Antichristen kümmern.« Er beugte sich zu Palmer und betrachtete ihn forschend. »Sie waren doch dabei, bei der Geburt, meine ich. Das Kind ist doch tot, oder?«

»Ja. Es ist tot«, log Palmer.

Howell lächelte mit Genugtuung. »Gut! Gut! Wäre das Kind der Zuchtsubjekte gediehen, wäre die Menschheit ernsthaft in Gefahr geraten!«

»Wie das?«

»Die Zuchttiere können sich nur mit anderen ihrer Art paaren, und die sind – tröstlicherweise – selten. Ihr Kind hätte sich jedoch auch mit normalen Menschen paaren und vollwertige Abkömmlinge erzeugen können. Morgan – dieser eingebildete Laffe – hatte keine Ahnung, was er da losgetreten hat!«

»Und Ihr Wechselbalg ist wohl besser?«

Howell zuckte mit den Schultern. »Diese Geschöpfe wurden so entwickelt, daß ihnen jegliche Möglichkeit zur Ausscheidung fehlt, sobald sie von der Nabelschnur abgebunden sind. Die armen kleinen Monster trifft also das Schicksal, innerhalb eines Tages nach ihrer Geburt an einer Urinvergiftung zu sterben.«

Palmer schüttelte den Kopf hin und her, damit das Pfeifen in seinen Ohren aufhörte. Dafür verschwamm ihm nun alles vor den Augen. Er stöhnte.

Howell schnalzte abfällig mit der Zunge. »Ich würde an Ihrer Stelle erst gar nicht versuchen, meine sieben Sinne wieder unter Kontrolle zu bekommen. Es wird Ihnen nicht viel nützen. Dieser Raum – mein Geheimlabor, wenn Sie so wollen – liegt unter dem Dach von Ghost Trap, am Schnittpunkt verschiedener architektonischer Unmöglichkeiten. Die Trennlinien des Raum-Zeit-Kontinuums sind hier sehr dünn, wodurch sich die Wahrscheinlichkeitsfaktoren für meine Experimente zu meinen Gunsten verschoben haben. Morgan und seine widerwärtigen Renfields haben diesen Raum gemieden. Mir gefällt er. Er hilft mir beim Nachdenken. Hier kann ich in aller Ruhe meine Rachepläne gegen Morgan schmieden.«

»Rachepläne?«

Howell lächelte wie ein typischer Junkie. »Ich will den Bastard in seinem eigenen Saft schmoren sehen! Ich will ihn in lauter Einzelteilen auf dem Müll liegen sehen wie zerbrochenes Meißener Porzellan! Ich will den Blick auf seinem Gesicht sehen, wenn er merkt, daß seine Allmachtsträume sich in nichts aufgelöst haben! – Genau wie er meine Hoffnungen und Träume von so vielen Jahren zerstört hat. Dieses Scheusal hat mich schwer unterschätzt, und jetzt wird er dafür bezahlen. Er und seine kleinen Gedankenschnüffler finden meine Gedanken undurchsichtig. Ich verwirre sie, indem ich in Formeln denke. Und dank bestimmter... Störfaktoren in meinem Blut sind meine Gedanken schwer zu entziffern! Obwohl ich mitten in einem Nest von Telepathen lebe, habe ich so über fünf Jahre lang meine Gedanken für mich behalten können!«

»Aber Sie arbeiten doch für diesen Kerl, oder? Sie haben ihm geholfen, Anise und Fell zu erschaffen.«

Howell runzelte die Stirn. »Ich bin Dr. Brainard Howell. Sagt Ihnen der Name irgend etwas?«

»Na ja, ich...«

»Los, sagt er Ihnen etwas?«

»Nein!«

»Nun, warum sollte er auch? Ich stehe seit Jahren in Morgans Diensten, ohne Kontakt zu meinen wissenschaftlichen Kollegen. Von der Außenwelt abgeschnitten, war ich außerstande, meine Entdeckungen zu verbreiten. Dabei schuftete ich mich zu Tode, um eine Möglichkeit zu finden, die menschliche DNA in die Gene eines Vampirs zu verwandeln, ohne das Gift des Vampirs zu Hilfe zu nehmen. In der wenigen Zeit, die mir daneben verblieb, habe ich wahre Wunder bewirkt!«

Dabei zeigte er auf ein ganzes Regal voller Einmachgläser, in denen undeutlich die Umrisse winziger Triceratops, Tyrannosaurier und Stegosaurier erkennbar waren, die zusammengerollt wie Hühnerembryos in den Gläsern lagen.

»Und hier ist niemand, der das sehen könnte! Keiner, der mich für den Nobelpreis vorschlagen könnte! Niemand, der dafür sorgen könnte, daß mein Name in einem Atemzug mit Pasteur, Einstein und Salk genannt wird!«

»Sie haben Frankenstein, Mengele und Benway vergessen.«

Howell drohte Palmer mit dem Zeigefinger. »Werden Sie nicht vorlaut, Palmer. Ich könnte Ihnen einen Wundersaft in die Venen jagen, der Ihre Aminosäuren im Quadrat tanzen ließe. Wie gefiele Ihnen das, Mr. ›Herr-Seiner-Selbst‹?« Die Pupillen des Wissenschaftlers zogen sich auf Stecknadelkopfgröße zusammen.

»Beruhigen Sie sich, Doc. Ich hab' mir nichts dabei gedacht! Ehrlich!« Palmer hob beschwichtigend die Hände. »Aber wenn Sie Morgan so sehr hassen, wieso arbeiten Sie dann für ihn?«

»Menschliche Schwäche – etwas, was die Morgans dieser Welt so meisterlich auszunutzen verstehen. Als ich Morgans Bekanntschaft machte, habe ich in einem kleinen Forschungsinstitut in Colorado gearbeitet. Nach meinem Studium hatte ich eine Vorliebe für bestimmte... Chemikalien entwickelt. Ich hatte entdeckt, daß Heroin und andere Opiate meine Gedanken anregten und verschärften. Meine Konzentration verbesserte sich ganz wie bei Sherlock Holmes mit seiner berüchtigten Sieben-Prozent-Lösung. Genie hat seinen Preis, Mr. Palmer. Irgendwie kam Morgan hinter meine... kleine Schwäche. Er kam eines Tages zu mir und drohte, mein geheimes Laster meinen Vorgesetzten zu melden, wenn ich mich nicht dazu bereit erklären sollte, für ihn zu arbeiten. Ich hatte damals noch keine Ahnung, wer – oder was – er in Wahrheit war. Obwohl er mich im Prinzip erpreßt hatte, für ihn zu arbeiten, fand ich an meiner Situation erst nicht viel auszusetzen. Ich bekam das Dreifache meines früheren Gehalts und hatte Zugang zu den weitestentwickelten – und teuersten – Technologien, die auf diesem Gebiet zu bekommen waren. Zudem versorgte mich mein neuer Arbeitgeber unentwegt mit Rauschmitteln. Was hätte mir daran nicht gefallen sollen?

Erst als ich hierher gebracht wurde, erkannte ich seine wahre Identität! Das ist jetzt fünf Jahre her. Seit dieser Zeit hält er mich in diesem Haus regelrecht gefangen. Ich wurde gegen meinen Willen sein Komplize bei seinem Plan, eine Rasse lebender Vampire zu erschaffen. Fünfhundert Versuchspersonen gingen drauf, bevor es mir gelang, ein Serum herzustellen, das Anise und Fell erschuf. Fünfhundert. Und selbst bei dem jetzigen Serum liegt die Sterblichkeitsrate immer noch bei achtzig Prozent.«

»Das scheint Ihnen aber nicht allzuviel auszumachen.«

»Meinen Sie?« Howell seufzte und rollte den linken Ärmel seines Kittels hoch, bis ein erstaunlich behaarter Arm sichtbar wurde. Seine linke Ellenbeuge sah aus wie ein Nadelkissen. Er zog einen kleinen Plastikbeutel mit weißem Pulver aus seiner Brusttasche und mischte das Pulver mit destilliertem Wasser in einem kleinen Glas, das über einem flackernden Bunsenbrenner hing. »Äußerlichkeiten täuschen oft, Mr. Palmer«, murmelte er, während er sich den Oberarm abband. »Sehr oft.«

Sonja suchte das Parterre ab, entdeckte aber keinerlei Anzeichen dafür, daß sich dort Renfields aufhielten. Nicht, daß sie dergleichen erwartet hatte. Aus irgendeinem Grund hatte Morgan seine wenigen verbleibenden Bediensteten abgeschlachtet, indem er sie in das äußere Haus befohlen hatte. Allerdings blieb immer noch dieser Asiate übrig, den sie im Shadow Box gesehen hatte und der nach Fells Meinung Morgans schwerstes Geschütz darstellte. Es müßte schon mit dem Teufel zugegangen sein, wenn Morgan einen Bediensteten dieses Kalibers aufs Spiel gesetzt hätte, indem er ihn in den Schlund des äußeren Hauses getrieben hätte.

Fell folgte Sonja auf dem Fuße. Er kam aus dem Staunen über die für ihn bislang verbotenen Teile des Hauses gar nicht mehr heraus. Von den drei Zimmern abgesehen, die Anise und Fell bewohnt hatten, befanden sich im ersten Stock noch eine erst nachträglich eingerichtete Farmerküche, mehrere große Salons voll von viktorianischen Zweiersofas und mottenzerfressenen, ausgestopften Fuchsköpfen und ein ehemaliger Wintergarten, dessen Fenster aber zugemauert worden waren.

Sie blieben am Fuß der Treppe stehen, die nach oben führte. Sonja lehnte sich an das Geländer. »Was befindet sich da oben?«

»Dr. Howells Labor und Morgans Bibliothek. Ich weiß nicht, was sonst noch... Die Zimmer der Renfields befinden sich im vierten Stock. Ich –« Er hörte plötzlich auf zu sprechen und machte ein Gesicht, als lauschte er einer fernen Musik. »Hast du das gehört?«

»Was?«

»Jemand hat meinen Namen gerufen. Es klang wie – da ist es wieder!«

Sonja schaute ihn düster an. »Junge, ich höre nicht das geringste!«

Fell zitterte wie ein Fohlen, das zum erstenmal auf seinen eigenen Beinen steht. »Um Gottes willen, das ist sie! Das ist Anise!«

Sonja packte Fell am Ellenbogen und schüttelte ihn heftig, während sie auf ihn einredete: »Fell! Hör mir zu! Das ist ein Trick! Anise ist tot! Das ist Morgan!«

Fell riß sich aus ihrem Griff los, sein Gesicht war nur noch eine Grimasse. »Woher willst du wissen, daß sie nicht mehr lebt? Hast du gesehen, wie sie gestorben ist?«

»Nein, aber –«

»Wie kannst du dir dann so sicher sein, daß sie tot ist?« Er versuchte angestrengt, etwas in der Dunkelheit am oberen Treppenabsatz zu erkennen. »Anise? Bist du das, Liebling?« Strahlend drehte er sich zu seiner Begleiterin um und zeigte auf den Treppenabsatz des zweiten Stocks. »Diesmal mußt du es auch gehört haben! Sie lebt, Sonja! Sie lebt!« Er sprang die Treppe hinauf, immer drei Stufen auf einmal nehmend.

»Fell! Nein! Tu's nicht!« Sonja erwischte ihn am Handgelenk und versuchte ihn zurückzuhalten. »Das ist nicht Anise! Das ist unmöglich!«

Fell wirbelte herum. Seine Reißzähne waren gebleckt, und seine Augen funkelten rot. Dann verpaßte er ihr einen Kinnhaken. Darauf war Sonja nicht vorbereitet gewesen, sie konnte den Schlag nur noch abfangen, indem sie sich sanft abrollte. Sie zählte zehn Stufen, bevor ihr Hinterkopf auf die Fliesen am Fuß der Treppe aufschlug. Dann wurde ihr schwarz vor Augen.

»Anise? Anise, wo bist du, meine Liebste?«

Ich bin hier oben, Liebling. Ich warte schon auf dich.

»Geht es dir gut? Sonja meinte, du seist tot. Und Morgan auch.«

Mir geht es sehr gut, Liebster. Aber ich habe dich ja so vermißt! Es tut mir leid, was ich dir letztes Mal alles an den Kopf geschmissen habe! Ich war nicht mehr ich selbst. Dieses Teufelsweib hatte mir allen möglichen grauenhaften Unfug in den Kopf gesetzt. Ich war so ein kleines, dummes Mädchen, daß ich ihr geglaubt habe!

»Wo bist du, Liebling?« Fell stand nun auf dem Treppenabsatz im zweiten Stock und schaute suchend um sich.

In der Bibliothek, du Dummerchen, wo sonst!

Wie zur Bekräftigung der Worte schwang die Tür zu Morgans Arbeitszimmer auf.

»Aber was ist mit Morgan?«

Er ist fort, Fell. Für immer. Wir werden uns nie mehr vor ihm fürchten müssen!

Fell kamen keine Zweifel an seinem Glück. Die Rückkehr seiner Geliebten und die Flucht ihres Widersachers füllten ihn vollkommen aus. Eiligen Schrittes betrat er die dunkle Bibliothek.

»Anise?«

Sie stand vor dem Kaminsims aus Marmor und schaute ihn mit einem scheuen, koketten Lächeln auf ihren Lippen an. Ihre Figur war wieder so straff wie vor der Schwangerschaft. Sie war wunderschön und erregend – und was das beste war: Sie lebte. Anise breitete ihre Arme aus, und Fell warf sich an ihre Brust.

»Anise! Gott sei Dank ist es nicht wahr! Du lebst! Du lebst!«

»Fell, du zerdrückst mich!«

Er trat einen Schritt zurück, um seine Augen an ihr zu weiden, und hatte plötzlich Wretched Fly vor sich, dessen rechte

Gesichtshälfte bandagiert war und der ihm gerade tief in die Augen sah.

Fell torkelte zurück und schüttelte ungläubig den Kopf.

»Nein! Sie lebt! Ich habe sie doch gehört! Ich habe gehört, wie sie meinen Namen gerufen hat!«

»Du hast gehört, was du hören wolltest, mein Lieber. In dieser Beziehung bist du immer noch ganz Mensch!«

Irritiert wandte sich Fell der Gestalt zu, die gerade gesprochen hatte und die in makelloser Abendgarderobe hinter dem Schreibtisch mit der Marmorplatte saß. Morgan stützte sein Kinn auf seine ineinandergefalteten Hände und lächelte seinen früheren Patienten leutselig an.

»Ah, die Rückkehr des verlorenen Sohnes.«

»Fick dich ins Knie, Morgan!«

Der Vampir hob eine elegant geschwungene Braue. »Offensichtlich warst du demselben verderblichen Einfluß ausgesetzt wie deine arme Schwester. Ts, ts! Eine Nacht nicht zu Hause, und schon in falscher Gesellschaft!«

Fells Wut ließ ihn seine Vorsicht vergessen. »Sie haben mich mißbraucht, Morgan – oder soll ich Sie Caron nennen? Ich bin zu Ihnen gekommen, weil ich Hilfe brauchte, und Sie haben mich als gottverfluchtes Versuchskaninchen mißbraucht!« Er zeigte vorwurfsvoll mit dem Finger auf sein Gegenüber. »Sie haben mein Innenleben durchforstet und Dinge zutage gefördert, die niemals ans Licht hätten kommen dürfen, und dann haben Sie sie derartig verdreht, daß ich letzten Endes sogar beglückt war, bei Ihrem Egotrip mitzuspielen!«

Morgan lehnte sich in seinem Sessel zurück und betrachtete Fell mit demselben distanzierten Interesse, das Fell bereits aus Tim Sorells Therapiesitzungen kannte. Sonja hatte ihn davor gewarnt, sich allein mit dem Vampirlord messen zu wollen, aber was glaubte dieser Blutsauger denn eigentlich, wer er war, daß *er* vor ihm Angst haben sollte?

Wie ein Unwetter braute sich der Haß in Fell zusammen und kräftigte ihn wie ein Amphetamincocktail mit einem guten Schuß Speed. Er fühlte sich, als könnte er Morgans Arsch auf den Mond versetzen. Er war unsterblich und unverletzbar, ein Kind der Nacht, dessen Weg man besser nicht kreuzte.

Fell legte seine Hände demonstrativ auf Morgans Schreibtisch, beugte sich vor und reckte ihm trotzig das Kinn entgegen. »Du hast an mir rumgefummelt. Schlimmer noch: Du hast an einer Frau rumgemacht, die ich liebe, du Arschloch! Dafür verlange ich Satisfaktion. Ich werde dich auspeitschen und deine Eier grillen!«

»Sieh an.« Der Vampir lächelte. »Warum spielst du dann deinen Trumpf nicht aus?« Mit einer fließenden Bewegung erhob sich Morgan von seinem Platz und breitete die Arme aus. »Komm. Sei mein Gast.«

Fell schnappte sich einen scharfen Brieföffner aus Obsidian von der Schreibunterlage und ging auf den Vampir zu, entschlossen, ihm die Klinge in die Augen zu rammen. Als er sie bereits erhoben hatte, traf sein Blick Morgans Blick, und das Zimmer begann sich um ihn herum zu drehen, als wäre es eine Zentrifuge. Eine unsichtbare Hand löste seine Finger so brutal vom Heft des Brieföffners, daß er vor Schmerzen brüllte. Das Messer aus Obsidian fiel vor Fells Füße auf den Teppich.

Morgan verfolgte die Pein seines Schützlings mit unverhohlenem Amüsement. »Was ist los, Fell? Hast du einen Krampf?«

Fell wich knurrend Morgans spöttischem Grinsen aus.

»Sieh mich an, wenn ich mit dir spreche, Junge!« fuhr ihn der Vampir an.

Fell sah weiter wütend zu Boden.

»Ich habe gesagt: Sieh mich an, Junge!« Morgans Worte hallten wie Donner durch Fells Gehirn.

Wieder mußte Fell schreien, als jetzt unsichtbare Finger in seinen Nacken griffen und ihn zwangen, Morgans blutroten Blick zu erwidern.

»Gut. Und jetzt zeige mir, wer hier der Boß ist.«

Fell sackte auf dem Boden zusammen und kroch vor Morgan zu Kreuze wie ein demütiger Köter. Er legte sich auf den Rücken und bot seinen Bauch dar wie ein Jungtier, das sich dem Leittier unterwirft. Ein dünnes, näselndes Gewinsel kam dabei aus seiner Kehle, das noch lauter wurde, als er sich in die Hose machte.

Morgan sah mit verächtlicher Miene auf Fell herab. »Dieser jugendliche Übermut!« Er bückte sich neben dem jungen Mann nieder und strich ihm über die Wange, während er weitersprach. »Immer bereit, die Leine zu zerreißen und sodann, munter und voll ungestümer Neugier, in die Welt zu springen wie ein verspieltes Hündchen! Willst du das, Junge? Die Freiheit?«

Fell machte einen Versuch zu sprechen, aber aus seinem Mund kamen nur schaumig-blutige Bläschen.

»Du brauchst mir nicht zu antworten – ich sehe es deinen Augen an. Ich fürchte, du bist immer noch Mensch genug, um solchen Schrott zu glauben. Und das hat dich für jegliche Erlösung verschlossen gemacht.« Morgan schüttelte traurig den Kopf. »Was bedeutet Freiheit anderes, als die Freiheit zu verhungern? Als durch die Hände derer zu sterben, die dich fürchten? Stell dir vor, du gehst in den Zoo und öffnest das Gatter des Tigerkäfigs. Würde er aus seinem Gefängnis fliehen, wild durch die Straßen streifen und sich von Kleinkindern ernähren, die er aus dem Kinderwagen gerissen hat, bevor er durch die Kugel eines Polizisten stirbt? Oder würde er gähnen und sich wieder schlafen legen und die Freiheit – und damit das Leben außerhalb des Käfigs – Freiheit sein lassen?«

Morgan küßte Fell sachte auf die schweißnasse Stirn, wie ein Vater, der seinem Sohn eine gute Nacht wünscht. »Du hättest in deinem Käfig bleiben sollen, Fell«, murmelte er. »Jetzt habe ich für dich keine Verwendung mehr. Schade. Du warst so vielversprechend.«

Morgan hob den Brieföffner auf, den Fell hatte fallen lassen, und wendete ihn mehrmals zwischen seinen Fingern. Mit seinem Daumen fuhr er über die Klinge und sah zu, wie Blut aus seinem Daumen hervorschäumte wie Brackwasser. Sein Daumen war wieder zugeheilt, bevor noch die dickliche, faulig riechende Flüssigkeit auf den Teppich tropfen konnte.

»Gib mir deine Hand.«

Das Kommando kam leise, fast zärtlich. Fell biß die Zähne

aufeinander und versuchte, seinen rechten Arm daran zu hindern zu gehorchen. Seine Muskeln ächzten wie alte Ankertaue, hielten aber dem Willen des Vampirlords auf Dauer nicht stand.

Morgan legte den Brieföffner in Fells zitternde Hand und schloß die Finger des jungen Mannes um das Heft.

»Du weißt, was du zu tun hast«, flüsterte Morgan, während er aufstand, die Augen unerbittlich auf den Jungen zu seinen Füßen gerichtet.

Fell biß seine Zähne noch fester zusammen, ohne auf das Blut zu achten, das sich in seinem Mund sammelte. Seine Reißzähne hatten bereits seine Unterlippe zerfetzt. Er versuchte den Kopf von der sich ihm langsam nähernden Messerspitze abzuwenden, aber es war zwecklos. Er hatte seinen Körper nicht mehr unter Kontrolle. Er befahl seiner Rechten, der Linken den Brieföffner aus der Hand zu schlagen, aber sie blieb wie gelähmt. Er wollte schreien, aber aus seiner zusammengeschnürten Kehle drang nur ein gequältes, hündisches Winseln.

Als die Spitze der Klinge sein rechtes Auge wie eine überreife Weintraube durchstieß, brachte er nur noch einen kurzen, gedämpften Schmerzensschrei hervor. Dann hob sich zu seinem Entsetzen seine linke Hand wie von selbst und nahm seiner rechten den blutverschmierten Brieföffner aus der Hand. Die Linke war noch schneller als die Rechte und hatte innerhalb weniger Sekunden sein anderes Auge durchstoßen.

Es herrschte nun vollkommene Finsternis um ihn herum. Der Schmerz übertraf alles, was Fell bisher kennengelernt hatte. Dann spürte er die Klinge rhythmisch an seinem Hals sägen. Noch lange, nachdem er sich selbst den Kehlkopf durchtrennt hatte, versuchte er zu schreien.

Anise, ich habe dich verraten. Ich habe Sonja verraten. Und Lethe auch. Vergib mir bitte, vergib mir –

»Wie war das? Es gibt ein Kind?«

In seiner Pein hatte Fell vergessen, daß Morgan nicht nur seinen Körper, sondern auch seinen Geist beherrschte.

Morgan setzte sich rittlings auf den Körper des sterbenden Mannes und schlug ihm den Brieföffner aus der Hand. Dann packte er ihn am blutverschmierten Kragen und schüttelte ihn vorsichtig, damit sein Kopf nicht abfiel.

»Das war also nur ein Trick, stimmt's? Das Kind ist gar nicht tot! Es lebt noch irgendwo! Sag mir, wo! Sag es mir!«

Fell öffnete den Mund, aber heraus kam nur eine große, schwarze Blutblase. Er spürte, wie Morgan in seinem sterbenden Gehirn wühlte und nach Informationen darüber suchte, wo Lethe sich aufhielt. Blind und zum Teil gelähmt, kam es ihm vor, als befände er sich alleine mit einem tollwütigen Tier in einem dunklen Haus.

»Sag mir, wo es ist, Zuchttier, dann töte ich dich schnell.«

Fell umschloß mit seiner rechten Hand seine langen, blonden Haare. Er hatte alles vollkommen vermasselt, und jetzt würde er dafür büßen müssen. Wie ein Vollidiot war er Morgan in die Falle getappt. Er hatte sich wie Supermann gefühlt, und das hatte ihn übermütig gemacht. Jetzt lag er im Sterben, aber er wollte zweifach verdammt sein, wenn er seine eigene Tochter an dieses Ungeheuer verriet. Morgan aber war stärker als er und daran gewöhnt, zu bekommen, was er wollte.

»Sag es mir, Bursche!«

Fell wollte »Fick dich doch selbst« antworten, aber seine Kehle war ja durchtrennt. Ihm blieb nur noch ein Ausweg! Mit letzter Kraft riß er an seinen Haaren.

Morgan heulte vor Wut auf, als Fells Kopf, vom heftigen Ruck abgetrennt, zu Boden fiel und auf dem fleckigen Perserteppich liegen blieb. Er stieg von der Leiche herunter und trat ein paarmal frustriert nach ihr. Das Geräusch brechender Rippen half aber nur wenig, seine Wut zu besänftigen. Wretched Fly beobachtete seinen Herrn und Meister voller Nervosität.

»Schick Howell den Pyrotiker auf den Hals. Zieh den Stecker von seinem Fernseher heraus und mach ihm klar, daß es erst wieder *Gilligan's Island* und *M.A.S.H.* zu sehen gibt, wenn er mir den Doc herbeigeschafft hat! Wenn ich hiermit fertig bin, kann er seinen Körper als Wirt benutzen.«

»Sehr wohl, Milord. Und diese Frau?«

»Die überlaß mir!«

Sonja richtete sich benommen auf und rieb sich ihren Hinterkopf. Anschließend waren ihre Finger blutverschmiert. Sie ächzte und wischte sich die Hand an der Jacke ab. Der Kleine war kräftiger, als sie vermutet hatte.

Sie rappelte sich ganz auf, mußte sich dabei aber schwer auf das Geländer stützen. Blauschwarzes Feuerwerk explodierte hinter ihren geschlossenen Lidern. Wäre sie ein Mensch, hätte sie der Sturz umgebracht. So hatte sie nur eine Gehirnverletzung davongetragen, die nicht problematisch war. Aber das konnte warten. Zunächst mußte sie Fell finden. Sie mußte herausfinden, ob alles mit ihm in Ordnung war. Was hatte sich dieser Dummkopf eigentlich dabei gedacht, einfach so davonzulaufen?

»Fell!« Ihre Stimme klang so schwach, als wäre sie eine alte Frau. »Fell, wo steckst du?«

Anstelle einer Antwort hörte sie einen Schritt am oberen Treppenabsatz.

»Fell, Junge, ist alles in Ordnung?«

Fell schleppte sich in ihr Blickfeld. Seine Schritte waren schwerfällig und unsicher.

Sonja schüttelte den Kopf, als wollte sie einfach nicht wahrhaben, was sie vor sich sah.

Fells Kleider waren schwarz vor Blut. Es sah aus, als hätte ihn jemand mit einer Spritzpistole aus nächster Nähe vollgespritzt. Die Leiche hob die Hand, mit der sie ihren Kopf an seinen langen blonden Haaren hielt. Die Augen waren offensichtlich ausgestochen und die Nase abgeschnitten worden.

Dann sackte der Tote kraftlos auf dem Treppenabsatz in sich zusammen. Sein Kopf rollte polternd bis ans untere Ende der Treppe und starrte Sonja aus seinen leeren Augenhöhlen an.

Ihr Kummer war so tief, so schmerzvoll, daß er sie betäubte. Wieder alleine. Nach so vielen Jahren der Einsamkeit hatte sie endlich andere gefunden, mit denen sie ihr Leben und ihr Wissen hätte teilen können, und dann hatte man sie ihr einfach innerhalb eines einzigen Tages wieder genommen. Das war einfach nicht fair.

Aus der Finsternis des zweiten Stockes erschallte Gelächter, sie kannte diese Lache. Zuletzt hatte sie sie in London gehört, vor mehr als zwanzig Jahren.

»Jetzt bist du dran, du Bastard!« flüsterte sie unhörbar vor sich hin, während sich ihr Griff um das Klappmesser in ihrer Tasche schloß. »Ich werde dafür sorgen, daß du dafür büßt.«

Sie kommt. Und meine Hände zittern vor Erwartung. Ihre Aura strahlt ihr voraus und beleuchtet ihren Weg. Habe wirklich ich diese großartige Kreatur geschaffen? Der Gedanke, ich könnte aus Zufall erfolgreich gewesen sein, wo alle meine sorgfältig angelegten Pläne so entsetzlich gescheitert sind, ist sowohl faszinierend als auch niederschmetternd.

Ich muß sie vernichten. Ihre Existenz allein stellt eine Bedrohung für mich dar. Trotzdem kann ich nicht anders, als ihr in Ehrfurcht und Verehrung gegenüberzutreten.

Sie kommt. Und meine Hände brennen, wenn ich an ihr Blut denke.

Palmer hielt sich die Hand vor die Augen, um die Wesen nicht mehr sehen zu müssen, die sich am Rande seines Gesichtsfeldes tummelten. Sie hatten eine gewisse Ähnlichkeit mit Tausendfüßlern, nur daß sie durchsichtig waren und in der Luft schwebten. Howell schienen sie nicht zu stören, wenn er sie denn überhaupt wahrnahm. Er war viel zu sehr damit beschäftigt, seine Spritze nach Luftbläschen zu untersuchen, als daß er sich um außerdimensionale Spukwesen hätte kümmern können.

»Äh, hören Sie, Doc – sollten Sie sich darum sorgen, wie Sie Morgan entwischen können ... Ich bin sicher, Sonja wird Ihnen gerne in dieser Hinsicht behilflich sein ...«

»Mein lieber Mr. Palmer«, seufzte Howell, während er sich mit Zeige- und Mittelfinger auf die Ellenbeuge klopfte, um eine Vene hervorzulocken. »Mehr als fünf Jahre habe ich in den Klauen eines Vampirs verbracht. Wie kommen Sie auf die Idee, ich wollte mich jetzt in die Obhut eines anderen begeben?«

»Sonja ist nicht wie Morgan.«

»Und Klapperschlangen sind anders als Mambas.« Geschickt piekste Howell sich die Spritze in den Arm.

Beim Anblick des fixenden Howell regte sich bei Palmer die Lust auf eine Zigarette. Mit gequältem Gesicht wandte er sich ab.

Howell lächelte gezwungen. »Na los, sehen Sie ruhig weg. Mir macht das nichts aus. Es ist kein angenehmer Anblick, wenn sich jemand einen Schuß setzt, nicht einmal für Junkies. Sie könnten mich jetzt überwältigen. Warum tun Sie es nicht?«

Achselzuckend erwiderte Palmer: »Ich weiß es nicht.« Es stimmte.

Howell löste rasch die Binde und bewegte seinen Arm ein paarmal hin und her. Dann wandte er sich wieder Palmer zu. Seine Augen weiteten sich, als das Heroin in seine Blutbahn schoß. Plötzlich wurde Palmer bewußt, daß Howell trotz seines Äußeren nur ein paar Jahre älter sein konnte als er selbst.

Howell holte die Luger aus seiner Jackentasche. Palmer erschrak. Der Kerl war vollkommen verrückt und obendrein noch ein Junkie. Unmöglich zu sagen, was er jetzt wieder ausgeheckt hatte.

»Ich bin nicht stolz auf meine Leistungen, die ich im Dienste Morgans vollbracht habe. Aber es ist zu spät, sie zu leugnen oder so zu tun, als hätte ich keine andere Wahl gehabt. Ich muß gestehen, die Arbeit war eine Herausforderung für mich, im Gegensatz zu allen anderen davor.« Howell reichte Palmer die Luger. Der Detektiv bedankte sich mit einem Murmeln und schob sie rasch wieder in sein Schulterhalfter.

»Ich habe mir mein Grab bereits vor vielen Jahren selbst geschaufelt, Mr. Palmer. Ich bin ein toter Mann. Es hängt nur noch davon ab, wann mein Herz zu schlagen aufhört. Ich erwarte nicht, noch sehr viel länger zu leben. Um ehrlich zu sein, wäre ich sehr überrascht, wenn ich die Dämmerung noch erleben würde. Aber ich warne Sie: Vertrauen Sie Ihrer Favoritin nicht nur deswegen, weil sie eine Frau ist. Die Weiber sind oft noch schlimmer als die Männer.«

»Sonja ist anders – sie ist nicht wie die anderen.« Er dachte über seine eigenen Worte nach, als er sich so reden hörte. Was er da sagte, klang dämlich, vielleicht sogar nach Selbstbetrug, aber es war die Wahrheit. Wie konnte er das einem Menschen wie Howell vermitteln?

»Sie sind in sie verliebt.« Die Stimme des Wissenschaftlers klang tonlos, fast ohne jede Resonanz. Sie erinnerte Palmer an Chaz' ebenso leblose Sprachmelodie.

»Ja. Ja, Sie haben recht, es stimmt.« Er war selbst überrascht, wie offen er es zugab.

»Sie lieben immer ihre Herrn und Meister. Deshalb sind sie so loyal.« Howard hielt inne und sog schnuppernd die Luft ein. »Bilde ich mir das nur ein, oder riecht es hier nach gegrilltem Fleisch?«

21. Kapitel

Sonja folgte der Blutspur bis in die Bibliothek, wo Morgan sie bereits erwartete. Fast fühlte sie sich wie sein siamesischer Zwilling, so sehr spürte sie seine Gefühle und sein Befinden. Es war eine erschreckende, ungewollte Intimität; Sonja hätte sich am liebsten übergeben.

»Mein Kind.«

Die Tür der Bibliothek öffnete sich wie von selbst, und ein seltsames braunes Licht schien von der Bibliothek in den Korridor hinaus.

»Komm her, mein Kind. Damit ich dich betrachten kann.«

Die Stimme klang vertraut, auch wenn ihr diesmal der Akzent der britischen Oberschicht fehlte, den sie 1969 besessen hatte.

Zögernd näherte sie sich dem violettschwarzen Licht, dabei schirmte sie sich so gut es ging von Morgans sirenenhaften Lockversuchen ab.

Morgan stand in voller Größe vor einem gigantischen Kamin. Er trug ein maßgeschneidertes Dinnerjackett und eine dazu passende Hose. Sein Haar hatte er mit einem schwarzen Samtband zu einem Pferdeschwanz zusammengebunden. Mit einem strahlenden Lächeln betrachtete er Sonja über den Rand seiner Fliegerbrille hinweg.

Die Stimme der Anderen warnte sie eindringlich aus dem Inneren ihres Kopfes: *Laß dich nicht von Äußerlichkeiten täuschen. Du bist schließlich kein sechzehnjähriges Mädchen mehr. Schau hinter die Fassade.*

Sonjas Wahrnehmung flackerte, als sie ihr Sehspektrum veränderte. Morgans Erscheinung verzerrte sich und warf sich auf wie ein Stück Zellophan, das man zu dicht an eine Glühbirne hält. Seine Haut verlor ihre Sonnenanbeterfärbung und verblaßte, bis sie einem Champignon glich. Seine Fingernägel wurden länger und rollten sich ein wie die eines Mandarins, und seine Gesichtszüge blähten sich durch die Gase, die beim Verfall der Zellstruktur entstanden, auf. Der Gestank, der jetzt von ihm ausging, erinnerte sie an die tote Maus, die sie einmal in einer alten Bettcouch entdeckt hatte. Allein der Gedanke, daß dieses stinkende Monster einmal sein ranziges Glied in sie gebohrt hatte, ließ ihr die Galle hochkommen, selbst jetzt, nach zwanzig Jahren, noch.

Die Andere heckte in der Zwischenzeit den Plan aus, Morgan die Augen aus dem Kopf zu stechen und seinen Kopf als Bowlingkugel zu verwenden. Sonja war mit der Idee einverstanden, mußte aber immer noch gegen die Wut ankämpfen, die in ihr brodelte. Sie haßte dieses lüsterne Monster, das sie vor so vielen Jahren gequält und vergewaltigt hatte – sie hatte diesen Haß sogar kultiviert, weil nur er sie ihre Existenz Tag um Tag ertragen ließ –, aber dies war nicht der richtige Augenblick, in ihrem Ekel zu versinken.

Sonja wußte um die Kraft ihres Hasses, wußte, zu was er imstande war. Sie hatte sich geschworen, nie wieder die Kontrolle über ihn zu verlieren – so wie im vergangenen Jahr. Nie würde sie vergessen können, wie viele Leben sie in jener Nacht vernichtet und wie viele Seelen sie zerschmettert hatte.

»Vielleicht sollte ich sagen: ›Endlich mache ich Ihre Bekanntschaft‹, damit wir die Förmlichkeiten hinter uns haben«, schlug Morgan vor. Sein gutaussehendes, charmantes Gesicht befand sich wieder an seinem Platz.

»Wissen Sie eigentlich, wer ich bin?« Sie mußte kämpfen, um das Zittern in ihrer Stimme zu unterdrücken.

»Ich weiß, daß du dich Sonja Blue nennst. Oder hast du vielleicht gemeint, ob ich dich wiedererkenne?« Morgans Lippen verzogen sich zu einem brutalen Lächeln. »Hast du überhaupt eine Vorstellung davon, wie viele unglückliche, dumme Menschenmädchen ich in den letzten sechshundert Jahren verführt habe, meine Liebe? Und du erwartest tatsächlich, daß ich mich an eine einzelne aus dieser Unmenge erinnere?«

»Ich... sie hieß Denise Thorne, London, 1969.«

Der Vampir nickte, als wäre die Frage damit bereits beantwortet. »Ah ja! Die Erbin! Du warst damals als vermißt gemeldet. Wie unvorsichtig von mir. Noch unvorsichtiger war es allerdings, daß ich mich nicht vergewissert habe, daß du auch wirklich tot bist, als ich dich aus dem Wagen warf. Das schreibe ich allerdings dem Zeitgeist der Sechziger zu. Es war eine so unbeschwerte, so unverantwortliche Zeit! Aber ich fand sie wirklich sehr mitreißend, du nicht auch?«

»Hören Sie mit Ihrem sinnlosen Gequatsche auf! Sie wissen, weshalb ich hier bin!«

Morgan seufzte und betrachtete seine Fingernägel. »Ich weiß! Ich weiß! Du bist hier, um mich zu töten. Wie langweilig. Sag mir, mein Kind, was soll mein Ableben eigentlich beweisen?«

»Daß ich nicht so bin wie Sie.«

»Tatsächlich? Wenn du nicht bist wie ich, wie hast du dann die letzten Jahrzehnte überlebt, meine Kleine? Wovon hast du dich ernährt?«

»Ich – ich habe meine eigenen Mittel und Wege gefunden.«

»Kistenweise Blutkonserven, ohne Zweifel. Aber das war doch wohl kaum ausreichend, oder? – Du kannst mich nicht anlügen, mein Kind. Ich weiß, wie fade abgepacktes Blut schmeckt. Hast du getötet, mein Kind?«

»Ich –«

»Sag mir die Wahrheit.«

»Ja.«

Morgan begann langsam und verschlagen zu lächeln. Sonja kämpfte gegen das Bedürfnis an, ihm dieses Lächeln aus der Fresse zu reißen. »Wie viele hast du niedergemacht? Dutzende? Hunderte? Tausende vielleicht?«

»Das tut nichts zur Sache.«

»Ha!« Morgan lachte auf, das Lächeln weitete sich zu einem breiten Grinsen. »Und du behauptest, du wärst nicht wie ich!«

»Ich gehöre nicht zu Ihrer Rasse!«

»Das ist wahr. Du bist nicht wie wir. Und in vielerlei Hinsicht unterscheidest du dich auch von deinen lieben, dahingeschiedenen Geschwistern. Wären Fell und Anise doch nur halb so gelungen gewesen wie du! Aber vielleicht ist das meine Strafe dafür, daß ich so mangelhafte Schablonen ausgewählt habe. Wie dem auch sei, es ist und bleibt eine Schande, etwas so... Einzigartiges zu zerstören. Du erinnerst mich übrigens an jemanden aus einer Vision – es muß etwa fünfzig Jahre her sein –«

»– in einem Folterhaus der Gestapo im besetzten Amsterdam.«

Morgans selbstgefällige Sicherheit schmolz dahin. »Woher weißt du das?«

Sonja lächelte spöttisch. Ihr gefiel die Verwirrung, die sich auf seinem Gesicht breitmachte. »Es gibt Orte, an denen Vergangenheit und Gegenwart verschmelzen – vorausgesetzt, man hat einen Blick dafür. Das Fenster hat in beide Richtungen funktioniert, Morgan. Ich habe Sie in Ihrer SS-Uniform gesehen. Und Sie haben Ihren eigenen Tod gesehen, getrennt von Ihnen durch Zeit und Raum.«

Er war in ihrem Kopf, hatte blitzschnell zugeschlagen wie eine Kobra. Sonja erstarrte, als Morgans Wille auf ihren prallte wie eine Welle gegen eine hohe Klippe. Als der Druck in ihrem Kopf zunahm, spürte sie schwach, wie etwas Warmes und Klebriges aus ihrer Nase lief. Beeindruckt von der Demonstration ihrer Kraft, zog Morgan sich mit einem amüsierten Kichern wieder zurück. Er legte den Kopf auf die Seite und betrachtete sie aufmerksam durch seine Fliegerbrille.

»Weswegen kämpfen wir eigentlich miteinander, Kind? Begrüßen sich so Vater und Tochter?«

Sonja wischte sich das Blut ab, das ihr aus Nase und Mund gelaufen war. »Sie sind nicht mein Vater!« schrie sie ihn an.

»Ich habe dich erschaffen, Kind! Du bist nach meinem Vorbild geformt. Wir sind Blutsverwandte! Du kannst mich unmöglich verleugnen! Du und ich, wir sind aus demselben Holz geschnitzt. Mit mir hast du mehr gemeinsam, als du je mit Anise und Fell gemeinsam hattest. Sie waren schwach. Fehlerhaft. Unwürdige Werkzeuge. Sie waren nicht in der Lage, die Illusion von einer Menschlichkeit aufzugeben.«

Er fuhr sich mit dem Daumennagel seiner rechten Hand über die Handfläche seiner linken. Eine schwarze, verseuchte Flüssigkeit sprudelte hervor. »Ehre deinen Vater, Sonja! Geh in dich, und du wirst mich dort finden – es liegt dir im Blut.«

Im selben Augenblick spürte sie den unnachgiebigen Druck seines Willens, der sich wie ein bleiernes Gewicht auf sie legte. Es war, als hätte man sie plötzlich zum Meeresgrund verschleppt. Die Versuchung, einfach aufzugeben, war immens groß. Es wäre so einfach, zu kapitulieren und ihm zu gestatten, die Leere in ihrem Innern zu füllen. Sie sank auf die Knie und umklammerte ihren Leib. Schwarzviolette Sonnensysteme explodierten hinter ihren Lidern.

Atme! Atme, verdammt noch mal! brüllte ihr die Andere ins Ohr.

Morgan kam näher und lächelte auf sie herab wie ein gestrenger Vater. »Du bist wunderschön. Ich mag wunderschöne Dinge.« Sein gutaussehendes Fotomodellgesicht zerlief und verwandelte sich in ein wurmzerfressenes menschliches Wrack. »Du bist außerdem sehr, sehr gefährlich. Auch das gefällt mir. In dir entdecke ich Bestandteile meines früheren Selbst: Du bist voller Wut, nicht greifbar, intrigant, herausfordernd. Ich finde diese Ähnlichkeit... erregend.« Mit seiner leichenblassen Hand deutete er auf die Delle in seiner Hose.

»Menschen schwafeln ständig von Liebe. Davon verstehe ich nichts. Ich kenne nur Hunger, Gier, Unersättlichkeit. Du hast Hunger in mir entfacht, meine Schöne. Den Hunger einer Motte nach dem Feuer, eines Mungos nach der Kobra. Jahrhundertelang habe ich die Schwächen anderer ausgenutzt, um zu guter Letzt auch in mir eine Schwäche zu entdecken. Das kann ich unmöglich zulassen. Es gefährdet mein Fortbestehen. Dennoch, ich kann es nicht ändern: Ich bin fasziniert...«

Der Vampir hob eine nach Friedhofsverwesung riechende

Hand und strich ihr über die Wange. Seine Haut fühlte sich kalt und tot an. Sonja schloß die Augen und sah ein junges Mädchen vor sich, das nackt und blutend versuchte, sich von dem rotäugigen Dämon zu befreien, der es gewaltsam auf den Rücksitz seines Wagens preßte. Sie hörte ihre Schreie, als er seinen brennenden Samen in ihren wunden Unterleib entlud. Sie hörte sein Lachen, als der Puls des Mädchens unter seinen kalten, sehr kalten Händen zu flattern begann und schwächer wurde.

Die Stimme der Anderen meldete sich knurrend in ihrem inneren Ohr:

Zwanzig Jahre! Du hast diesen Bastard zwanzig Jahre lang gejagt, du hast nur dafür gelebt, ihn eines Tages zu töten. Ihm heimzuzahlen, was er dir angetan hat. Und was tust du? Du winselst wie ein geschlagener Hund und bietest ihm deine Kehle dar! Bist du diesen langen Weg gegangen, nur um durch seine Hand zu sterben? Laß mich raus! Laß mich raus, Weib, bevor er uns beide tötet!«

»Du zitterst...« Seine Stimme war ein rauhes Flüstern, dicht an ihrem Ohr. Sein Atem entwich seinem Mund in schimmeligen Schwaden.

»Rühr mich nicht an!« Sie hatte das Klappmesser in der Hand, holte aus und durchschnitt Luft und fauliges Fleisch mit einer einzigen, kraftvollen Bewegung.

Kreischend wich Morgan vor ihr zurück und hielt sich seine linke Gesichtshälfte. Eine dicke, gelbliche Flüssigkeit quoll zwischen seinen Fingern hervor. »Silber! Silber!« Seine Stimme brach, sprang plötzlich um eine Oktave höher. »Du hast mir weh getan!« Er klang wie ein quengeliges kleines Kind.

Es tat ihr gut, ihren Feind in Schmerzen zu sehen. Sehr gut sogar. »Ich bin keines von deinen verhätschelten Schoßhündchen, Morgan! Ich wurde in der Gosse geboren, ich bin auf der Straße groß geworden! Und ich mag mein Fleisch roh!«

Morgans verbleibendes Auge glänzte vor Hysterie. Wie lange war es her, wie lange, seit er zum letzten Mal Schmerz erfahren hatte? – Nicht das vorübergehende, unangenehme Gefühl ausgerenkter Glieder und zerreißenden Gewebes, sondern wirkliche Schmerzen? Schmerzen, wie sie nur unsterbliches Fleisch empfinden kann. Das Bewußtsein, übel – und für immer – entstellt zu sein, erregte sowohl seine Wut als auch seine Lust.

»Ich hatte vor, dich leben zu lassen, du kleines Miststück!« zischte er. »Verstümmelt und mit durchtrennten Nervenbahnen, zugegeben, aber immer noch am Leben. Aber damit ist es jetzt vorbei, du Hexe!« Seine Stimme wurde wieder tiefer, wurde ein unmenschliches Knurren. »Damit ist es jetzt endgültig vorbei!«

Morgan breitete seine Arme aus, und sein verbleibendes Auge rollte zurück in seine Höhle. Obwohl Sonja noch nie zuvor mit einem Noblen gekämpft hatte, erkannte sie sofort die rituelle Haltung, die in geistigen Auseinandersetzungen eingenommen wurde. Sie tat es ihm nach und fiel noch rechtzeitig in sich selbst zurück, um Morgan auf einem Schlachtfeld zu begegnen, der nur als Ort zwischen allen Orten bekannt ist.

Überall war Finsternis und Licht, und doch zur gleichen Zeit nichts von beidem. Oben und unten erstreckte sich in sämtliche Richtungen. Morgans Bildnis schwebte mitten in der Luft. Seine Gesichtszüge waren unversehrt. Gekleidet war er in die fließende Seide und den mit Gold durchwirkten Stoff eines florentinischen Prinzen. Seine Augen glühten wie polierte Granate, und zwischen seinen Lippen züngelten Flammen hervor. Seine Handflächen zeigten nach oben; in jeder balancierte er einen Ball schwarzer Energie, der glomm wie ein gefährliches Elmsfeuer. »Mehr hast du nicht zu bieten, verlorene Tochter?« höhnte er verächtlich und deutete auf das Selbstbildnis seiner Gegnerin.

Sonja sah an sich herab. Bis auf die neu aussehende Lederjacke schien kein erkennbarer Unterschied zwischen ihrem Bild und ihrem tatsächlichen Aussehen zu bestehen. »Welchen Unterschied macht das? In unseren Köpfen sind wir alle nackt.«

Als Antwort barst ein Tiger mit drei Köpfen und einem

skorpionartigen Schwanz aus Morgans Brust. Funken stoben von seinen unzähligen knirschenden Zähnen, während er brüllte. Er fiel Sonja an und warf sie auf den Rücken.

Als sich die Reißzähne der Schimäre über dem Gesicht seines Opfers schlossen, fing die Andere an zu lachen.

Howell und Palmer verfolgten, wie das Schloß an der Labortür zu glühen begann. Eine Sekunde später war es bereits weiß vor Hitze. Der Geruch nach geröstetem Schweinefleisch war so stark, daß Palmers Magen sich meldete.

»Gibt es noch einen anderen Ausweg?« fuhr er Howell an.

Der Wissenschaftler nickte, unfähig, den Blick von der Tür abzuwenden. »Es gibt eine Falltür, die direkt in den Kern führt.« Dabei deutete er auf den Seziertisch, den jemand gegen die Wand geschoben hatte.

»Worauf warten wir dann noch?« Palmer packte Howell am Arm. »Wenn das kommt, was ich denke, möchten Sie ihm bestimmt nicht guten Tag sagen.«

Howell entwand sich seinem Griff und schüttelte den Kopf. »Nein! Wie ich Ihnen gesagt habe: Ich bin bereits ein toter Mann. Und da ist es für mich weitaus angenehmer, durch seine Bediensteten zu sterben, als Morgan selbst in die Hände zu fallen.«

Bevor Palmer weitere Argumente vorbringen konnte, flog die Tür auf. Ihr Schloß und ihr Griff waren nun so weich wie warmes Karamel. Im eigenen Saft brutzelnd, betrat der Pyrotiker den Raum. Obwohl er die Hautfarbe eines gekochten Hummers aufwies und die gleichen toten, weißen Augen hatte wie der Elementargeist in San Francisco, bezweifelte Palmer, daß es sich um denselben Körper handelte. Der Typ, der Morgans Haus in Pacific Heights hatte bewachen sollen, dürfte mittlerweile nur noch ein Schatten seiner selbst sein.

»So, die Renfields haben dich also vorgeschickt, was?« Howell nahm ein langes, heimtückisch gebogenes Messer von dem Instrumententablett neben dem Seziertisch. »Das wird ihm nichts nützen. Ich gehe nicht zurück! Du wirst mich umbringen müssen!«

Der Pyrotiker schien Howells Bemerkung nicht gehört und schon gar nicht begriffen zu haben. Er kam näher und stieß Rauchwolken aus Ohren und Nase aus wie eine Nebelmaschine.

Palmer verschwendete keine weiteren Worte. Wenn der Wissenschaftler sich in einer ungleichgewichtigen Auseinandersetzung mit einem Pyrotiker von seinen Sünden reinwaschen wollte, war das seine Angelegenheit. Palmer tauchte unter den Seziertisch und warf einen Blick durch die Falltür. Außer einer Strickleiter, die in der Finsternis verschwand, war nichts zu erkennen. Nicht gerade die Himmelsleiter, aber es mußte genügen.

»Nein! Nicht! Geh da weg, du Idiot! Das ist kein Fernseher! Ich habe gesagt, nein!« Dann übertönte das Geräusch von zersplitterndem Glas Howells weitere Ausrufe.

Auf dem Boden lag der Fötus, umgeben von Glassplittern. Seine Haut wies das gleiche leuchtende, von Bläschen übersäte Rosa auf wie ein gekochter Shrimp. Der Balg stieß einen miauenden Klagelaut aus und schlug, auf den Dielenbrettern liegend, um sich wie ein gestrandetes Haifischbaby.

Palmer sah gerade noch rechtzeitig auf, um mitzubekommen, wie Dr. Howell, aus Leibeskräften Verwünschungen fluchend, dem Pyrotiker die Klinge in den Bauch rammte und ihn vom Schritt bis zur Kehle mit einer Leichtigkeit aufschlitzte, als hätte er es mit einem gebratenen Truthahn zu tun. Der Pyrotiker öffnete den Mund, wollte schreien, aber heraus kam nichts weiter als heißer Dampf. Aus seinen Wunden lief Napalm, das Howell über und über bespritzte.

Der unglückselige Wissenschaftler kreischte auf, als er von einer Flammensäule verzehrt wurde, und zertrampelte dabei den sterbenden Wechselbalg unter seinen Füßen. Howells Schreie nahmen noch an Lautstärke zu, während er mit seinen lichterloh brennenden Armen über seinem Kopf herumfuchtelte wie ein Junge, der von wütenden Hornissen angefallen wird.

Aus dem aufgeschlitzten Leib des Pyrotikers wand sich ein schlangenförmiges Etwas aus Rauch und Feuer, ähnlich den bärtigen Drachen, die sich um das Glückstor in Chinatown winden. Es schlängelte auf der Suche nach einem anderen Wirt durch die Luft.

Palmer schlug die Falltür hinter sich zu und stieg rasch die Leiter hinunter. Welche Gefahren Ghost Trap auch dort unten für ihn bereithalten mochte, sie waren dem Flambiertwerden bei lebendigem Leib immer noch vorzuziehen.

Ruhig betrachtete Sonja die Schimäre mit ihrem giftigen Stachel und dem Dreifachkiefer, die sich auf ihrer Brust niedergelassen hatte. Die Schimäre schlug um sich und brüllte vor Erstaunen, während sie in der Brust ihrer eigentlichen Feindin versank. Sonja rappelte sich auf. Der übergroße Skorpionschwanz der Schimäre peitschte noch immer in ihrem Bauch um sich. Ihre Lider flatterten, als sie wie gelähmt eine Welle intensiver Lust über sich ergehen lassen mußte.

Auf Morgans makellosem Gesicht bildeten sich feine, blutige Perlen. Etwas, das wie ein Äffchen mit langen, spinnenartigen Armen aussah, befreite sich aus seinem Oberkörper. Das Affenwesen hatte schimmelgraues Haar und so spitze Zähne wie ein Neunauge. Mit einem schrillen Quieken stürzte sich Morgans Stellvertreterwesen auf die Widersacherin seines Herrn und schlug ihr eine Kralle ins Gesicht.

Dann sandte es jedoch einen nicht mehr hörbaren Schrei aus, als erst sein Handgelenk, dann sein Ellenbogen verschluckt wurde. Es warf seinen rechten Arm ab und konnte sich dadurch mit einem Satz lösen. Dabei kreischte es weiterhin so schrill wie eine Fledermaus. Seine rechte Schulter umklammernd, sprang das Biest zu Morgan zurück und kauerte sich zu seinen Füßen. Mit finsterer Miene sog der Vampir den Affen hastig wieder ein.

»Du überraschst mich! Ich wußte, daß du stark bist, aber daß du über solche Willensstärke verfügst, hätte ich mir nicht träumen lassen! Es ist lange her, daß ich mich einer solchen Herausforderung gegenübergesehen habe! Fast könnte ich Zweifel an meiner Überlegenheit bekommen! Aber nur fast!«

Ein Greifarm schoß aus Morgans Brust und peitschte um

seinen Kopf wie ein Lasso. Zwei weitere kamen aus seiner Seite und wickelten sich blitzschnell um Sonjas Handgelenke, Arme und Beine. Sie fauchte, als sich die Schlaufen zusammenzogen. Aus ihrem Fauchen wurde Geheul, als Tausende winziger, nadelbewehrter Mäuler am Fleisch ihres Traumselbst zu nagen begannen.

Dann war sie wieder in der dinglichen Welt, zusammengerollt wie ein Fötus auf dem Boden der Bibliothek. Oder doch nicht? Sie spürte immer noch, daß sie in der Welt zwischen den Welten gefangen war, gleichzeitig fühlte sie aber auch den Flor des Teppichs an ihrer Wange. Morgans Hülle kniete über ihr, vornübergebeugt wie ein Wasserspeier auf dem Gesims einer Kathedrale. Sein verbleibendes Auge war so tief in seine Höhle gerollt, daß es wie eine Murmel aussah.

Verdammt, bleib bloß nicht liegen und puste Löcher in den Staub!Bring ihn um! Bring ihn um, bevor er merkt, daß er nur einen Teil von uns in der Falle hat! Irgendwie schien die Stimme der Anderen an Kraft verloren zu haben.

Nur einen Teil von uns? Was hatte das zu bedeuten: ›nur einen Teil von uns‹?«

Hör auf, dir über die Dualität der Natur Gedanken zu machen und stich das Arschloch endlich ab!

Sonjas Finger fühlten sich taub an, als sie in ihrer Tasche nach ihrem Klappmesser kramte. Wo war es nur? Wo?

***

Morgan verstärkte seinen Zugriff auf das Bild seiner Feindin und zermalmte dieses Trugbild aus Fleisch und Knochen, um wahre Schmerzen zu erzeugen. »Weißt du, was mit einem Körper geschieht, wenn sein Bild erst einmal zerstört ist, Kleine? Es ist nicht unähnlich einer Lobotomie an der Seele.«

Die Andere spie Morgan einen Blutschwall ins Gesicht. »Erstick daran!«

Sie entdeckte das Messer. Es lag dort, wo sie es während Morgans erstem Angriff fallen gelassen hatte. Morgans Kontrolle über ihren Körper war schwächer geworden. Trotzdem hatte sie immer noch bleierne Arme. Sie zwang ihre rechte Faust, sich zu lösen und sich unter großen Schmerzen Zentimeter für Zentimeter zum aufgeklappten Messer vorzuarbeiten.

Schmerzen in der Farbe einer explodierenden Sonne füllten die Augen und Ohren der Anderen. Je mehr sie sich wehrte, desto fester zogen sich die Schlingen zusammen, aber trotzdem weigerte sich die Andere, still liegenzubleiben. Aufgeben war nicht ihre Natur.

Morgan zog seine Anhängsel wieder ein und kippte seine Gefangene so, daß sich ihr Gesicht nur wenige Zentimeter von seinem wiederhergestellten Gesicht entfernt befand. In der Realen Welt hätte die Messerwunde, die sie ihm kurz zuvor beigebracht hatte, sein Gesicht für immer in die scheel blikkende Maske eines Narren verwandelt. Hier jedoch, in der Welt zwischen den Welten, konnten derartige Unannehmlichkeiten umgangen werden.

»Du bist wunderschön – und so wunderbar tödlich, meine Liebe! Es war sehr amüsant, und ich werde deine mörderische Zuneigung noch jahrhundertelang in Erinnerung behalten.« Er berührte seine Wange, als wollte er einen Abschiedskuß auskosten. »Aber nun muß ich unsere kleine Affäre wirklich beenden ... allerdings nicht, bevor du mir verraten hast, wo du den Balg versteckt hast!«

»Verpiß dich.«

***

Es war zwecklos: Sie konnte ihre verkrampften Finger nicht weit genug lösen, um nach dem Messer zu greifen. Sie würde sterben. So dicht vor dem Ziel. So verdammt nah!

Etwas in der Größe einer Männerhand löste sich aus dem Dunkeln und huschte zu der Klinge hinüber, die knapp außerhalb Sonjas Reichweite lag. Als es näher kam, erkannte sie, daß es tatsächlich eine Männerhand war, wenngleich mit sechs Fingern.

»Komisch, ich kann mich gar nicht daran erinnern, daß du mir aus der Tasche gefallen bist...«, murmelte Sonja.

Die Hand des Ruhms stieß die Klinge mit den Fingern an und schubste sie in Richtung Sonjas ausgestreckter Hand.

»Gut gemacht, Lassie!«

»Sag mir, wo das Kind steckt, du Satansbraten! Sag es mir!«

Blut schoß der Anderen aus der Nase, aus den Tränendrüsen, aus Mund und Ohren. Die langen Greifarme verknoteten sich immer fester und drohten ihre inneren Organe zu Brei zu zerquetschen.

»Ich weiß es nicht.« Das war nicht einmal gelogen.

»Los, verlorene Tochter! Das kannst du besser!«

»Was willst du von dem Kind?«

»Es ist meins. Seine Erschaffung war meine Idee! – Jeder Mann hat das Recht auf die Früchte seiner Arbeit. Ich habe die Absicht, mit dem Kind meiner Zuchtsubjekte eine neue Gesellschaft lebender Vampire zu züchten.«

Die Andere mußte lachen und besprühte dabei Morgans Gesicht mit Blut. »Du dämlicher Hund! Du weißt ja nicht einmal, was du da erschaffen hast!«

»Was soll das heißen?«

»Das Baby ist kein Vampir, du Blödmann! Es ist ein Seraph!«

»Du lügst!«

Wieder fing die Andere an zu lachen, diesmal noch lauter. »Du hättest dein Gesicht sehen sollen, gerade eben, als ich dir das gesagt habe. Was ist, Leichenbock? Hast du dir in die Hose gemacht?«

»Halt den Mund! Halt den Mund, verdammt noch mal! Hör auf, mich auszulachen!«

»Versuch doch, es mir zu verbieten.«

»Verdammt seien deine Augen, Sonja Blue! Ich war bereit,

Gnade walten zu lassen, aber jetzt werde ich erst Ruhe geben, wenn man dir das Fleisch bis auf die Knochen abgezogen hat!«

Das blutverschmierte Gesicht der Anderen ließ ein beißendes Grinsen sehen. »Wie kommst du überhaupt darauf, daß ich Sonja bin?«

Wretched Fly kam händeringend in die Bibliothek geschossen. »Milord! Milord!«

Morgan beugte sich noch immer regungslos und schweigend über den Körper der Abtrünnigen. Wretched Fly packte seinen Herrn an der Schulter und schüttelte ihn. Morgans rechtes Auge rollte herum und fixierte Wretched Fly mit einem unnachgiebigen, ärgerlichen Blick.

»Was ist! Siehst du nicht, daß ich zu tun habe?«

»Milord, der Pyrotiker hat seinen Körper verlassen und das Haus in Brand gesteckt!«

»Was!«

»Es breitet sich überall aus! Der fünfte und sechste Stock des Südflügels sind bereits eingestürzt! Milord! Gleich geht die Sonne auf! Wir müssen das Gebäude verlassen, bevor das ganze Haus in Flammen steht!«

»Was ist mit Howell?«

»Ich vermute, der Doktor und die anderen sind tot, Milord. Selbst in größerem Umkreis ist keine Spur von ihnen zu entdecken.«

»Also schön. Dann geh und mach den Rolls startklar. Ich komme sofort nach, wenn ich mich um meine ... verirrte Tochter gekümmert habe.«

»Keine Chance, Leichenbock!« schrie ihm Sonja entgegen und stieß Morgan die silberne Klinge ihres Messers in seine ungeschützte Brust.

Morgan schrie auf wie eine alte Frau. Er sprang hoch und zerrte an seinen teuren Kleidern. Die Ränder seiner Wunde verfärbten sich bereits schwarz und zogen sich von der Berührung mit dem Silber zurück. »Gift! Gift! Du widerwärtige, ekelhafte Kreatur!« Heulend riß Morgan sich das verwesende

Gewebe mit bloßen Händen aus der Brust, in dem verzweifelten Versuch, die Seuche an der Ausbreitung über seinen übrigen Körper zu hindern. »Alles verunreinigt!«

Torkelnd kam Sonja wieder auf die Beine, ihre Muskulatur schmerzte, als das Blut wieder zu zirkulieren begann. Sie wollte erneut auf Morgan losgehen, aber ihr Ziel war im Rauch, der jetzt das Zimmer füllte, nur noch verschwommen zu erkennen. Wretched Fly schnappte sich seinen Herrn und eilte mit ihm aus dem Zimmer.

Sonja wollte ihnen folgen, aber sie hatte fürchterliche Kopfschmerzen. Nach ein paar Schritten ging sie in die Knie und drohte an dem Qualm zu ersticken. Morgan versuchte zu fliehen. Sie mußte ihn aufhalten. Ihn töten. Es ein für allemal hinter sich bringen. Was würde sie gewinnen, wenn sie unter Tonnen brennenden Holzes starb? Wer sollte ihren Tod beweinen – oder überhaupt bemerken?

Noch während ihr Körper sich in einem Hustenanfall schüttelte, fiel ihr plötzlich auf, wie still es in ihrem Kopf geworden war. Die aufreizende Stimme der Anderen, die fast zwei Jahrzehnte lang ihre ständige Begleiterin gewesen war, verhielt sich seltsam still.

Sie bewegte sich vorsichtig, so als tastete sie einen schmerzenden Zahn mit der Zunge ab. War es möglich, daß Morgan die Andere getötet und sie verschont hatte?

Noch bist du mich nicht los.

Nein, die Andere war nicht tot. Aber sie war verletzt. Sie kam ihr schwächer vor als irgendwann während der letzten zehn Jahre.

Du schuldest mir einen Gefallen.

Sie befand sich wieder in dem brennenden Haus und kämpfte um Sauerstoff. Ihr Blick fiel auf die Hand des Ruhms. Sie lag auf dem Rücken, die Finger einwärts gekrümmt wie die Beine einer toten Spinne. Plötzlich zuckte die Hand und drehte sich, dann huschte sie quer über den antiken Perserteppich und verschwand durch die Tür in den Flur.

Sonja zog sich auf die Beine und mußte husten, weil sie

dichten, weißen Qualm eingeatmet hatte. Wankend trat sie hinaus in den Flur, der mittlerweile in den Rauchschwaden kaum noch zu erkennen war. Sie hörte das nicht mehr ferne Donnern der Flammen und das Lachen von Kindern.

Das Haus bebte, als der Westflügel von Ghost Trap in den Keller stürzte. Sonja verlor den Boden unter den Füßen. Sie blieb benommen liegen und fragte sich, ob sie erst ersticken oder erst verbrennen würde. Das Geräusch der lachenden Kinder wurde lauter.

Ein Junge und ein Mädchen kamen aus dem wirbelnden Rauch hervor. Ihre Kleidung war modern gewesen, noch bevor Mary Pickford zum Liebling der amerikanischen Nation auserkoren worden war. Sonja erkannte das kleine Mädchen. Es war das Geisterkind, das sie bereits einmal getroffen hatte. Die Seward-Kinder nahmen sie an die Hand und halfen ihr auf die Beine. Sonja war zu schwach, um sich zu wehren. Die Kinder schienen außerdem zu wissen, wohin sie sie führten.

Sie liefen durch rauchvernebelte Zimmer zu einem finsteren Durchgang. Ihre lang verstorbenen, insektenähnlichen Stimmen summten Sonja im Ohr, aber sie verstand nicht, was sie sagten. Bald darauf befanden sie sich wieder in der Folterarchitektur des äußeren Hauses von Ghost Trap. Während die Seward-Kinder sie immer weiter führten, bemerkte Sonja vage, daß ihre Füße den Boden nicht mehr berührten.

Plötzlich war der verzweifelte Schrei einer Todesfee zu hören, und gleichzeitig versperrte ihnen ein grotesker Riese mit zwei Köpfen den Weg. Mit einer raschen Bewegung rissen die Geisterkinder ihre völlig betäubte Last aus der Bahn einer blutbefleckten Axt, die die doppelköpfige Erscheinung auf sie niederschwang. Sonja versuchte, sich dem Griff der toten Kinder zu entziehen, aber die ließen nicht locker.

Der schnatternde doppelköpfige Wüterich riß seine Axt aus den zersplitterten Dielenbrettern und bereitete sich auf den nächsten Schlag vor. In diesem Augenblick erschallte das Lachen einer Frau – glücklich, frei und unbeschwert – und hallte durch die leeren Zimmer.

Das Wesen hielt inne und lauschte. Sein schiefes, fledermausartiges Maul verzog sich zu einer Grimasse.

Mrs. Sewards Geist materialisierte sich neben ihrem Mörder. Unvermittelt packte sie ihn an den Haaren und zog daran. Der Schlächter begann zu quieken wie ein verängstigter Frischling und schlug ohne Wirkung mit seiner Axthand auf Mrs. Seward ein. Dann war ein gedämpftes Sauggeräusch zu hören, so als zöge jemand seinen Fuß aus festem Schlick, und die Schultern und der Oberkörper des verstorbenen Creighton Seward erschienen unter der leprösen Haut des Axtmörders.

Der Axtmörder kreischte noch schriller als zuvor. Mit seinen klauenbewehrten Füßen trampelte er auf die nackten Dielenbretter wie ein quengeliges Kind in einem Wutanfall. Mrs. Seward ließ sich davon jedoch nicht von ihrer Absicht abbringen, ihren Mann zurückzufordern. Mit einem letzten, kraftvollen Zerren befreite sie Sewards nackten Körper von seinem dämonischen Zwillingsbruder. Seines unfreiwilligen Partners beraubt, fiel der Dämon wie eine ausgeweidete Vogelscheuche in sich zusammen, und sein Körper verwandelte sich in formloses Ektoplasma.

Der Tote zitterte wie ein neugeborenes Füllen, schlang die Arme um seine ermordete Frau und drückte seinen Kopf an ihre Brust. Mit distanziertem Interesse betrachtete Sonja das ineinander verschlungene Paar, das zum ersten Mal seit jener entsetzlichen Nacht im Jahre 1907 wieder vereint war, damals, als Creighton Seward in einem Augenblick der Schwäche einen unklugen Handel eingegangen war, um künstlerisches Genie zu erlangen.

Mrs. Seward, deren Gesicht nicht länger entstellt war, beugte sich vor und berührte mit ihren durchsichtigen Lippen Sonjas Wange.

Plötzlich spürte Sonja, wie sie in die Luft gehoben wurde und wie von einer Kanone abgefeuert durch ein Zimmer nach dem anderen flog, während ihr das Donnern der einstürzenden Wände und der in sich zusammenkrachenden Böden in den Ohren hallte. So schnell sauste sie, daß sie kaum das Fenster sah, durch das sie in das verschlungene, dornige Dickicht eines Rosenbusches geschleudert wurde.

Sonja konnte sich noch ein paar Meter weiterschleppen, bevor sie zusammenbrach. Wie von ferne registrierte sie, wie ein weiterer Schornstein von Ghost Trap unter lautem Gepolter in sich zusammenfiel. Sie wußte, sie schwebte in großer Gefahr, unter dem Geröll begraben zu werden, aber irgendwie schien das nicht wichtig.

Er war entkommen. Nach all den Jahren, in denen sie ihm in sämtlichen Städten der zivilisierten Welt auf den Fersen gewesen war, hatte sie ihn in ihrer Vorstellung bereits sicher gehabt, sein Blut und seine Schmerzen gespürt... und das alles nur, um ihn am Ende doch entkommen zu lassen! Das Ziel war so greifbar nah gewesen...

»Sonja! Endlich habe ich dich gefunden!«

Sie blinzelte die Gestalt an, die über ihr kniete. »Palmer?«

Er sah aus, als hätte man ihm eins mit dem Golfschläger übergebraten; sein Gesicht war rußverschmiert, er stank nach Rauch, und dennoch war er das Schönste, was sie je gesehen hatte.

»Der Osterhase jedenfalls nicht, Baby!« Er küßte sie auf ihre blutverschmierte Stirn und half ihr auf die Beine. Als sie das Haus in sicherer Entfernung hinter sich gelassen hatten, drehten sie sich noch einmal um, um seinen Todeskampf zu verfolgen. Ghost Trap glühte hell wie die aufgehende Sonne. »Sieh nur«, sagte Palmer und deutete auf den Rauch und die Funken, die gen Himmel flogen.

Sonja beobachtete, wie die gespenstische Seward-Familie, eine ebenso bleiche und vertraute Gestalt mit langem, wehendem Haar und der Schatten eines mondgesichtigen Mannes in flatterndem weißen Kittel mit einem mißgebildeten Baby im Arm gen Himmel stiegen. Sekunden später waren sie bereits verschwunden, untergegangen im Rauch und Ruß und dem heller werdenden Himmel.

»Ich werde dich nicht fragen, wieso du nicht in einer Maschine nach Yucatan sitzt. Ich bin froh, daß du hier bist, Palmer.« Sie lehnte ihre Stirn gegen seine Schulter. »Bist du in der Verfassung, Auto zu fahren? Hier sind die Schlüssel...«

»Bemüh dich nicht, Sonja. Der Mietwagen liegt unter ein paar Tonnen Trümmern begraben. Sieht aus, als müßten wir uns zu Fuß zum nächsten Ort durchschlagen und von dort den Bus nach San Francisco nehmen.«

Sie stöhnte und nahm seine Hand. »Dann machen wir uns wohl am besten sofort auf den Weg, was?«

Auf dem Weg zur Landstraße hörte Palmer hinter sich das Knirschen von Autoreifen. Er drehte sich gerade noch rechtzeitig um, um einen edlen Rolls mit stark getönten Scheiben auf sie zurasen zu sehen. Hinter dem Steuer saß ein Asiate mit rußigen Bandagen um den Kopf. Ohne nachzudenken, packte Palmer Sonja und warf sich mit ihr in den nächsten Graben. Der Rolls schoß vorbei und hinterließ einen Sprühregen aus Schotter.

Palmer und Sonja kletterten zurück zum Straßenrand und konnten nur noch sehen, wie die Heckleuchten der Limousine im Morgendunst verschwanden.

Morgan lag eingehüllt in mehrere Decken und zusammengekrümmt wie ein Fötus auf dem Boden des Rolls. Seine Brust brannte immer noch, aber er war sicher, jeden Rest des vom Silber verseuchten Gewebes herausgerissen zu haben, bevor das Gift sein zentrales Nervensystem hatte angreifen können. Seine Brust würde heilen. Vielleicht blieb nicht einmal eine Narbe zurück. Von seinem Gesicht ließ sich das jedoch nicht behaupten.

Morgan berührte seine linke Wange und stöhnte auf. Durch silberne Waffen hervorgerufene Wunden verheilten nie völlig, und sie hinterließen immer häßliche Narben. Aber das war nicht das Schlimmste. Die Verstümmelungen des Fleisches waren nebensächlich im Vergleich zu dem, was ihm die Hure sonst noch angetan hatte.

Lord Morgan stöhnte erneut auf und wickelte sich noch fester in die Decken. Gebrochene Knochen setzten sich wieder zusammen, verletzte Organe regenerierten sich, selbst abgetrennte Glieder wuchsen nach einiger Zeit wieder nach. Aber für die Wunden, die sie seiner Psyche beigebracht hatte, gab es keine Heilung; diese Infektion würde sich ganz allmählich immer weiter ausbreiten.

Lord Morgan, Nachkomme der Inquisition und der Gestapo, lag auf dem Boden seines Autos und dachte über die erschrekkende Krankheit nach, die die Menschen Liebe nannten.

EPILOG

Merida auf Yucatan

Dem Geist eines Menschen, geweitet durch neue Gedanken, ist die Rückkehr zu seinen ursprünglichen Dimensionen versperrt.

– Oliver Wendell Holmes

Palmer war gerade dabei, auf der Veranda seiner Hacienda eine Kiste aus Holz zusammenzuzimmern, als der Postbote pfiff.

»Ein Pfiff, Daddy. Ein Pfiff!« quiekte Lethe, die um die Ecke des Hauses bog, so schnell es ihre ausgebeulten Windeln zuließen. Ihr buntbedrucktes Spielhemdchen war mit Dreck verschmiert, und nach dem schmutzigen Löffel zu urteilen, den sie in der Hand schwenkte, hatte sie gerade wieder den Garten hinter dem Haus umgegraben.

»Hallo, kleiner Schmutzfink!« lachte Palmer, fing die Kleine in seinen ausgebreiteten Armen auf und packte sie an den Füßen, so daß sie kopfüber nach unten hing. Lethe kicherte und zappelte in seinen Armen wie ein junger Hund. Nicht schlecht für ein neun Monate altes Kind. »Du weißt doch, daß du nicht so nah an die Straße laufen sollst!«

Palmer legte das Kind in eine geflochtene Hängematte auf der Veranda und schlenderte den Hügel hinunter zum Briefkasten. Er nahm sich vor, bald mit dem Landrover in die Stadt zu fahren und Material für einen Zaun zu besorgen. Lethe war zwar schon weit für ihr Alter, aber sie wollte trotzdem noch jedesmal auf die Straße laufen, wenn der Briefträger seine Runde machte.

Eine dunkle, zerlumpte Gestalt trat aus dem Innern der Hacienda und legte sich zu Lethe in die Hängematte. Schon bald vermischte sich das helle Lachen des kleinen Mädchens mit dem kristallklaren Geschnatter von Delphinen.

Palmer überflog seine Post, während er den Pfad hinauf zurück zum Haus ging. Zwei Briefe waren von Boutiquen aus Kalifornien und New York, die jeweils drei weitere Kisten mit

Totenkultbildern, Mariachibands aus ausgestopften Fröschen und handbemalten Pappmachémasken orderten. Außerdem war ein Paket für Lethe dabei, die immer noch zusammengerollt auf dem Schoß des Seraphen lag. Innerhalb weniger Sekunden war die Veranda mit braunen Packpapierfetzen übersät, und Lethe spielte mit einer mit einem winzigen, blauen Kimono bekleideten Stoffpuppe, deren gefärbtes Strohhaar zu einer geschickten Geishafrisur geknotet war.

Palmer betrachtete die Vorderseite der Bildpostkarte – eine Panoramaansicht von Tokio bei Nacht –, dann drehte er sie um und las den Text.

Immer noch kein Zeichen von M. Aber ich bin ihm auf der Spur. Die Schimäre ist sehr aufgeregt. Sie wittert ihren alten Herrn. Die Narbe macht es schwerer für M., seine Identität zu verändern. Es gibt Gerüchte über brutale Vorfälle in Mailand – M? Ich hoffe, Weihnachten kommen zu können. Ich vermisse Dich.

Als Palmer von der Karte aufblickte, merkte er, daß der Seraph ihn mit seinen pupillenlosen goldenen Augen ansah.

»Nichts Neues, Fido. Immer noch dasselbe.« Der Seraph nickte. Palmer hatte allerdings seine Zweifel, daß das Wesen alles begriffen hatte. »Lethe, Kleines, warum spielst du mit Fido nicht hinter dem Haus? Ich hab' zu tun.«

Lethe nickte mit ihrem winzigen dunklen Kopf. Ihre Augen blitzten im goldenen Licht des Nachmittags auf. Dann sprang sie aus der Hängematte und nahm den angegrauten Seraph bei der Hand. Palmer mußte lächeln, als er sah, wie das ungleiche Paar, das nußbraune Naturkind und der abgerissene Penner, um die Ecke des Hauses verschwand. Fido zottelte hinter Lethe her wie ein abgerichteter Bär.

Selbst nach all den Monaten fiel es ihm immer noch schwer, das Geschehene zu glauben. Vor einem Jahr noch hatte er eine Strafe von mindestens zwanzig Jahren bis zu lebenslänglich vor Augen gehabt. Jetzt lebte er das Leben eines nordamerikanischen Aussteigers und verdiente sich seinen Lebensunterhalt mit dem Verkauf von zentralamerikanischer Volkskunst an entsetzlich schicke Boutiquen nördlich der Grenze. Zu seiner großen Überraschung hatte er außerdem festgestellt, daß er einen verdammt guten Vater abgab. Ja, dachte er, während er mit seinem Ohranstecker aus Jade spielte, in einem Jahr kann eine ganze Menge passieren.

Lethe war wieder aufgetaucht, ein paar Wochen nachdem er und Sonja sich in Yucatan häuslich niedergelassen hatten. Von einem Augenblick auf den anderen hatten Lethe und der Seraph auf der Veranda gestanden. Obwohl das Baby nicht einmal einen Monat alt war, krabbelte es bereits plappernd umher.

Als offensichtlich wurde, daß der Seraph nicht vorhatte, wieder zu gehen, beschloß Sonja, es wäre an der Zeit, ihre Jagd wieder aufzunehmen. Palmer wußte, daß der Seraph sie nervös machte. Er hatte selbst einige Wochen gebraucht, um sich an die Gegenwart dieses Geschöpfes zu gewöhnen. Erst als er dazu überging, ihn Fido zu rufen, konnte er sich entspannen. Irgendwie schien ›Fido‹ der richtige Spitzname zu sein.

Gelegentlich stand Sonja in der Tür, immer ohne Vorankündigung, aber immer willkommen und jedesmal bepackt mit Geschenken für ihre ›Nichte‹. Sonja war zwar in Lethe vernarrt, aber sie hielt es einfach nur ein paar Tage in Fidos Gegenwart aus.

Während ihrer kurzen Besuche lagen sie und Palmer zusammengerollt in der Hängematte und lauschten dem Ruf der Nachtvögel. Auf eine seltsame Art hatte ihr Verhältnis etwas Idyllisches.

Bei ihrem letzten Besuch hatte Sonja sich über die rituelle Tätowierung amüsiert, die sie auf seiner Brust entdeckt hatte. »Was ist das? Willst du mir jetzt etwa auf die moderne primitive Art kommen?« kicherte sie, während sie mit der Hand über die Narben auf seiner Brust strich.

»Ich – ich habe mir die Tätowierung machen lassen, um meine Operationsnarben zu verbergen.«

»Wirklich?«

»Sozusagen. Außerdem paßt sie gut zu den Narben von dir auf meinem Rücken.«

Ein paar Minuten lang sagte sie nichts. »Hast du immer noch diese Träume?«

»Manchmal. Sie sind wieder stärker geworden, seit die Hand wieder da ist.«

»Die Hand?«

»Ja, ich weiß, es klingt verrückt, aber vor ein paar Wochen bin ich aufgewacht, weil etwas gegen mein Fenster klopfte. Erst dachte ich, es sei vielleicht ein Vogel. Dann sah ich sie. Sie kauerte draußen auf dem Fensterbrett. Es war die Hand, die Li Lijing mir gegeben hat. Sie kratzte, um eingelassen zu werden.«

»Und was hast du gemacht?«

»Ich habe sie reingelassen.«

»Hast du keine Angst gehabt?«

Palmer zuckte mit den Schultern. »Ich habe von Hunden gehört, die quer durch das ganze Land streifen, um wieder zu ihren Herrchen zurückzukehren, warum also nicht auch eine Hand mit sechs Fingern? Außerdem tut sie nichts. Sie versteckt sich nur unter dem Sofa. Meine Mutter hatte früher einen Chihuahua, der sich auch so benahm. Und wenn ich wählen müßte, hätte ich immer noch lieber eine belebte amputierte Hand als einen Chihuahua.«

»Das verstehe ich gut. Aber was ist nun mit dieser Tätowierung?«

»Der alte Maya, der sie gemacht hat, meinte, sie stelle das Siegel der *Chan Balam* dar, der Herren der Jaguare.«

Er hatte ihr allerdings nicht verraten, daß zwar seine Spanischkenntnisse immer noch hoffnungslos schlecht waren, er aber mittlerweile fließend Lancandon sprach, die Sprache der Nachkommen des Quetzicoatl, und daß er aufgehört hatte, seine heißgeliebten Shermans zu rauchen und dafür auf die burritogroßen halluzinogenen Zigarren umgestiegen war, die die Mayas rauchten. Das war vor drei Monaten gewesen. Er fragte sich, was sie wohl zu seinen Ohrringen sagen würde.

Palmer nahm seine Arbeit an der Holzkiste wieder auf. Hin und wieder legte er eine Pause ein, um einen Schluck Limonade zu trinken. Er bemerkte einen Campesino, der die ungepflasterte Straße entlangging, die am Haus vorbeiführte. Der Mexikaner lief in Richtung Hauptstraße, wo, drei Meilen entfernt, der klapprige Bus hielt, der in die Stadt fuhr.

Palmer erschrak beim Anblick des gebeugt gehenden, ungepflegten Mannes in der traditionellen weiten, weißen Baumwollhose, dem weißen Hemd und der Machete am Gürtel. Er tastete den Campesino ab, nahm kurz eine Probe seiner Gedanken und maß seine Aura nach irgendwelchen Anzeichen, die auf einen Pretender schließen ließen, ab.

Zum Glück für den Campesino war er genau das, was er zu sein schien – ein Bauer auf dem Weg in die Stadt. Er würde also die Busfahrt nach Merida noch erleben. Palmer seufzte erleichtert. Er tötete nicht gerne, nicht einmal Pretender. Aber er wußte, daß er immer auf der Hut bleiben mußte. Denn wie jeder gute Vater weiß, ist der Dschungel voller Jaguare, die es nach dem Blut von Kindern dürstet.